# Charlies Reise

Sein Weg zu Gott

Roman

**David Hollenstein**

Adonia

Lektorat und Satz: Adonia Verlag
Coverbild: istockphoto.com/ElenaMedvedeva, Xurzon, cat_arch_angel

ISBN 978-3-03783-216-5

**David Hollenstein**
David Hollenstein ist Autor von vielen Hörspielen in Schweizerdeutsch und den Kinderbuch-Serien Jan & Co. und Pferdehof Klosterberg. Er studierte praktische Theologie und lebt mit seiner Familie in der Schweiz. *davidhollenstein.ch*

# 1. Kapitel

Es begann damit, dass Charlie an jenem Abend kurz vor zehn seine Tochter bei der Sporthalle abholte. Sie hatte mit ihrer Volleyballmannschaft ein Spiel gespielt und gewonnen. Laura war auf der Überholspur. In der Schule, im Sport, bei den Hobbys und auch bei Freunden hatte sie stets Erfolg. Sie war Charlies ganzer Stolz im Leben.

«Und? Habt ihr euch für die Endrunde qualifiziert?», fragte er seine Tochter, als sie einstieg und auf dem Beifahrersitz Platz nahm.

«Ist das eine Frage?» Laura strahlte übers ganze Gesicht und warf ihre Sporttasche auf den Rücksitz. «Du brauchst mich am Samstag nicht zu fahren. Anjas Mutter übernimmt das.»

«Darf ich das Spiel denn nicht schauen kommen?», fragte Charlie mit gespielter Beleidigung und startete den Motor.

«Ich dachte, du seist froh, wenn du mal einen Tag frei hast.»

«Nicht wenn meine Prinzessin im Finale spielt!»

Laura schaute ihren Vater mit einem schiefen Blick an. «Papa, ich bin keine …»

«… Prinzessin mehr. Ich weiß, ich weiß», fiel er ihr ins Wort. Sie war bereits siebzehn, aber für ihn würde sie immer seine kleine Prinzessin bleiben.

Es war bereits dunkel und es regnete, als sie losfuhren. Es herrschte wenig Verkehr und Charlie stellte den Tempomaten auf die erlaubten 60 km/h. Dem bunten Sportwagen hinter ihm schien dies zu langsam, denn er fuhr immer wieder nahe auf. Charlie ärgerte sich nur kurz darüber und wandte sich dann wieder dem Gespräch mit seiner Tochter zu. Die Geschwindigkeit ließ er weiter vom Tempomaten bestimmen.

Er musste ihn nicht einmal ausschalten, als er sich der großen Kreuzung näherte. Wieder zeigte das Lichtsignal Grün.

«Du Glückspilz!», lachte Laura. «Wir haben grüne Welle.»

Charlie lachte auch. Laura war sein Glücksbringer, heute Abend sogar im Straßenverkehr.

Hinter ihnen heulte der Motor des Sportwagens auf. Sobald dieser die rechte Abzweigspur erreicht hatte, überholte er. Charlie beachtete ihn nicht weiter, da wie aus dem Nichts von links Scheinwerfer auf ihn zurasten. Reifen quietschten und im nächsten Augenblick spürte Charlie einen heftigen Schlag. Mit voller Wucht rammte sie ein dunkles großes Fahrzeug mitten auf der Kreuzung in die Wagenseite. Sein Chevrolet Malibu überschlug sich, so lange, bis er auf dem Dach an der Böschung des Straßengrabens liegen blieb. Der Lärm von klirrendem Glas und krachendem Metall dröhnte noch in Charlies Ohren, als es längst ruhig war.

Viel zu ruhig. Laura schrie nicht mehr. Charlie hörte ein Fahrzeug in der Nähe anhalten. Türen gingen auf. Wortfetzen drangen von der Straße zu ihm hinunter. Er versuchte, zu seiner Tochter hinüberzublicken, aber er konnte den Hals nicht bewegen. Er hing kopfüber zusammengesunken in den Gurten und die Last seines Rückens drückte den Kopf gegen das Fahrzeugdach. «Laura!», presste er heraus, aber der schiefe Hals schnürte den Stimmbändern die Luft ab. «Oh Gott!»

Weitere Fahrzeuge hielten. Charlie hörte, wie sich mehrere Autotüren öffneten und wieder zuknallten. Auf einmal stellte er verwundert fest, dass ihm abgesehen von der unbequemen Lage nichts wehtat. Nur das Blut drückte schwer in den Kopf hinunter. Ihm wurde schwindlig und eine lähmende Angst um Laura überfiel ihn.

Da hörte er eine Männerstimme direkt neben dem zersplitterten Fenster: «Wir haben zwei Schwerverletzte!»

Charlie versuchte zu protestieren, da es ihm soweit gut ging. «Kümmert euch zuerst um Laura», wollte er sagen, aber ohne Luftstrom waren die Stimmbänder nutzlos.

«Die Tür ist zu stark verbogen», rief der Mann zur Straße hoch. «Ich krieg sie nicht auf.» Zu Charlie gewandt sagte er: «Halten Sie durch! Die Feuerwehr wird Sie bald aus dem Auto befreien.»

Es dauerte lange, bis in der Ferne Sirenen zu hören waren. Charlies Gedanken kreisten die ganze Zeit um seine Tochter. Die Grashalme vor dem Auto blinkten abwechselnd gelb und blau, als sich endlich mehrere Feuerwehrmänner mit schweren Geräten am Fahrzeug zu schaffen machten. Zuerst entfernten sie die Tür. Dann sagte einer, man müsse den Patienten aus der verdrehten Lage befreien, bevor eine Rückenstabilisierung möglich sei. Mehrere Hände hielten Charlie fest, als jemand die Sicherheitsgurte durchschnitt, und zogen ihn dann an den Hüften aus dem Wagen. Sie rollten ihn behutsam in eine ebene Position.

Noch bevor Charlie mit den Beinen den Boden berührte, verlor er das Bewusstsein.

# 2. Kapitel

Es war stockdunkel und eisig kalt, als Charlie erwachte. Die Erinnerungen an den Unfall waren sofort wieder da. Ein schweres Auto hatte seinen Wagen von der Kreuzung gefegt.

Doch er lag nicht in einem Krankenhausbett. Er verspürte auch keine Schmerzen, es war ihm nur äußerst unbequem und eine eisige Kälte durchdrang ihn. Etwas Spitzes stach ihn in seinen Rücken. Er tastete mit der rechten Hand danach. Es war ein Stein eines unebenen Steinbodens. Dieser fühlte sich rau und kalt an. Eine Art Felsen. «Ausgekühlte Lava» war die treffendste Beschreibung, die Charlie dazu einfiel. «Wo bin ich?»

Wenn er doch nur etwas sehen könnte! Eine solch erdrückende Dunkelheit hatte er erst einmal erlebt. Damals auf dem Schulausflug in der achten Klasse, als sie eine Höhle 80 Meter unter der Erdoberfläche besucht hatten und für einen Moment alle Taschenlampen ausknipsten. Diese absolute Finsternis war für ihn ein eindrückliches Erlebnis gewesen.

Plötzlich durchfuhr ihn ein Gedanke wie ein schmerzhafter Blitz: «Du bist tot!» Das musste es sein. Er war bei dem Autounfall ums Leben gekommen. Deshalb hatte er im Auto keine Schmerzen gespürt. Er muss von Anfang an tot gewesen sein, aber seine Seele war noch in seinem Körper geblieben, bis die Retter diesen aus dem Wrack gehoben hatten.

Fühlte sich so der Tod an? Wo war das berühmte Licht, das die Toten abholt? Und wo war seine Tochter?

«Laura!», rief Charlie in die Dunkelheit hinaus. Wenn sie nicht überlebt hatte, war sie dann auch hier? Charlie erschrak ob seiner lauten Stimme. Erst jetzt realisierte er, dass es um ihn herum totenstill war. So ruhig war es in seinem ganzen Leben noch nie gewesen.

Laura antwortete nicht.

Nach und nach drangen quälende Fragen aus dem Unterbewusstsein in seine Gedanken. Wenn er tot war, was würde aus Laura werden? Wer würde ihr beim Erwachsenwerden beistehen? Der Schmerz der Ungewissheit über ihren Gesundheitszustand stach erneut mitten in sein Herz.

Was würde aus seiner Frau Sarah, wenn er nicht mehr da war? *Bis dass der Tod euch scheidet …* Sie hatte die Scheidung in letzter Zeit mehrmals erwähnt, aber Charlie hatte immer abgelehnt. Er liebte sie immer noch. Aber sich selbst liebte er mehr. Das hatte Sarah ihm jedenfalls vor zwei Tagen vorgeworfen, kurz nachdem sie ihm zum dritten Mal in ihrer Ehe eine Tasse nachgeworfen hatte. Nur war diesmal noch Kaffee drin gewesen, und zwar brühheißer. Charlie griff nach der Stelle am Unterarm, wo eine Rötung von dieser Begebenheit zeugte. Vor dem Unfall schmerzte ihn diese Berührung noch. Jetzt spürte er nichts mehr. Also musste er tot sein.

«Aber wo ist das verdammte Licht, das mich an den schönen Ort zieht?!», schrie er voller Wut in die Dunkelheit hinaus. *Verdammt? …* Dieses Wort erschreckte ihn. Sein Herz pochte bis in die Schläfen und Schweißperlen rollten ihm trotz der Kälte über die Stirn. War er «verdammt» worden? War das hier die Hölle?! Kam deshalb das Licht nicht, das ihn ins bessere Jenseits brachte?

Im Grunde hatte er nie an das Konzept von Himmel und Hölle geglaubt. Und überhaupt war er ein guter Mensch gewesen. Er hatte stets Geld für benachteiligte Menschen gespendet. Er hatte nie jemanden ermordet – logisch. Er hatte auch ein reines Klimagewissen. Das Häkchen für die CO2-Kompensation hatte er jedes Mal gesetzt, wann immer es ihm bei einer Buchung oder Bestellung angeboten wurde. Auch seine

Frau und seine Tochter hatte er gut behandelt – jedenfalls so gut, wie es für einen Menschen möglich war. Geschlagen hatte er die beiden bestimmt nie. Er hatte seine Frau nur einmal beinahe betrogen. Und seitdem er erfahren hatte, dass auch sie es einmal beinahe getan hatte, war die Waage aus seiner Sicht ausgeglichen. Im Beruf war er stets ehrlich gewesen und hatte sein Gehalt mit Fleiß erarbeitet.

Sollte das tatsächlich die Hölle sein? Nein, das wäre lächerlich! In der Hölle war es doch heiß wie Feuer! Aber hier war es eisig kalt.

Trotzdem war er in tiefste Dunkelheit gehüllt. Er rappelte sich auf und tastete sich einige Meter vorwärts. Überall dasselbe: Totenstille, rabenschwarze Dunkelheit, eisige Kälte und rauer Steinboden.

Plötzlich sah er in der Ferne einen blauen Lichtschimmer. Das diffuse Licht erschien zu seiner Rechten, schwebte über den gesamten Horizont und verschwand wieder. Charlie spürte gleichzeitig einen warmen Windstoß.

Dann war es wieder finster und kalt. Erleichtert schloss er Blindheit als Ursache für die Dunkelheit aus, wofür er sehr dankbar war. Im Lichtschein meinte er Wasser gesehen zu haben. Einen riesigen See oder vielleicht das Meer? Die felsige Klippe vor ihm war nicht weit entfernt. Aber was war hinter ihm? Wenn das Licht wiederkäme, würde er zurückblicken. Vielleicht gab es ja irgendwo einen Ausgang.

Das Licht kam wieder. Es schwebte wie zuvor über das Wasser. Charlie drehte sich um und blickte hinter sich. Der Lichtschein erhellte die Steinwüste, so weit sein Auge reichte. *Wüste* war die richtige Beschreibung. Die Steine hatten nichts Schönes an sich, nicht wie die Wüstenbilder, die auf Kalender gedruckt werden. Hier war es nur wüst und leer.

Warum war er hier?

Das Licht erschien noch einmal. Diesmal strömte es direkt auf ihn zu. Je näher es kam, desto heller und wärmer strahlte es. War das nun jenes ominöse Licht, das ihn von dieser Hölle in den Himmel holte?! Auch an *den* Himmel hatte er nie so richtig geglaubt. Als ihn Klein-Laura einmal danach gefragt hatte, war seine Antwort: «Nach dem Tod ist fertig, da gibt es keinen Himmel.» Das war immer seine Antwort gewesen, auch sich selbst gegenüber. So erschien es ihm am wenigsten kompliziert. Aber es entsprach nicht der ganzen Wahrheit. Denn wenn er ehrlich mit sich selbst war, glaubte er tief in seinem Innern schon an *etwas*, an irgendein Jenseits nach dem Tod. Aber er hatte keine Ahnung, was es sein würde.

Das Licht erreichte die Klippe und stieg nun in die Höhe. Dabei strömte es mit überwältigender Intensität über Charlie hinweg. Es blendete ihn so sehr, dass er die Hände vors Gesicht schlug, und es wurde von einer heftigen Druckwelle begleitet, dessen Wucht Charlie zusammenstauchte. Seine Knie sackten ein und er fiel unsanft vornüber auf die harten Steine. Die Berührung dieses Lichts war so intensiv, dass Charlie die Luft wegblieb. Sie war erdrückend und befreiend zugleich. Es fühlte sich an, als ob eine gewaltige Schneelawine über ihn hinwegdonnerte oder als ob er am Strand von einer gigantischen Welle überrollt würde.

«Ich muss sterben!», schrie er mehrmals gegen den tosenden Lärm, der mit der Druckwelle einherging. Die Intensität, mit der seine Sinne auf das Licht reagierten, war so stark, dass es sich anfühlte, als wäre ein Schleier von seinem Gesicht gefallen. Charlie konnte plötzlich klarer denken als je zuvor. Er wusste auf einmal, dass Sarah recht hatte: Er liebte sich selbst mehr, als er sie liebte. Sein Anteil an der Schuld für den schlechten Zustand ihrer Ehe war groß. Es gab keine Waage zwischen Sarah und ihm, die irgendwie ausgeglichen war. Seine Versäumnisse standen für sich allein.

Auf einmal wurden seine dunkelsten Geheimnisse von

dem Licht aus ihm herausgesogen und liefen wie ein Film vor seinen Augen ab. Was er sah, beschämte ihn zutiefst und er verabscheute sich selbst, obschon er viele dieser Geheimnisse bisher als harmlos abgetan hatte. Plötzlich fühlte er sich gar nicht mehr so sehr als guter Mensch.

Das Licht nahm ihn nicht mit. Es hatte wohl nicht die Absicht gehabt, ihn in den Himmel zu bringen. Es verschwand in der Ferne und ließ ihn auf den rauen Steinen zurück.

Erst jetzt konnte Charlies Hirn die überwältigenden Sinneseindrücke verarbeiten. Es war nicht nur der Wind gewesen, der ihn umgeworfen hatte. Es war vielmehr seine Ehrfurcht vor dieser Naturgewalt, die ihn zu Boden fallen ließ.

Als die wohlige Wärme verflogen und Charlie wieder von Kälte und Stille umgeben war, wusste er mehr denn je, dass ihm etwas im Leben fehlte. In der Kraft dieser Begegnung war es enthalten gewesen: das echte Leben. Er sehnte sich nach wahrhaftigen Gefühlen, nach tiefen Begegnungen und nach einer sinnstiftenden Bestimmung. Während die Kraft über ihn gerollt war, hatte er dieses wahre Lebensgefühl erlebt – es war so real und so unverfälscht.

Ähnlich echte Gefühle hatte er erst zwei Mal in seinem Leben empfunden: So geerdet war er zum ersten Mal bei der Geburt seiner Tochter gewesen. Das war ein heiliger Moment. Die Zeit war für ein paar Stunden stillgestanden. Alle Probleme und Kämpfe des Alltags waren in den Hintergrund gerückt und machten einer Empfindung Platz, die größer war als er selbst. Es war ein derart wahrhaftiges Gefühl, dass er es beinahe mit Händen hätte greifen können.

Das zweite Mal befand er sich ganz im Einklang mit seinen Gefühlen bei der Beerdigung eines alten Schulfreunds. Er hatte zuvor noch nie einen nahestehenden Menschen verloren. Durch eine kurze, schwere Krankheit war dieser auf einmal nicht mehr da, nur noch die gemeinsamen Erinnerungen blieben zurück. Dort an der Beerdigung waren es keine schönen Gefühle gewesen – aber trotzdem so echt und real, wie bisher keine seiner intensivsten Gefühlsempfindungen bei einem Konzert oder einem Sportanlass. Als er am offenen Grab gestanden hatte, waren alle anderen Probleme verblasst, aber auch die kleinen Freuden des Alltags.

Er konnte nicht beschreiben, was es war. Im Gegensatz zu seinen Lebensfreuden, seinen bisherigen Erfolgen und Niederlagen, ja sogar den aufregendsten Herausforderungen im Beruf fühlten sich diese beiden Ereignisse tief, echt, ja heilig an.

Die Berührung des Lichts vorhin vereinte beides in sich: Die Gefühle der Beerdigung des Freundes wie auch die der Geburt seiner Tochter. Des Todes wie auch des Lebens. Der Kälte wie auch der Wärme. Die Härte wie auch das Sanfte. Das Heilige wie auch die Liebe.

«Dann kann das hier nicht die Hölle sein», sagte Charlie plötzlich laut vor sich hin. Sarah hatte Laura die Hölle einmal so erklärt: Sie sei überall dort, wo es keine Liebe gab. Somit könne es auch ein Ort auf Erden sein. Es verwunderte Charlie, dass obwohl die Druckwelle ihm seine schlechten Seiten vor Augen geführt hatte, er darin gleichzeitig Annahme und Heimat gespürt hatte. Und das war doch so etwas Ähnliches wie Liebe, oder?

«Nein, hier ist nicht die Hölle», sagte eine Stimme hinter ihm.

Charlie fuhr erschrocken herum und fiel dabei rückwärts über einen erhöhten Stein.

Als er aufsah, stand vor ihm ein Mann mit einer Taschenlampe. Er hatte dunkle, kurze Haare und einen getrimmten, schwarzen Bart. Er trug eine helle Jeans und trotz Kälte nur ein kurzärmliges Hemd.

«Wo bin ich hier?», stammelte Charlie. «Wie gehts Laura?»

# 3. Kapitel

Der gut aussehende Mann leuchtete mit der Lampe über die Steinlandschaft. «Hier ist es zwar wüst und leer. Aber nein, die Hölle ist es nicht.» Er deutete mit dem Lichtstrahl auf einen großen Stein neben Charlie. «Komm, setzen wir uns.»

Charlie rappelte sich vom Boden auf, blieb dann aber stehen. «Sagen Sie mir erst, wo wir sind.»

«Das ist der Anfang.» Der Mann setzte sich auf den Stein. «Der Anfang der Welt. Am Anfang schuf Gott Himmel und Erde. Aber sie ist noch wüst und leer.»[1]

«Und saumäßig dunkel», ergänzte Charlie und lachte höhnisch. «Erzählen Sie mir keine Märchen. Sie haben eine Taschenlampe in der Hand, die gab es vor Millionen von Jahren noch nicht. Wo sind wir wirklich?»

Der Mann lachte auch, aber freundlich. «Ich habe dem Chef gesagt, dass es nicht einfach werden wird, dir das beizubringen. Aber er meinte nur: Du schaffst das schon.»

Charlie runzelte die Stirn. «Wer sind Sie? Bin ich etwa in der Sendung ‹Verstehen Sie Spaß?›»

Der Mann stand wieder auf und streckte ihm die Hand entgegen. «Ich bin Daniel. Freut mich dich kennenzulernen, Charlie!»

«Du kennst also meinen Namen.»

«Ich bin dein Reiseleiter.»

«Welche Reise?»

Daniel erklärte ihm, er sei einer von drei Auserwählten, die eine besondere Einsicht ins Leben erhalten würden.

Charlie schuf etwas Abstand zu dem Mann mit der Taschenlampe. Das Ganze behagte ihm nicht. «Muss ich mit auf

[1] *1. Mose 1,1*

diese Reise oder kann ich aussteigen?»

«Du kannst jederzeit aussteigen. Hier ist alles freiwillig.»

Charlie wandte sich zum Gehen. «Okay, ich steige aus!»

«Freiwillig heißt nicht, dass alles egal ist. Freiwillig heißt nur, dass du nicht gezwungen wirst. Weißt du, wozu du *Nein* sagst, wenn du aussteigst?»

«Klar: zu dunkel, wüst und leer. Hier gibt es nichts. Kein Restaurant, kein Bett, kein WLAN ...»

Daniel lächelte. «Du hast ja keine Ahnung.»

«Okay, du Alleswisser, dann klär mich auf.»

«Das heißt, du willst bleiben? Freiwillig?»

Charlie nickte zögerlich.

Daniel half ihm nach. «Ich schlage dir einen Deal vor.»

Damit kannte sich Charlie aus, er hatte schon vielen Kunden einen Deal vorgeschlagen. Diese hörten sich für seine Kunden oft sehr gut an, aber die eigentlichen Gewinner waren letztendlich die Aktionäre seines Arbeitgebers und am Ende des Jahres er selbst mit dem verbesserten Bonus. Er würde diesen Deal durchschauen. «Okay, erzähl mal.»

«Du kommst mit und schaust dir an, was sich aus dieser Wüste entwickelt», fuhr Daniel fort. «Wenn es dir nicht gefällt, sagst du mir Bescheid, dann ist die Reise zu Ende und du bist umgehend wieder zurück in deinem alten Leben. Aber ich empfehle dir, mitzukommen.»

Charlie zögerte. Das war ihm alles zu seltsam. Er setzte sich nun doch auf den großen Stein. Die Landschaft besaß keinen Anreiz, um hierzubleiben. Andererseits wollte er mehr als alles andere in den Zustand dieser echten Gefühle zurück, den er vorhin erlebt hatte. Wenn er blieb, standen seine Chancen dafür wesentlich besser, als wenn er ausstieg. «Wo ist der Haken?»

«Es gibt natürlich schon einen Haken.»

Charlie lachte selbstgefällig.

«Du wirst Dinge erleben, die dich verändern werden. Es

wird nicht immer einfach sein, aber die Reise lohnt sich auf jeden Fall!» Daniel fuhr mit seinen Ausführungen fort, doch Charlie schweifte mit den Gedanken ab. Vom Verstand her machte alles keinen Sinn, aber seine Gefühle verlangten hierzubleiben.

«Du hörst mir ja gar nicht zu.» Der Mann wedelte mit der Taschenlampe vor Charlies Gesicht hin und her.

«Was ist mit Laura?», platzte es aus Charlie heraus. «Wie geht es ihr?»

Daniel legte ihm die Hand auf die Schulter. «Es sieht nicht gut aus. Sie wird in diesem Augenblick mit dem Helikopter ins Krankenhaus geflogen. Dort wird sie operiert.»

«Ich muss zu ihr!»

«Das wirst du. Wir unterbrechen unsere Reise regelmäßig. Dann gehst du für kurze Zeit zurück in dein altes Leben und kommst wieder hierher, wenn es so weit ist.»

Charlie war verwirrt. «Ich gehe zurück? Heißt das, ich bin nicht tot?»

«Nein, du bist nicht tot. Du bist nicht einmal verletzt. Nur bewusstlos. In Kürze, wenn die Ärzte deinen Zustand sehen und diesen mit den Bildern des Autowracks vergleichen, werden sie von einem Wunder sprechen.»

Charlie war froh, dass er immer noch saß. Das war zu viel für ihn. «Aber wie komme ich hierher zurück?»

«Mach es dir irgendwo bequem, dann lehnst du dich zurück und den Rest erledigen wir.»

«Okay, wie gehts nun weiter?»

«Es werde Licht», sagte eine Stimme. Und es ward Licht.[2]

[2] *1. Mose 1,3*

# 4. Kapitel

Die große Lampe blendete Charlie direkt ins Gesicht. Er stöhnte, als er erwachte. Alles um ihn drehte sich. Wo war Laura? Er hörte Stimmen, die davon sprachen, ihn auf «die Abteilung» zu verlegen. Seine Werte seien seit einer Stunde stabil. «Wir benötigen den Platz für echte Notfälle.» *Hey! Ich bin ein Notfall!* Die Decke drehte sich schneller und seine Sinne entschwanden wieder.

Charlie blinzelte in das helle Tageslicht. Nach der vorangehenden Dunkelheit mussten sich seine Augen erst daran gewöhnen. Was duftete hier so herrlich? Er atmete tief ein. Mit Düften kannte er sich nicht gut aus, das war eher Sarahs Gebiet. Er vermutete, dass es Pflanzen waren. Er nahm ein ganzes Bouquet von Gerüchen wahr, wie von einem riesigen Blumenstrauß. Es duftete viel intensiver als im Blumenladen, wo er früher ab und zu einen Strauß für seine Frau gekauft hatte.

Nach und nach gewöhnten sich seine Augen an die helle Umgebung. Er sah frisches Grün, soweit das Auge reichte, dazu Blüten in den unterschiedlichsten Farben und Formen. Sonnenstrahlen drangen durch die majestätischen Wolkenformationen und brachten den Teich zu seiner Rechten zum Glitzern. Plötzlich sprang ein Fisch aus dem Wasser und hinterließ beim Eintauchen Ringe, die sich über den Teich ausbreiteten. Charlie betrachtete das Schauspiel, bis eine Melodie zu seinen Ohren drang. Er blickte nach oben und entdeckte einen bunten Vogel, der sein Lied zum Besten gab. Nach der vorangehenden Totenstille war es ein wahrer Wohlklang. Charlie sang die Melodie auf einmal mit. Zu Hause hätte er das nie getan, aber hier fühlte er sich so frei und unbeschwert, dass er sich nicht dagegen wehren wollte.

Mit den Klängen seiner Stimmbänder stieg auch etwas aus der Tiefe seiner Seele auf, das er nicht in Worte fassen konnte. Es entsprang so tief unten in seinem Unterbewusstsein, dass er auf einmal stutzte. Er hatte gar nicht gewusst, dass seine Seele so weiträumig war. Es drängte ihn, wieder in die Melodie einzustimmen, um diesem unbeschreiblichen Gefühl freien Lauf zu lassen.

Dabei kamen Erinnerungen in ihm hoch, die er weit unten weggesperrt hatte. In seinen Kindertagen war er von einer Lehrperson mehrmals grundlos zurechtgewiesen worden. Aus heutiger Sicht eine lächerliche Sache, aber als kleiner Junge hatte er die Ungerechtigkeiten trotzdem jedes Mal allein aushalten müssen. Das kostete Kraft und manchmal auch die eine oder andere Träne. Als Charlie weitersang, spürte er, wie ihn diese Bitterkeit verließ.

Es erschienen weitere Bilder von Ungerechtigkeiten aus der Tiefe seiner Seele vor seinen Augen. Bilder von Menschen, die ihn zu Unrecht beschimpft, bloßgestellt oder unfair bestraft hatten. Er sah auch Situationen, in denen er schmerzlich übergangen worden war. Auch Anerkennung, die ihm zugestanden wäre, wurde ihm mehr als einmal vorenthalten oder sogar anderen zugesprochen. Da unten waren auch Begebenheiten mit Sarah vergraben, die nun in sein Bewusstsein vordrangen. Sie hatte ihm zur Sexualität in ihrer Ehe zu Unrecht Dinge unterstellt, die er gar nicht so empfand.

Der Vogel war längst weggeflogen, doch Charlie fuhr fort, seine Melodie in die Natur hinaus zu singen. Welch ein befreiendes Gefühl, der Seele Luft zu verschaffen und einfach ungehemmt sich selbst zu sein! Er hatte keine Ahnung, ob sein Gesang schön klang oder nicht. Es kümmerte ihn auch nicht.

Ein Schmetterling flog nah an seinem Gesicht vorbei und holte Charlies Aufmerksamkeit zurück in den botanischen Garten. Er schaute dessen Flügelschlag nach. So ein schönes Insekt hatte er noch nie gesehen. Die zierlichen Muster auf den Flügeln leuchteten in prächtigen Farben. «Ein wahres Kunstwerk!», dachte Charlie. Als er sich umblickte, sah er überall Schmetterlinge, die von Blüte zu Blüte flogen.

Ihre Leichtigkeit inspirierte ihn. Er stand auf und folgte «seinem» Schmetterling, der immer schneller vor ihm herflog. Charlie beschleunigte seine Schritte, bis er zwischen den Bäumen hindurch joggte. Auf einer kleinen Wiese zwischen Mangobäumen flog der Schmetterling eine große Kurve und auch Charlie drehte sich im Kreis, fast so wie damals, als Laura noch klein war und mit ihm Karussell spielen wollte. Diese Bewegung löste tief in seinem Unterbewusstsein eine Dynamik aus, die erneut alte Begebenheiten wachrüttelte. Es waren Geschehnisse, die ebenfalls über Jahre festgezurrt waren. Dabei löste sich eine besonders schmerzhafte Erinnerung. Er sah Svenja vor sich, die gemeinste Schulkameradin, die man sich vorstellen konnte. Aus irgendeinem Grund hatte sie ihn als Opfer ausgesucht. Dauernd hatte sie etwas an ihm auszusetzen. Du bist zu dick, geh zum Friseur, mach deine Pickel weg, wasch dir deine fettigen Haare, du stinkst! Geh mir aus dem Weg, du nervst! – Und das vor allen seinen Freunden und den anderen Mädchen der Klasse! Der Schmerz und die Scham von damals ergriffen sein Herz. Charlie sprang so hoch in die Luft, wie seine Beine ihn zu katapultieren vermochten. Dabei ließ er mit einem lauten Schrei den ganzen Hass und die Wut über Svenja und ihre Aussagen heraus. Als er nach diesem Befreiungsschlag wieder im Gras landete, fühlte er sich so erleichtert wie noch nie zuvor. Er drehte sich mit ausgestreckten Armen im Kreis und fühlte sich dabei fast wie der Schuljunge von damals. Aber diesem hier war es egal, was die Svenjas dieser Welt über ihn sagten.

Als er wieder zu stehen kam, stand ein Reh vor ihm und

schaute ihn mit großen Augen an. Es zeigte keine Angst. Die Pflanzen und Tiere schienen hier völlig im Einklang miteinander zu sein. Erlebte er womöglich gerade das, was man im Volksmund «Paradies» nannte? Den Garten Eden? War das nicht der Ort, wo es keine Schmerzen und kein Leid gab? Da, wo alles perfekt und harmonisch war? Charlie konnte nicht beurteilen, ob seine Vermutung stimmte, doch harmonisch war es hier auf jeden Fall.

Das Reh stelzte lautlos auf ihn zu und blieb erst stehen, als es nur noch wenige Zentimeter von ihm entfernt war. Dann rieb es seinen weichen Kopf an Charlies Brust. Es fühlte sich an, als ob es damit sagen wollte: «Ich mag dich». Dann gab das Reh einen seltsamen Laut von sich und marschierte an Charlie vorbei weg.

Charlie berührte mit der Hand die Stelle an der Brust. Er seufzte – lauter als er es beabsichtigt hatte. Das Reh blickte nochmals zurück. Bei der Berührung hatte sich ein weiterer Raum tief in seiner Seele geöffnet. Dort hatte er seine Sehnsucht nach Zuneigung und liebevollen Berührungen weggesperrt. Ein Mann brauche so etwas nicht, wurde ihm als Junge eingeredet. Oder hatte er es sich selbst eingeredet, um sich vor Zurückweisung zu schützen? Er wusste es nicht so genau. Nun konnte er sich nicht mehr halten. Er begann laut zu schluchzen und die Tränen flossen. Sie hatten ihren Ursprung nicht wie sonst im zugeschnürten Hals oder dem beklemmenden Druck im Brustkorb. Nein, diese Tränen kamen aus der Tiefe seiner Seele. Es war, als würde ein tiefer Schmerz herausgespült und dazu brauchte es viel Wasser.

Als er sich beruhigt hatte, lag Charlie ausgestreckt auf dem Boden. Zu seinem Erstaunen war er aber nicht erschöpft. Er holte tief Luft und nahm wieder das Bouquet der wohlriechenden Düfte wahr. Er fühlte sich nun freier, echter und erfüllter. Wenn er sich bisher annähernd so frei gefühlt hatte, schwang immer die Angst mit, dass dieser Zustand bald vorbei sein und der Alltag wieder über ihn hereinbrechen würde. Zuweilen war das Ende des Glücks ein Streit mit Sarah, ein Misserfolg im Beruf oder auch einfach der Kater am nächsten Morgen. Aber hier war es anders. Er hatte keine Angst vor der nächsten Konfrontation, weil sich dieses Glück so vollkommen und rein anfühlte.

«Ein Wechselbad der Gefühle, nicht?», sagte eine tiefe Stimme hinter ihm.

Charlie blickte sich um, sah jedoch nichts außer bunten Blüten und grünen Palmenblättern.

«Willkommen im Garten, Charlie», hallte die majestätische Stimme. Charlie konnte deren Ursprung nicht einordnen. Die Stimme klang so nah, als würde jemand direkt neben ihm stehen, aber gleichzeitig so weit, als würde sie von einem großen Lautsprechersystem in den ganzen Garten erschallen. «Hallo? Wer ist da?»

«Ich bin das Licht, das du im Dunkeln gesehen hast.»

«Wo bist du? Ich kann dich nicht sehen.»

«Das ist auch besser so. Kein Mensch darf mich sehen. Er würde es nicht aushalten.»

«Ziemlich eingebildet, was?»

Die Stimme lachte. «Du hast Humor. Wenn hier jemand eingebildet ist, dann du. Du hast doch in der Steinwüste meine Kraft erlebt, nicht?»

Ja, das war eindrücklich gewesen, dachte Charlie. Er war der Kraft wie den wildesten Naturgewalten ausgeliefert gewesen. War das *der* Gott?

«Die Naturgewalten habe ja auch ich erschaffen», antwortete die tiefe Stimme.

Charlie stutzte. Er hatte doch gar nicht laut gesprochen.

Wieder lachte die Stimme. «Ich kann auch deine Gedanken hören, Charlie.»

Charlie zuckte zusammen. Es gab da tief in ihm noch Räume, die er vorhin nicht besucht hatte. Es waren Räume, in denen einige Altlasten verborgen waren, die er sich über die Jahre hatte zuschulden kommen lassen. Konnte die Stimme auch diese sehen? Oder konnte er sie nur hören, wenn Charlie aktiv an sein Versagen dachte? Es war verwirrend.

«Als Licht bin ich über dem Wasser geschwebt. Ich habe dich dort nur gestreift. Es wäre nichts von dir übrig, wenn das Licht dich vollständig ergriffen hätte.»

Hätte sonst jemand so mit Charlie gesprochen, wäre er empört gewesen. Aber in diesem Fall war das anderes. Charlie spürte, dass die Stimme die Wahrheit sagte.

«Darf ich dich umarmen?», fragte die Stimme unvermittelt.

«Ooookay.» Charlie wusste nicht genau, wie das gehen sollte.

«Du musst nicht ja sagen, wenn es dir nicht behagt.»

Die Stimme hatte sein Zögern bemerkt. «Eine Umarmung wäre schön. Mir wurde erst vorhin bewusst, dass ich da wohl ein paar Defizite habe. Aber …» Charlie zögerte wieder.

«Ja?»

«Du wirst mich doch nicht erdrücken, oder? Ich meine wie das Licht vorhin?»

«Nein, ich werde dich nicht erdrücken. Ich habe viele unterschiedliche Facetten an mir. Kraftvolle und auch sanfte. Mich ganz erkennen kann nur jemand, der all das Gegensätzliche zusammenbringt.»

Charlie stand auf. «Okay, ich bin zwar nicht so der Fühl-mich-Umarm-mich-Typ, aber ich denke, ich wäre jetzt bereit für die Umarmung.»

«Schließ deine Augen.»

Charlie gehorchte und wartete.

Er vernahm einen warmen Wind, der ihn wie eine Lufthülle umschloss und seinen Körper sanft drückte. Ein Duft stieg in seine Nase, der noch viel reiner war als alles, was er zuvor gerochen hatte. Die Stimme war nun ganz nah. Sie flüsterte liebevoll sanfte Worte in Charlies Ohr, die er zwar nicht verstand, die ihm aber überaus guttaten.

Charlie holte tief Luft und versuchte, diesen wundervollen Moment in sich aufzusaugen. Er spürte, wie die Umarmung nicht nur seinen Körper umhüllte, sondern auch sein Herz. Sie erreichte alle Windungen seiner Seele und berührte ihn bis in die Tiefen, aus denen er zuvor so bitter geweint hatte.

Mit dem Verstand konnte er die Worte der Stimme nicht entschlüsseln, aber seine Seele begann sie nach und nach zu verstehen: «Schützend umgebe ich dich von allen Seiten und halte meine Hand über dir. Du warst von mir gewollt, als du geboren wurdest, deshalb bist du kostbar und wichtig. Es ist von Bedeutung, dass es dich gibt.»[3]

Charlie weinte vor Freude. Er hatte sich in seinem ganzen Leben noch nie so geliebt gefühlt. Plötzlich ging ihm ein Licht auf. Genau danach hatte er sein ganzes Leben gesucht. Ein Angenommensein, das alle anderen Gefühle übertraf.

Die Stimme flüsterte weiter und immer klarer verstand seine Seele dessen Bedeutung. «Du wirst gesehen, Charlie. Zu Hause, aber auch bei der Arbeit wirst du wahrgenommen. Selbst wenn dich niemand sonst beachtet, ich sehe dich. Du bist wertvoll und schön und du hast mehr Begabungen, als die Leute um dich wahrnehmen. Ich sehe es, wenn du dich bemühst, andere hingegen ohne Anstrengung mehr bekommen. Kein Unrecht und auch keine Liebestat bleibt mir verborgen. Ich verstehe dich, wenn du missverstanden wirst. Wenn du dich nach Liebe, Annahme oder einer Berührung sehnst, so bin ich da.»

Charlie ließ sich langsam fallen. Er spürte, wie ihn starke Arme hielten. Er ließ es geschehen. Einige Minuten verweilte er darin und Tränen der Erleichterung rollten über seine Wan-

[3] *Psalm 139*

gen. So fühlte sich das wahre Leben also an. Diese Umarmung hatte er sein Leben lang vermisst. Er hatte seine Sehnsucht nach Zugehörigkeit mit vielen anderen Dingen zu stillen versucht. Manches schien sein Bedürfnis für kurze Zeit zu sättigen, doch war es nie so tief und echt wie das hier.

Nach einer Weile versiegten die Tränen und Charlie fühlte sich frei und froh.

Jetzt spürte er, wie sich ein neues Gefühl in seiner Seele regte. Es war eine Mischung aus Dankbarkeit und Anerkennung der liebenden Macht gegenüber. Diese Empfindung befremdete ihn und er konnte sie nicht benennen. Etwas in ihm sträubte sich, dieses Gefühl zuzulassen. Er begann sich zu verkrampfen, seine Muskeln spannten sich an.

Die Stimme löste die Umarmung und ließ Charlie Raum.

Was Charlie jedoch nicht zurückhalten konnte, war ein Danke.

«Gern geschehen», antwortete die Stimme.

Charlie spürte wieder Gras unter seinen nackten Füssen. Er atmete das herrliche Duftbouquet ein und öffnete seine Augen. Er stand immer noch im beeindruckendsten botanischen Garten, den er je gesehen hatte. Doch die Stimme war weg und Charlie war verwirrt. Einerseits war das gerade eben die schönste Erfahrung, die er je gemacht hatte. Er hatte sich noch nie in seinem Leben so angenommen und zu Hause gefühlt. Er hatte sich noch nie so fallen lassen können, ohne Angst, die Kontrolle zu verlieren.

Aber andererseits war er es gewesen, der dieser Umarmung ein Ende gesetzt hatte. Warum um alles in der Welt würde er so etwas Wunderschönes beenden wollen? Wie lange hätte er wohl in dieser Umarmung verweilen dürfen, wenn er es zugelassen hätte? Aber Charlie war nicht bereit, dieses ihm unbekannte Gefühl zuzulassen.

Wenn hinter dieser Begegnung *der* Gott gewesen war, dann hätte er eigentlich noch einige Fragen gehabt, die er ihm hätte stellen wollen. Einige banale, aber auch ein paar ziemlich unbequeme Fragen. Vorhin, als er mit der Stimme gesprochen hatte, waren sie ihm gar nicht eingefallen. Deren Ausstrahlung war so stark gewesen, dass die Fragen zur Nebensache verblasst waren.

Bevor Charlie die einzelnen Fragen ins Gedächtnis rufen konnte, trat Daniel auf ihn zu. «Hats dir gefallen?»

Charlie blieb stumm. Es gelang ihm nicht, das Erlebte in Worte zu fassen.

«Du musst zurück. Es geht um deine Tochter.»

«Was ist mit ihr? Wie geht es ihr?», fragte Charlie erschrocken.

«Wir sehen uns heute Abend.» Daniel berührte seine Schulter.

Bevor Charlie fragen konnte, wie er Daniel treffen würde, verschwand der Garten um ihn herum.

# 5. Kapitel

Der Untergrund fühlte sich weich an. Charlie hielt die Augen geschlossen. Er wollte noch nicht in die Realität zurück. Das war sein bisher schönster und greifbarster Traum gewesen. Charlie wollte am liebsten zurück in den Garten, zurück in die Umarmung.

Plötzlich dämmerte es ihm. Das musste ein Nahtoderlebnis gewesen sein. Durch den Unfall war er an die Schwelle des Todes gelangt und hatte dort verrückte Dinge erlebt. Aber jetzt war er zu den Lebenden zurückgekehrt.

«Du musst zurück, es geht um deine Tochter», hatte Daniel ihm gesagt. Sein Atem stockte, als er an Laura dachte. Plötzlich stand Charlie der Unfall wieder klar vor Augen. Das sich überschlagende Auto, die zersplitterten Fensterscheiben, das verbogene Blech. Das Verlangen, seine Tochter zu sehen, war unerträglich groß.

Er öffnete die Augen. War er selbst schwer verletzt? Konnte er aufstehen, um nach Laura zu sehen? Er versuchte die Arme und die Beine zu bewegen, doch unter der schweren Decke des Krankenhausbettes war das gar nicht so einfach. In seinem linken Arm steckte eine Kanüle und der Schlauch führte zu einem Infusionsbeutel, der an einer Stange aufgehängt war. Charlie lag allein im Zimmer, das eigentlich für vier Betten ausgelegt war.

Er atmete tief ein. Merkwürdig, nichts schmerzte.

Er suchte über seinem Kopf nach einer Klingel, um das Pflegepersonal zu rufen. Aber da war nichts. Links neben dem Bett schwebte an einem beweglichen Metallarm eine Fernseh- und Telefonkombination. Darauf entdeckte Charlie einen orangefarbenen Knopf mit dem Symbol einer Krankenpflegerin. Schnell drückte er ihn.

Nach kurzer Zeit ging die Tür auf und ein Krankenpfleger mit langen zusammengebundenen Haaren trat ein. «Sie sind wach?»

«Im Schlaf kann doch keiner die Klingel betätigen», murrte Charlie. «Wie geht es meiner Tochter Laura?!»

Der Krankenpfleger zog die Augenbrauen hoch. «Ich werde mich erkundigen. Auf unserer Abteilung ist sie nicht.»

«Bitte, ich muss unbedingt wissen, wie es ihr geht!»

Der Pfleger nickte mitfühlend. «Ich erkundige mich sofort. Aber nein, Sie dürfen nicht zu ihr», kam er seiner Frage zuvor. «Wie geht es Ihnen, Herr ... Martin?» Er las den Namen auf dem Schild am Bett.

«Wie es mir geht!? Das möchte ich von *Ihnen* wissen! Bin ich schlimm verletzt?»

Der Pfleger wandte sich dem Computer zu, den er auf einem Wagen mitgeführt hatte. «Lassen Sie mich nachsehen.» Er tippte etwas in die Tastatur und starrte eine Zeit lang auf den Bildschirm.

«Ich hatte einen Autounfall», versuchte Charlie nachzuhelfen, «dann hatte ich ein Nahtoderlebnis.»

Der Krankenpfleger lachte leise. «Nein, das ist ausgeschlossen. Sie haben bloß geträumt.»

«Aber es war so real!», protestierte Charlie. «Woher wollen Sie wissen, was ich erlebt habe?»

«Natürlich weiß ich nicht, was Sie erlebt haben. Aber ich lese hier, dass Ihr Kreislauf die ganze Zeit über in bester Ordnung war.» Der Krankenpfleger scrollte durch den Bericht. Dann stutzte er. «Sie seien aber ein ‹Wunder›, schreibt Ihr Arzt.»

Charlie nickte. Das hatte Daniel vorausgesagt.

«Da sind die Bilder vom Unfall ... Ihr Wagen wurde ziemlich zusammengestaucht. Aber Sie haben keine Verletzungen und Ihre Werte sind alle normal.»

«Das kann doch nicht sein. Warum war ich dann so lange bewusstlos?»

«Ich vermute, dass Ihnen die Psyche einen Streich gespielt hat. Ein solches Erlebnis kann so traumatisierend sein, dass sich die Seele auch ohne körperliche Ursache einfach ausklinkt. Sie brauchen sich aber keine Sorgen zu machen. So wie Sie jetzt mit mir sprechen, scheinen Sie psychisch schon wieder stabil zu sein.» Der Pfleger blickte zum Infusionsbeutel. Der müsse heute noch dranbleiben, erklärte er, was Charlie nicht einsah, wenn er doch gesund war.

«Wann kann ich zu Laura?!», fragte Charlie und setzte sich auf.

«Vermutlich morgen. Heute bleiben Sie schön hier im Bett. Wir müssen Sie weiter überwachen.»

«Gerade eben haben Sie gesagt, dass mir nichts fehlt.»

Der Pfleger wandte sich zur Tür. «Das entscheidet der Arzt. Ich mache ihm eine Notiz, dass er bei Ihnen vorbeisehen soll. Ich versuche jetzt herauszufinden, wo Ihre Tochter ist.» Er schloss die Tür hinter sich.

Charlie schaute hinüber zur Fernseh- und Telefonkombination. Er wollte unbedingt wissen, wie es Laura ging. Er zog die Kombination am mechanischen Arm näher zu sich heran und hob den Hörer ab. Welche Nummer sollte er wählen? Er kannte keine von der Unfallstation des Krankenhauses. Instinktiv wählte er die Nummer seiner Frau.

Sie meldete sich bereits nach dem ersten Signalton. Er nannte seinen Namen.

«Wo seid ihr? Was ist passiert?! Ich habe mir solche Sorgen gemacht!»

«Wir hatten einen Autounfall. Ich erkläre dir alles, wenn du hier bist. Bitte bring Kleider mit. Ich liege hier im Bett im städtischen Krankenhaus mit einem blauen Spitalhemd bekleidet, du weißt schon … Am Stoff haben sie auf jeden Fall gespart.»

«Oh mein Gott, Charlie! Wie geht es Laura?!», schrie Sarah mit unüberhörbarer Verzweiflung in den Hörer.

«Das möchte ich auch wissen. Bring mir die Kleider, dann können wir zu ihr. Bitte beeil dich. Und bring ein Pflaster mit.»

«Ein Pflaster? Mein Gott, du hattest einen Autounfall und da können sie dir nicht einmal ein Pflaster geben?»

«Nein, das Pflaster ist für etwas anders. Komm jetzt sofort. Ich will zu Laura!»

«Ich bin unterwegs.» Sarah legte auf.

Charlie begann zu rechnen: Etwa fünf Minuten würde sie benötigen, um seine Kleider zusammenzusuchen. Dann zwei, um aus dem Haus zu kommen. Die Fahrt inklusive Parken dauerte rund fünfzehn Minuten. Und nochmals fünf Minuten, um das richtige Zimmer zu finden: Aufgerundet 25 Minuten bis sie bei ihm war.

Er entdeckte am Telefon eine Kurzwahltaste des Empfangs. Er drückte darauf. Als sich eine Frau meldete, fragte er nach seiner Tochter und auch sie versprach, sich zu erkundigen. Noch nie hatte ihn die Musik in der Warteschlaufe derart geärgert wie jetzt. Erst als die Melodie zum dritten Mal von vorne begann, meldete sich die Frau wieder. «Ihre Tochter wird gerade operiert. Ihr Arzt wird sich so schnell wie möglich bei Ihnen melden.» Mehr wollte oder konnte sie nicht sagen. Charlie hielt die Ungewissheit fast nicht aus.

Nach 35 Minuten trat Sarah in sein Zimmer.

«Das hat aber gedauert», war seine Begrüßung.

Sarah warf ihm ohne ein Wort die Kleider aufs Bett.

«Und das Pflaster?»

Sie kramte in ihrer Handtasche und reichte es ihm. «Ich ging zuerst zur Unfallstation, um nach Laura zu sehen. Aber da wollte mir niemand Auskunft geben.»

«Aber darauf haben wir als Eltern doch ein Recht!» Kurzerhand riss Charlie den Infusionsschlauch aus dem Arm und drückte das Bettlaken auf die blutende Einstichstelle, etwas anderes hatte er nicht zur Hand. Während er wartete, bis die Blutung nachließ, erzählte er Sarah, wie es zum Unfall gekommen war.

«Wenn du unverletzt geblieben bist, kann es auch nicht so schlimm um Laura stehen», versuchte Sarah sich selbst zu beruhigen. Aber Charlie sah ihr an, dass die Sorgen um ihre Tochter sie genauso umtrieb wie ihn. Auch für seine Frau war Laura so ziemlich die einzige Freude im Leben. In ihrer Ehe fand sie schon längere Zeit keine Erfüllung mehr, im Job schien sie auf keinen grünen Zweig zu kommen und sie konnte sich beim besten Willen nicht vorstellen, diese Arbeit noch weitere 20 Jahre zu tun. Innerhalb der letzten fünf Monate waren zwei gute Freundinnen berufsbedingt weggezogen. Nein, sie durfte ihre Tochter auf keinen Fall verlieren.

Als kein Blut mehr aus der Wunde trat, nahm Charlie das Bettlaken weg und klebte mit Sarahs Hilfe das Pflaster darauf. Sie sagte dabei kein Wort. Charlie spürte, dass etwas nicht in Ordnung war. «Gibst du mir etwa die Schuld am Unfall?»

«Wärst du früher dort angekommen, wärt ihr nicht ausgerechnet zu diesem Zeitpunkt auf der doofen Kreuzung gewesen», platzte Sarah heraus. Tränen traten ihr in die Augen und sie verließ das Zimmer.

Charlie warf die Bettlaken zurück und setzte sich auf die Bettkante. Etwas schwindlig war ihm schon, aber nach dem langen Liegen musste nur der Kreislauf wieder in Gang kommen. Das redete er sich jedenfalls ein, während er sich die Unterwäsche anzog und dann das knappe Klinikhemd abstreifte. Als er auch Hose und T-Shirt angezogen hatte, schwankte er zur Tür. Dort musste er eine längere Atempause einlegen, bis der Schwindel nachließ. Dann verließ er das Zimmer und suchte Sarah.

Eine stämmige Krankenhausangestellte mit viel Überzeugungskraft wandte sich an Sarah und Charlie. Sie sollten sich im Warteraum vor der Intensivstation hinsetzen. Die beiden gehorchten widerwillig. Am liebsten wären sie einfach durch die Tür mit dem Schild «Kein Zugang für Unbefugte» gestürmt und hätten nach Laura gesucht. «Ich sage Dr. Lang nochmals Bescheid, dass Sie da sind.» Die Frau schaute die beiden eindringlich an, bevor sie sich umdrehte und hinter der Theke verschwand. Den beiden war klar, dass es aussichtslos war, es auch nur zu versuchen.

Charlie blickte Sarah an, aber sie wandte sich von ihm ab. «Sarah, bitte. Ich mache mir genauso Sorgen um sie wie du. Und außerdem habe ich keine Schuld am Unfall. Ich habe mich an alle erdenklichen Verkehrsregeln gehalten und bin vorsichtig gefahren.»

Sarah drehte sich zu ihm um. Ihre Kiefermuskeln waren sichtlich verkrampft. «Wie wär's mit einem Seitenblick, bevor man über eine Kreuzung fährt?! Man soll immer mit den Fehlern der anderen rechnen, hat mein Fahrlehrer gesagt.»

«Genau und das machst du bestimmt jedes Mal …»

«Hatte *ich* schon mal einen Unfall!?» Sarah schaute wieder demonstrativ weg.

Wann hatten Sarah und er zuletzt ein annähernd normales Gespräch geführt? Eines, das nicht in Vorwürfen und Rechtfertigungen endete? Das Schlimmste dabei war für Charlie, dass ihn diese Auseinandersetzungen mit seiner Frau sehr viel Energie kosteten. Zu viel. Danach war er jedes Mal erschöpft und antriebslos.

Zum Glück trat nun ein junger Arzt ein. «Herr und Frau Martin?»

Sarah sprang auf und folgte Dr. Lang, während sich Charlie benommen vom Stuhl erhob.

Der Arzt führte sie in ein Besprechungszimmer ohne Tür. Für das Öffnen und Schließen von Türen hatte man hier auf der Intensivstation offenbar keine Zeit.

Alle drei setzten sich an einen kleinen viereckigen Tisch.

Herr Lang berichtete den Eltern ohne Umschweife, dass es Laura schlecht ging. Er führte eine ganze Liste an Verletzungen an, die aus dem Unfall hervor gegangen waren und was sie bei der Operation, die nun beendet war, versucht hatten zusammenzuflicken. «Wir werden sie morgen früh oder wahrscheinlich am Abend nochmals operieren. Das hängt davon ab, ob die Schwellungen zurückgegangen sind.» Welche Schwellungen? Meinte der Arzt vielleicht solche im Gehirn? Charlie war zu benommen, um die Zusammenhänge richtig zu verstehen oder um nachzufragen. Sarah weinte unaufhörlich, deshalb wollte Charlie das Gespräch so schnell wie möglich beenden und seine Tochter sehen.

Herr Lang schloss seine Ausführungen mit den unmissverständlichen Worten: «Erst danach werden wir sehen, ob sie es schaffen wird.»

Diese erbarmungslosen Worte hallten qualvoll in Charlies Ohren wider. Es bestand die Möglichkeit, dass er seine Tochter nie wieder lachen sah.

Nur kurz durften sie bei Laura vorbeisehen. Es brach Charlie das Herz, sie so regungslos daliegen zu sehen. Es durfte einfach nicht wahr sein! Lauras Kopf war mit einem großen Verband verdeckt und sie war von blinkenden und piependen Geräten umgeben. Nacheinander strichen Vater und Mutter ihr über die bleiche Hand und stammelten dabei unverständliche Worte.

Dann führte die stämmige Frau die beiden hinaus. «Gehen Sie nach Hause. Wir rufen Sie an, wenn es Neuigkeiten gibt», sagte die Frau, nachdem Sarah und auch Charlie eine psychologische Betreuung abgelehnt hatten.

Die beiden fuhren schweigend in Sarahs Wagen zu ihrem gemeinsamen Haus. Noch wohnten sie zusammen.

Sarah stellte den Motor ab und stieg aus. Sie wartete nicht

darauf, dass Charlie nachkam, und verließ die Garage.

Er blieb wie gelähmt im Auto sitzen, unfähig, sich zu erheben und in die Wohnung zu gehen. Die Ungewissheit um den Zustand seiner Tochter verzehrte ihn innerlich. Warum musste das passieren? Er wollte nur noch aus diesem Albtraum erwachen.

Als er schließlich in der Küche erschien, stürmte Sarah mit erhobenen Fäusten auf ihn los und schlug auf seine Brust ein. «Warum? Warum liegst nicht *du* dort auf der Intensivstation und sie ist hier bei mir?! Das ist so ungerecht!»

Charlie blieb entsetzt stehen, während sie über die Treppe in das obere Stockwerk verschwand. Seine Rippen schmerzten, aber Sarahs Worte schmerzten noch mehr. Auf einmal begann sich die Küche langsam zu drehen. Seine Psyche schien ihn von neuem im Stich zu lassen.

Er schleppte sich zum Sofa, wo er zusammensank.

# 6. Kapitel

«Hey, du da», sagte eine sanfte Stimme. Charlie schlug die Augen auf. Über ihm erschien das hübsche Gesicht einer jungen Frau, die zu seiner Verwunderung barbusig war. Er setzte sich auf und sah, dass sie sogar ganz nackt war. «Hallo …», stammelte er.

«Willkommen bei uns», sagte die attraktive Frau, die sehr natürlich und ungehemmt auftrat. Sie zeigte auf den botanischen Garten um sie herum. Charlie war also wieder da.

«Danke», antwortete er. «Ich bin nicht zum ersten Mal hier.» Merkwürdigerweise irritierte es ihn nicht, dass sie nackt war. Es fühlte sich erotisch und unerotisch zugleich an. Dann kam ein junger Mann dazu – ebenfalls splitternackt. Er legte seinen Arm um die Schultern der Frau. «Hallo! Schön dich zu sehen!»

Die natürliche Unschuld, die das junge Paar ausstrahlte, beeindruckte Charlie. Sie schienen mit den Pflanzen und Tieren im Einklang zu sein. Charlie beobachtete, wie sie von verschiedenen Bäumen und Pflanzen alle möglichen Früchte pflückten und aßen. Sie boten auch ihm davon an. Dankend nahm er eine Banane an, biss hinein und vergaß beinahe zu kauen. Er hatte noch nie eine solch süße und bekömmliche Banane gegessen. Nicht einmal damals in den Ferien in Peru, als ihm ein Einheimischer eine am Baum gereifte Frucht zum Probieren gab.

«Schaut, ein Affe!» Charlie zeigte zu einer Lichtung mit kniehohem Gras.

«Das ist ein *Koffmilo*», antwortete der junge Mann.

«Den Namen habe ich noch nie gehört. Woher weißt du, dass der so heißt?»

Der junge Mann lächelte stolz. «Den Namen habe ich ihm gegeben.»

«Ach ja?»

Die junge Frau riss einen langen Halm aus einem Grasbüschel heraus. Sie hob ihre Arme zum Kopf, suchte mit den Fingern eine Haarsträhne und flocht den Halm hinein. «Gibst du mir noch eins?», bat sie ihren Mann.

Dieser griff nach dem Grashalm und riss daran. Plötzlich schrie er auf. «Au!» Sofort umschloss er mit der anderen Hand diesen Finger.

«Hast du dich geschnitten?»

Der junge Mann nickte und zeigte lächelnd den blutenden Schnitt.

Charlie stutzte. «Das kann nicht sein!» Hieß es nicht, dass es im Paradies keine Schmerzen gab? Das hier war doch das Paradies, der Garten Eden, oder etwa doch nicht? Davon war er bis dahin jedenfalls ausgegangen. Laut seinem Verständnis des Garten Edens durfte es hier kein Leid geben. Hier sollte alles perfekt sein! Oder war es doch nur ein Traum und sein Verstand setzte langsam wieder ein? An solchen Ungereimtheiten kann man erkennen, dass es nur ein Traum ist, hatten Schlafexperten erklärt. Charlie war irritiert.

«Was kann nicht sein?», fragte die Frau.

«Im Garten bei euch sollte es doch keinen Schmerz geben. Irgendetwas ist hier faul.»

Die beiden schauten ihn fragend an. Für sie schien alles in bester Ordnung zu sein. «Der Schmerz ist ein Freund», sagte der Mann.

Charlie schüttelte den Kopf. «Da, wo ich herkomme, ist der Schmerz der Feind! Wir haben ganz viele Mittel und Techniken, um den Schmerz zu lindern.»

«Nein, der Schmerz ist unser Freund», beharrte der junge Mann. «Der Schmerz sagt uns, was gut ist und was nicht.»

«Aber hier im Garten soll man doch keinen Schmerz fühlen. Das hat man mir jedenfalls so gepredigt.»

Die junge Frau war verwundert. «Fühlen ist außer dem Sehen, Hören, Schmecken und Riechen das Schönste, was es gibt. Wenn der Reiz zu stark ist, wird's zum Schmerz. Und so wissen wir, wo die Grenze ist.»

«Ihr habt keine Ahnung», platzte es aus Charlie heraus. «Außerhalb dieses Gartens ist der Schmerz grauenvoll. Manche Menschen leiden ihr Leben lang darunter!»

Die beiden blickten ihn verstört an. Sein Ausbruch tat Charlie leid. «Bitte entschuldigt. Darf ich mal deinen Finger sehen, ist der Schnitt tief?»

«Ach nein, der ist schon wieder heil.» Der junge Mann streckte ihm den Finger entgegen. Außer etwas eingetrocknetem Blut war keine Wunde mehr zu sehen.

Jetzt war Charlie verblüfft. Er hatte den Schnitt mit eigenen Augen gesehen, aber nun war der Finger geheilt! Wie war das möglich?

Noch ehe Charlie diesem Mysterium auf den Grund gehen konnte, meinte der Mann zur Frau gewandt, sie müssten jetzt los. Auf Charlies fragenden Blick hin erklärte die Frau: «Jeden Abend, wenn es kühler wird, treffen wir den Allmächtigen. Wir spazieren mit ihm durch den Garten und reden über dies und das.»

«Darf ich bitte auch mitkommen?»

Da tauchte Daniel hinter Charlie auf: «Leider nein.»

Das junge Paar verabschiedete sich und verschwand zwischen Ananasstauden.

Charlie drehte sich zu Daniel um. Er trug dieselben Kleider wie zuvor. «Darf ich noch einmal mit ‹der Stimme› sprechen?»

Daniel verneinte. «Du hattest deine persönliche Begegnung. Das war schon mehr, als an dieser Stelle der Reise normalerweise möglich ist.»

«Warum dürfen es die beiden jeden Abend?»

«Sie leben mit dem Allmächtigen in einer besonderen Verbundenheit. Sie vertrauen ihm vorbehaltlos, ja fast etwas naiv, würden deine Zeitgenossen sagen. Wenn er ihnen sagt, dass etwas für sie gut ist, dann glauben sie es von ganzem Herzen. Und wenn er ihnen sagt, dass etwas für sie schlecht ist, dann glauben sie es ebenfalls ohne jeden Zweifel. Sie lassen ihn entscheiden, was gut und böse ist.»

«Pah», entfuhr es Charlie. «Die sind wirklich naiv! Wer will sich derart bevormunden lassen?»

Daniel betrachtete ihn mit einem Ausdruck, wie ihn seine Mutter manchmal angeschaut hatte, wenn er sich über andere erhob.

Charlie senkte beschämt seinen Blick. Er belächelte die beiden, obwohl er sie eigentlich beneidete. Jeden Abend durften sie mit dem Allmächtigen spazieren gehen, mit dieser Macht, die ihn so sonderbar umarmt hatte, dass er Gänsehaut bekam, wenn er nur daran dachte. Er würde gerne mit ihnen tauschen.

Doch dann fiel ihm die Frage ein, die er Daniel unbedingt stellen wollte: «Wir sind hier im Garten Eden, dem Paradies, richtig?»

Daniel nickte.

«Ich habe gehört, dass es im Paradies keine Schmerzen und kein Leid gebe. Wie kommt es, dass der Mann sich trotzdem am Finger verletzt hat?»

Daniel lachte, als hätte er auf diese Frage gewartet. «Alle, die ich auf dieser Reise begleite, haben hier ein großes Aha-Erlebnis. Lass mich erklären: In allen Zeiten der Erdgeschichte – selbst in eurer Hochkultur – haben die Menschen den Hang dazu, aus wahren Geschichten Mythen zu machen. Aber der Mensch ist hier im Paradies nicht anders geschaffen, als du ihn aus deiner Welt kennst. Aus Staub ist der Körper geformt und zu Staub wird er zerfallen. Auch hier im Garten Eden muss man essen und anschließend aufs Klo.»

«Wie bitte?», stammelte Charlie verwundert.

Daniel griff nach einer Banane. «Entscheidende Unterschiede gibt es allerdings schon. Erstens ist hier alles in einer harmonischen Lebensgemeinschaft miteinander verbunden. Die Menschen leben im Einklang mit der Schöpfung. Diese Banane enthält beispielsweise mehr Vitamine und Nährstoffe als eure importierten Bananen. Das Paar kann sich ohne nahrungsmittelergänzende Präparate vegan ernähren und ohne die entsprechenden Lebensmittel um die halbe Welt transportieren zu müssen.»

«Stinkt – eh – ihre Scheiße auch?»

Daniel schienen Charlies direkte Fragen zu amüsieren: «Weniger als eure, aber ja, die stinkt auch.»

Charlie begriff die Zusammenhänge noch nicht ganz. «Und welche Unterschiede gibt es noch?»

«Nicht nur die Früchte sind hier vollwertiger als bei euch. Auch die Heilungsprozesse des Körpers funktionieren noch einwandfrei», erklärte Daniel. «Die Zellteilung, die es braucht, um neue Haut entstehen zu lassen, geht hier im Nu vonstatten. Es passiert im Grunde dasselbe wie in deiner Welt, außer dass der entsprechende Vorgang bei euch mehrere Tage dauert.»

Zum ersten Mal staunte Charlie darüber, dass die Heilung von Schnittwunden überhaupt geschah. Egal ob binnen Sekunden wie hier oder langsamer wie bei ihm zu Hause.

Er sah Laura vor sich, wie sie unter den vielen Verbänden an all den Maschinen angeschlossen war. Warum durften ihre Verletzungen nicht so schnell heilen, wie es hier möglich war? Das war ungerecht. Die Angst um seine Tochter benebelte seine Sinne. Wut stieg in ihm hoch. Wut auf den Gott, der den schlimmen Unfall zugelassen hatte.

Daniel unterbrach seine Gedanken. «Der Hauptunterschied zwischen dem Garten und deiner Welt kann man aber nicht mit Händen greifen. Hier ist das Leben in ungetrübter Harmonie mit dem Übernatürlichen. In deiner Welt ist der Allmächtige unsichtbar, hier ist er sichtbar. Hier leben die Menschen aus ihm und durch ihn.»

«Aber es gibt auch bei uns Pfarrer und sonstige fromme Leute, die behaupten, sie hätten Begegnungen mit Gott.»

«Nicht vorgreifen, Charlie! In Gottes großer Geschichte wird noch eine Menge geschehen. Hab Geduld, wir kommen dahin.» Daniel wandte sich zum Gehen um. «Ich muss weiter. Wir sehen uns in ein paar Stunden. Du kannst noch bleiben oder nach Hause zurückgehen. Du schläfst ruhig auf dem Sofa. Hast also keine Eile.»

«Wie geht es Laura?», rief Charlie dem Reisebegleiter nach. «Wenn's was Neues gibt, will ich sofort zurück!»

Daniel blieb stehen. «Sie ist in guten Händen. Du wirst spätestens zurück sein, wenn dich das Telefon weckt. Mach dir keine Sorgen.» Daniel drehte sich um und ging weg.

«Keine Sorgen machen? Du hast gut reden!» In Charlie braute sich wieder Wut zusammen. Das Leben seiner Tochter hing an einem seidenen Faden. Wie konnte Daniel so ruhig bleiben?

# 7. Kapitel

Charlie blickte sich im Garten um. Er war immer noch so prachtvoll wie beim letzten Mal, aber die einzigartige Schönheit drang nicht mehr zu seinem Herz vor. Seine Gedanken waren besetzt von Angst und Sorgen um das Einzige, was ihm wirklich wichtig war. Er konnte sich ein Leben ohne Laura wirklich nicht vorstellen.

Ein Zebra schlenderte über die grasbewachsene Lichtung, wo zuvor der Affe herumgetollt war. Das Zebra hob seinen Kopf und blickte in Charlies Richtung. Es kam langsam aber ohne Scheu auf ihn zu. Charlie streckte seine Hand aus, wie er es bei einem Pferd getan hätte. Das Zebra schnupperte kurz daran und senkte den Kopf. Dann trat es dicht an ihn heran und rieb seine Nüstern an Charlies Brust, genau wie das Reh beim letzten Besuch.

«Danke», sagte Charlie. Die Zuneigung dieses Tiers tat ihm gut. Beinahe konnte er nachvollziehen, warum viele Menschen Haustiere besaßen. Er selbst hatte nie eines gehabt. Als Kind hatte er sich einmal einen Hamster gewünscht, aber hatte von den Eltern keine Erlaubnis bekommen. Später erlaubte er es seiner Tochter auch nicht.

Das Zebra hob den Kopf, trappelte an ihm vorbei und verschwand hinter den Bäumen im Wald.

Charlie stand allein am Rand der Lichtung zwischen einer Palme und einem Feigenbaum und fühlte sich einsam. Wie sehr wünschte er sich in diesem Moment, Sarah wäre hier. Nicht die Sarah von heute, nein, die Sarah, die er als junger Mann kennengelernt und später geheiratet hatte. Ihre Hilfe beim Einordnen und Durchstehen dieser schweren Zeit hätte er jetzt gut gebrauchen können. Er griff sich betreten an den

Kopf. «Du bist am schönsten Ort der Welt und fühlst dich trotzdem allein und verlassen.»

Wo waren die beiden Turteltäubchen? War ihr Spaziergang mit dem Allmächtigen bereits vorbei? «Ich könnte ihnen nachschleichen und auf diese Weise vielleicht einen Blick auf den Allmächtigen erhaschen.»

Er ließ den Feigenbaum hinter sich und überquerte die grasbewachsene Lichtung, während er die rosablühenden Sträucher im Blick behielt, zwischen denen die beiden verschwunden waren. Doch er suchte vergebens nach einem Pfad. Ratlos drehte er sich im Kreis und ging jeweils ein paar Schritte in eine Richtung, nur um kurz darauf wieder zur Lichtung zurückzukommen. Obwohl überall Pflanzen wuchsen, hatte es nirgends ein unzugängliches Dickicht, das ihm den Weg versperrt hätte, und so gab es unzählige Wege.

Charlie blieb stehen und horchte. Ob er die drei hören konnte? Die Luft war erfüllt von Zwitschern, Zirpen und weiteren Lauten und Klängen von Tieren, aber menschliche Stimmen hörte er keine.

Enttäuscht setzte er sich auf einen Stein und ließ seine Gedanken schweifen. «Dann werden wir sehen, ob sie es schafft», hatte der Arzt gesagt. Vor seinem inneren Auge sah Charlie, wie schnell die Wunde am Finger des jungen Mannes geheilt war. Er sprang auf. «Ich muss Laura hierherbringen!» Hier würde sie gesund werden! Er musste Daniel fragen, wie er das anstellen konnte. Doch Charlie fürchtete, die Antwort zu kennen: «Es ist nicht möglich.» Warum hatte es Gott zugelassen, dass Laura so schwer verletzt wurde? Warum ließ es Gott zu, dass in seiner Welt der Heilungsprozess so langsam vor sich ging? Warum zeigte sich dieser Gott einerseits von der lieben Seite und verteilte Umarmungen, wenn es in Wahrheit schlecht um die Menschen stand?

Das junge Paar war beneidenswert. Warum durfte er das nicht auch haben?

Plötzlich hörte Charlie ein vergnügtes Lachen. Die beiden kamen zurück. Sie schlenderten Hand in Hand – und immer noch nackt – auf Charlie zu. Sie sahen glücklich aus. Freudestrahlend erzählten sie, wie sie beim Spaziergang erfrischt worden waren.

Charlie nickte nur, ohne ihren Worten richtig zu folgen. Er konnte seinen Blick nicht von dem wohlgeformten Körper der Frau abwenden. Was war nur los mit ihm? Als er sie das letzte Mal sah, machte es ihm auch nichts aus, dass sie nackt war. Jetzt aber regte sich in ihm ein Anflug von Eifersucht auf den jungen Mann. Womit hatte dieser nur das Glück dieser bezaubernden Frau verdient? Und warum stand es mit ihm und seiner Frau nicht mehr gut?

In diesem Augenblick stellte Charlie bestürzt fest, dass auch er nackt war. Er wäre vor Scham am liebsten im Boden versunken, denn er konnte keinen so makellosen Körper vorweisen wie die beiden.

Die junge Frau griff nach einer saftigen Frucht, die vom Baum über ihr hing und riss sie ab. Sie reichte sie ihrem Mann. Dann griff sie nach einer weiteren.

Charlie vermutete, dass es eine Papaya war.

Nun kam sie in anmutendem Gang und wippendem Busen auf ihn zu. Ihr langes Haar schwang dabei bis zu den Hüften. «Willst du auch?», fragte sie mit unschuldiger Stimme und streckte ihm die Papaya entgegen.

Charlie wurde es ganz heiß.

«Die ist gut und gibt dir Kraft.» Die junge Frau stand nur noch einen Meter vor ihm und die Hand mit der Papaya berührte beinahe seine Schulter. Das Sonnenlicht schien auf ihren Körper und hinterließ auf den Rundungen verführerische Schatten.

Charlie versuchte, die Frucht in ihrer Hand anzuschauen, doch sein Blick wurde zu ihren Brüsten gezogen, glitt zum

Bauchnabel und tiefer. Sein Atem wurde schneller. Voller Beschämung stellte er fest, dass sich in seinem Schritt etwas regte. Peinlich berührt wandte er sich ab. «Nein, danke. Ich muss mal kurz … aufs Klo.» Ohne nochmals zurückzublicken, eilte er hinter die schützenden Sträucher und rannte weg.

Erst als er außer Sichtweite war, hielt er an. Nach Atem ringend blickte er sich um. Neben ihm hingen die großen Blätter eines Feigenbaums weit nach unten. Hastig riss er mehrere Zweige davon ab. Mit zitternden Händen versuchte er umständlich, sich einen notdürftigen Schurz anzufertigen. Es war gar nicht so einfach, die hellgrünen Stiele so ineinander zu weben, dass die großen Blätter sich gegenseitig hielten. Endlich konnte er sich das Kunstwerk um die Hüfte binden.

Charlie fuhr zusammen, als die junge Frau auf einmal neben ihm stand. «Alles in Ordnung?» Sie schien den Schurz nicht zu bemerken.

«Jetzt würde ich gerne eine Papaya essen», lenkte er ab.

«Oh, die habe ich bereits selbst genossen.» Sie lächelte.

«Kein Problem», antwortete Charlie. «Ich kann ja auch eine von diesen Früchten hier nehmen.» Er blickte in eine mächtige Baumkrone hoch, von der reife und sehr verlockende Früchte prangten. Als er die Hand nach einer ausstreckte, berührte die junge Frau seinen Arm. Diese Berührung löste in ihm wieder ein prickelndes Kribbeln aus, das seinen Körper durchströmte. Wie war er nun für den Schurz dankbar!

Sie hielt seinen Arm fest. «Nein! Diese Früchte darf man nicht anfassen.»

«Nicht?»

Sie schüttelte den Kopf und lächelte. Ihr schien es nichts auszumachen.

«Wie jetzt? Gibt es hier im Garten tatsächlich Verbote?» Charlie hasste Verbote. Erst recht solche, deren alleiniger Sinn darin bestand, ihm den Spaß zu verderben. Egal ob religiöse oder ideologische, egal ob von selbstgerechten Kirchenvertretern aufgestellt oder von selbst ernannten Ernährungsberatern. «Hat der Allmächtige etwa gesagt, dass ihr nicht von allen Früchte essen dürft?»

Sie nickte. «Er hat gesagt, wir dürfen alle Früchte im Garten essen. Einzig von den Früchten dieses Baumes hier mitten im Garten dürfen wir nicht essen und sie auch nicht berühren.»

«Warum sollte er euch diese vorenthalten? Was hat er gegen euch?» Charlie atmete durch die Nase ein. Er vernahm den süßen und zugleich angenehm würzigen Duft dieser Früchte. Da hineinzubeißen wäre bestimmt purer Genuss. Ihm lief das Wasser im Mund zusammen. Er malte sich aus, wie reich er werden würde, wenn er diese Frucht mit nach Hause nehmen und aus deren Kernen Bäume züchten könnte.

Die junge Frau roch ebenfalls an den Früchten. «Riecht sehr gut», stimmte sie ihm zu.

«Wie kann ein so herrlicher Duft nicht erlaubt sein? Das macht doch keinen Sinn. Warum sollte Gott euch das Beste vorenthalten?»

Sie zuckte mit den Schultern und ihr Gesichtsausdruck verriet, dass sie noch nie darüber nachgedacht hatte.

«Komm schon», fuhr Charlie weiter. «Warum sollen wir da mitmachen, wenn der Typ uns Vorschriften macht? Warum sollte er wissen, was gut für uns ist und was nicht? Ich habe mir im Leben genug von anderen vorschreiben lassen, was ich zu tun habe. Ich habe die Nase voll, mich von anderen bestimmen zu lassen.»

Die junge Frau sah sich suchend nach ihrem Mann um, aber er war nirgends zu sehen.

Charlie fuhr empört fort: «Und überhaupt: Dieses Verbot gilt vielleicht nur euch. Jeder soll doch selbst entscheiden können, was gut für ihn ist und was nicht. Jeder hat eine andere Geschichte. Da kann der Allmächtige doch nicht für alle pauschal sagen: ‹Esst nicht die Früchte dieses Baums.› Ich habe genug Leid in der Welt gesehen. Ich traue ihm zu, dass er euch mit diesem Baum nur schikanieren will. Meine Tochter liegt im Sterben, Herrgott noch mal!»

Die junge Frau sah Charlie mit Tränen in den Augen an. «Aber ich will Gott vertrauen. Wenn er sagt, dass wir nicht davon essen sollen, hat er bestimmt nur gute Absichten. Er will verhindern, dass wir sterben müssen. Das ist nämlich der Grund, warum wir die Früchte nicht berühren sollen. Wenn wir sie berühren, werden wir sterben.»

«Das glaubst du doch selbst nicht!», platzte es aus Charlie heraus. «Das wäre nun wirklich unverhältnismäßiger Blödsinn. Denk mal darüber nach: Du berührst eine Frucht und erhältst dafür die Todesstrafe?!»

Ihre Mundwinkel bogen sich langsam nach unten. «Das ist tatsächlich merkwürdig.»

«Ich weiß jetzt, worum es hier wirklich geht.» Charlie stimmte sich selbst nickend zu. «Dieser Gott will, dass ihr ihm blind vertraut, nicht?»

Sie nickte. «Wir vertrauen ihm in allem, auch was er für gut oder schlecht hält.»

Charlie lachte abschätzig. «Genau. Aber eigentlich geht es ums Gegenteil: Gott vertraut *euch* nicht! Er weiß, wenn ihr selbst entscheidet, was gut und böse ist, dann werdet ihr sein wie er! Dann werden euch die Augen aufgehen und ihr werdet sein wie Gott!» Er hob vielsagend die Hände und winkte dann ab. «Ihr werdet ganz bestimmt nicht sterben. Ich kann euch etwas verraten: Eure Kinder und Kindeskinder leben noch während Tausenden von Jahren weiter. Und dies, obwohl sie erst recht nicht befolgen, was der Gott sagt. Und keiner ist deswegen je tot umgefallen.» Charlie blickte wieder nach oben, griff nach einer der Früchte und biss hinein. «Mmmh! Was für eine Offenbarung!»

Die junge Frau sah mit weit geöffneten Augen zu, wie er die Frucht sichtlich genoss. Und zu ihrem Erstaunen fiel er nicht tot um. Nach dem dritten Bissen fuhr sie sich mit der Zunge über die Lippen.

Da zuckte Charlie zusammen, denn genau da, wo er die Frucht abgerissen hatte, blickte eine Schlange zu ihnen hinunter. Er hätte schwören können, dass sie grinste.

«Vorsicht, eine Schlange!», rief Charlie. «Die ist bestimmt giftig.»

Aber die junge Frau hörte nicht auf seine Warnung. Sie hatte noch nie von einem Tier gehört, das gefährlich sein sollte. Zudem war bei ihr die Lust nach den verführerischen Früchten nun endgültig geweckt. Sie konnte den Blick nicht mehr von den reich behangenen Zweigen wenden.

Die Schlange bewegte sich dem Ast entlang weiter, bis dieser sich unter ihrem Gewicht senkte. Die Früchte kamen immer näher auf die junge Frau zu. Die Schlange gab einen zischenden Laut von sich, den Charlie als «nimm» deutete.

Eine Frucht hing nun direkt vor dem zierlichen Gesicht der jungen Frau. Kurzerhand griff sie danach und biss hinein. «Mmmh! Einfach köstlich!» Ihre Schultern senkten sich und sie ließ den Kopf nach hinten fallen. Sie genoss den Bissen in vollen Zügen. Sie atmete mit einem Seufzen tief durch die Nase aus, was den Genuss zusätzlich unterstrich.

Da tauchte der junge Mann auf und kam auf die beiden zu. Er sah seine Frau, den Baum und die Schlange. Noch bevor er zu Wort kam, hielt ihm seine Frau die Frucht vors Gesicht. Sie schaute ihn mit einem derart verklärten Blick an, dass er sich auf der Stelle darin verlor. Er biss ebenfalls in die Frucht und aß genüsslich davon.[4]

Charlie schaute den beiden zu und freute sich, dass er ihnen helfen konnte, ihre Naivität zu überwinden. Er ließ seinen Blick über die Haut der nackten Frau schweifen und genoss

[4] *1. Mose 3*

den Anblick ihrer perfekt geformten Körperteile. Die vollen Brüste, die geschwungene Taille, der Bauchnabel …

Plötzlich blickte sie ihn böse an. «Sieh mich nicht so begehrlich an! Du darfst mich nicht unbedeckt sehen!»

Charlie wandte sich beschämt ab, aber seine Ohren waren bereits glühend heiß. Das war ihm äußerst peinlich. Er war doch sonst kein Lüstling – er wollte es auf jeden Fall nicht sein. Voller Scham verließ er die beiden und zog sich durch die Ananassträucher in den Wald zurück.

Die Scham über seine gierigen Blicke machte ihn ganz elend. Gerne hätte er diesen Moment rückgängig gemacht. Was war vorhin bloß in die Frau gefahren? Bisher hatte es sie ja auch nicht gestört, sich ihm so freizügig zu zeigen.

Verwirrt ging er zwischen den Pflanzen hin und her, aber das feine Duftbouquet nahm er nicht mehr wahr. Da erinnerte er sich an die Werte, nach denen er sich in seinem bisherigen Leben zu richten versuchte. Wie konnte er sie hier im Garten einfach so vergessen. Ihm war doch immer klar gewesen: Der Körper einer Frau gehörte ihm nicht, egal wie viel Haut ihm präsentiert wurde. Das bloße Vorhandensein von etwas beinhaltete nicht die Erlaubnis, davon zu nehmen, weder mit Blicken noch mit Berührungen. Egal wie verlockend es war. Er schämte sich zutiefst für sein unangebrachtes Verhalten.

Hätte das womöglich auch für die verbotenen Früchte des Baumes gegolten?

Von weitem drangen die Stimmen der beiden Menschen zu ihm durch. Worte voller Unfrieden, wie er sie bei ihnen noch nie gehört hatte. Charlie traute seinen Ohren nicht. Was ging hier nur vor sich? Die beiden führten eine heftige Auseinandersetzung darüber, wie sie ihre Blöße bedecken könnten. Der Mann meinte zu wissen, was gut war. Aber sie schien anderer Ansicht zu sein. Sie hielt seine Version für schlecht und ihre für richtig. Auf einmal beschlich Charlie ein beklemmendes Gefühl und der Garten schien seinen Charme zu verlieren.

Charlie wollte so schnell wie möglich von hier weg. Er irrte während Stunden im Garten umher, doch er fand den Ausgang nicht.

Plötzlich hörte er eine bekannte Stimme. Gott rief nach den Menschen.

Charlie versteckte sich. Er schämte sich zu sehr, gesehen zu werden.

Dem jungen Paar schien es genauso zu gehen, denn Gott rief mehrmals nach ihnen.

Da hörte Charlie den Mann antworten: «Ich habe deine Stimme gehört und da bekam ich Angst, weil ich nackt bin. Deshalb habe ich mich versteckt.»

«Wer hat dir gesagt, dass du nackt bist? Habt ihr etwa von dem Baum gegessen, von dem ich euch geboten habe, nicht zu essen?»

Der Mann antwortete schnell: «Die Frau, die du mir gegeben hast, sie gab mir davon.»

«Was hast du getan?!», tadelte Gott die Frau.

Charlie zuckte zusammen. Hoffentlich verriet sie ihn nicht! Ihm wurde schlagartig bewusst, dass er die beiden in diese Sache hineingeritten hatte. Was hatte wohl jemand von Gott zu erwarten, der andere verführte?

Er hielt die Luft an, als die Frau zu sprechen begann. «Da war eine Schlange …» Charlie atmete erleichtert auf. «Die Schlange hat mich verführt. Da habe ich davon gegessen.»

Was dann folgte, nahm Charlie nur noch durch einen Schleier voller Scham und Schuld wahr. Ein flaues Gefühl beschlich seinen Magen und in seinem Kopf drehte sich alles.

Wie durch eine Wand hörte er Gott zur Frau sagen: «Von jetzt an herrscht Feindschaft zwischen der Schlange und dir und deinen Nachkommen. Aber ein Nachkomme wird der Schlange den Kopf zertreten, doch die Schlange wird ihm in die Ferse beißen.» Die Stimme fuhr fort, dass es Konsequenzen haben würde, dass die Menschen selbst entscheiden wollten, was richtig und was falsch war. Gut und Böse sei oft gar nicht so einfach zu unterscheiden und es sei abzusehen, dass die Menschen im Laufe ihres Lebens nebst etlichen klugen auch einige falsche Entscheidungen fällen würden. Das werde schmerzliche und schweißtreibende Folgen für sie haben. Meinungsverschiedenheiten, weil jeder Mensch andere Ansichten von Gut und Böse hätte, würden von nun an das Zusammenleben vergiften.

Plötzlich wurde es hell um Charlie. Erschrocken blickte er auf. Zwei riesige Männer in leuchtenden Kleidern standen vor ihm. Sie hielten beide ein Schwert in der Hand.

«Daniel?», stammelte Charlie.

«Daniel ist nicht hier. Du kommst mit uns!» Die beiden packten ihn unter den Armen und zogen ihn mit sich. Sie schleiften ihn durch das kniehohe Gras und dann quer durch den Garten. Charlie wusste nicht, wie ihm geschah.

Irgendwann gelang es ihm, sich aufzurichten und er versuchte, mit ihren langen Beinen Schritt zu halten. Sie wanderten etwa eine Stunde durch den botanischen Garten. Als die Vegetation spärlicher wurde, erreichten sie ein mächtiges Felsmassiv, das durch eine Kluft zweigeteilt war. Ein schmaler Pfad führte mittendurch.

Die Gestalt zu Charlies Rechten ließ ihn los und schritt als erste in die mannesbreite Felsspalte. Die zweite Gestalt folgte und schob den Gefangenen vor sich her.

Als sie nach gut zweihundert Schritten die Kluft verließen, lag eine Ebene mit Buschland vor ihnen.

Die beiden Gestalten ließen Charlie los und er stolperte ungeschickt über einen Stein und fiel bäuchlings zu Boden.

Sie wandten sich um und gingen zum Felsen zurück. Am Eingang zur schmalen Schlucht blieben die beiden Wächter stehen.

Charlie rappelte sich auf und strich den Staub von seinen Beinen. Da entdeckte er das junge Paar einen Steinwurf von ihm entfernt. Die Frau weinte untröstlich und der Mann hielt hilflos ihre Hand. Charlie musste zwei Mal hinsehen, um sich zu vergewissern, dass die beiden nun tatsächlich Kleider aus Tierfell trugen. Er selbst hatte immer noch den Feigenblattschurz um. Nun war er derjenige, der sich primitiv fühlte. Aber nur äußerlich. Innerlich fühlte er sich den bemitleidenswerten Menschen weit überlegen. «Ich habe euch doch gesagt, ihr würdet nicht sterben», sagte er leise vor sich hin.

Aber dann schämte er sich für diesen hochmütigen Gedanken. Zuvor waren die beiden glücklich gewesen und ihr Leben hatte Sinn gemacht. Jetzt standen sie am Rande einer Art Steppe. Hinter ihnen versperrte eine breite Felswand den Durchgang. Sie waren alles andere als glücklich und die Situation ergab irgendwie keinen Sinn.

Charlie tat es leid, was er getan hatte. Er hasste es, mitansehen zu müssen, wie verzweifelt die junge Frau war. Aber noch mehr beängstigte es ihn, dass sich dieser Ort hier nun genauso sinnlos und leidvoll anfühlte wie seine Welt. Im Garten hatte er endlich gefunden, wonach er sich sein Leben lang gesehnt hatte. Nun hatten sie alles verloren. Hätte er dieses Glück im Garten doch nur mehr wertgeschätzt!

Er wandte sich um und ging mutig zu den riesigen Gestalten zurück.

«Stopp!»

«Ich muss zurück. Ich habe einen großen Fehler gemacht. Ich möchte es wiedergutmachen. Ich muss unbedingt Daniel sprechen!» Charlie suchte nach einer Möglichkeit, zwischen den beiden durchzuschlüpfen.

Doch sie bauten sich in voller Größe vor ihm auf. «Da kommt keiner rein. Der Garten ist geschlossen.»

«Aber warum? Nur wegen eines einzigen Fehltritts?» Charlie wurde ärgerlich.

«Ich will es dir sagen», antwortete eine der Gestalten. «Ihr habt gewählt, selbst zwischen Recht und Unrecht zu entscheiden. Als Folge bedeutet das für euch viel Leid und Unterdrückung. Deshalb will Gott verhindern, dass ihr auch noch vom Baum des Lebens esst. Er will nicht, dass ihr ewig in diesem Zustand leben müsst.»

Charlie nickte. «Okay, Gott ist sauer, weil wir nicht auf ihn gehört haben. Das verstehe ich. Aber warum will er uns Menschen nun zusätzlich mit dem Aussperren von diesem ‹Baum des Lebens› bestrafen?»

Die Gestalt schüttelte den Kopf. «Das ist keine Strafe. Es ist reine Barmherzigkeit. Er ist auch jetzt noch gnädig mit euch.»

Charlie verstand nicht.

Aber bevor er widersprechen konnte, erklärte die Gestalt: «Wer vom Baum des Lebens isst, lebt ewig. Dass Menschen andere verletzen, ist schlimm genug. Dass Menschen andere in alle Ewigkeit ausbeuten und misshandeln, ist die Hölle. Gott will nicht, dass die Unterdrücker ihre Mitmenschen *ewig* unterdrücken. Er möchte nicht, dass sich Krieg, Streit und Ausbeutung *ewig* fortsetzt. Deshalb ist der Zugang zum Baum des Lebens geschlossen.»

Die beiden mächtigen Gestalten schauten einander an. Dann zückten sie ihre langen Schwerter, wandten sich dem Felsen zu und wetzten mit der Klinge über die raue Oberfläche des Steins. Wie Zündhölzer entflammten sich die Schwerter und Feuerzungen loderten auf. Die beiden Engel stellten sich mit den flammenden Schwertern Charlie in den Weg. Ihr Auftrag war klar: Den Baum des Lebens bewachen, damit kein Mensch je dorthin zurückkam.[5]

Charlie verstand, dass das Gespräch beendet war. Er ging

[5] *1. Mose 3*

zurück zu dem Stein, über den er gestolpert war, und setzte sich darauf. Er hatte keine Lust zum Paar hinunterzugehen. Er hatte ihre Welt zerstört. Er konnte es nicht ertragen, ihren Schmerz und ihre Scham mitanzusehen, zu sehr belastete ihn sein Gewissen. Sie wurden zum Opfer seines Versagens, wie er ja auch schon so oft zum Opfer anderer geworden war.

«Willkommen in meiner Welt!» Charlie versuchte zu lachen, aber das Lachen blieb ihm im Hals stecken. Da klingelte ein Telefon.

# 8. Kapitel

Das Telefon hörte auf zu klingeln und Sarah hastete im Morgenmantel die Treppe hinunter. «Warum bist du nicht rangegangen? Das war bestimmt wichtig!»

Charlie blieb auf dem Sofa liegen. Er war noch zu benommen, um zu antworten.

Sie griff nach dem Hörer und drückte auf die «Rückruf»-Taste, aber die Verbindung kam nicht zustande. Sie nahm das Telefon mit nach oben.

Charlie setzte sich mühsam auf und stützte den Kopf auf die Hände. Was für ein Albtraum. Er hatte das Leben des jungen Paares zerstört! Andererseits ging es ihm kein bisschen besser. Die Uhr zeigte halb sieben an. Es war Donnerstag und Charlie würde normalerweise um diese Zeit das Haus verlassen. Aber zur Arbeit konnte er in diesem Zustand nicht und dafür würde jeder Vorgesetzte Verständnis haben. Er tastete nach seinem Handy, fand es aber nirgends. Wo waren überhaupt die Brieftasche und seine Schlüssel? Lagen sie womöglich noch im Auto oder hatten die Retter sie gefunden und mitgenommen?

Es wurde Charlie heiß und schwindlig beim Gedanken an die Aktentasche mit all den wichtigen Verkaufsdokumenten für die nächsten Tage. Diese hatte auf dem Rücksitz gelegen und die Unterlagen waren für seine Zukunft von immenser Bedeutung. Die Umsätze der nächsten Tage waren entscheidend für sein Mitarbeiterranking, denn die Firma war vor einem Monat aufgekauft worden. Für seinen Arbeitgeber und einen Teil der Arbeitnehmer war es ein Glücksfall, denn ohne die Übernahme hätte der Betrieb spätestens Ende Jahr eingestellt werden müssen. Aber die übrigen Mitarbeiter wurden nach der Zusammenlegung der Verkaufsabteilungen nicht mehr benötigt. In der kommenden Woche mussten die Abteilungsleiter der neuen Geschäftsleitung eine Liste von Mitarbeitern vorlegen, auf die sie in Zukunft setzen wollten. Die Chancen standen gut, dass Charlie darunter war. Doch das bedingte, dass jemand noch heute und morgen mit diesen Verkaufsdokumenten die Verkäufe abschloss.

Hätte er seine persönlichen Gegenstände womöglich zurückbekommen, wenn er im Krankenhaus geblieben wäre?

Aus dem oberen Stockwerk hörte er erneut das Telefon klingeln. Sarah antwortete. Wenig später eilte sie umgezogen die Treppe hinunter. «Sie sagen, wir sollten besser so schnell wie möglich ins Krankenhaus kommen.»

Charlie hob fragend die Hände.

«Laura! Es geht ihr schlechter.» Sarah nahm den Autoschlüssel vom Haken und eilte in die Garage.

Charlie folgte ihr und fragte sich, wann seine Schlüssel wieder hier am Schlüsselbrett hängen würden.

Als sie von der Einfahrt in die Straße bogen, drehte sich Charlie zu Sarah um. «Sag mir jede Einzelheit, die sie am Telefon gesagt haben.»

Sarah antwortete nicht, aber drückte noch mehr aufs Gaspedal.

Charlie packte sie am Arm. «Sag schon! Was haben sie gesagt?»

Da trat Sarah auf die Bremsen und lenkte das Auto abrupt in die Einfahrt eines Parkplatzes. Ein Pick-up hupte, während dieser dicht an ihnen vorbeifuhr.

«Sie stirbt, Charles. Sie stirbt.» Sarah blickte ihrem Mann direkt in die Augen und begann dann heftig zu schluchzen.

«Haben sie das gesagt? Was genau haben sie gesagt?» Charlie wollte es nicht wahrhaben.

Sarah versuchte, sich durch tiefe Atemzüge zu beruhigen,

aber es gelang ihr nur mäßig. «Wir sollen kommen, um uns zu verabschieden. Das haben sie gesagt! Das heißt doch, dass sie stirbt, oder?!»

Charlie öffnete die Tür und stieg aus. Er brauchte frische Luft. Er hielt die Hand an der Stirn und ging nervös auf und ab. Der Morgenverkehr lärmte auf der Straße, doch er hörte ihn nicht. Ein Schauder schüttelte ihn.

Er musste Laura nochmals lebend sehen, deshalb stieg er entschlossen zurück ins Auto.

Aber Sarah stammelte mit wässerigen Augen: «Ich kann so nicht fahren.»

Charlie stieg wieder aus und schritt ums Auto. Er nahm die offene Tür von seiner Frau entgegen und setzte sich mit einem Seufzer ans Steuer. Die Sorge um Laura nahm ihn so gefangen, dass er gar nicht daran dachte, wie seine letzte Autofahrt geendet hatte, und auch nicht daran, dass er weder Geldbeutel noch Führerschein bei sich trug. Als Sarah die Tür geschlossen hatte, fädelte er sich ohne Rücksicht auf die anderen Verkehrsteilnehmer in den Morgenverkehr ein.

Sarah murmelte etwas vor sich hin, was Charlie verrückt machte. «Hör auf damit!»

Sie wurde still.

«Was sollte das eben?»

«Ich habe um ein Wunder gebetet.»

«Du betest seit fünfzehn Jahren nicht mehr.»

«Halt einfach die Klappe, Charlie! Was interessiert's dich? Du hast noch gar nie gebetet.»

Als sie auf den Parkplatz des Krankenhauses einbogen, hatte Sarah ihre Stimme wieder besser unter Kontrolle. «Sie haben gesagt, dass sie uns keinen Schrecken einjagen wollten, es bestehe schon noch Hoffnung. Aber die Chance bestehe eben auch, dass sie in den nächsten Stunden von uns gehe. Deshalb sollten wir besser vorbeikommen.»

Charlie schüttelte den Kopf. Genau diese Informationen hätte er von Anfang an hören wollen. Er brauchte diesen Strohhalm der Hoffnung, an dem er sich festhalten konnte. Aber er war zu erschöpft, um ihr einen Vorwurf zu machen.

Sie folgten dem Korridor bis zur geschlossenen Schiebetür vor der Intensivstation. Die stattliche Frau vom letzten Mal stand in ihrer natürlichen Autorität wieder davor und versperrte ihnen den Weg. Charlie fragte sich, ob sie unterdessen überhaupt schlafen gegangen war. Aber im Grunde war es ihm egal.

Die beiden mussten sich auf ihr Geheiß hin wieder setzen, bis eine Notfallpflegerin erschien. Die führte sie zum Bett ihrer Tochter, das mit Vorhängen von den übrigen Betten abgetrennt war.

Laura war noch genauso eingepackt und verkabelt wie in der Nacht. Regungslos lag sie da, still kämpfend um ihr Leben – näher dem Tod als dem Leben.

Ein kalter Schauer lief Charlie über den Rücken. Er ließ Sarah zuerst zum Bett treten. Sie fuhr Laura sanft über den freien Arm und weinte dabei.

Ein Gedanke hielt Charlie gefangen und quälte ihn: «Wenn ihr die Frucht berührt, müsst ihr sterben.»

Als auch er am Bett bei Laura gewesen war und keinen einzigen klaren Gedanken für seine Tochter fassen konnte, kam die Notfallschwester und hieß Charlie mitzukommen. Er folgte ihr verwirrt, während Sarah sich auf den Stuhl an Lauras Bett setzte.

Die Frau in der grünen Krankenhausschürze führte ihn in den Korridor hinaus, wo zwei Männer auf ihn warteten.

«Herr Martin, wir müssen mit Ihnen sprechen.» Sie zeigten beide einen Ausweis, die sie als Polizeibeamte auswiesen.

«Kann das nicht warten? Meiner Tochter geht es sehr

schlecht.»

«Wir bedauern den unpassenden Zeitpunkt. Es ist zu Ihrem Besten, wenn wir Ihre Sicht der Dinge so früh wie möglich in die Untersuchungen miteinbeziehen können.»

Charlie nickte, obwohl er immer noch keinen klaren Gedanken fassen konnte. Die Beamten in Zivilkleidung führten Charlie in ein Besprechungszimmer am anderen Ende des Korridors. Da hatten die Räume Türen.

Als der ältere ihm einen Kaffee anbot, nahm er dankend an. Kurz darauf kam dieser mit zwei dampfenden Bechern zurück. Einen reichte er Charlie und den andern stellte er vor sich hin. Der zweite Polizist trank Wasser aus einer grünen Flasche.

Charlie nippte am heißen Getränk. Der Kaffee schmeckte nicht schlecht, angesichts der Tatsache, dass er aus dem Selbstbedienungsautomaten im Flur stammte.

Die beiden Beamten befragten ihn abwechselnd zum Unfallhergang. Charlie gab bereitwillig Auskunft. Er habe während dreier Ampeln eine grüne Welle gehabt und weil auch die vierte grün war, sei er über die Kreuzung gefahren. Er erinnere sich an einen Sportwagen, der ihn rechts überholte und dann abgebogen war.

Die beiden Polizisten seufzten. Der eine blickte auf das Dokument vor sich auf dem Tisch, während der andere die Augenbrauen hob.

«Gibt es ein Problem?», fragte Charlie.

Nach einer langen Pause sagte der Polizist mit dem Kaffeebecher. «Es gibt mehrere Zeugen, die aussagten, Sie seien bei Rot über die Kreuzung gefahren.»

Charlie war wie versteinert. «Das ist ein Scherz, oder?»

«Sie hätten gestern im Krankenzimmer bleiben sollen. Die Mitarbeiter dort hätten Sie nicht gehen lassen dürfen.»

Es trieb Charlie den Schweiß in die Poren. «Nein, bleiben wir noch bei der Ampel. Ich bin hundertprozentig sicher, dass sie Grün war. Meine Tochter sagte noch zu mir, wir hätten grüne Welle …» Da versagte seine Stimme. Die Polizisten schauten ihn mit einem Blick an, der verriet, dass sie ihm kein Wort glaubten.

«Können Sie das beweisen? Oder kann es jemand bestätigen?», fragte derjenige mit dem Kaffee in sachlichem Ton.

Nein, beweisen konnte er es nicht. Hätte ihm Sarah zum letzten Geburtstag doch nur die Dashcam geschenkt, die er sich eigentlich gewünscht hatte … doch sie hatte sich für ein «sinnvolles Geschenk» entschieden. Die kleine Kamera hätte die Fahrt im Auto aufgezeichnet und er hätte nun beweisen können, dass er recht hatte.

Laura wäre die Zeugin für die grüne Ampel. «Meine Tochter saß im Auto. Sie kann bestätigen, dass sie grün war.»

«Wir wünschen Ihnen sehr, dass sie durchkommt», war die einzige Antwort, die er darauf bekam. Die Anteilnahme tat Charlie gut. Erst später fragte er sich, ob der Polizist nicht etwas anderes gemeint hatte: Wenn sie nicht durchkäme, müsste er zusätzlich zum Verfahren wegen grober Verletzung der Verkehrsregeln auch noch ein Verfahren wegen fahrlässiger Tötung eröffnen.

«Wie gehts jetzt weiter? Muss ich zurück ins Krankenzimmer?», fragte Charlie.

Die beiden Polizisten erhoben sich. «Nein. Sie müssen heute nach elf Uhr auf dem Polizeiposten erscheinen, um einige Dokumente zu unterzeichnen. Bis dahin können Sie machen, was Sie wollen, außer das Land verlassen, versteht sich.»

«Warum sollte ich das Land verlassen? Meine Tochter liegt hier in diesem Haus und kämpft um ihr Leben. Und zudem weiß ich, dass ich unschuldig bin.»

Der Polizist nahm die grüne Wasserflasche vom Tisch und trat in Richtung Tür. «Haben Sie noch Fragen?»

«Jede Menge», antwortete Charlie.

Der Polizist ließ die Klinke wieder los.

«Wie gehts dem Fahrer des anderen Unfallwagens?»

Die Männer erklärten, dass es sich um einen betagten Mann handle, der allein unterwegs gewesen sei und schwere Rückenverletzungen davon getragen habe.

Charlie sah den dunklen SUV noch vor sich, bevor er Bruchteile von Sekunden später in sein Auto gekracht war. Verglichen mit seinem Wagen kam ihm dieser wie ein eiserner Panzer vor.

«In meinem Auto waren persönliche Gegenstände. Wann erhalte ich sie zurück?»

Die Antwort gefiel ihm nicht: Sein Smartphone sei zur Sicherung von Spuren und zur Herleitung der Unfallursache beschlagnahmt und in ein Labor geschickt worden. Verdächtigten die Polizeibeamten ihn etwa, kurz vor dem Unfall Textnachrichten gelesen zu haben? Der Polizist versicherte ihm, das sei Teil des üblichen Verfahrens. Seine Brieftasche und alles andere könne er später bei seinem Besuch im Polizeigebäude entgegennehmen.

Zurück bei Sarah streckte sie ihm ihr Smartphone entgegen. «Reto hat schon drei Mal versucht, dich zu erreichen. Aber ich hatte keine Lust, mit ihm zu sprechen.»

«Sie müssen draußen telefonieren», sagte eine Stimme auf der anderen Seite des Vorhangs.

Draußen auf dem Korridor rief Charlie seinen Chef zurück und erklärte ihm in knappen Worten, was geschehen war.

«Das tut mir leid, Charlie. Wie lange fällst du aus?»

«Das kommt ganz darauf an, wie es Laura geht.»

«Ich verstehe. Kannst du die Verkaufsunterlagen vorbeibringen? Ich werde versuchen, diese Termine Graf oder Seidel dazwischenzuschieben.»

«Du bekommst sie heute Nachmittag.» Dass die Dokumente derzeitig noch bei der Polizei lagen, verschwieg er.

«Ich wünsche deiner Tochter schnelle Besserung.»

«Danke, Reto.»

Es ärgerte Charlie, dass einer seiner Kollegen nun seinen Umsatz abkassieren konnte. Bei Reto zählte zwar mehr als der Umsatz, aber schon eine Stufe weiter oben im Organigramm werden bei der bevorstehenden Umstrukturierung nur noch Namen und Zahlen verglichen.

Ein Notfallpfleger begleitete ihn zurück ans Bett seiner Tochter. Er brachte seiner Frau das Smartphone zurück und erkundigte sich nach Laura. Der Pfleger erklärte mit viel Einfühlungsvermögen, dass auf dieser Station mit vielen Notfällen und den Patienten mit intensiver Betreuung nur eine Person pro Patient aufs Mal am Bett bleiben dürfe. Weitere Personen müssten draußen im Wartezimmer ausharren. Sobald Laura verlegt werde, könnten dann beide bei ihr sein.

Auch wenn ihre Gefühle etwas ganz anderes sagten, fügten sie sich dieser Bestimmung und beschlossen, sich an Lauras Bett abzuwechseln. Charlie sah Sarahs Angst um ihre Tochter ins Gesicht geschrieben. Niemand würde die Mutter jetzt von Lauras Seite wegbringen. Mit schwerem Herzen überließ er ihr die erste Zeit auf dem Stuhl, der eingeengt zwischen Maschinen, Kabeln und Geräten stand. Er bat sie um Bargeld. Mit nichts als zwei kleinen Banknoten in der Hosentasche verließ er widerstrebend das Krankenhaus. Wenn er schon nicht bei seiner Tochter sein durfte, wollte er die Zeit sinnvoll nutzen und sich dadurch von der quälenden Angst um sie ablenken.

# 9. Kapitel

Am Automaten löste Charlie eine Fahrkarte und fuhr mit dem nächsten Bus in die Innenstadt. Die Polizisten hatten nichts gesagt, aber er ging davon aus, dass er jetzt einen guten Anwalt brauchte.

Ein Schulfreund war Anwalt geworden und hatte beim letzten Klassentreffen allen Anwesenden eine kostenlose Erstberatung versprochen, sofern sie jemals eine benötigten. Diesen mündlichen Gutschein wollte Charlie jetzt einlösen.

Beim Hotel Plaza stieg er aus dem Bus und eilte über den Zebrastreifen zur parallel verlaufenden Straße, an der sich alle wichtigen Finanzinstitute sowie ein paar Anwaltskanzleien befanden. Charlie überholte einige Fußgänger in schicken Anzügen. Er musste Antonio Russo treffen, bevor dieser zu seinem ersten Sitzungstermin aufbrach. Er hätte sich gerne telefonisch angemeldet, aber ohne Mobiltelefon war das nicht möglich und seine Frau hatte er damit nicht bemühen wollen. Zum ersten Mal ärgerte es ihn, dass die Telefonzellen an den Straßenecken nicht mehr in Betrieb waren.

Er betrat die luxuriöse Lobby des Logan-Gebäudes und fuhr mit dem Aufzug in den vierten Stock, wo er bei «Braun und Partner» ausstieg. Antonio Russo war einer der Partner.

Charlie stellte sich am Empfang bei der jungen Frau in weißer Bluse vor und sie telefonierte darauf mit ihrem Chef. Dann sagte sie: «Er ist gleich bei Ihnen.»

«Danke.» Charlie studierte die Fotos der Angestellten mit deren Berufsbezeichnungen, die an der Wand hinter dem Empfang hingen. Russos Spezialgebiet war zu seiner Enttäuschung nicht Straßenverkehrsrecht, sondern irgendetwas mit Wirtschaft und Politik.

Im Korridor ging links von ihm eine Tür auf. Wenig später stand sein alter Schulfreund vor ihm, der sichtlich zugenommen hatte. Antonio schien sich darüber zu freuen, ihn zu sehen, runzelte dann aber besorgt die Stirn. «Du siehst nicht gut aus.»

Charlie versuchte zu lächeln. «Lange nicht gesehen …»

Der Anwalt zeigte auf seine Tür. «Komm. Wenn alte Schulfreunde spontan hier auftauchen und erst noch so dreinschauen wie du, ist das ein klarer Fall für die kostenlose Erstberatung.»

«Bin ich so leicht zu durchschauen?» Charlie war erleichtert, dass Antonio sein Versprechen nicht vergessen hatte. Er folgte ihm in das ordentliche Büro. «Es tut mir leid, dass ich dich ohne Voranmeldung überfalle. Aber ich stecke in ernsthaften Schwierigkeiten.»

Antonio setzte sich in den Sessel und schob ihn näher an den breiten Schreibtisch heran. «Du bist nicht der Erste. Auch Gasser platzte vor einem halben Jahr hier herein und hatte die angebotene Erstberatung in Anspruch genommen. Es freute mich, dass ich ihm helfen konnte. Was sein Problem war, bleibt natürlich ein Geheimnis, aber ich hoffe sehr, dass deines auch so harmlos ist.» Charlie erinnerte sich an Gasser. Er war Pfarrer geworden. In welchen Schwierigkeiten steckte wohl ein Pfarrer?

«Leider muss ich in zehn Minuten zu einem Termin. Wir werden diese Beratung zweiteilen müssen. Erzähl mir schon mal, wo der Schuh drückt.» Antonio faltete die Hände über seinem Schreibblock zusammen und schaute Charlie auffordernd an.

Dieser wusste nicht so recht, wo er beginnen sollte, entschied sich dann aber, gleich zur Sache zu kommen. «Ich hatte einen Autounfall.» Er erzählte, dass er sich vor einer Stunde noch für absolut unschuldig hielt und nun erfahren hatte, dass es mehrere Zeugen gab, die ausgesagt hätten, er habe die Kreuzung bei Rot überquert. Als er erwähnte, dass seine Tochter im Sterben lag, legte sich Antonios Stirn in Falten. Er bekundete Charlie sein Beileid und dass er sehr hoffe, dass sie bald wieder gesund würde.

«Danke Antonio.»

«Nein, Charlie. Du verstehst mich nicht richtig. Das war nicht bloß nette Floskel. Wenn du tatsächlich Schuld am Unfall hast, wäre ein Todesfall für das Gerichtsverfahren äußerst ungünstig. Bist du gegen Grobfahrlässigkeit versichert?»

Diese Frage konnte Charlie nicht mit Sicherheit beantworten. Er hatte sich abgesehen von der Zahlung der Prämie schon lange nicht mehr mit den Versicherungspolicen beschäftigt.

Seinem Gegenüber entging nicht, dass Charlies Atemfrequenz schneller wurde. «Besteht also die Möglichkeit, dass du nicht gegen Grobfahrlässigkeit versichert bist?»

Charlie hob hilflos die Schultern.

«Dann könnte dir die Versicherung zumindest einen Teil des Schadens aufbrummen. Wir sprechen hier vom Schaden der Fahrzeuge, die Rettungskosten, aber noch viel schlimmer, die Genesungskosten für deine Tochter. Von einer Rente wegen Einkommensverlusten wollen wir noch nicht sprechen. Bitte entschuldige, dass ich so direkt bin, aber um den Brei herumreden, bringt in dieser Situation nichts.» Antonio lehnte sich in seinem Sessel zurück.

«Ich war immer ein rücksichtsvoller Fahrer. Ich fahre nie betrunken, rase nicht wie ein Irrer … Ich dachte, ich könne mir dieses Geld für den Ausschluss der Grobfahrlässigkeit gut sparen», stammelte Charlie mutlos. Dann kam plötzlich wieder Leben in ihn. «Aber das ist gar nicht der Punkt! Mein Problem ist, dass ich zu Unrecht beschuldigt werde. Ich bin mir hundertprozentig sicher, dass ich die Kreuzung bei Grünlicht überquert hatte.»

Ob er es beweisen könnte? Natürlich nicht.

Antonio holte Luft. «Es tut mir leid, ich muss los. Straßenverkehrsrecht und Strafverfahren gehören nicht zu meinem Fachgebiet. Aber ich werde mich in der Mittagspause schlaumachen, was genau gegen dich vorliegt und welche Beweise sie gegen dich in der Hand haben. Dann werde ich dir einen Anwalt suchen, der spezialisiert ist. Komm nach 16:00 Uhr nochmals vorbei.»

Charlie nickte. Er war Antonio sehr dankbar für seine Bereitschaft, ihm zu helfen, aber er spürte, dass auch sein Schulfreund ihm das mit der grünen Ampel nicht vorbehaltlos abnahm.

Antonio stand auf und nahm seinen Mantel vom hölzernen Kleiderständer. Dann packte er den Aktenkoffer auf dem Schreibtisch und ging zum Ausgang.

Charlie erhob sich auch. «Kannst du mir sagen, wo unser alter Freund Gasser wohnt?»

«Er ist Pfarrer in Schönenberg. Willst du etwa zur Beichte?» Sie gingen nacheinander durch die Tür in den Korridor hinaus. Antonio reichte Charlie zum Abschied die Hand.

«Nein, aber ich brauche auch einen Anwalt für das Übersinnliche. Da habe ich ebenfalls etwas verbockt.»

# 10. Kapitel

Charlie bedankte sich bei der jungen Frau am Empfang und gab ihr den Telefonhörer zurück. Sie hatte ihm freundlicherweise erlaubt, Sarah anzurufen. Dann stieg Charlie in den Aufzug, der ihn nach unten brachte. Als einzige Neuigkeit hatte ihm Sarah am Telefon erzählt, dass die zweite Operation von Laura auf 14 Uhr angesetzt worden war. Das deutete Charlie als gutes Zeichen, auch wenn er nicht verstanden hatte, was diesmal operiert wird.

Es war bereits 9 Uhr morgens und er hatte noch nicht gefrühstückt. Er verließ das Logan-Gebäude auf der Ostseite und machte sich auf den Weg zurück zur Busstation beim Hotel Plaza. Bevor er die Fahrkarte nach Schönenberg löste, kaufte er sich in der Bäckerei neben dem Hotel ein überteuertes Sandwich. In diesem Geschäftsviertel konnten die Ladengeschäfte offenbar Fantasiepreise verlangen.

Er biss erst ins Brot, als er im Bus saß und dieser losfuhr. Schönenberg war der nördliche Bezirk der Stadt. Um dorthin zu gelangen, musste Charlie zwei Mal umsteigen. Ein älterer Herr erklärte ihm dort den Weg zur Kirche. Die Uhr zeigte Viertel nach zehn an, als Charlie am Pfarrhaus klingelte.

Eine Frau um die sechzig öffnete die Tür. Gassers Mutter konnte es nicht sein, denn Charlie hätte sie auch nach all den Jahren wiedererkannt. Er war oft an Mittwochnachmittagen mit Klein-Gasser durch die Gassen gezogen.

Die Frau sagte, dass Pfarrer Gasser nicht mehr hier arbeite. Wegen der vielen Kirchenaustritte wurde seine Stelle in den Hauptbezirk verlegt und nur ein Pfarrer sei geblieben.

«Ist denn dieser andere Pfarrer da? Ich habe eine dringende Frage.»

Die Frau bat ihn in den Vorraum hinein und verschwand über eine Treppe im zweiten Obergeschoss.

Charlie blickte sich um. Zumindest früher hatte die Kirche noch Geld gehabt. Das Pfarrhaus war großräumig gebaut und mit erlesenen Baumaterialien ausgestattet worden.

Nach einer Weile erschien oben an der Treppe ein älterer Herr. Dieser Pfarrer stand wohl kurz vor der Pensionierung, wenn es so etwas für Geistliche überhaupt gab. Er schritt gemächlich die Stufen hinunter und musterte dabei den Besucher. «Guten Tag. Ich bin Pfarrer Wermelinger. Was kann ich für Sie tun?»

«Ich habe eine Frage bezüglich des …» Charlie suchte nach dem richtigen Wort. Wie wird in der Kirche der Schlamassel mit der verbotenen Frucht genannt? Ach ja! «… bezüglich des Sündenfalls.»

Der Pfarrer hatte inzwischen das Ende der Treppe erreicht und deutete auf ein Nebenzimmer. «Bitte! Setzen wir uns. Das scheint mir keine ‹dringende› Frage zu sein.»

«Für mich ist sie dringend. Ich muss wissen, wie ich diesen missglückten Fall wieder hinbiegen kann.» Charlie setzte sich auf das antike Sofa, das der Pfarrer ihm zuwies.

Er selbst setzte sich in den dazu passenden Sessel. «Also, wie lautet Ihre Frage?»

«Warum war Gott so hart zu den beiden im Garten? Ich meine, sie haben bloß von einer Frucht gegessen, Herrgott noch mal! Sie haben niemanden umgebracht oder dergleichen.»

«Fluchen ist in diesem Hause nicht erwünscht», erwiderte Wermelinger freundlich aber bestimmt.

«Natürlich. Entschuldigen Sie bitte.»

Der Pfarrer holte Luft. «Zuerst einmal müssen Sie wissen, dass die Geschichte so nicht passiert ist.»

«Wie meinen Sie das? Ich war doch dabei …» Charlie stutzte. «Sie meinen, das ist alles gar nicht wahr?»

«Doch, in einer gewissen Weise schon. Die Geschichte vom Sündenfall symbolisiert den Bruch der Beziehung zwischen Mensch und Gott. Sie steht für allerlei Bruch in unserem Leben: zerbrochene Beziehungen, zerbrochene Gesundheit, zerbrochene Träume … Die Menschen vor Tausenden von Jahren haben eine Erklärung für das Leid gesucht und haben sie in dieser Geschichte gefunden.»

Charlie setzte sich gerade auf. «Wollen Sie damit sagen, dass es den schönen Garten auch nicht gegeben hat?»

«Richtig. Das Paradies, oder der Garten Eden, wie wir ihn nennen, gab es sehr wahrscheinlich so nicht, wie er in der Bibel beschrieben ist.» Pfarrer Wermelinger legte sich bedächtig die Hand ans Kinn, und schien mit seiner Antwort zufrieden zu sein.

Die Frau, die Charlie die Tür geöffnet hatte, wedelte im Vorraum mit einem Tuch den Staub vom Beistelltisch.

Charlie schwieg eine Weile. Die Gedanken kreisten um seine Erlebnisse im speziellen botanischen Garten. «Aber Gott gibt es, ja?»

Der Pfarrer nickte.

«Ist es möglich, dass dieser Gott Menschen umarmt?»

Der alte Mann runzelte beirrt die Stirn. «Wie soll ich das verstehen?»

«Keine Ahnung, wie ich es beschreiben soll … Die Umarmung war das tiefste, was ich je in meinem Leben erlebt hatte.» Der Pfarrer starrte ihn mit einem entgeisterten Blick an, der Charlie hinderte weiterzusprechen. Jetzt war er vollkommen durcheinander. Was hatte es zu bedeuten, dass es den Sündenfall nie gegeben hat? Er hatte ihn doch selbst erlebt. Was, wenn es den Garten und die Umarmung Gottes auch nicht gab? Was hatte seine außergewöhnliche Erfahrung dann für einen Sinn?

Herr Wermelinger beugte sich vor. «Wie war nun Ihre Frage zum Sündenfall?»

«Wenn er so nicht geschehen war, hat sich meine Frage erübrigt.» Charlie stand auf, streckte dem Pfarrer die Hand hin, bedankte sich für seine Zeit und verließ eilends den Raum.

Im Vorraum war die Frau noch immer mit Abstauben beschäftigt. Ob sie aus Neugier hier gestanden hatte, um das Gespräch zu belauschen?

«Auf Wiedersehen», sagte Charlie in ihre Richtung.

Sie eilte ihm aber schnell zur Haustür voraus und öffnete sie für ihn.

Er bedankte sich und trat hinaus. Als er an der Frau vorbeiging, steckte sie ihm einen kleinen Zettel zu und sagte: «Stell deine Fragen besser diesem Mann.»

Charlie blickte auf den Zettel in seiner Hand. Es stand ein Vorname und eine Adresse darauf. Er drehte sich um, aber die Frau schloss bereits die Tür hinter ihm.

# 11. Kapitel

Als Charlie im Bus zurück zum Hauptbahnhof fuhr, betrachtete er den Zettel: Laut Adresse wohnte dieser Robert auf seinem Rückweg. Aber erst wollte er schnellstmöglich seine Sachen bei der Polizei abholen.

Am Hauptbahnhof wählte er die Buslinie 6. So viele öffentliche Verkehrsmittel hatte er lange nicht mehr benutzt. Der Bus hielt ein paar Gehminuten vor dem Hauptgebäude des Polizeireviers. Charlie stieg aus und legte den restlichen Weg zu Fuß zurück.

Der Beamte im Eingangsbereich deutete auf eine Stuhlreihe, die der Wand entlang aufgestellt war. Charlie setzte sich und wartete. In den vergangenen Stunden war sein Leben gehörig durcheinandergeraten. Äußerlich fehlte ihm nichts, aber innerlich herrschte das reinste Chaos. Er hatte schon ein paarmal von betroffenen Eltern gehört, wie furchtbar schmerzlich es ist, ein Kind zu verlieren. Doch hatte er es nie so recht nachvollziehen können. Sarah hatte ihm deswegen mangelnde Empathie vorgeworfen. Überhaupt hatte er den Eindruck, überall werde von ihm Mitgefühl erwartet. Doch wie sollte er dieser Forderung nachkommen, wenn es anderen oftmals besser erging als ihm selbst? Er mühte sich die ganze Zeit ab mit Schuften, um die Rechnungen zu bezahlen und seiner Tochter eine gute Zukunft zu ermöglichen, während andere für Bagatellen Mitgefühl einforderten.

Selbstverständlich war ein Kind zu verlieren keine dieser Bagatellen. Doch er hatte oft einfach nicht gewusst, wie er mit den Menschen umgehen sollte, die einen schlimmen Verlust erlebt hatten. Und jetzt sah er selbst einem solchen Schicksalsschlag ins Auge. Er würde bald selbst jemand sein, der unsäglich litt und andere damit überforderte.

Aber er wollte kein Mitgefühl, er wollte, dass alles wieder normal war!

War das wirklich die Wahrheit? Wollte er tatsächlich, dass alles wieder war wie vorher? Nein, auf keinen Fall wollte er zurück in den Alltagstrott, zurück ins Hamsterrad des endlosen Abrackerns, nur um genügend Geld zu verdienen, um am nächsten Tag wieder zur Arbeit fahren zu können. Was war der Sinn des Ganzen?

Charlie holte tief Luft und spürte, wie sich seine Lungen mit Sauerstoff füllten. Dann atmete er langsam aus. Das sollte er öfters tun. Er atmete oft zu oberflächlich. Er holte abermals tief Luft und spürte, wie sich damit auch sein Innenleben entfaltete. Er schloss die Augen.

Nein, er wollte nicht, dass es wieder «normal» wurde. Normal war anstrengend und leer. Er wünschte sich die echten, geerdeten Gefühle zurück, er wünschte sich einen sinnerfüllten Alltag, ja er wünschte sich wieder diese übersinnliche Umarmung … Doch diese lag außerhalb seiner Reichweite. Zwei Giganten versperrten den Weg zu dieser Umarmung. Wie würde er das je wieder hinbiegen können?

Eine Hand berührte seine Schulter. «Herr Martin.» Der Polizist von heute Morgen stand vor ihm. «Folgen Sie mir.»

Charlie las das Protokoll sorgfältig durch, das seine Aussagen zum Unfallhergang enthielt. Bevor er seine Unterschrift daruntersetzte, schrieb er von Hand dazu: «Ich bin mir absolut sicher, dass die Ampel Grün anzeigte.»

Der Polizist zuckte mit seiner linken Schulter, als er das Papier entgegennahm. Dann erklärte er Charlie das weitere Vorgehen. Alle Unterlagen würden nun dem Staatsanwalt übergeben, der sich dann bei ihm melden werde.

Der Polizist griff nach einem Müllbeutel, der auf einem Tisch an der Wand gelegen hatte. «Da sind alle Gegenstände drin, die aus Ihrem Fahrzeug gerettet wurden. Bitte unterzeichnen Sie diese Liste hier.»

Charlie war sich gar nicht bewusst, was er alles in seinem Auto mitgeführt hatte. Einiges wohl schon seit Monaten.

«Das Smartphone wurde noch nicht freigegeben. Wir kontaktieren Sie, wenn Sie es abholen können. Jedoch muss ich Sie vorwarnen, denn beim Unfall wurde es beschädigt.» Der Polizist legte einen durchsichtigen Plastikbeutel auf den Tisch. Dieser enthielt den Geldbeutel und den Ehering, die er bei der Ankunft im Spital auf sich getragen hatte.

Charlie zog die Lederbörse heraus und kontrollierte den Inhalt: Bankkarte, Kreditkarte und die Geldscheine, die er gestern am Geldautomaten geholt hatte. «Da fehlt etwas.»

Der Polizist verzog fragend den Mund.

«Mein Führerschein.»

«Ah, den mussten wir Ihnen zuhanden der Verkehrsbehörde abnehmen. Sie dürfen bis auf weiteres nicht Auto fahren.»

«Was? Ich bin physisch und psychisch durchaus in der Lage ein Auto zu fahren. Ich habe kein Trauma oder so was. Wenn der Arzt dies angeordnet hat, liegt ein Missverständnis vor. Mit seiner Einschätzung meines Gesundheitszustands lag er ebenfalls vollkommen falsch, denn er wollte ja auch, dass ich noch länger im Krankenhaus bleibe. Tatsache ist, ich bin heute Morgen …» Charlie unterbrach, als er den aufgebrachten Blick des Polizisten sah.

«Ihnen wurde der Führerschein abgenommen, weil Sie bei Rot über die Kreuzung gefahren sind und dabei einen schweren Unfall verursacht haben. Sie werden von der Verkehrsbehörde einen Brief erhalten und darin wird Ihnen mitgeteilt, wie lange Ihre Fahrsperre dauert.»

Charlie verstand die Welt nicht mehr. «Wir leben in einem Rechtsstaat. Wie kann eine Strafe ausgesprochen werden, ohne dass ich die Chance hatte, mich zu verteidigen? Es ist längst nicht bewiesen, dass ich Schuld an dem Unfall habe. Ich hoffe immer noch, dass die Gerechtigkeit siegt und sich das Missverständnis aufklärt.»

Der Polizist versuchte einen verständnisvollen Gesichtsausdruck aufzusetzen, aber Charlie nahm es ihm nicht ab. «Da haben Sie recht. Sie sind noch nicht rechtsgültig verurteilt. Aber der Führerausweisentzug ist keine strafrechtliche Angelegenheit, sondern eine administrative. Das Verkehrsamt kann selbst entscheiden, wem es eine Fahrsperre auferlegt und wie lange.»

*Administrativ* ... Diesen Ausdruck hatte er in letzter Zeit vermehrt im Radio gehört. Und zwar im Zusammenhang mit der Aufarbeitung von «administrativ versorgten Personen» und «administrativen Zwangsmaßnahmen». Es dämmerte ihm. Diese Maßnahmen waren ebenfalls alle von einem Schreibtisch aus entschieden und ohne Gerichtsbeschluss umgesetzt worden. War er nun in denselben Strudel geraten? Er fühlte sich machtlos und vom Recht im Stich gelassen. Er war einer Instanz ausgeliefert, die ihm weit überlegen war.

Benommen verabschiedete er sich vom Polizisten und verließ das Gebäude, mit dem braunen Müllsack über die Schulter hängend, der seine Habseligkeiten enthielt.

Es war mittlerweile kurz vor Mittag und Charlie beschloss, den Beutel zum Krankenhaus zu bringen, um ihn in Sarahs Auto zu deponieren. Der Gedanke, kein eigenes Fahrzeug mehr zu besitzen und – noch schlimmer – dass ihm das Fahren verboten wurde, stach ihm ins Herz. Im Bus schlug er mit der Faust gegen den Vordersitz, obwohl er wusste, dass die Busbetriebe nichts dafürkonnten, dass er unfreiwillig auf sie angewiesen war. Dann tat ihm sein Gefühlsausbruch auch schon leid, denn eigentlich müsste er dankbar sein, dass die Busbehörde ihn nicht auch noch «administrativ» vom Mitfahren ausschloss.

Auf der Intensivstation erfuhr er zu seiner Erleichterung, dass die Schwellung in Lauras Gehirn so weit zurückgegangen war, dass die Operation um 14 Uhr durchgeführt werden konnte. Aber die positive Nachricht schien Sarah nicht aufzuheitern, denn ihr war in der Zwischenzeit erklärt worden, welche Risiken der Eingriff mit sich brachte.

Charlie setzte sich auf den aufgewärmten Stuhl, auf dem Sarah gesessen hatte. Er war sehr dankbar dafür, dass Sarah nach ein paar tiefen Atemzügen bereit war, Laura für kurze Zeit alleine zu lassen und seinem Vorgesetzten die Verkaufsunterlagen vorbeizubringen. Den Sack mit den übrigen Gegenständen nahm sie auch mit. «Wir müssen jetzt für sie stark sein», sagte sie unter Tränen, bevor sie von einer Pflegerin an den anderen Notfallpatienten vorbei zum Ausgang begleitet wurde.

Charlie wünschte sich, dem durchdringenden Krankenhausgeruch entfliehen zu können. Seine Gedanken schweiften zum traumhaft schönen botanischen Garten. Da fiel ihm ein, dass es vielleicht sogar möglich war, allem hier zu entrinnen – wenn auch nur im Geiste. Obwohl er beim letzten Besuch froh gewesen war, den furchteinflößenden Gestalten mit den Feuerschwertern zu entkommen, sehnte er sich doch wieder zurück. Bisher war er jeweils dorthin gelangt, als er schlief. Das war also wohl das Einstiegstor in die geheimnisvolle Welt.

Er sah verstohlen um sich. Lauras Bett war nach allen Seiten mit Vorhängen vor Blicken geschützt. So lehnte sich Charlie zurück und schloss die Augen. Müde genug war er durchaus.

Bald spürte er, wie seine Sinne entschwanden. Aber dann wurde er von einem der vielen Geräusche auf der Intensivstation geweckt. Er versuchte erneut, den Schlaf zu finden, doch nach vier Versuchen gab er es auf. Missmutig holte er sich auf dem Korridor aus einem Automaten einen Schokoriegel als Mittagessen und setzte sich wieder zu seiner Tochter.

# 12. Kapitel

Kurz nach halb zwei kam Sarah zurück. Sie wartete im Wartesaal auf Charlie. Die frische Luft und der Tapetenwechsel hatten ihr anscheinend gut getan, denn sie erkundigte sich noch einmal nach dem Hergang des Unfalls, diesmal gefasster als das letzte Mal. Charlie schilderte ihr jede Einzelheit, an die er sich erinnern konnte, und beteuerte erneut seine Unschuld. Doch ihr Gesichtsausdruck verriet, dass sie ihm nicht glaubte. So weit war es also in ihrer Ehe gekommen, dass nicht einmal mehr seine eigene Frau auf seiner Seite stand.

«Also hast doch du *das* alles auf dem Gewissen?» Sie machte eine Handbewegung in Richtung Intensivstation, wo Laura an den Schläuchen und Apparaten angeschlossen war. «Warst du unkonzentriert? Hast du dich etwa vom Smartphone ablenken lassen?»

Ihr genervter Ton brachte ihn aus der Fassung. Gekränkt warf er ihr vor, ihm nicht zu glauben. Und außerdem sei es ihre Schuld, dass er nicht beweisen könne, dass er unschuldig war. Hätte sie ihm nämlich die gewünschte Dashcam zum Geburtstag geschenkt, hätte er nun nicht all diese Strafverfahren am Hals.

«Wenn diese Kamera so lebenswichtig für dich ist, hättest du sie dir ja selbst kaufen können! Womöglich bist du sogar froh, dass es keine Aufnahme gibt, denn so kannst du weiterhin trotzig behaupten, du seist bei Grün gefahren!»

«Erwarte nur nicht, dass ich dich von jetzt an überall hinfahre», sagte Sarah, bevor eine Pflegerin sie abholte, um sie zu Lauras Bett zu begleiten.

Ungeduldig wartete Charlie im Wartezimmer auf den Operationstermin um 14 Uhr. Doch er wartete vergebens. Eine geschlagene halbe Stunde später kam endlich eine Pflegerin und erklärte, dass der Operationssaal durch Notfälle besetzt sei und sich die Patientin noch etwas gedulden müsse. Der «Patientin» sei die Warterei egal, hätte Charlie am liebsten gesagt. Er hingegen sei hier der Leidtragende. Es gelang ihm aber, sich trotz der strapazierten Nerven zu beherrschen. Er stand auf und auch wenn Sarah ihm später vorwerfen würde, nicht hier im Wartezimmer dreißig Meter neben seiner Tochter geblieben zu sein, verließ er das Krankenhaus durch den Seiteneingang bei der Unfallstation. Die Atmosphäre des Wartezimmers und die Angst um seine Tochter ließen ihn verrückt werden. Er musste zu ihr oder raus.

Er eilte zur Bushaltestelle. Bis er um 16 Uhr bei Anwalt Antonio sein musste, hatte er genug Zeit, um diesem «Robert» einen Besuch abzustatten. Da ihm der andere Pfarrer nicht weiterhelfen konnte, plagten ihn die offenen Fragen immer noch.

Nach einer zwanzigminütigen Busfahrt fand Charlie die auf dem Zettel notierte Adresse. Die Hausnummer prangte an einem älteren Hochhaus mit mindestens dreißig Wohnungen. Das ganze Viertel sah heruntergekommen aus und auch dieses Gebäude war renovierungsbedürftig. Auf dem Platz vor dem Haupteingang spielten ein paar Kinder, an denen er vorbeiging, und vor dem breiten Turm aus Briefkästen blieb er stehen. Leider war der Vorname «Robert» alles, was er an Informationen besaß. Er suchte die Namensschilder ab und fand fünf Schilder, die mit einem «R.» vor dem Nachnamen beschriftet waren.

Charlie blickte sich um. Gab es jemanden, den er fragen konnte? Er ging auf die herumrennenden Kinder zu. «Kennt ihr Robert?»

Zu seinem Glück verstand zumindest ein Mädchen seine Sprache. Es mochte etwa um die acht Jahre alt. «Nein, aber meine Oma kennt ihn.»

«Wo ist deine Oma?»

«Sie putzt.»

«Ist sie Putzfrau?»

«Nein, Hausmeisterin.»

Ohne ein weiteres Wort zu sagen, rannte es über den Platz und verschwand über einen Treppeneingang in ein unteres Geschoss, vermutlich war dies der Zugang zur Autogarage. Wenig später kehrte das Mädchen mit einer älteren, eher kleinen Frau mit freundlichem Gesichtsausdruck zurück. Sie trug eine Putzschürze und hielt einen Besen in der Hand.

Zu Charlies Erleichterung kannte die Frau mit italienischem Akzent den gesuchten Mann. «Ah, Signore Roberto. Natürlich! Er ist die gute Seele des Hauses.»

Charlie freute sich, das zu hören. Eine gute Seele war genau das, was er jetzt brauchte.

«Sie wollen ihn doch nicht belästigen? Sind Sie von einer Versicherung?» Die Hausmeisterin richtete sich am Besen auf.

«Nein, ich habe ein paar persönliche Fragen an ihn.»

Da begann die Hausmeisterin mit einer Lobrede über den herzensguten «Roberto». Sie erzählte, dass er viel Schlimmes erlebt hatte. Er habe mit Hilfsorganisationen benachteiligten Menschen in armen Ländern geholfen, sei aber dann in einem Kriegsgebiet zwischen die Fronten geraten. Dabei habe er auf tragische Weise seine Familie verloren: seine Frau und die drei Kinder. Doch habe er sich davon nicht unterkriegen lassen und anschließend noch mehr Menschen geholfen als zuvor. Roberto sei ein gebildeter Mann, sei durch seine Arbeit aber nicht unbedingt reich geworden. Vor einem Jahr sei er ohne einen einzigen Cent in der Tasche hierher zurückgekommen. «Und was macht er nun?», fragte die Hausmeisterin und wedelte dabei mit dem Besenstiel vor Charlies Gesicht herum. Sie beantwortete ihre Frage selbst: «Er hilft auch hier allen Leuten, wo er nur kann. Und glauben Sie mir, in diesem Haus gibt es jede Menge Leute, die Hilfe brauchen. Wenn Sie es also wagen, unseren Roberto auszunutzen, dann bekommen Sie es mit uns allen zu tun!» Sie zeigte mit dem Besenstiel in Richtung des Hochhauses.

Erst als Charlie wiederholt glaubhaft versichert hatte, dass er dem guten Roberto nicht schaden werde, begleitete die Hausmeisterin ihn zur gläsernen Eingangstür. Rechts und links waren in einer langen Reihe Klingelknöpfe mit Namensschildern angebracht. Sie drückte so schnell auf einen, dass Charlie gar nicht mitbekam, welcher es war.

Ein Lautsprecher knisterte und eine verzerrte Stimme sagte etwas.

Aber die Hausmeisterin wartete den Satz nicht ab. «Ciao Roberto, du hast Besuch.»

Die knisternde Stimme sagte etwas, das wie «soll raufkommen» klang. Die Gegensprechanlage war wohl genauso alt wie das Gebäude selbst.

Ein Surren ertönte und die Hausmeisterin stieß die Tür auf. «Bitte schön. Nehmen Sie den Aufzug bis in den fünften Stock, dann gehen Sie links den Gang entlang bis fast zuhinterst. Robertos Wohnungstür wird offenstehen.»

«Danke schön.» Charlie trat in die großräumige, finstere Eingangshalle. Als der alte Aufzug ihn nach oben brachte, fragte sich Charlie, warum dieser alte Robert ausgerechnet in diesem alten Gebäude wohnte. Klar, die Miete musste günstig sein. Knatternd öffnete sich die Schiebetür der Aufzugskabine. Die äußere Schwingtür musste Charlie selbst aufstoßen. Er trat hinaus auf einen alten Betonboden. Die Arbeit würde der Hausmeisterin jedenfalls nie ausgehen, wenn sie mit dem Aufwischen im obersten Stockwerk fertig war, konnte sie zuunterst gleich wieder von vorn beginnen.

Weit hinten schien Licht aus einer Tür in den Flur hinaus. Das musste Roberts offene Wohnung sein.

Der kahle Kopf eines braun gebrannten Jungrentners erschien. Robert sah jünger aus, als Charlie erwartet hatte. «Komm rein, Charlie.»

«Sie kennen meinen Namen?»

«Nenn mich Robert. Ich habe heute Morgen eine Sprachnachricht erhalten. Die gute Frau hat sich mindestens fünf Mal entschuldigt, dass sie dir meine Adresse gegeben hat.» Roberts breites Lachen war ansteckend.

Obwohl der Mann selbst nicht afrikanischer Herkunft zu sein schien, war die Wohnung so eingerichtet, als wäre man irgendwo in Afrika. Die geflochtenen Möbel, die farbenfrohen Bilder, die geschnitzten Tiere ... Charlie folgte Robert in das kleine Wohnzimmer. Neben einem tiefen Holztisch standen zwei Korbsessel, die beide zum Fenster hin ausgerichtet waren. Charlie vermutete weshalb. Zwischen zwei Wohnblöcken sah man in die Weite. Häuser, Felder, später bewaldete Hügel und links in der Ferne die Berge. «Ist hier Westen?» Charlie deutete in Richtung Fenster.

Robert nickte. «*Süd*westen. Abends sieht man hier wunderschöne Sonnenuntergänge.»

Charlie glaubte ihm. «Ist diese Aussicht der Grund, warum du in diesem alten Haus wohnst?»

«Das und die Nachbarn. Und natürlich die günstige Miete.»

Der braun gebrannte Mann stellte seinem Gast ungefragt ein Glas Wasser hin. «Bitte, setz dich. Womit kann ich dir helfen?»

«Bist du Pfarrer?»

«Ich habe vor Jahrzehnten Theologie studiert. Aber das war mehr ein Hobby. Mein Hauptfach war im Bereich der Agrarwissenschaften. Mit drei Abschlüssen in der Tasche ging ich zuerst mit einer staatlichen Organisation als Entwicklungshelfer nach Afrika. Später war ich mit nichtstaatlichen Hilfsorganisationen in Asien unterwegs und in den letzten zwanzig Jahren baute ich in Afrika eine eigene Organisation auf. Wir bilden Handwerker aus, damit sie selbst Lehrlinge ausbilden können.»

«Die Hausmeisterin sagte, du hättest einen Krieg miterlebt.»

Robert nickte. «Die Menschheit kann unvorstellbar grausam sein. In einem solchen Umfeld muss man ungemein auf der Hut sein, um die eigenen moralischen Werte nicht zu verlieren.»

«Wie hast du das überstanden?» Den Verlust von Roberts Familie getraute er nicht anzusprechen.

«Ohne den Glauben wäre ich wohl verzweifelt», antwortete Robert. «Frau Wermelinger hat mir gesagt, du hättest Fragen zum Glauben?»

Charlie nickte. Er fragte sich ernsthaft, wie Robert noch glauben konnte, nachdem er all das Leid, die Armut und sogar den Krieg gesehen hatte.

Robert fuhr fort: «Abgesehen von meinem nackten Leben, ist der Glaube das Einzige, was mir geblieben ist. In meinen dunkelsten Stunden war er mein einziger Halt.»

«Und? Hat dieser Halt gehalten?»

«Sonst wäre ich heute nicht hier.» Robert wechselte seine Sitzstellung. «Was gibt dir Halt?»

Charlie blickte sinnierend aus dem Fenster. Darüber hatte er noch nie nachgedacht. «Also … mein Halt sind wohl meine Überzeugungen, meine Werte und meine Lebenserfahrung.»

«Und gibt dir das gerade jetzt Halt? Deine Überzeugungen und deine Werte? Geben sie dir Halt?»

«Wie kommst du darauf, dass ich *Halt* nötig hätte?»

«Du siehst so aus, als ob du derzeit viel durchmachst.»

Charlie musste ihm recht geben. Es war wohl zielführend, wenn er aufrichtig war. «Nein, eigentlich hält mein Halt ganz und gar nicht. Ich fühle mich, wie wenn ich auf einem dünnen Seil über eine tiefe Schlucht balancieren müsste.» Er erzählte, dass er bisher immer an das Gute im Menschen geglaubt hatte und an die Gerechtigkeit. Doch nun schien es, als ob sich die Welt gegen ihn verschworen hätte. Aber deswegen sei er nicht hier, darüber werde er anschließend mit seinem Anwalt sprechen.

«Warum bist du dann gekommen?»

«Weil ich Fragen zum schweren Fall habe.»

«Welcher Fall?»

«Den Sündenfall. Gott sagte doch, dass das junge Paar sterben würde, wenn es von der Frucht isst. Aber die beiden sind danach nicht tot umgefallen. Wie ist das zu verstehen?»

Robert schaute ihn eine Weile schweigend an. «Glaub mir. In diesem Moment ist vieles gestorben.» Er setzte sich im Stuhl auf. «Zum Beispiel die unschuldige Beziehung unter den Menschen. Jeder wollte es von da an besser wissen, was gut und was schlecht war. Auch das Leben, das vorher noch eins gewesen war mit der Natur, starb und auch die Harmonie in der Natur selbst. Der einwandfrei funktionierende Kreislauf, in dem sich Tiere und Pflanzen bewegt hatten, geriet aus den Fugen.»

Das ergab für Charlie tatsächlich auf eine Art Sinn. Waren es nicht genau die Dinge, nach denen er sich unbewusst sehnte: Harmonische Beziehung zu geliebten Menschen und ein Leben im Einklang mit dem Rhythmus der Natur? Wie oft hatte er seinen Körper zwingen müssen, mehr Leistung zu erbringen, als es gesund gewesen war? Koffein-Booster und andere Energiekicks, wie er sie bei angestauter Arbeit regelmäßig zu Hilfe nahm, wären in einem solchen Leben nicht nötig.

Robert unterbrach seine Gedanken. «Aber das Schlimmste ist etwas anderes. Auch die Verbindung starb, die das Göttliche mit dem Irdischen verband, die Beziehung zwischen Gott und den Menschen. Aus dieser Verbindung heraus war die Harmonie in der Natur und unter den Menschen erst möglich gewesen.»

Charlie winkte ab. «Deine zweite These kann ich gut nachvollziehen. Also das mit der Liebe unter den Menschen und in der Natur. Aber einen Gott hatte ich bis gestern eigentlich noch nie vermisst.»

Robert antwortete nicht, sondern schaute ihn nur aufmerksam an. Wie gut es tat, von jemandem richtig ernstgenommen zu werden.

Da erinnerte sich Charlie an das tiefe Gefühl bei der Begegnung mit dem Licht. Hatte er das Gefühl des Zuhauseseins vielleicht vermisst, ohne es zu wissen? Jedenfalls hatte er gerade jetzt wieder Sehnsucht danach.

Wieder riss Robert ihn aus den Gedanken. «Das angedrohte Sterben ist das Ende des Lebens, aber auch das Ende der Liebe und der Verbindung zueinander.»

«Aber eigentlich ist der Allmächtige selbst schuld an der ganzen Misere», platzte es aus Charlie heraus. «Er hätte uns ja so erschaffen können, dass wir immer das Gute wählen.»

Robert verkniff sich ein Lachen. «Du sagst also, Gott habe uns erschaffen. Okay, gehen wir in diesem Gedankenexperiment mal davon aus, dass dem so ist. So wie er uns ursprünglich schuf, gab er uns kein Modul mit, das einwandfrei zwischen Gut und Böse unterscheiden kann. Er installierte bei uns sozusagen keine Gut-Böse-App, die das könnte.»

«Siehst du, das war der Fehler.»

«Nein, das war kein Fehler», widersprach Robert. «Wir bräuchten die Gut-Böse-App gar nicht, weil wir jederzeit die viel größere, universale Datenbank über Gut und Böse hätten abrufen können. In dieser Hinsicht sind wir wie Smartphones. Darauf ist auch nicht das ganze Wissen des Internets gespeichert, aber jedes Handy kann darauf zurückgreifen.» Robert kannte sich für sein Alter gut mit der modernen Technologie aus. Er kam mit dem Vergleich weiter in Fahrt. «Statt einer autonomen Gut-Böse-App hat uns Gott nämlich mit einer umfassenden ‹Netzwerkverbindung› ausgestattet. Mit dieser hätte jeder Mensch eine direkte Verbindung zur gesamten ethischen und moralischen Weisheit des Universums aufbauen können.

Denn dafür wären wir ursprünglich geschaffen worden, nämlich dass der Datenaustausch zwischen dem Allmächtigen und uns Menschen reibungslos funktionieren würde. Wir hätten über diese Verbindung Zugang zu allem Wissen über Gut und Böse gehabt. Dieser Reichtum an Erkenntnis wäre die Grundlage für unsere unabhängigen Entscheidungen gewesen.»

Das leuchtete Charlie ein. Doch fragte er sich allmählich, welcher Kirche Robert angehörte. Er war nämlich nicht hergekommen, um sich zu irgendeiner Gemeinschaft zu bekehren. Als er sah, wie Robert sich im Sessel zurücklehnte und entspannt lächelte, verwarf er den Gedanken wieder. Die Haushälterin von Pfarrer Wermelinger hätte ihn wohl kaum zu einem Sektierer geschickt ... So ließ Charlie sich die Vorstellung nochmals durch den Kopf gehen, dass das junge Paar im geheimnisvollen Garten alles nötige Wissen über Gut und Böse zur Verfügung gehabt hätte. «Aber dann wollten die beiden selbst entscheiden, was gut und was böse ist.»

«So ist es. Und in diesem Moment starb gewissermaßen der Netzwerkanschluss und damit war die Verbindung zur Quelle aller Weisheit unterbrochen. Es ist wie bei der Nahrung: Wenn wir keinen Zugang mehr dazu haben, geht es mit uns langsam zu Ende. Man lebt noch eine Weile weiter, aber irgendwann ist fertig. Ohne die Verbindung zum Göttlichen trocknet unsere Spiritualität langsam aus und wir sterben, geistlich gesehen.» Robert atmete ein paar Mal tief ein und aus. «Gott hat bei uns also nichts falsch gemacht. Wir haben uns falsch benutzt.»

Charlie wollte seinen Gastgeber aber nicht so schnell vom Haken lassen. «Okay, aber warum hat Gott das junge Paar im Garten so hart bestraft? Warum hat er nicht ein Auge zugedrückt und gesagt: ‹Einmal ist keinmal. Jetzt wisst ihr es besser, nun dürft ihr wieder zurück in den Garten kommen›?»

Robert lächelte. «Du gefällst mir! Du bist wirklich ein ganz besonderer Mensch. Wie kommst du auf so tiefgründige Fragen?»

Charlie lächelte zurück, antwortete aber nicht, denn er wollte nicht für verrückt erklärt werden.

Robert räusperte sich und erzählte, dass es in Gott kein Hauch von Bösem, kein Funke Ungerechtigkeit und keine Spur von Lieblosigkeit gebe. Deshalb könne kein Mensch mit ihm in Kontakt treten, bei dem auch nur ein Hauch von Bösem sei oder ein Funke Ungerechtigkeit oder eine Spur von Lieblosigkeit. «Gott kann sich selbst nicht untreu werden.»

«Moment mal! Wir sprechen hier von einer einzigen verbotenen Frucht. Es war ja nicht so, dass die beiden Hitler gezeugt hätten», empörte sich Charlie.

Robert blickte ihn einen Moment lang schweigend an und überlegte. Dann sagte er: «Doch, das haben sie.»

Charlie verstand nicht.

«Nicht nur Hitler. Alle großen und kleinen Tyrannen und all jene, die ihre Mitmenschen misshandelt oder mit Worten verletzen, sind ihre Nachkommen», antwortete Robert und verzog leicht den Mund.

Charlie war nicht sicher, ob sein Gastgeber versuchte, ein Lächeln zu unterdrücken. Offenbar machte es ihm Spaß, die Gedanken seines Gastes durcheinanderzubringen. Jedenfalls war Charlie nun verwirrt.

«Ist jemand gerecht, der bei einer bösen Tat ein Auge zudrückt?», fragte Robert weiter. «Wenn man einen Täter ungestraft laufen lässt, ist das dann gegenüber demjenigen fair, dem das Böse widerfahren ist?» Als Charlie nicht antwortete, erklärte Robert: «Egal wie groß oder klein das Vergehen ist, Gottes universelle Heiligkeit verlangt danach, dass Gerechtigkeit geschieht.»

Charlie runzelte die Stirn. «Aber Gott ist doch auch die universelle Liebe? Diese könnte doch die universelle …»

«Heiligkeit.»

«Genau. Die Liebe könnte doch die Heiligkeit aufwiegen.»

Robert schüttelte den Kopf. «Das eine kann das andere nicht aufwiegen. Es gibt nur beides in einem. Die universelle Liebe gibt es nur zusammen mit der universellen Heiligkeit. Menschliche Liebe ist immer fehlerhaft und wir sollen trotzdem lieben. Aber bei Gott ist es anders: Die universelle Liebe gibt es nur in reiner Form, ohne Fehler. Sobald die Liebe einen Fehler aufweist, ist sie nicht mehr universell. Die absolute Liebe gibt es nur zusammen mit der absoluten Gerechtigkeit. Es ist nicht Liebe, wenn sie bei Bösem ein Auge zudrückt, denn dann würde man ja demjenigen keine ganze Liebe zeigen, dem das Böse widerfahren ist.»

Charlie seufzte. Sein Gehirn war nicht gemacht für solch hochtrabende philosophischen Gedankengänge. Ihm fiel aber eine Frage ein, die sein Lehrer damals in der Abschlussklasse gestellt hatte. Die schien nun passend: «Ist das mit der Heiligkeit nicht nur ein Konzept, mit dem wir Menschen versuchen, das Schweigen Gottes zu erklären?»

Robert nickte. «Ja, wenn wir es von der gemütlichen Stube aus theoretisch betrachten, ist es wirklich nur ein Konzept. Aber du hättest bei mir im Krieg sein sollen. Da schrie die Ungerechtigkeit nur so zum Himmel. Es war mir ein großer Trost zu wissen, dass ich mich am Bild eines Gottes festhalten kann, der die Gerechtigkeit in Person ist und keine Ungerechtigkeit ungestraft lässt.»

Charlie ließ es fürs Erste so stehen, obwohl er noch viele Einwände gehabt hätte. Er war nicht zu Robert gekommen, um einen Debattierwettbewerb zu gewinnen. «Es klingt so, als ob du die Geschichte vom Sündenfall wirklich glauben würdest.»

«Habe ich eine andere Wahl? Die Geschichte steht so am Anfang des Buches. Wenn ich die innere Logik der Bibel verstehen will, bleibt mir nichts anderes übrig, als es einfach mal so zu nehmen, wie es dasteht.»

«Pfarrer Wermelinger hat aber eine andere Wahl. Er ist davon überzeugt, dass die Geschichte nicht wahr ist.»

«Das ist sein gutes Recht», sagte Robert und Charlie sah ihm an, dass er es ernst meinte. «Alles, was mit dem Glauben zusammenhängt, ist und bleibt Vertrauenssache. Auch ich habe einige schwierige Fragen, die ich Gott gerne stellen würde.»

«Das kenn ich. Aber dann triffst du ihn, und dir kommt keine einzige Frage in den Sinn. Sie sind auf einmal unbedeutend.»

«Wow, gute Erkenntnis!»

Nach einer Minute des Schweigens stand Robert auf und ging in die Küche. Charlie blickte zum Fenster hinaus zu den fernen Bergen. Er spürte, dass Robert etwas davon besaß, was er selbst seit der übernatürlichen Begegnung im botanischen Garten suchte. Robert war auf eine besondere Art echt und schien mit sich selbst versöhnt zu sein. Ja, offenbar sogar versöhnt mit seinen Schicksalsschlägen.

Robert kehrte mit einem Teller Kekse zurück und stellte diesen vor Charlie auf den niederen Holztisch.

Er griff dankbar zu, denn er hatte heute noch nicht viel gegessen. Er schaute sich im Wohnzimmer um und sein Blick blieb an einer Uhr hängen, die in schwarzes Holz mit Schnitzereien eingelassen war. Erschrocken stellte er fest, dass er die Zeit vergessen hatte. Doch wenn er jetzt losging, wäre er pünktlich um 16 Uhr bei seinem Anwalt. Dort würde er die Empfangsdame als Erstes fragen, ob er Sarah nochmals anrufen dürfe. Hoffentlich war bei Laura alles in Ordnung und die Operation erfolgreich verlaufen.

Er verabschiedete sich von Robert, nachdem er sich versichert hatte, dass er ihn wieder besuchen durfte.

# 13. Kapitel

Charlie lief über den alten Betonboden zurück zu den Aufzügen. Erst während der Fahrt nach unten sortierten sich seine Gedanken. Er stellte mit Bedauern fest, dass er die dringendste Frage gar nicht gestellt hatte. Nämlich wie er die Sache mit dem versperrten Garten wieder in Ordnung bringen konnte.

Robert war ein feiner Mann, aber für Charlies Geschmack waren seine Antworten doch etwas zu philosophisch. Als der Aufzug mit einem Ruck an der kahlen Eingangshalle stoppte, musste Charlie aber dann doch zugeben, dass er es wohl selbst gewesen war, der die philosophischen Fragen gestellt hatte. Vielleicht sollte er sich auf den nächsten Besuch besser vorbereiten und genau überlegen, was er von Robert wissen wollte.

Er verließ das Betonhochhaus durch die Glastür und ging wieder an den unzähligen Klingelknöpfen und Briefkästen vorbei. Draußen war der Himmel mit Wolken behangen und die Kinder waren weg. Er gelangte über die breite Treppe zur Straße hinunter und wartete dort auf den Bus.

Robert hatte eine besondere Ausstrahlung. Hatte er vielleicht eine ähnliche Erfahrung wie die Umarmung gemacht? Die Frage war nur wo und wie.

Charlie hielt die Luft an, als er wieder an seine Tochter dachte. Wie es ihr wohl ging? Hatte sie die Operation gut überstanden? Ein beengender Druck legte sich auf seine Brust. Als er versuchte tief einzuatmen, löste sich der Druck nur wenig. Aber dabei erreichte ihn der Duft von gebratenem Fleisch. Charlie entdeckte hinter der Bushaltestelle einen Kebab-Stand und der Fleischduft stammte vom Drehspieß. Sein Appetit war nicht allzu groß, aber als er den Standinhaber telefonieren sah, brachte ihn dies auf eine Idee.

Er trat an den Tresen, bestellte einen Dürüm und fragte, ob er das Telefon benutzen durfte. Es sei ein Notfall, denn seine Tochter liege schwer verletzt im Krankenhaus und er müsse wissen, wie es ihr geht.

Der Standbetreiber reichte ihm bereitwillig das Gerät und Charlie wählte Sarahs Handynummer. Sie wies den Anruf ab. Zuerst war er beleidigt, aber dann fiel ihm ein, dass sie Anrufe von unbekannten Nummern grundsätzlich abwies. Hoffentlich sah sie, dass die Vorwahl lokal war, dann hätte er wenigstens eine kleine Chance, dass sie doch noch antwortete. Er wählte nochmals. Diesmal nahm sie den Anruf entgegen. Charlie wandte sich von der Theke ab. «Ich bin es. Wie geht es Laura?»

«Du hast die Operation verpasst», tadelte Sarah. «Wo bist du gewesen?»

«Was gab's da zu verpassen? Durftest du etwa dabei zusehen?» Er klang etwas zu sarkastisch.

«Wenigstens bei der Besprechung mit der Ärztin hättest du dabei sein können.»

«Was hat sie gesagt?»

Sarah schwieg. Charlie machte sich auf eine Antwort wie «frag sie doch selbst» gefasst. Doch nach einer Pause antwortete sie mit zitternder Stimme: «Es gab Komplikationen. Sie haben Laura in ein künstliches Koma versetzt. Das soll die Chance für die Genesung irgendwie verbessern.»

Charlie fühlte den Kloß im Hals. Mit einer Handbewegung wies er den Standbetreiber an, den Dürüm auf die Theke zu legen. «Und … wie geht es weiter? Wie stehen die Chancen, dass sie durchkommt?»

«Ich weiß es nicht. Die Frau hat ununterbrochen auf mich eingeredet, irgendwann bekam ich nichts mehr mit. Wann kommst du endlich?»

Charlie erklärte, dass er zuerst noch beim Anwalt vorbeigehen musste, aber dass er anschließend unverzüglich ins Krankenhaus fahren werde. Er merkte schon, dass sie mit der Antwort nicht zufrieden war, denn sie versuchte das Gespräch mit einer knappen Verabschiedung zu beenden.

«Warte, Sarah. Ich hab noch eine Frage!»

«Ja?», antwortete sie vorsichtig.

«Haben wir bei der Haftpflichtversicherung Grobfahrlässigkeit ausgeschlossen?»

«Also bist doch du schuld am Unfall!»

«Nein!», antwortete Charlie schnell. «Nein, ganz sicher nicht! Aber anscheinend muss man heutzutage seine Unschuld selbst beweisen. Nur für den Fall, dass mir dies nicht gelingt: Sind wir bei Grobfahrlässigkeit versichert?»

«Nein, das sind wir nicht.»

«Bist du ganz sicher?»

«Zu 90 Prozent. So eine Versicherung bräuchten wir auch nicht, wenn du nicht grobfahrlässig gehandelt hättest.» Sarahs Stimme war gedämpft, aber nicht minder schnippisch.

«Was ich aber nicht getan habe. Ich verhielt mich absolut korrekt.»

Der Standbetreiber tat so, als ignorierte er die Unterhaltung, doch zwei Gäste auf den Hockern am anderen Ende des Tresens blickten neugierig zu ihm hinüber. Charlie beendete das Gespräch, bezahlte den Dürüm und legte ein Trinkgeld fürs Telefonieren dazu. Dann eilte er zur Haltestelle zurück.

Zum Glück kam gerade der Bus und Charlie stieg ein. Er setzte sich auf denselben Sitzplatz über der Hinterachse wie bei den letzten beiden Fahrten. Den Dürüm ließ er in der Alufolie verpackt auf seinem Schoss liegen.

Das viele Denken und Philosophieren hatte ihn müde gemacht und die letzte Nacht war auch zu kurz ausgefallen. Er schloss die Augen und ließ den Kopf auf die Brust sinken.

# 14. Kapitel

Eine surrende Schmeißfliegen weckte Charlie. Sie schwirrte um seine Nase und landete mehrmals auf seinen Lippen. Charlie verscheuchte sie mit einer Handbewegung und als er sich aufsetzte, spürte er unter sich trockenes Gras. Vor ihm lag eine Steppe und hinter sich sah er mehrere Felsblöcke. Er war zurück in der früheren Zeit. Diesmal trug er ein Kleid aus Fell, das wesentlich bequemer war als der selbst gemachte Feigenblätterschurz zuvor.

Er stand auf und klopfte sich die staubige Erde vom Fell. Er wusste nicht, ob er sich freuen oder fürchten sollte, wieder hier zu sein – wo auch immer ‹hier› war.

Hinter einem der Felsblöcke entdeckte er eine dünne Rauchsäule, die senkrecht zum Himmel aufstieg. Sie musste von einem kleinen Feuer stammen. Von Neugierde getrieben umrundete Charlie diesen und entdeckte in einiger Entfernung zwei Menschen. Eine Frau und ein Mann saßen ebenfalls in Kleidern aus Fell um das Feuer. Als er näherkam, sah er, dass es nicht das Paar war, das er im Garten kennengelernt hatte.

Auf einmal stand Daniel neben ihm. «Hallo Charlie. Willkommen zurück!»

Charlie packte Daniels Arm. «Wie kann ich zurück in den Garten gelangen? Wie komme ich wieder in diese Umarmung?»

«Das geht jetzt nicht.»

«Warum nicht? Zuvor ging es doch auch!», flehte Charlie.

«Zuvor war alles gut zwischen den Menschen und Gott, aber jetzt nicht mehr.»

Charlie ließ enttäuscht den Kopf hängen. «Endlich habe ich

gefunden, wonach ich mich mein Leben lang gesehnt hatte, und nun sagst du mir, dass ich das nicht mehr haben kann?»

Daniel zeigte auf eine Frau, die sich ihnen langsam vom Tal her näherte. «Dort kommt Eva. Erinnerst du dich an die junge Frau im Garten? Sie ist älter geworden und hat nun bereits viele erwachsene Kinder. Diese leben über die ganze Gegend verteilt.» Daniel erzählte von der Familientragödie, bei der einer ihrer Söhne seinen Bruder Abel umgebracht hatte. Das hatte ihr das Herz gebrochen.[6] «Glaub mir, sie würde alles geben, um wieder zurück in den Garten und zurück in die unschuldige Begegnung mit Gott zu kommen. Sie und ihre Kinder versuchen nun, Gott in Opferritualen zu finden. Aber zurück können sie nicht mehr.»

Wie würde Charlie je akzeptieren können, dass es kein Zurück in den Garten mehr gab und auch nicht in die Umarmung des Allmächtigen? Auf einmal spürte er diese undefinierbare Empfindung, die damals bei der Umarmung in ihm aufgestiegen war. Er erinnerte sich, dass er dieses Gefühl von Dankbarkeit und Anerkennung unterdrückt hatte. War er womöglich selbst das Problem? Genau! Er war es gewesen, der die Umarmung abgebrochen hatte, weil er seine wahren Gefühle nicht zulassen wollte, das war ihm nun klar. Da kam ihm ein seltsamer Gedanke: War er am Ende selbst einer der Giganten, die den Weg zum botanischen Garten versperrten?

Er wandte sich Daniel zu. «Kann es sein, dass *ich* das Problem bin? Kann es sein, dass ich mir selbst im Wege stehe?»

Daniel blickte ihn fragend an.

«Wenn ich bereit wäre, dieses Gefühl der Anerkennung dem Allmächtigen gegenüber zuzulassen, wäre es dann möglich, zurück in den Garten zu gehen?»

Daniel schüttelte den Kopf. «Nein, du kannst das nicht wie-

[6] *1. Mose 4*

dergutmachen.»

«Muss ich ins Kloster gehen?» Die Frage war ihm ernst. Sarah wollte so oder so nichts mehr von ihm wissen. «Oder soll ich auf Fleisch verzichten oder auf allen Luxus? Könnte ich so die Welt retten?»

Daniel schüttelte den Kopf. «Hat in den letzten Jahrtausenden je ein Mensch die Welt retten können? Glaub mir, es gab schon Millionen von Menschen vor dir, die es ehrlich versucht haben. Trotzdem gab es auch immer Menschen, die ihre Macht missbrauchten, Kriege führten und zu allerlei Gewalt bereit waren – nicht nur gegenüber fremden Menschen, sondern auch gegenüber ihren Liebsten. Wann seht ihr Menschen es endlich ein, dass ihr Gott nicht ersetzen könnt? Nur Gott kann die Menschen retten.»

«Warum tut er es denn nicht?»

«Weil du nicht begreifst, wie Gott ist. Er ist viel größer als alles, was die ganze Menschheit je zustande bringt. Er ist allen moralisch unendlich weit überlegen.»

Charlie schüttelte den Kopf. «Ich kapiere es wirklich nicht.»

«Das kann man nur mit dem Herzen verstehen. Logik, Definitionen und philosophische Abhandlungen können nur schwer ins Herz vordringen. So verstehen wir Gott nicht.»

«Wie dann?»

«Durch Geschichten und Erlebnisse. Diese erreichen das Herz. Zum Beispiel in der Art und Weise wie Gott in der Weltgeschichte mit den Menschen umgeht. Gott lässt sich Zeit. Er *ist* die Geschichte. Er hat nicht nur den Raum geschaffen, sondern auch die Zeitachse. Seine geschaffene Zeit nutzt er, um sich den Menschen Schritt für Schritt zu zeigen, um Schritt für Schritt eine Lösung für den Sündenfall zu bringen.» Daniel lächelte verschmitzt. «Gott ist voller Erbarmen und Geduld. Hab also auch du Erbarmen und Geduld, Charlie.»

«Nette Floskel!», platzte Charlie heraus. «Dann soll dieser Gott seine ‹endlose› Geduld und sein Erbarmen mal zeigen.

Wenn er doch der ‹liebe Gott› ist, dann würde ich gerne mal etwas davon abbekommen.»

Daniel lächelte immer noch. «Diese Reaktion wollte ich provozieren. Du hast recht, die Aussage darüber, dass Gott voller Geduld und Erbarmen ist, reicht nicht. Wirklich begreifen können wir es erst, wenn wir sie erlebt haben.»

Charlie schüttelte den Kopf und schwieg dazu.

«Durch die ganze Geschichte zeigt Gott, dass er voller Liebe, Erbarmen und Geduld ist. Wer genau hinsieht, erkennt es mehr und mehr und beginnt mit seinem Herzen zu verstehen.»

Dann deutete Daniel auf die zwei Personen, die um das Feuer saßen. «Das ist deine Reisegruppe.»

«Wer ist das?»

«Sie sind genau wie du auf der Suche nach Antworten. Für unsere Reise bekommst du den Namen ‹Sem›. Mit Charlie kann da keiner etwas anfangen.»

Daniel reichte ihm die Hand. «Wir sehen uns.»

Als Daniel weg war, blickte er zu Eva, die nicht mehr weit vom Feuer entfernt auf sie zuwanderte. Sie trug einen Lederbeutel mit sich. Ob sie immer noch böse auf ihn war, weil er sie zum Essen der Frucht überredet hatte?

Er musterte seine Reisegefährten, die schweigend beim Feuer saßen. Sie hatten beide einen dunklen Teint und schwarze Haare. Die Frau mit nackenlangen Haaren schätzte er etwa in seinem Alter. Der Mann war deutlich jünger und trug einen dunklen Vollbart. Ehrlich gesagt hatte Charlie gerade keine Lust, diese Menschen kennenzulernen, denn er hatte selbst genug um die Ohren. Trotzdem ging er ein paar Schritte auf sie zu und sagte ein kurzes «Hallo. Ich bin … Sem».

Der junge Mann nickte ihm zu. «Kenan, und sie heißt Naomi.»

Naomi schien sich genauso zu fühlen wie Charlie. Sie

schaute nur kurz auf, um Hallo zu sagen, dann blickte sie wieder in die spärlichen Flammen des Feuers.

«Wie bist du hierhergekommen?», fragte Charlie.

Naomi schaute nicht auf. «Das möchte ich auch gerne wissen. Mein Leben ist gerade etwas schwierig. Ich bin eingeschlafen und plötzlich war ich da. Aber eigentlich will ich nicht darüber reden.»

Kenan, was vermutlich auch nicht sein richtiger Name war, zuckte mit der Schulter. «Ich saß an der Bar und habe mich über Gott beschwert. Ich war so betrunken, dass ich auf dem Heimweg über den Randstein des Gehsteigs gestolpert bin und mich wohl am Kopf gestoßen habe. Als ich wieder zu mir kam, war ich hier.»

«Warum hast du dich über Gott beschwert?»

«Das weiß ich auch nicht mehr so genau. Ich glaube nämlich gar nicht an Gott.»

«Warum beschwerst du dich über jemanden, den es nicht gibt?»

Kenan blickte ihn strafend an und Charlie setzte sich neben die beiden.

In der Zwischenzeit hatte auch Eva das Feuer erreicht. Sie begrüßte alle der Reihe nach und blieb hinter Charlie stehen.

*Es tut mir leid, dass ich euch das Leben vermiest habe,* hätte Charlie am liebsten gesagt, stattdessen fragte er: «Wie gehts dir und deinem Mann?»

Eva legte ihm versöhnlich die Hand auf die Schulter. «Wir schlagen uns durch. Gott versorgt uns. Wir und unsere Tiere leben von dem, was auf den Feldern und den Bäumen wächst. Aber es ist längst nicht mehr so einfach wie früher.»

Charlie schüttelte den Kopf. «Woher nehmt ihr die Kraft, um weiterzumachen?»

«Wir halten an der Hoffnung fest, dass es einmal besser wird.»

Charlie musterte ihr Gesicht. Es war seit ihrem letzten Zusammentreffen gealtert. «Es wird besser werden?»

«Es ist nur ein Strohhalm, an dem wir uns festhalten», erklärte Eva. «Als wir den Garten verließen, sagte Gott, dass einer meiner Nachkommen der Schlange den Kopf zertreten würde.»[7]

«Die Schlange, die euch verführt hat?», fragte Kenan.

Eva nickte. «Richtig. Die Aussicht auf diesen Nachkommen, der die Sache mit Gott in Ordnung bringen wird, gibt uns die Kraft zum Leben.»

Charlie fand die Vorstellung absurd, dass das Zertreten eines Schlangenkopfs die Welt wieder in Ordnung bringen könnte. Doch die Sehnsucht nach der Umarmung war so stark, dass ihm nichts anderes übrig blieb, als sich ebenfalls an diesem Strohhalm festzuhalten.

Eva zog ihre Hand von Charlies Schulter zurück und schaute zu Kenan. «Mein Mann und ich hatten gehofft, dass unser Sohn Abel dieser Nachkomme sein würde. Er hatte ein besonderes Feingefühl, was Gott anbelangte.» Sie atmete schwerer. «Als er starb, brach für uns erneut eine Welt zusammen.»

Naomi blickte auf. Der unübersehbare Schmerz in ihren Augen ließ Charlie vermuten, dass sie selbst Erfahrungen mit dem Tod gemacht hatte. Er blickte zurück zu Eva und sah eine Träne über ihre Wange rollen. Da dachte er an Laura und hoffte so sehr, dass er sie bald lebendig und gesund wiedersehen würde.

Eva erzählte, dass sie nach Abels Tod schwanger wurde und wieder einen Sohn gebar. Nun hatten sie neue Hoffnung, dass dieser Seth einst die Sache richten würde.

Charlie hoffte es auch. Ein Ruckeln des Bodens, auf dem er saß, riss ihn aus seinen Gedanken.

Der Bus stoppte und Charlie erwachte auf seinem Sitz.

[7] *1. Mose 3,15*

# 15. Kapitel

Als das Fahrzeug von der Haltestelle wegfuhr, spürte Charlie aufkommenden Hunger. Er griff nach dem Dürüm auf seinem Schoss und faltete die Alufolie auseinander. Für einmal war es ihm egal, wenn sich andere am würzigen Duft störten. Beim Hotel Plaza verließ er den Bus und eilte zur parallel verlaufenden Straße. In der Lobby des Logan-Gebäudes stieg er in denselben Aufzug wie am Vormittag und nutzte die Zeit der Fahrt, um seine Atemfrequenz zu beruhigen. Im vierten Stock trat er bei «Braun und Partner» durch die schwere Eingangstür.

Die junge Frau am Empfang lächelte ihn an. «Willkommen zurück, Chaaarlie Martin!»

«Ich möchte bitte Herrn Russo sprechen.»

Die Assistentin stand von ihrem Stuhl auf, strich ihren Rock glatt und trat um die Theke auf ihn zu. «Er ist noch beschäftigt, aber es wird nicht lange dauern.» Sie streckte ihm die Hand entgegen. «Vanessa Sommer.»

«Freut mich.»

«Ich wünsche Ihrer Tochter gute Genesung.» Sie blieb vor ihm stehen. «Als ich heute Morgen Ihr Kundenkonto angelegt habe, bin ich dabei zwangsläufig über Ihre Geschichte gestolpert. Es ist in der Tat ein Wunder, dass Sie nach einem solchen Unfall gesund und wohlbehalten vor mir stehen.»

Charlie wurde verlegen. Es stimmte und darüber hatte er gar noch nicht nachgedacht. Dass es ihm abgesehen von einer Verspannung im Nacken so gut ging, war tatsächlich ein Wunder. Es tat ihm gut, dass wenigstens eine Person auf dieser Welt freundlich zu ihm war.

Nachdem Vanessa ihm einen Stuhl zum Warten angeboten

hatte, kehrte sie an den Schreibtisch hinter der Theke zurück. Doch fühlte sie sich offensichtlich für ihn zuständig und fragte: «Haben Sie einen Regenschirm dabei? Es soll gegen Abend heftige Gewitter geben.»

Antonio Russo erschien im Flur.

«Da ist er ja schon», kündigte Vanessa ihren Chef mit flötender Stimme an.

Charlie erhob sich und ging auf Antonio zu. Er spürte, wie Vanessa ihm nachsah. Ein Lächeln huschte über sein Gesicht. Solche angenehme Aufmerksamkeit einer Dame hatte er schon seit Jahren nicht mehr erhalten.

Schnell wurde er wieder auf den Boden der Realität zurückgeholt, als er an der Tür zum Büro in das sorgenvolle Gesicht des Anwalts blickte. «Wie sieht's aus, Antonio?»

«Du steckst bis zum Hals in Schwierigkeiten.» Antonio umrundete den breiten Schreibtisch und setzte sich. «Entschuldige die schlechte Nachricht, aber ich rede nicht gern um den heißen Brei herum. Ich versuche mein Bestes, um dich da rauszuholen, aber das wird etwas kosten.»

Charlie stutzte. «Brauche ich dafür wirklich einen Anwalt? Ich bin doch unschuldig.»

Antonio nickte. «Die Sache ist die: Ich habe mit dem Büro des Staatsanwalts telefoniert. Die haben Zeugenaussagen, die bestätigen, dass der andere Verkehrsteilnehmer bei Grün gefahren ist, was bedeutet, dass du Rot hattest.»

«Dann steht Aussage gegen Aussage. Ich sagte auch, dass ich Grün hatte.»

Antonio schüttelte den Kopf. «Fünf gegen einen ist nicht Aussage gegen Aussage.»

«Fünf Personen haben gesehen, dass der andere Grün hatte?»

Der Anwalt nickte und blätterte in den Unterlagen.

«Also ist mein Kampf so etwas wie David gegen Goliath?»

«Nein, Charlie. Es ist so wie …» Antonio blickte ihn mit klarem Blick an. «Es ist der aussichtslose Kampf eines schuldigen Unfallfahrers gegen mindestens drei Versicherungen. Da ist einmal die Versicherung des anderen Fahrers: Du wirst für seine Rückenverletzung aufkommen müssen. Zweitens haben wir die Kosten für die Behandlung deiner Tochter. Drittens müssen wir den Kampf gegen deine eigene Haftpflichtversicherung führen. Über die Grobfahrlässigkeit haben wir ja bereits gesprochen. Die werden dir einen Teil der Kosten aufbrummen.»

Charlie seufzte.

«Am Steuer des anderen Autos saß ein Mann namens Hans Koch. Vanessa vom Empfang hat versucht, etwas über ihn herauszufinden, aber das ist ein weitverbreiteter Name. Das einzige, was wir über ihn wissen, ist, dass er ein schweres Rückenleiden hat.» Antonio fuhr mit dem Kugelschreiber über seine Notizen. «Mehrere Fahrzeuge haben nach dem Unfall angehalten und sie sagten alle das Gleiche aus: Herr Koch hatte Grün. Für die Staatsanwaltschaft – und wenn ich ehrlich bin, auch für mich – ist es ein klarer Fall. Du bist schuldig.»

Dieses ungerechte Urteil machte Charlie schwer zu schaffen.

Am Telefonapparat blinkte ein Licht. Antonio entschuldigte sich und hielt den Hörer ans Ohr. Charlie nahm nicht wahr, was er mit der Person am anderen Ende redete, doch dann stand der Anwalt auf und trat zur Tür. «Ich bin gleich wieder da.»

Charlie nickte abwesend. Er war bei Grün gefahren, da war er sich so sicher! Irgendetwas lief hier gewaltig schief.

Vanessa steckte den Kopf zur Tür hinein. «Möchten Sie einen Kaffee, Charlie? Ich darf Sie doch Charlie nennen, oder?»

Ein Kaffee war nun genau das richtige. Charlie versuchte, ein Lächeln aufzusetzen, und nickte zu beiden Fragen. Sie lächelte zurück und verschwand wieder.

Als er allein in dem feudalen Büro saß, zog sich sein Magen zusammen. Vielleicht würde er den Kaffee doch nicht hinunterbekommen. In Gedanken ging er den Unfall noch einmal Schritt für Schritt durch und versuchte, sich an jede Einzelheit zu erinnern. Er war fast allein auf der Landstraße unterwegs gewesen. Hinter ihm fuhr ein einziges Auto – ein Sportwagen. Gegenüber der Kreuzung war kein Auto gestanden. Die Ampel zeigte wie bei den zwei vorherigen grün. Sobald sich die rechte Abzweigspur öffnete, gab das Auto hinter ihm Gas und überholte. Dann bog es an der Kreuzung rechts ab. Zumindest dieses Auto musste auch Grün gehabt haben. Wenn Charlie nicht dort gewesen wäre, hätte der dunkle SUV diesen Sportwagen gerammt oder hätte ihn im besten Fall knapp verfehlt.

War der Fahrer oder die Fahrerin dieses Autos auch unter den Zeugen gewesen?

Die Tür ging auf und Vanessa brachte den Kaffee. Kurz darauf trat auch Antonio wieder ein.

Charlie stand energisch auf. «Ist der Fahrer, der hinter mir fuhr, auch auf der Zeugenliste?»

Antonio trat an seinen Schreibtisch und holte aus dem Papierstapel das Blatt mit den Notizen wieder nach vorne.

«An dieser Sache ist etwas faul», fuhr Charlie weiter. «Der Sportwagen hatte nämlich auch Grün. Wenn Herr Koch nicht mich gerammt hätte, wäre er in den Sportwagen geknallt.» Charlie sprach lauter, als es angebracht war.

«Ich kenne die Namen der Zeugen nicht, aber ich werde mich schlaumachen. Das mache ich umsonst, aber anschließend müssen wir über die Bezahlung sprechen.»

Charlie nickte zerknirscht. Ohne Schulden würde er aus dieser Sache nicht herauskommen.

Antonio begleitete ihn zur Tür. «Ich rufe dich an, sobald ich mehr über das Fahrzeug, das hinter dir gefahren ist, herausgefunden habe. Es könnte morgen früh werden.»

Charlie wusste nicht, ob es Wut oder Verzweiflung war,

die ihm die Hitze ins Gesicht steigen ließ. Jedenfalls schien es aussichtslos. Das Fahrzeug hinter ihm war der Strohhalm, an dem er sich festhielt. Der Fahrer musste bezeugen, dass er bei Grün gefahren war. Charlie war entschlossen, nicht kampflos aufzugeben. Wie Eva am kleinen Strohhalm der Hoffnung festhielt, dass ein Nachkomme die Sache mit dem Garten wieder richten würde, so brauchte auch er einen Strohhalm der Hoffnung, um nicht vollends zu verzweifeln.

# 16. Kapitel

Es war schon spät, als Charlie mit dem Bus nach Hause fuhr. Er war nach seinem Besprechungstermin mit Antonio bei Laura im Krankenhaus gewesen und hatte mit Sarah vereinbart, dass sie die Nacht bei ihr verbringen würde. Unterwegs stoppte er bei einer Ladenkette und kaufte ein günstiges Handy. Die neue Nummer teilte er Sarah und Vanessa mit. Abgesehen von seinem Anwalt und seiner Frau wollte er von niemandem gestört werden.

Von der Bushaltestelle spazierte er die restlichen paar hundert Meter bis zu seinem Haus. Es mussten um die zehn Jahre her sein, dass er diese Strecke das letzte Mal zu Fuß gegangen war.

Eine Böe wehte ihm entgegen und zerzauste sein Haar. Dunkle Wolken türmten sich über den Einfamilienhäusern an der Hauptstraße auf. Es sah nach einem Gewitter aus.

Charlies Herz war bitter geworden. Warum ließ dieser Gott es zu, dass seine Tochter so schlimm dran war? Warum ließ er es zu, dass der Unfallhergang falsch dargestellt wurde? Warum ließ Gott es zu, dass er nicht mehr Auto fahren durfte? Für das Bestreiten seines Lebensunterhalts war er auf das Auto angewiesen. Warum konnte Charlie nicht mehr zum Herzen seiner Frau durchdringen?

Als er in seine Straße einbog, lösten sich riesige Regentropfen aus den Wolken und fielen zu Boden. Der starke Wind klatschte sie Charlie ins Gesicht, sodass sie ihm auf der Haut wehtaten.

«Das auch noch?!», rief er vorwurfsvoll gegen den Himmel und begann zu laufen. Seine Bitterkeit vermischte sich mit Wut.

Er sah die Einfahrt zu seinem Haus bereits, als der Platzregen sich erbarmungslos über ihn nieder goss. Beim Vordach über der Haustüre angekommen, war er bereits bis auf die Unterwäsche nass. Er kramte in der feuchten Hosentasche nach dem Hausschlüssel, was zu seinem Ärger länger als üblich dauerte.

Kaum war er ins Haus eingetreten, bildete sich auf den Bodenfliesen vor dem Schuhregal eine Pfütze. «Warum?!», schrie Charlie hemmungslos heraus. Dank des starken Regens hörten ihn die Nachbarn bestimmt nicht.

Die Regenrinnen waren in Kürze voll und vermochten nicht mehr alles Wasser abzuführen. Schwallweise schwappte es darüber hinaus und fiel auf die Terrasse hinter dem Haus hinunter. Dort bildeten sich große Pfützen, die sich nach kurzer Zeit zu einem Teich vereint hatten.

Der Donner knallte über Charlies Haus. Plötzlich änderte sich der Klang des Niederschlags und als Charlie hinaus blickte, sah er riesige Hagelkörner auf den Rasen prasseln. Die Blüten der Rosen fielen zu Boden und hinterließen kahle Sträucher. Die Rosenpracht war eine der wenigen Lebensfreuden seiner Frau gewesen.

«Warum, Gott?! Warum tust du mir das an?» Charlie machte sich wegen der tropfnassen Kleider keine Gedanken. Er durchquerte das Wohnzimmer, wo er eine Wasserspur hinterließ, und öffnete die Schiebetür zur Terrasse. Die noch ausgerollte Markise bog sich unter der Last des Wassers. Charlie drückte dagegen, bis sich das Wasser-Hagel-Gemisch auf die Terrasse ergoss und dadurch der Pegel des Wassers bedrohlich anstieg. Es fehlten nur noch Zentimeter, bis es über die Türschwelle ins Haus trat.

Charlie griff nach dem Besen neben der Tür und blickte zum Abflussloch in der Terrassenwand. Dort sollte das Regenwasser abfließen, doch es war mit Laub verstopft. Er stieß einen wütenden Schrei aus und rannte trotz strömendem Regen und Hagel über die Terrasse auf das Loch zu. Die Hagelkörner trafen ihn schmerzhaft. Mit dem linken Arm versuchte er den Kopf zu schützen, während er mit der rechten Hand den Besen gegen das Loch stieß. Die Blätter klebten aneinander und die Zwischenräume waren mit Hagelkörnern gefüllt, sodass Charlie mehrere Anläufe brauchte, bis das Laub dem Druck des Wassers nachgaben und durch das Loch gespült wurde. Endlich floss das Wasser ungehindert ab.

Charlie kehrt unter das Vordach der Terrassentür zurück. Die Markise hatte sich bereits wieder gefüllt. Wie zuvor drückte Charlie mit der Hand dagegen und das Wasser strömte auf die Terrasse. Obwohl das Abflussrohr nun frei war, führte es das Wasser nicht schnell genug ab. Der starke Regen ließ die Pfütze wieder ansteigen. Als Erstes erreichte es das Kellerfenster und drang durch eine undichte Stelle ein.

Charlie hatte nicht mehr die Kraft, sich dagegen zu wehren, und ließ es geschehen. Ein Blitz über dem verwüsteten Garten zuckte und sofort krachte das Donnergrollen.

«Was soll das?!», rief Charlie wütend. «Warum quälst du uns, Gott? Wenn ich du wäre, würde ich dafür sorgen, dass es allen Menschen gut geht!» Er sank durchnässt auf den Gartenstuhl, der neben dem Eingang stand. Wenn er Gott wäre, würde er dafür sorgen, dass in Charlies Leben alles in Ordnung käme. Laura würde wieder gesund, er würde Sarah dazu bringen, ihn wieder zu mögen, er würde die Personen mit den falschen Aussagen auf Knien ankriechen lassen, um in Reue die Sache richtigzustellen. Er würde jeden Menschen an seiner göttlichen Umarmung teilhaben lassen. «Warum Gott, bist du nur so ungerecht?!»

Ein Blitz erhellte den Garten so sehr, dass Charlie sofort die Augen schloss. Der Donner folgte unmittelbar mit einem derart ohrenbetäubenden Knall, dass Charlie vor Schrecken erstarrte.

Da hörte er eine Stimme aus dem Sturm heraus: «Wer bist

du, Charlie, dass du meinen Plan anzweifelst? Wer bist du, dass du von Dingen redest, die du nicht verstehst?»

Charlie konnte nicht orten, woher die Stimme kam. Konnten die Nachbarn sie etwa auch hören?

«Nun gut! Steh auf und zeige dich als Mann! Antworte mir auf meine Fragen», dröhnte die Stimme weiter.

Charlie stand nicht auf. Er blieb verängstigt auf dem Gartenstuhl sitzen.

Die Stimme fuhr fort: «Wo warst du, als ich die Erde machte? Wer hat die Naturgesetze festgelegt? Wer hat alles so perfekt aufeinander abgestimmt, dass das Universum bestehen kann und gleichzeitig Leben auf der Erde möglich ist? Wo warst du, Charlie, sag es mir? Kennst du etwa alle Himmelskörper, die um eure Sonne kreisen?»

Charlie griff an die Hosentasche, wo er normalerweise sein Smartphone trug. Einem Impuls folgend wollte er die korrekte Antwort im Internet suchen. Aber die Tasche war leer, er hatte es von der Polizeibehörde noch nicht zurückerhalten und das neue Gerät lag bei seinen Schuhen.

Charlie hätte schwören können, dass sich in der dröhnenden Stimme ein Lächeln verbarg, als sie weitersprach. «Du denkst, dass du alle Antworten herausfinden kannst? Doch so weit, wie ihr Menschen denkt, habt ihr es gar nicht gebracht. Und zudem: Wenn dir andere Menschen die Antworten liefern, stammen sie ursprünglich auch von mir. Denn ich habe diesen Menschen den Verstand und die Fähigkeit gegeben, Antworten auf ihre Fragen zu finden. Versuche der Frage einmal ohne fremde Hilfe auf den Grund zu gehen! Beweise mir deine naturwissenschaftlichen Überzeugungen! ‹Ich hab's im Internet gelesen›, zählt diesmal nicht. Vieles, was du zu wissen meinst, glaubst du einfach, weil es dir andere Menschen sagen. Also Charlie, wie viele Himmelskörper kreisen um eure Sonne? Und wenn du glaubst, die Antwort zu kennen, beweise mir, dass du recht hast.»

Charlie wusste, dass acht Planeten um die Sonne kreisten. In der Schule hatte er noch neun gelernt, aber in der Zwischenzeit war Pluto auf einen Zwergplaneten zurückgestuft worden. Die Antwort war also acht. Oder galten Zwergplaneten und Asteroiden auch zu den Himmelskörpern? Dann wären es wohl mehr.

Der Donner grollte wieder über ihm.

Charlie blickte in die dunkelgraue Wolke hinauf. Ihm wurde schwindlig. Er fühlte sich klein und unbeholfen. Wie wollte er der Stimme beweisen, dass da hinter dem tief hängenden Wolkenvorhang acht Planeten um die Erde kreisten? Er müsste in ein Planetarium gehen oder ein Teleskop haben. Doch er spürte, dass es als Beweis ebenfalls nicht genügte. Wenn er ohne Hilfe anderer Menschen die Planeten beweisen wollte, müsste er selbst ein Teleskop bauen. Dann müsste er damit nachts den Himmel absuchen. Er müsste eine genaue Karte anfertigen und dort seine Beobachtungen eintragen. Wie viele Planeten konnte man wohl auf einmal sehen? Wie groß war ein Ausschnitt des Sternenhimmels, den man mit einem Teleskop abdecken konnte? Und woher wusste er, welcher helle Fleck überhaupt ein Himmelskörper war, der um die Sonne kreiste? Wie würde er dessen Laufbahn und Bewegung erkennen können? Oder war es gar kein Planet? Ein Asteroid vielleicht? Die genaue Anzahl der Himmelskörper, die um die Sonne kreisten, ohne Hilfe anderer Menschen zu beweisen, würde Jahre dauern.

Charlie sank auf seinem Gartenstuhl in sich zusammen. Er ahnte, dass er selbst viel weniger wusste, als er bisher angenommen hatte. Er war in vielen Belangen auf andere angewiesen, er allein war dem Leben gar nicht so überlegen, wie er immer meinte.

Die Stimme ertönte wieder. «Ich will dir die Antwort geben: Es sind mehrere Hundert Himmelskörper, die um die Sonne kreisen. Nur um eure Sonne. Sag mir, wie viele Himmelskörper gibt es in der Milchstraße? Wie viele im Universum? Oder kannst du zum Mond reisen, Charlie? Wie lange kannst du dort überleben ohne Hilfsmittel, die andere für dich bauen?»

Charlie rang nach Atem. Unter Wasser konnte er keine drei Minuten am Leben bleiben. Ohne Sauerstoff nur genauso kurz auf dem Mond.

«Versuch das Wasser zu bändigen, das in deinen Keller eindringt. Schwimm gegen die tosenden Sturmwellen im Ozean oder wehre dich gegen einen reißenden Fluss. Du kannst es allein nicht einmal mit dem Wasser aufnehmen, wie willst du es dann mit mir aufnehmen, Charlie?»

Dieser sank noch tiefer in den Stuhl. Er spürte, dass er der Stimme hilflos ausgeliefert war. «Oh Gott! Ich … ich bin nur ein Mensch», stammelte er. «Du hast recht, ich kann es mit dir nicht aufnehmen. Ich hätte vorhin, als ich dich angeklagt habe, besser geschwiegen. Ich habe den Mund zu voll genommen. Es wird bestimmt nicht wieder vorkommen.»

Der Regen prasselte weiter auf das Dach, die Terrasse und den Rasen.

Die Stimme fuhr fort: «Steh endlich auf, Charlie. Zeig dich als Mann!»

Charlie blieb sitzen.

«Willst du wirklich mein Recht infrage stellen? Willst du über mich, den großen Gott, richten? Willst du zusehen, wie ich verurteilt werde, damit du recht behältst? Sag mal, kann deine Stimme so dröhnen wie meine? Dann steh auf und kämpf mit mir. Zerschlage das Böse in der Welt und schaffe Frieden! Wie willst du das tun? Beginne bei dir zu Hause, Charlie. Halte den Streit aus deiner Familie heraus. Mach Frieden mit deiner Frau. Jede Regierung, die bis jetzt versucht hat, Frieden auf der Welt durchzusetzen, löste letztendlich nur noch mehr Gewalt und Unterdrückung aus. *Du* kannst der Welt keinen Frieden bringen, Charlie. Aber trotzdem klagst du mich an?»

Charlie atmete schwer. Die Stimme hatte recht, er konnte keinen Frieden bringen. Aber die Stimme hätte doch die Macht dazu, oder etwa nicht? Plötzlich kam ihm die Zeile eines alten Kinderliedes in den Sinn. Darin ging es um die Weihnachtsgeschichte und um die Engel, die davon sangen, dass den Menschen Frieden auf Erden gebracht würde: «Und Frieden den Menschen auf Erden …»

Ein Donnergrollen riss ihn aus den Gedanken und die Stimme fuhr fort: «Du willst, dass es weniger Leid auf der Welt gibt? Sag mir, was du selbst dagegen unternimmst! Worum geht es dir, wenn du mich wegen des Leids auf der Welt anklagst? Geht es dir darum, dein eigenes friedliches Leben ohne schlechtes Gewissen zu leben? Willst du selbst alle Annehmlichkeiten haben, ohne dich um das Leid anderer Menschen kümmern zu müssen?»

Der Regen prasselte weiter.

«Mit wem auf der Welt würdest du dein Leben tauschen, um ihm ein angenehmeres Leben zu ermöglichen? Welchem Obdachlosen würdest du dein Haus schenken, welchem Arbeitslosen deinen Job anbieten? Wen würdest du mit dir an deinem Tisch essen lassen? Du klagst mich an, damit du selbst nicht hinsehen und nicht mit anderen teilen musst!»

Charlie war unfähig, klar zu denken. Wollte die Stimme wirklich, dass er alles weggab, was er besaß? Er spürte tief in seinem Innern, dass er es tun müsste, wenn es ihm mit dem Leid auf der Welt ernst wäre. Aber was würde das bringen? Er wäre dann derjenige, der Mangel litt. Das Leid würde sich nur verlagern. Mit seinem kleinen Vermögen konnte er auf der Welt nicht viel ausrichten. Würde sein Geld durch Misswirtschaft nicht versanden und am Ende gar niemandem mehr nützen? Oder würde sein Geld sogar in den Taschen von Ausbeutern landen und so das Leid auf der Welt noch vergrößern?

Charlie spürte, dass er das Leid auf der Erde nicht beenden konnte. Nur wenn alle Menschen gemeinsam anpacken würden, könnten sie etwas ausrichten. «Ich kann es nicht allein», stotterte er halblaut.

«Stimmt. Du kannst es nicht allein. Du bist nicht dafür geschaffen, auch nur irgendetwas allein zu tun. Du bist für die Beziehung mit anderen Menschen geschaffen und für die Beziehung mit deinem Schöpfer. Geh einmal nach Alaska in die Wildnis oder in die endlose Weite von Sibirien. Dann wirst du schnell herausfinden, was du allein zustande bringst. Weißt du, wie du als nackter Mensch in der Natur überleben kannst? Wie jagst du mit bloßen Händen ein Tier oder mit Waffen, die du selbst hergestellt hast? Wie kannst du das Fleisch aufbewahren, ohne dass sich Maden darin vermehren? Welche Pflanzen sind essbar? Welche Beeren geben dir Kraft und welche lassen dich durch ihr Gift qualvoll sterben? Wie kannst du dich gegen die Kälte und die wilden Tiere schützen? Sag mir, wie lange würdest du allein in der Wildnis überleben?»

Charlie spürte, wie er in der Gegenwart dieser Stimme immer kleiner wurde. Sein Verstand wollte rebellieren und Gegenargumente liefern. Die Menschheit hatte bis heute doch erstaunlich gut gelernt, sich in der Natur zu behaupten. Aber gleichzeitig spürte Charlie, dass die Stimme auf etwas anderes hinauswollte. Tatsächlich hatte er sich oft selbst für den König der Welt gehalten, der alles im Griff hatte und niemanden brauchte. Er meinte zu wissen, wie die Welt funktionierte, und hatte sich oft genug als Richter aufgespielt. Er beurteilte ständig die Menschen um ihn herum und nun hatte er auch angefangen, über Gottes Handeln zu urteilen.

Je länger die Stimme sprach, desto klarer wurde Charlie, dass er die grundlegenden Dinge zum Überleben, nicht selbst im Griff hatte. Ohne Arbeiter, die Nahrungsmittel produzierten und im Verkaufsladen anboten, hätte er nicht genug zu essen. Sarah wusste zwar ein paar Dinge über das Anpflanzen von Gemüse im Garten, doch könnten sie nur von der Selbstversorgung leben?

Ohne Arbeiter, die die Stromversorgung sicherstellten, könnte er seine Arbeit als Verkäufer nicht verrichten und würde am Ende des Monats ohne Einkommen dastehen. Zum ersten Mal realisierte er, dass er von so vielem abhängig war. Vielleicht auch von Gott? Hielt dieser im Hintergrund mehr Fäden zusammen, als er bis jetzt angenommen hatte?

Charlie war ein kleines Zahnrad, das nur funktionieren konnte, weil viele andere Zahnräder ebenfalls funktionierten.

Das überstieg seinen Verstand. «Aber das viele Leid auf der Welt? All die hilflosen Kinder, die verhungern. Was ist mit ihnen? Warum tust du nichts dagegen?»

Die Stimme donnerte nochmals los. «Du willst über meine Gedanken urteilen? Du willst meinen Plan anzweifeln? Weißt du besser als ich, was gut und was böse ist? Das Leid auf der Welt ist zu groß für dich, Charlie. Tu, was du tun kannst! Aber überlass alles mir, was deine Möglichkeiten übersteigt. Diese Menschen können ihr Schicksal selbst mit mir diskutieren, sie dürfen mir auch Vorwürfe machen. Ich ertrage es. Wenn sie zu mir kommen, habe ich die Chance, ihnen eine Antwort zu geben, eine, die sie in ihrer Situation verstehen. Aber du kannst die Antwort für diese Menschen nicht nachvollziehen, weil du nicht in ihrer Lage bist. Du glaubst, alles über sie zu wissen, aber das tust du nicht.»

Charlie rutschte im Gartenstuhl nervös hin und her.

«Aber über dein eigenes Schicksal darfst du mit mir reden, Charlie. Deine Zweifel und deine Fragen überfordern mich nicht. Aber sei fair und hör mir zu, wenn ich dir eine Antwort gebe. Suche nach meiner Antwort. Halte es aus, wenn du nicht alles verstehst. Lass dir an meiner Gnade genügen, denn meine Kraft ist in den Schwachen mächtig.[8] Es reicht, wenn ich es verstehe.»

[8] *2. Korinther 12,9*

Das Tuch der Markise hatte wieder so viel Wasser gesammelt, dass es unter dem Gewicht aus der Fassung sprang und das Wasser mit lautem Getöse auf die Bodenplatten floss.

Aber die Stimme war noch nicht fertig. «Leg in den Everglades einem Alligatoren die Hand auf den Kopf. Zerzause einem Löwen in der Savanne das Haar. Stell dich im Yellowstone Park einem Bison in den Weg. Schwimm im Amazonas mit einer Python. Füttere unter Wasser mit deiner Hand einen Hai. Wirst du es überleben? Wenn du es nicht einmal mit meinen Geschöpfen aufnehmen kannst, wie willst du es dann mit mir aufnehmen?»

Charlie sackte nun vollkommen in sich zusammen. Er spürte die überwältigende Größe dieser Stimme. Sie war unendlich viel größer als er und sie besaß viel mehr Weisheit. Vor ihr blieb nichts verborgen. Sie sah alle Menschen. Das Gefühl, das damals bei der Umarmung tief in ihm aufgestiegen war, machte sich auch jetzt wieder bemerkbar. Das erstaunte Charlie. Obwohl die Stimme hart mit ihm ins Gericht ging, war sein Empfinden ihr gegenüber nicht Rebellion oder Auflehnung, sondern Ehrfurcht und Anerkennung.

Er stützte seinen Kopf auf die Hände und sagte: «Ich weiß jetzt, dass dir nichts zu groß ist. Du hast einen Plan, der viel größer ist als ich. Ich begreife deinen Plan nicht und ich verstehe auch die Zusammenhänge nicht, das sehe ich jetzt ein. Mein Verstand ist zu klein und trotzdem habe ich mir angemaßt, über dich zu urteilen.»

Das Gefühl tief ihn ihm stieg weiter hoch. Etwas in ihm wollte es wieder zurückdrängen, wie damals bei der Umarmung. Aber Charlie war weiter als gestern. Er spürte, dass es richtig war, das Gefühl zuzulassen und ihm Ausdruck zu verleihen. Vermutlich gab es einen theologischen Ausdruck dafür, den er aber nicht kannte. Es war einfach ein Gefühl der Anerkennung und des Staunens. Ein Staunen über eine Dimension, die seinen Verstand überstieg. Es war, als würde er dieser Macht ohne Worte in seinem Herzen sagen, dass er akzeptierte, dass sie größer war. Es fühlte sich an, als würde er sich etwas viel Größerem freiwillig unterwerfen. Und es fühlte sich richtig an.

Charlie sank von dieser neuen Empfindung überwältigt vom Stuhl auf den Boden. Seine Knie und Hände tauchten in das Wasser der riesigen Pfütze ein. Kniend stammelte er: «Ich habe dich, Gott, bis jetzt nur von den Aussagen anderer gekannt, aber jetzt habe ich dich selbst erlebt. Ich schäme mich für alles, was ich gesagt habe. Durchnässt von Kopf bis Fuß nehme ich es ergeben zurück.»[9]

Charlie wusste nicht, wie lange er gebeugt in der Pfütze gekniet war. Der Regen hatte nachgelassen. Aber Charlie hatte nicht das Bedürfnis aufzustehen. Er wusste jetzt, dass es einen Gott gab. Einen, den er mit seinem Verstand nicht fassen konnte. Aber er wusste auch, dass er ein kleiner Mensch war, der diesen großen Gott vermutlich nie verstehen würde. Er musste auch nicht alles verstehen. Obwohl er sich immer gegen Autoritäten gewehrt hatte, war es ein befreiendes Gefühl, sich der donnernden Stimme zu unterwerfen. Es war befreiend, nicht mehr alles selbst im Griff haben zu müssen. Es war befreiend, seinen wirklichen Platz zu finden – als Teil der Menschheit und nicht als König und Richter des Universums, der seinen eigenen Maßstäben, die er an andere anlegte, selbst nie gerecht wurde.

Charlie fühlte, dass er sich das nächste Mal nicht mehr gegen Gottes Umarmung wehren würde. Er würde dieses Gefühl der staunenden Ehrfurcht zulassen, wenn es wieder in ihm aufstieg. Die Last, selbst für sein Glück verantwortlich zu sein, fiel von ihm ab. Wie damals, als er als kleines Kind seinen Eltern vorbehaltlos vertraute, durfte er nun darauf vertrauen,

[9] *Hiob 38 - 42*

dass Gott das Leben im Griff hatte. Aber erst musste er lernen, wie Vertrauen funktionierte.

# 17. Kapitel

Charlie kehrte ins Haus zurück. Er holte frische Kleider und zog sich im Bad um. Dann ging er mit Eimer und Putzlappen in den Keller und versuchte, das Wasser aufzuwischen, das durch das Fenster eingedrungen war. Anschließend trank er einen heißen Tee und legte sich erschöpft aufs Sofa.

Als er die Augen öffnete, stand er mit den Füssen im Wasser. «Nicht schon wieder nasse Füße!», rief er aus.

Das Wasser reichte ihm bis an die Knöchel, aber vor ihm wurde es schnell tiefer. Neben ihm ragten kahle Baumstämme aus dem Wasser und in der Ferne bildeten Hügel kleine Inseln. Rundherum war die gesamte Ebene bis zum Horizont mit Wasser bedeckt. Eine Überschwemmung?

Charlie drehte sich um und watete in Richtung einer Anhöhe, die mit frischem Gras bewachsen war und stand schließlich wieder auf trockenem Grund. Auf den weiten Wiesen und in der Berglandschaft dahinter fand er kein Zeichen von Zivilisation. Doch dann entdeckte er Daniel, der auf einem Felsblock saß und ihm zuwinkte.

Charlie marschierte freudig auf ihn zu und rief schon von weitem: «Gott hat mit mir gesprochen!»

Daniel lächelte, als ob er darüber Bescheid wusste. Charlie erreichte den Felsblock und kletterte zu ihm hoch. «Wie ging es mit dem Paar aus dem Garten weiter? Hat ihr Sohn Seth der Schlange den Kopf zertreten?»

Daniel schüttelte den Kopf. «Die Menschheit wurde je länger, desto egoistischer. Unterdrückung, Ausbeutung, Rassismus, Sexismus und Menschenhandel gehörten bald zur Tagesordnung.»

Davon hatte Charlie in seiner Welt genug.

«Ja, bei euch gehts zu wie in den Tagen Noahs», bestätigte Daniel. «Da reute es Gott, dass er die Menschen geschaffen hatte. Es bekümmerte ihn sehr.»

Das war also das Ergebnis davon, wenn der Mensch selbst entscheiden wollte, was gut und was böse war.

Daniel erzählte, dass Gott die Menschheit anschließend mit einer großen Flut vernichtet hatte. Nur ein Mann namens Noah und seine Familie überlebte. Mit diesen Menschen wollte Gott nochmals neu beginnen. Daniel zeigte auf eine Rauchsäule, die hinter einem kleinen Hügel vor der Bergkette zum Himmel stieg. «Dort ist Noah und bringt Gott ein Opfer dar.»

Charlie sprang vom Felsen auf. «Können wir näher rangehen?»

Gemeinsam stiegen sie die Wiese hoch, bis sie eine Felsformation erreichten, die ihnen die Sicht versperrt hatte. Während sie diese umrundeten, öffnete sich vor Charlie ein imposantes Bild. Zwischen den Felsen stand auf einem Bergrücken ein riesiges verwittertes Holzhaus mit einer großen Öffnung an der Seite. Wenn das Noah ist, dann muss das sein Schiff, die Arche, sein. Nebelschwaden zogen über den Berggrat, aber dazwischen war blauer Himmel zu sehen. Die Sonne beschien die Wiese vor dem seltsamen Schiff, auf der acht Menschen um einen handgebauten Steingrill standen und auf dem ein beträchtliches Stück Fleisch garte. Der Duft des Bratens breitete sich bis zu den beiden Zuschauern aus.

Daniel erklärte, dass dies ein Opfer für Gott sei und dass ihm das Opfer gefiel. «Gott will die Erde nie mehr mit einem Fluch belegen und die Menschen nicht nochmals vernichten. Das verspricht Gott den Menschen, obwohl er weiß, dass ihre Gedanken und Taten schon von klein auf böse sind.»

Charlie beobachtete die Szene mit Ehrfurcht. Gott hatte hier gerade auf furchtsame Art seine Macht gezeigt und alle Menschen vernichtet. Ihm war klar, dass Gott dies jederzeit wiederholen könnte. Aber Gott versprach, sich von nun an mit dem Gericht über die Erde zurückzuhalten. Er lässt das Gute und das Böse vorübergehend nebeneinander leben.

Diesen Gedanken ließ sich Charlie nochmals durch den Kopf gehen. Warum ging Gott mit der Ungerechtigkeit nicht härter ins Gericht? Warum ließ er Diktatoren über so lange Zeit ihr Unwesen treiben? Warum sorgte Gott nicht dafür, dass die Liebe auf der Welt überhandnahm? Charlie wandte sich Daniel zu. «Warum beseitigt Gott das Böse nicht und lässt das Gute gedeihen?»

«Wen würdest du als gut bezeichnen? Wo würdest du die Linie zwischen Gut und Böse ziehen?» Daniel zeigte auf eine flache Felsplatte und ging darauf zu. «Wen würdest du vernichten und wen würdest du am Leben lassen?»

Sie erreichten die steinerne Sitzgelegenheit und setzten sich darauf. Da erzählte Daniel eine Geschichte:

Ein Bauer säte Saat auf sein Feld. Doch als er schlief, kam sein Gegner und säte Unkraut zwischen den Weizen. Als das Korn zu wachsen begann, kam auch das Unkraut zum Vorschein.

Die Feldarbeiter kamen zum Bauern und sagten: «Chef, das Feld, das du bebaut hast, ist voller Unkraut!» Der Bauer war traurig und sagte: «Das war mein Feind.»

Da fragten die Feldarbeiter: «Sollen wir das Unkraut ausreißen?»

Daniel machte eine Pause und blickte Charlie direkt an. «Was denkst du, was der Bauer geantwortet hat? Unkraut ausreißen oder Unkraut wachsen lassen?»

Charlie überlegte hin und her, konnte sich aber nicht entscheiden. Er war kein Bauer. Doch war ihm klar, dass das Unkraut dem Getreide beim Wachsen schadete, weil es das Sonnenlicht verdeckte und Wasser beanspruchte. Daher müsste man es ausreißen. Aber würde man dabei nicht die Weizenhalme zertreten und womöglich den Weizen zusammen mit dem Unkraut ausreißen?

Daniel erzählte weiter:

Der Bauer antwortete: «Reißt das Unkraut nicht aus. Sonst macht ihr den Weizen kaputt. Lasst beides bis zur Ernte wachsen. Erst dann, wenn wir den Weizen in die Scheune bringen, werden wir das Unkraut einsammeln und verbrennen.»

Ein feiner Nieselregen setzte ein, was Charlie aber nicht weiter störte, da die Sonne ihm weiterhin den Rücken wärmte. Er blieb mit seinen Gedanken bei der Geschichte hängen. Ließ Gott das Leid deshalb zu, weil er das Gute nicht mit dem Unguten zusammen ausreißen wollte?

Daniel wiederholte die Frage: «Wenn du Gott wärst und das Böse vernichten könntest, wo würdest du beginnen?»

«Ich würde wohl ...» Charlie hielt inne. Wieder stellte er fest, dass sein Verstand mit solch komplexen philosophischen Abhandlungen nicht mithalten konnte. Er wusste nicht, wo er beginnen würde.

«Wie lange würdest du mit einer Strafe zuwarten, damit ein böser Mensch vielleicht doch noch von seinen falschen Wegen umkehrt? Mit welchem Alter hätte deiner Meinung nach ein Mensch genug Chancen gehabt, sich als einer der Guten zu beweisen, als einer, der mehr Gutes als Böses in die Welt bringt?»

Charlie antwortete nicht. Er merkte, dass hinter der Geschichte ein tieferer Sinn steckte. «Ich weiß nicht, wie ich es anstellen würde, es ist unmöglich.»

«Die Entscheidung des Bauern in der Geschichte, alles bis zum Tag der Ernte wachsen zu lassen, steht dafür, dass jeder Mensch mehrere Chancen verdient hat. Jeder Mensch soll sich für das Gute entscheiden können, sogar wenn er zuvor mehrere schlechte Entscheidungen getroffen hat. Sogar, wenn er zuvor Leid verursacht hat.»

«Und das haben wir ja wohl alle.» Charlie stützte seinen

müden Kopf auf die Arme.

Er wurde aus seinen Gedanken gerissen, als Daniel gegen seinen Oberarm stieß. «Schau!»

Charlie blickte auf und sah einen riesengroßen Regenbogen über ihnen. So leuchtend und klar hatte er das Farbenspektrum noch nie wahrgenommen.

Eine Stimme ertönte vom Himmel. Es war die gleiche Stimme, die Charlie im Gewitter auf seiner Terrasse gehört hatte. Nur sprach sie diesmal nicht zu ihm, sondern zu Noah und seiner Familie. «Vermehrt euch und bevölkert die Erde. Das Leben jedes Menschen steht unter meinem Schutz. Wer einen Menschen tötet, egal ob es ein Mensch oder ein Tier tut, wird durch mich gerächt werden.» Die Stimme sprach weiter: «Ich schließe einen Bund mit euch und euren Nachkommen. Ich gebe euch das feste Versprechen, die Erde und alle Lebewesen niemals mehr durch eine Flut zu vernichten. Als Garantie für den ewigen Bund gebe ich euch ein Zeichen: Ich setze meinen Regenbogen in die Wolken. Er ist das Zeichen meines unumstößlichen Bundes mit der Erde. Wenn er in den Regenwolken erscheint, werde ich an meinen Bund mit euch denken. Niemals mehr wird eine Flut alles Leben auf der Erde vernichten.»[10]

Ehrfürchtig blickte Charlie einige Momente zu den Farben des Regenbogens hoch. Dann packte er seinen Gesprächspartner aufgeregt am Arm. «Du musst mich unbedingt in den Garten zurückbringen! Irgendwie. Egal wie.»

Daniel löste sich sanft aus dem Griff. «Du brauchst noch etwas Geduld.»

«Warum tut Gott nichts? Warum lässt er uns weiterleben, wenn er uns doch nicht in seine Nähe lässt? Warum kommt nicht jetzt schon die Ernte, bei der er den Weizen vom Unkraut trennt?»

[10] *1. Mose 9*

# 18. Kapitel

Das Telefon klingelte. Charlie schreckte auf. Er griff zum Hörer auf dem Nachttisch, dabei sah er die Leuchtziffern des Radioweckers. Sie zeigten sechs Uhr in der Früh an.

Er hörte Sarahs Stimme im Hörer. Sie bat ihn, ins Krankenhaus zu kommen, um sie abzulösen, damit sie rechtzeitig ins Büro gelangen könne. Charlie war noch zu schlaftrunken, um einen Streit vom Zaun zu reißen, also verkniff er sich die Bemerkung, dass ihr Arbeitgeber angesichts der Tatsache, dass ihre Tochter auf der Intensivstation lag, mit der Pünktlichkeit etwas nachsichtig sein könnte.

Im Bus zum Krankenhaus hatte es wegen den vielen Pendlern keinen freien Sitzplatz mehr, so hielt er sich stehend an einer Stange fest. Seine Gedanken wanderten zu Laura, dann zu Noah und dem Regenbogen. Er fragte sich, wie es nach Noah weitergegangen war. Aus seiner Kindheit kannte er die Geschichte nur losgelöst von dem, was vorher oder nachher geschah.

Als Charlie kurz vor sieben beim Krankenhaus ankam, war es noch ruhig vor dem Hauptgebäude. Aber drinnen eilten bereits die Pflegerinnen und Pfleger in den Gängen hin und her. Auf der Intensivstation verhielt es sich nicht anders. Kein Wunder hatte Sarah bei dieser Geschäftigkeit nicht mehr schlafen können. Charlie sah ihr an, dass sie eine schlechte Nacht hinter sich hatte. «Wie gehts Laura?»

Sarah hatte keine Neuigkeiten.

«Dein Arbeitgeber könnte mit deiner Arbeitszeit toleranter sein.»

«Wir haben gleitende Arbeitszeiten, Charlie. Schon seit drei Jahren. Aber dich interessiert mein Leben ja schon lange nicht mehr. Dem Arbeitgeber ist es egal, wann ich komme. *Ich* will unbedingt ins Büro. Während du friedlich zu Hause geschlafen hast, habe ich die ganze Nacht kaum ein Auge zugetan. Ich muss für einen Moment von diesem Piepen und dem Betrieb hier weg. Hoffentlich hört Laura das Piepen nicht.»

«Ich interessiere mich sehr wohl für dich. Nur, dass du Bescheid weißt.»

«Davon merke ich aber herzlich wenig.» Sie griff nach der Handtasche und ging zum Vorhang.

«Wann bist du zurück?»

Sarah drehte sich nochmals um. «Ich weiß es nicht.» Sie schob den Vorhang beiseite und verließ die beiden. Bevor die Stoffbahnen zurück in die hängende Position fielen, sah Charlie, wie Sarah auf der anderen Seite beinahe mit einem Pfleger zusammenstieß. Dann war er mit seiner Tochter allein.

Er setzte sich auf den Stuhl neben dem Bett und spürte auf dem Sitzpolster noch die Wärme seiner Frau. Erst jetzt sah er Laura richtig an. Sie lag wie gestern mit Schläuchen verkabelt und eingebunden da. War es vor dem Unfall zu Hause nicht oft so gewesen? Der Streit mit der Frau war nicht selten wichtiger als die Aufmerksamkeit für seine Tochter. Er strich ihr über die kabelfreie Hand. Seine liebe Tochter, die so viele Träume und Pläne für ihr Leben hatte. Auch er hatte Träume mit ihr, zum Beispiel, dass er sie einmal zum Altar führen durfte oder sie ihm Enkelkinder schenken würde.

Die Zeit verging nur langsam. Charlie spielte in Gedanken alle möglichen Szenarien durch, die noch auf ihn warteten.

Zwischen den unzähligen Geräuschen auf der Intensivstation erklang ein Klingelton. Es dauerte eine Weile, bis Charlie realisierte, dass es der noch ungewohnte Klingelton seines neuen Handys war. Er angelte es aus der Tasche seiner Jacke, die über dem Stuhl hing, und nahm den Anruf entgegen.

Die Anwaltsassistentin Vanessa antwortete. Nach einem

fröhlichen «Guten Morgen» stellte sie ihn zu Antonio Russo durch. «Also das ist mir noch nie passiert», begann dieser.

«Was hast du über den Sportwagen herausgefunden?»

«Nichts», antwortete Antonio aufgewühlt. «Im Büro des Staatsanwalts will sich heute jemand wichtigmachen. Gestern erhielt ich noch jede Auskunft, die ich verlangte. Aber heute wird mir die Akteneinsicht plötzlich verwehrt. Die kennen mich seit Jahren, deshalb verzichten wir meistens auf Formalitäten. Ich verstehe nicht, warum sie auf einmal alles genau nach Vorschrift machen wollen. Da läuft irgendetwas schief.»

Charlie verstand nicht, was sein Anwalt damit meinte.

«Die Sache lässt sich aber zum Glück einfach lösen. Du musst vorbeikommen und bei Frau Sommer eine Vereinbarung unterzeichnen, die besagt, dass ich dein Anwalt bin. Mit diesem Dokument kann ich dann die Unterlagen einsehen.»

«Natürlich, ich komme sofort.»

Erst als er aufgelegt hatte, realisierte er, dass er Laura alleinlassen würde, wenn er jetzt wegging. Andernfalls müsste er warten, bis Sarah zurückkam. Nach einigem Hin und Her entschied sich Charlie, es gleich zu erledigen, damit sein Anwalt weiterarbeiten konnte. Obwohl es im Augenblick das Wichtigste war, wie es seiner Tochter ging, half ihm jeder Durchbruch bei seinen anderen Problemen, nicht ganz den Kopf zu verlieren. Die Angelegenheit sollte nicht mehr als eine halbe Stunde in Anspruch nehmen.

Charlie strich Laura liebevoll über den Arm und gab ihr einen Kuss auf die Hand. Der Bus bog in die Geschäftsstraße ein, auf der sich die Haltestelle beim Hotel Plaza befand, als Charlie wieder den ihm noch fremden Klingelton hörte. Auf dem Display sah er Sarahs Nummer. «Mist! Charlie?»

«Was ist das für ein Lärm? Ist alles okay bei dir?»

«Es … ist … grad viel los. Aber Laura gehts gut. Vielleicht gab es in der Stadt einen Unfall und jetzt läufts auf der Intensivstation rund.»

«Was für ein Unfall?»

«Keine Ahnung.» Charlie versuchte krampfhaft das Thema zu wechseln. Als ihm nichts Plausibles einfiel, versuchte er die Anspannung mit Ironie aufzulockern: «Vielleicht fuhr ein Linienbus in einen Traktor mit Anhänger und die ganze Ernte verteilte sich über die Straße. Weshalb hast du angerufen?»

Sein Bus hielt und Charlie drängte sich an den anderen Passagieren vorbei nach draußen.

«Ich wollte dir nur sagen, dass ich gegen Mittag zu Laura komme.»

«Okay», antwortete Charlie umgehend, damit Sarah das entfernte Hupen nicht hörte. «Ich bin da. Komm einfach, wenn du im Büro fertig bist.»

«Okay. Danke.»

Erleichtert steckte Charlie das Telefon zurück in die Jackentasche und rannte zum Logan-Gebäude. Um sich weiteren Ärger mit seiner Frau zu ersparen, wollte er so schnell wie möglich zurück sein.

Als Charlie eintrat, sprang Vanessa Sommer auf. Sie streckte ihm mit einem freundlichen Lächeln einen Stapel Dokumente und einen Schreiber hin. «Hier unterzeichnen, bitteschön.»

Charlie legte die Blätter auf die Theke und sah sie durch. Da stand so viel Kompliziertes geschrieben, dass er instinktiv wusste, dass er das meiste davon nicht verstehen würde. Er unterzeichnete auf der feinen Linie. «Hoffentlich werde ich das nicht bereuen.» Er reichte die Blätter an Vanessa zurück.

«Das hoffe ich auch.» Sie lächelte ihn ermutigend an. «Kann ich sonst noch etwas für Sie tun?»

«Können Sie mir sagen, wie die Geschichte nach Noah und seinen Tieren weiterging?»

Vanessa lächelte weiter, aber in ihren Augen las Charlie, dass der Themenwechsel zu abrupt gewesen war. «Wissen Sie zufällig, wie es in der Bibel nach der Geschichte mit Noah und seinem Schiff weitergegangen ist?»

Vanessa runzelte die Stirn. «Ich hatte als Kind ein Bilderbuch mit dieser Geschichte, aber die endete in meiner Erinnerung mit dem Bild eines Regenbogens und den glücklichen Tieren.»

«Entschuldigen Sie, dass ich Sie mit solch belanglosen Dingen aufhalte.» Charlie wandte sich zum Gehen, als Vanessa zurück an ihren Computer eilte. «Ich kann das für Sie im Internet nachschauen. Irgendwo müsste das sicher zu finden sein. Möchten Sie in der Zwischenzeit einen Kaffee?»

«Eigentlich muss ich schnell zurück ins Krankenhaus. Die Frage ist nicht so wichtig», log er. Für ihn war sie schon wichtig. Aber ihm war klar, dass er dabei wohl eher eine Ausnahme war.

«Okay, wie Sie meinen, Charlie. Ich sende ein Bild des Dokuments sofort an die Staatsanwaltschaft, dann kann Herr Russo weiter an Ihrem Fall arbeiten.»

Das fand er eine gute Idee.

Charlie war noch unterwegs zum Krankenhaus, als Vanessa Sommer anrief. «Hallo Charlie. Ich habe herausgefunden, wie es nach Noah weiterging.»

«Ach ja, wie denn?», fragte er höflich.

«Die Menschen vermehrten sich und es geschah etliche Jahre nichts besonders. Als dann wieder viele Menschen beieinander lebten und sie eine große Stadt bauten, wurden sie übermütig. Sie wollten einen Turm bauen, der bis zum Himmel reichte, und damit Gott beeindrucken. Sie wollten ihm zeigen, dass sie ohne ihn gut zurechtkamen. Gott veranlasste daraufhin, dass die Leute auf einmal unterschiedliche Sprachen redeten. Da sie sich nun nicht mehr verstanden, zerstreuten sie sich über die Erde und der Turm wurde nie zu Ende gebaut.»

«Oh, Sie haben sich aber genau informiert! Danke für die Auskunft.»

«Die nächste Geschichte in der Bibel ist dann die von Vater Abraham. Vielleicht kennen Sie ihn.»

Charlie hoffte, dass Sie diese Recherchen nicht in Rechnung stellte.

«Also, ich stelle Sie jetzt zu Herrn Russo durch. Er hat weitere Informationen für Sie.»

«Sehr gerne, danke.»

Vanessa war aber noch nicht fertig. «Ich muss Sie vorwarnen. Er ist im Auto unterwegs und redet mit Freisprechanlage. Einen Moment, ich versuche ihn zu erreichen …» Die Musik der Warteschleife ertönte.

Nach einer Weile meldete sich Antonio. «Charlie, ich konnte auf dem Weg zu einer Sitzung einen Halt bei der Staatsanwaltschaft einlegen. Merkwürdigerweise durfte ich die Unterlagen zwar ansehen, aber ich durfte nichts kopieren oder fotografieren. Aber deine Frage nach dem Sportwagen, der hinter dir gefahren war, kann ich beantworten.»

«Und?»

«Er ist nicht auf der Zeugenliste.»

«Also ist er weitergefahren. Vermutlich, weil er vom Unfall nichts merkte und genauso Grün hatte wie ich.»

«Oder er ist auch bei Rot über die Kreuzung gefahren und wollte deshalb mit der Polizei nichts zu tun haben. Das war jedenfalls die Theorie des Praktikanten, der mir die Unterlagen zeigte.»

«Wie oft kommt es vor, dass gleich zwei Fahrzeuge nebeneinander bei Rot über die Kreuzung fahren?»

«Guter Punkt. Ich habe aber auch etwas Brauchbares mitgebracht», fuhr der Anwalt unbeirrt weiter. «Ich durfte zwar nichts kopieren, aber mein Gedächtnis ist noch gut in Form. Ich konnte mir drei Namen der Zeugen merken. Vanessa versucht gerade mehr über sie herauszufinden.»

«Wie können uns diese Namen helfen?»

«Dank ihnen bekommen wir vielleicht mehr Klarheit darüber, was auf der Kreuzung wirklich passiert ist.»

Charlie wusste, dass Antonio seine Aussage freundlich formulierte. Was er wirklich meinte, war, dass dank den Ausführungen der Zeugen Charlie endlich zur Einsicht kam, dass er wirklich Schuld an dem Unfall hatte. Die Namen wollte Antonio ihm offensichtlich nicht nennen, denn er beendete kurzerhand das Gespräch.

Charlie verließ den Bus und ging auf das Krankenhaus zu. Da er nicht bei Laura telefonieren sollte, blieb er vor dem Haupteingang stehen und wählte eine Nummer.

«… und Partner, Vanessa Sommer am Apparat.»

«Hallo Vanessa, hier ist Charlie Martin. Haben Sie schon etwas über die Zeugen herausgefunden, die Ihnen Antonio genannt hat?»

«Bis jetzt nur die drei Adressen und den Beruf des einen.»

«Das ist schon mehr, als ich zu hoffen gewagt hatte. … obwohl es mich bei Ihrem Geschick eigentlich nicht wundern sollte. Können Sie mir die Adressen nennen?»

Er notierte die Namen und Adressen auf die Rückseite des Garantiescheins seines neuen Mobiltelefons.

Dann schaute er bei Laura vorbei. Es war alles noch so, wie er es verlassen hatte. Jedes Mal, wenn er sie sah, zog sich sein Herz zusammen. Das weitere Leben seiner geliebten Tochter lag im Ungewissen. Er wagte nicht, daran zu denken, wie sein Leben ohne sie weitergehen würde.

Während er wieder auf dem Stuhl neben ihr saß und wartete, bis die Zeit verging, kam er sich hilflos vor. Er saß hier, während Antonio und Vanessa für ihn arbeiteten und zu einem späteren Zeitpunkt dafür horrende Stundensätze verrechnen würden. Nach einer Dreiviertelstunde konnte er nicht länger stillsitzen. Er ging mit seinem Handy in den Korridor hinaus und suchte im Internet nach einer Telefonnummer.

Zuerst rief er bei der Staatsanwaltschaft an. Ein Assistent machte ihm klar, dass er nicht einfach so anrufen durfte. Er werde in Kürze eine Vorladung erhalten, wo er dann seine Sicht der Dinge darlegen könne. In der Zwischenzeit solle er die Staatsanwaltschaft die Arbeit machen lassen.

Als Nächstes suchte er im Internet nach der Telefonnummer des Büros, das für die Lichtsignalanlagen zuständig war. Die Suche gestaltete sich schwieriger, als er dachte. Wer war dafür verantwortlich, dass die Ampeln den Verkehr richtig steuerten? Darüber hatte er sich wahrlich noch nie Gedanken gemacht. Nach einigem Suchen stieß er auf das Büro des Verkehrsmanagements im Departement Bau, Verkehr und Umwelt.

Charlie stellte dem Telefonisten die entscheidende Frage: «Ist es möglich, dass aufgrund eines Fehlers zwei Ampeln aus unterschiedlichen Richtungen gleichzeitig Grün anzeigen und es so zu einem Unfall kommt?»

Der Telefonist stellte ihn zu einem Sachverständigen durch. Dieser erklärte, dass es immer wieder vorkomme, dass Autofahrer behaupten, beide hätten gleichzeitig Grün gehabt. Das sei aber eigentlich nie der Fall. Man könne für jeden beliebigen Zeitpunkt den Ampelschaltplan und das Ampelprotokoll zurate ziehen. Darauf sei ersichtlich, welche Ampel zu welchem Zeitpunkt Grün oder Rot angezeigt hatte.

Charlie fragte nach einer bestimmten Kreuzung. Aber die genaue Uhrzeit des Unfalls wusste er nicht. «Trat an diesem Abend eine Störung auf?»

«Das ist grundsätzlich möglich. Ich schaue nach. Einen Moment bitte.»

Plötzlich vernahm Charlie im Hintergrund des Büros für Verkehrsmanagement eine andere Stimme. «Was machen Sie da? Sie dürfen dazu keine Auskunft geben …»

Wartemusik erklang.

Nach mehr als einer Minute verstummte die Musik und der Sachverständige meldete sich wieder. «Bitte entschuldigen Sie, aber ich darf Ihnen keine weitere Auskunft geben. Auf Wiederhören.»

# 19. Kapitel

Der grüne Vorhang bewegte sich und ein Pfleger sagte, dass seine Frau draußen warte. Charlie verabschiedete sich von seiner Tochter und musste beim Hinausgehen aufpassen, dass er dem eifrig arbeitenden Personal nicht in den Weg trat.

Sarah wartete vor der Tür und drehte demonstrativ den Autoschlüssel in der Hand, als wollte sie mit dieser Geste deutlich machen, dass sie ein Auto besaß und er nicht. «Der Ansturm nach dem Unfall scheint vorbei zu sein. Hier ist alles wieder ruhig.»

«Ja, alles wieder ruhig», log er. «Du kennst dich in der Stadt aus. Kannst du mir sagen, in welchem Stadtteil die drei Adressen liegen?» Er zeigte ihr die drei Namen der Zeugen auf der Rückseite des Kassenzettels.

«Wenn du damit darauf anspielen willst, mein Auto auszuleihen, dann vergiss es. Ohne Führerschein fährst du nicht, klar?»

Charlie schluckte die Beleidigung hinunter. «Ich hoffte lediglich, dass ich von deinem Stadtwissen profitieren könnte.» Sarah arbeitete bei der Stadtbehörde, die für Grünanlagen und Parks zuständig war. Sie blickte auf die Straßennamen und zeigte dann auf die zweite Adresse. «Das liegt gleich um die Ecke. 20 Minuten zu Fuß. Was sind das für Namen?»

«Das sind drei von fünf Zeugen, die behaupten, der andere Fahrer wäre bei Grün gefahren.»

Sarah blickte zur Tür und raunte vorwurfsvoll. «Du bist also tatsächlich schuld an dem hier! Du hast unsere Laura auf dem Gewissen?»

«Nein!»

Aber sie hielt ihm wie ein Verkehrspolizist die ausgestreckte Hand vors Gesicht. «Du sagst jetzt gar nichts! Ich will, dass derjenige, der für Lauras Zustand verantwortlich ist, bestraft wird. Ich will, dass diese Person leiden muss, wie ich leide. Ich will, dass du bestraft wirst, Charlie!»

Charlie schaute seine Frau einen Moment lang entgeistert an. Dann trat er zur Seite und ließ Sarah ohne ein weiteres Wort zu Laura gehen.

Dann rief er seinen Vorgesetzten an. «Reto, kannst du mir die Liste der Kundentermine für nächste Woche mailen?»

«Schön, dass du wiederkommst. Wie gehts deiner Tochter?»

«Noch nicht besser.»

«Warum brauchst du die Liste jetzt schon?»

«Sandra muss den einen oder anderen Termin herumschieben. Ich kann nur noch Termine entlang der Buslinien wahrnehmen. Ich habe keine Fahrerlaubnis mehr.»

Reto unterbrach ihn. «Charlie, du weißt, was in deinem Vertrag steht. Wie willst du deinen Job ohne Führerschein machen? Du musst eine Fahrerlaubnis haben, sonst stecken sie dich ins Ersatzteillager. Dir ist klar, dass sie auch dort zu viele Mitarbeiter haben? Die warten nicht auf dich und setzen bestimmt keinen Außendienstler auf ihre Liste.» Sein Vorgesetzter brauchte ihm nicht zu erklären, dass dies seine Kündigung bedeuten würde.

«Ich bleibe ja bei dir auf der Liste und bin bald wieder im Einsatz.»

Sein Vorgesetzter zögerte. «Unter diesen Umständen kann ich deinen Namen nicht auf die Liste nehmen. Das weißt du.»

«Bitte, Reto! Du musst mich drauf lassen. Ich brauche den Job und ich bin ja auch gut darin.»

«Ja, das bist du, aber du weißt, dass auch ich unter Druck stehe. Wie soll ich meinen Vorgesetzten erklären, dass ich einen Mitarbeiter auf der Liste habe, den ich gar nicht einsetzen kann?»

«Lass mich bitte jetzt nicht hängen. Ich weiß, dass ich unschuldig bin.» Charlie sah die Anwaltsrechnungen und den drohenden Regress der Versicherung vor sich. Jetzt war er mehr denn je auf ein regelmäßiges Einkommen angewiesen. «Ich brauche den Job, Reto.»

«Es tut mir ehrlich leid. Du kannst mir glauben, die Sache fällt mir gar nicht leicht. Du hast den dümmsten Moment für den Unfall ausgewählt. Am Mittwoch ist die Sitzung des Ausschusses, der die Firmenzusammenlegung koordiniert. Bis dahin muss ich die Liste abgeben und so kann ich dich nicht reinschreiben.»

«Ich hatte Grün, Reto. Das klärt sich bald auf, dann bekomme ich den Führerschein zurück und bin wieder voll dabei. Bis Montag sollte ich das schaffen.»

«Okay, ich gebe dir bis Dienstag Zeit. Dann musst du den Führerschein wiederhaben.»

Charlie legte enttäuscht und aufgebracht auf. Diese Ungerechtigkeit! Niemand glaubte ihm und keiner würde sich für ihn einsetzen. Es blieb ihm wohl nichts anderes übrig, als die Sache selbst in die Hand zu nehmen und so schnell wie möglich seine Unschuld zu beweisen.

Dazu musste er mit den Zeugen sprechen. Er musste herausfinden, was sie genau beim Unfall beobachtet hatten.

Bald darauf erreichte Charlie die Adresse des zweiten Zeugen auf der Liste: Andreas Walz. Ein altes, zweistöckiges Stadthaus stand vor ihm. Der kleine Vorgarten war durch einen verrosteten Metallzaun abgesperrt, aber das Tor stand offen. An der Tür standen zwei Klingelknöpfe zur Auswahl und auf beiden las Charlie den gleichen Nachnamen, einmal mit einem A. und das andere Mal mit S. + L. davor. Charlie klingelte bei A.

Niemand öffnete. Kurzentschlossen drückte er die zweite Klingel.

Diesmal öffnete sich die Tür unmittelbar. «Wir sind seine Eltern, nicht seine Assistenten.»

Charlie schaute den alten Mann überrascht an.

«Denkt ihr eigentlich, wir hören es nicht, dass ihr zuerst oben klingelt? Wenn ihr zu Andy wollt, dann klingelt nicht bei uns!»

«Guten Tag, Herr Walz. Entschuldigen Sie, ich wollte Sie nicht belästigen.»

«Der Postbote, der Kurier, die Versicherungsvertreter, die Hausierer mit den Gewürzen, die Missionare und alle von Andys Freunden, die etwas von ihm ausleihen wollen: Sie klingeln andauernd bei uns und rauben uns noch den letzten Nerv!»

«Ihr Sohn scheint sehr beliebt zu sein.»

«Worum geht es diesmal?»

Charlie hatte sich auf dem Fußmarsch hierher eine Strategie zurechtgelegt, wie er Andreas zur Rede stellen wollte. Sein Vater hatte ihn nun aber völlig aus dem Konzept gebracht. «Ich … Ihr Sohn war vorgestern Zeuge eines Unfalls. Ich wollte ihn fragen, was genau vorgefallen war.»

Der alte Mann nickte. «Ja, er hat etwas von einem Unfall gesagt und dass es eine eigenartige Geschichte sei. Aber mehr hat er nicht erzählt.»

«Wissen Sie, wo Ihr Sohn vorgestern Abend um zehn Uhr war?»

«Ich weiß nicht mal, wo er jetzt ist.»

«Bitte, können Sie mir sagen, wie ich Ihren Sohn erreichen kann? Meine Tochter liegt nach dem Unfall auf der Intensivstation und ich muss unbedingt wissen, wie es zu dem Unfall gekommen ist. Wie Sie selbst gesagt haben, ist es mehr als eigenartig.»

Das Gesicht von Herrn Walz hellte sich auf. «Das klingt nach einer interessanten Geschichte. Ich rufe ihn gleich an.» Er verschwand in der Wohnung und kam mit dem Telefon zurück. Damit blieb er im Eingang stehen und wählte die Nummer. Die Tür ließ er für Charlie offen.

Der Sohn antwortete kurz darauf und sein Vater erkundigte sich nach dem Unfall. Während des Gesprächs verfinsterte sich das Gesicht von Herrn Walz. Dann stieß er langsam die Tür zu, sodass Charlie einen Schritt zurücktreten musste.

Bald darauf öffnete er sie wieder. «Er lässt ausrichten, dass ich mit Ihnen nicht darüber reden darf. Es tut mir leid.» Der alte Mann zuckte mit der Schulter. «Schade, nun verpasse ich, um was es bei dieser spannenden Geschichte geht. Es sei denn, *Sie* erzählen mir mehr davon.»

Charlie war enttäuscht. Es war schon merkwürdig, dass diese Begegnung ähnlich abgelaufen war wie der Telefonanruf beim Amt für Verkehrsmanagement. Da musste zweifellos mehr dahinterstecken. Wenn er dahinterkam, würde er seine Unschuld beweisen können. «Wenn Ihr Sohn nicht darüber sprechen will, sollte ich wohl auch den Mund halten. Auf Wiedersehen.»

Niedergeschlagen marschierte Charlie zurück zum Krankenhaus. Unterwegs kaufte er für sich und Sarah zwei Sandwiches zum Mittagessen.

# 20. Kapitel

Es war früher Nachmittag, als sein Handy erneut klingelte. Inzwischen erkannte Charlie die Nummer von Antonios Anwaltskanzlei. Ein Lächeln huschte über sein Gesicht, denn er freute sich auf Vanessas fröhliche Begrüßung. Als er seinen Namen nannte, hörte er aber nicht ihre Stimme, sondern die von Antonio. «Was hast du getan, Charlie?»

«Nichts.»

«Bist du zu einem Zeugen gefahren?»

«Nein, ich würde nie ohne Führerschein fahren.»

«Du warst nicht bei Andreas Walz?»

«Doch, aber zu Fuß.»

«Das ist nicht der Punkt! Du hast eine Unterlassungsverfügung am Hals. Nun musst du um jeden Zeugen einen großen Bogen machen.»

«Wie bitte?»

«Eine Anwaltskanzlei hat sich eingeschaltet. Die haben erfahren, dass du einen Zeugen eingeschüchtert hast, und deshalb haben sie im Eilverfahren eine Unterlassungsverfügung beantragt. Du darfst mit keinem Zeugen mehr sprechen.»

«Ich habe den Zeugen nicht eingeschüchtert. Ich habe nur freundlich mit seinem Vater geredet, das ist alles.»

«Das ist jetzt egal. Wenn du nochmals versuchst, mit einem Zeugen Kontakt aufzunehmen, stecken sie dich in Untersuchungshaft.»

«Das steht aber in keinem Verhältnis.»

«Die wollen verhindern, dass du die Zeugen beeinflusst.»

«Wer? Die Polizei?»

«Normalerweise macht das die Staatsanwaltschaft. Es ist ihr Auftrag, dafür zu sorgen, dass der Fall korrekt aufgeklärt wird und dass keine Zeugen eingeschüchtert werden. Aber hier ist es anders. Diesmal wurde der Antrag im Namen des Unfallfahrers gestellt: Hans Koch mit der Rückenverletzung. Ich frage mich, woher ein einfacher Sachbearbeiter kurz vor der Pensionierung so viel Geld für eine teure Anwaltskanzlei hat.»

«Also hat Vanessa mehr über Hans Koch herausgefunden. Er steht kurz vor der Pensionierung?»

Antonio erklärte, dass der Mann als Sachbearbeiter bei der Stadt angestellt war. «Ach, warum erzähle ich dir das. Womöglich gehst du auch bei ihm noch vorbei.»

«Dürfte ich das? Ist er nicht auch ein Zeuge?»

«Hmm …» Eine Weile blieb es still. «Technisch gesehen ist er nicht als Zeuge aufgeführt. Deshalb wäre es eine Grauzone. Aber die Anwälte haben bestimmt auch ihn mitgemeint.»

«Ich will ihm nur gute Besserung wünschen, mehr nicht», log Charlie. Er musste seine Unschuld beweisen und das ging nur, wenn er erfuhr, wie die anderen den Unfall erlebt hatten. So kam er hoffentlich dahinter, warum beide gleichzeitig Grün hatten.

«Dazu darf ich dich nicht anstiften. Aber wenn du mit Herrn Koch reden willst, dann mach das so schnell und unauffällig wie möglich. So können wir angeben, du hättest nicht gewusst, dass auch er mitgemeint ist. Später wird das schwierig.» Antonio nannte ihm die Heimadresse von Hans Koch, denn er wusste nicht, ob und in welcher Klinik sich der Rückenpatient aufhielt.

«Charlie, da ist noch etwas. Die Staatsanwaltschaft hat für Montagvormittag den Termin für die Vernehmung festgelegt. Ich halte ihn mir frei, dann können wir zusammen hingehen.»

Charlie bedankte sich bei seinem guten, alten Schulfreund.

# 21. Kapitel

Ein mulmiges Gefühl beschlich Charlie, als er den Bus verließ. Nur zwei Straßen weiter befand sich die Unfallstelle. Der Bus fuhr weiter und überquerte die besagte Kreuzung. Charlie machte sich zu Fuß auf die Suche nach der Hausnummer, an der Hans Koch wohnte. Er ging nicht davon aus, dass er zu Hause war, doch vielleicht würden ihm seine Angehörigen eine Telefonnummer geben.

Charlie zählte die ungeraden Zahlen der Hausnummern rückwärts, während er dem Gehsteig entlangging. Die meisten Häuser sahen renovierungsbedürftig aus. Im Rasen vor einem der Häuser stand ein Schild mit den Worten: «Zu verkaufen».

Als Charlie näherkam, erkannte er, dass es Kochs Haus war. Er ging um das Schild herum und gelangte über die Garageneinfahrt zur Haustüre. Auch nach dem zweiten Klingeln öffnete niemand.

Vom Nachbargrundstück aus grüßte ihn eine ältere Frau. «Das Haus ist nicht mehr zu verkaufen.»

«Schade, dann hat also jemand vor mir das Glück gehabt,» gab Charlie vor.

Die Frau trat auf das Koch-Grundstück und riss mit einem Ruck das «Zu verkaufen»-Schild aus dem Boden. Sie war wohl im ähnlichen Alter wie Hans Koch, kurz vor der Pensionierung. Vermutlich waren viele Bewohner dieser Straße ältere Leute, denn die Einfamilienhäuser schienen vor ungefähr 30 Jahren gebaut worden zu sein. «Nein, Hans verkauft nicht mehr. Er hat angerufen und gesagt, ich soll das Schild entfernen.»

«Wegen des Autounfalls?»

«Armer Kerl! Davon hat er mir gar nichts erzählt», sagte

die Frau überrascht. «Er sagte nur, er habe unerwartet Geld geerbt. Nun kann er einen Fahrstuhl einbauen lassen. Er hat schon seit Jahren Rückenprobleme. Und das Haus hat viele Treppen.»

«Sie meinen, er hatte bereits vor dem Unfall Probleme mit dem Rücken? Hoffentlich ist es nicht schlimmer geworden!»

«Was kann da noch schlimmer werden? Ein Glück, dass Hans in zwei Monaten pensioniert wird. Dann kann er sich endlich richtig erholen.» Die Frau lehnte das Schild verkehrt an die Hausmauer und blickte durch das Fenster ins Hausinnere. «Ich ging davon aus, dass er mich von der Arbeitsstelle aus anrief. Du meine Güte, ich habe ihn ja schon seit ein paar Tagen nicht mehr gesehen. Denken Sie, er liegt im Krankenhaus?»

«Ich weiß selbst nicht mehr, was ich denken soll.» War Hans Koch womöglich im selben Krankenhaus wie Laura?

«Ich muss ihn sofort anrufen und mich nach ihm erkundigen!» Sie eilte zurück in ihr Haus und Charlie wartete draußen. Als sie zurückkam, wusste sie zu berichten, dass Hans tatsächlich in einen Unfall verwickelt gewesen war. Jetzt kuriere er sich in der Rehabilitationsklinik ‹Sonnmatt› aus. Charlie wusste, dass diese auf irgendeinem Hügel außerhalb der Stadt lag.

Er verabschiedete sich dankend und ging zur Bushaltestelle zurück. Der nächste Bus fuhr erst in zwanzig Minuten. Charlie musste seine Gedanken sortieren. Hans Koch hatte also bereits vor dem Unfall massive Rückenprobleme gehabt und hatte nun Geld geerbt. Wie hatte er mit dem Leiden das große Fahrzeug überhaupt fahren können? Er wurde den Verdacht nicht los, dass während er neben der Kreuzung im Auto eingeklemmt war, hinterhältige Leute ein Komplott geschmiedet hatten.

Er sehnte sich zurück in die Umarmung, die ihn alle Sorgen und Probleme vergessen ließ. Die Alternativen, die er bisher kannte, um kurzfristig aus seinem verkorksten Leben zu entfliehen, waren alle zweitklassig geworden. Einen schönen Film schauen, ein stimmungsvolles Konzert besuchen, in die Ferien fahren, mit seiner Tochter ein Abenteuer erleben oder mit Freunden zusammen sein, das waren alles großartige Dinge, die er jetzt sehr gerne getan hätte. Aber sie waren alle außer Reichweite. Und die kurzfristigeren Vergnügungen, um dem Seelenschmerz zu entfliehen, waren ihm leid geworden. Was Charlie sich sehnlichst wünschte, war die tiefe Erfüllung und Genugtuung durch die Umarmung.

Zurück im Krankenhauskorridor ging er am Automaten vorbei, ohne einen Kaffee zu kaufen. Er hoffte, neben Laura kurz einzudösen und so dieser hoffnungslosen Welt für einen Moment entfliehen zu können.

# 22. Kapitel

Ein Schrei aus der Ferne weckte Charlie aus seinem Schlaf. Er setzte sich auf dem harten Boden mit trockenen Grasbüscheln auf. Die Sonne stand zwar schon im Westen, doch ein heißer Wind wehte von der kahlen Ebene in seine Richtung. Dankbar blickte er zum schattenspendenden Blätterdach einer alten Eiche über ihm.

Wieder hörte Charlie den Schrei, es klang nach einer Männerstimme. Er rutschte vom mächtigen Eichenstamm weg, um sich umzusehen. Vor ihm lag verdorrtes Grasland und in der Ferne sah er einzelne Steinhäuser. Als er um die raue Rinde nach hinten schaute, entdeckte er Nomadenzelte. Ohne zu zählen, schätzte er an die hundert Stück. Vereinzelt gingen Frauen, Männer und Kinder zwischen den Zelten umher und auf den Feldern dahinter weideten Viehherden.

Wieder drangen die Schreie zu ihm. Es hörte sich nach einem Kampf an, sie kamen aus dem östlichen Ende des Zeltlagers. Charlie schien der Einzige zu sein, der sie hörte, denn sonst kümmerte es niemanden. Jemand brauchte Hilfe! Charlie rappelte sich auf und rannte auf die Zelte zu, die aus braunen Stoffen und gegerbten Tierfellen hergestellt waren. Hinter dem äußersten Zelt flogen eine Handvoll Raubvögel abwechselnd in die Höhe, um dann wieder zu Boden zu stechen. Die Schreie des Mannes kamen von dort.

Charlie erreichte das letzte Zelt und verlangsamte seine Schritte. Da bot sich ihm ein seltsames Bild: Die großen Vögel kreisten über einem älteren Mann mit Vollbart, der mit einem langen Stock um sich schwang. Jedes Mal, wenn einer der Raubvögel im Sturzflug auf ihn zukam, vertrieb der Mann ihn mit Schreien und mit Stockschlägen.

Neben dem Zelt lagen mehrere Stöcke am Boden. Charlie griff nach einem und rannte dem Mann zu Hilfe. Dieser blickte ihn kurz an, wandte sich aber sofort dem nächsten Angreifer zu. Er schlug mit dem Stock in die Luft und verfehlte den Raubvogel nur um Haaresbreite. Dessen scharfe Krallen kamen ihm dabei bedrohlich nah.

Jetzt erst sah Charlie, worauf es die Vögel abgesehen hatten. Rechts und links von dem Mann lagen in zwei gegenüberliegenden Reihen Tierkadaver am Boden. Eine verlockende Beute für Raubvögel. Ein auffallend großer brauner Vogel schwang sich höher in die Luft als zuvor. Er bewegte seine breiten Flügel kaum, als er über den anderen Vögeln kreiste. Charlie vermutete, dass es Geier waren. Er schlug mit dem Stock in Richtung eines Vogels, der in seiner Nähe herunter stach, und verjagte ihn mit gleichen Schreien wie der Mann neben ihm.

Charlie sah den braunen Vogel erst, als dieser direkt auf ihn zustürzte. Sein Stock war in diesem Augenblick zu weit unten, als dass er damit den Raubvogel erwischt hätte. Charlie duckte sich und hob den Ellbogen schützend über seinen Kopf. Der Vogel drehte im letzten Moment ab und landete direkt neben Charlie auf dem Stück Fleisch. Er grub seine langen Krallen in ein Bein der toten Kuh. Der Vogel schlug mit seiner imposanten Flügelspannbreite und hob ab. Dabei zerrte er das Bein mit in die Höhe. Haut und Sehnen rissen zwar, aber die Beute war zu schwer für ihn.

Der andere Mann sprang hinzu und schlug mit dem Stock auf den Vogel ein. Dieser war nicht bereit, seine Beute loszulassen, sodass der Mann noch weiter nach ihm schlug. Nach ein paar Fehlschlägen traf er den Raubvogel mit voller Wucht hinten am Kopf und schleuderte ihn zu Boden. Erst jetzt ließ der Vogel das Raubgut los. Er rappelte sich auf, schlug seine großen Flügel auf und ab und flog schwankend davon.

Endlich kamen von den Zelten her weitere Männer zu Hilfe. Darunter waren auch ein paar Kinder. Der Mann mit dem langen Stock befahl den Männern, sich mit Stöcken zu bewaffnen und sich um die Kadaver zu verteilen, um so die Vögel fernzuhalten.[11]

Erst jetzt kam Charlie dazu, sich die Kadaver genauer anzusehen. Es schauderte ihn beim Anblick der rohen Fleischstücke, die vor ihm am Boden lagen. Drei Tiere waren mitten durchgetrennt worden und je eine Hälfte lag der anderen gegenüber. Das erste war eine Kuh, das zweite eine Ziege und das dritte ein Schafbock. Zudem lag in beiden Reihen neben jeder Hälfte je eine Taube auf dem Boden, die jedoch nicht zerteilt worden waren. Charlie bekam es mit der Angst zu tun. War der Typ verrückt? Was hatte dieses makabre Ritual zu bedeuten?

Der Mann sah aber nicht sonderlich verrückt aus. Im Gegenteil: Sein freundliches Gesicht strahlte Warmherzigkeit und Besonnenheit aus. Er trat auf Charlie zu und sagte mit höflicher Stimme: «Danke, fremder Mann. Bitte, sei mein Gast.»

Charlie nahm die Einladung an, wenn auch hauptsächlich aus Neugier. Der Mann schickte einen Jungen zum Zeltlager mit dem Auftrag, dem Gast Wasser zum Trinken und zum Waschen der Füße zu bringen.

«Darf ich Sie fragen, was dieses sonderbare Ritual zu bedeuten hat, das Sie hier mit den toten Tieren abhalten?» Charlie zeigte auf die parallel angeordneten Tierhälften.

Der Mann blickte ihn gutmütig an. «Du bist ein Fremder?»

«Ja. Mein Name ist …» Er wollte ‹Charlie› sagen, doch dann fiel ihm ein, dass Daniel ihm einen für diesen Ort geläufigeren Namen gegeben hatte. «Ich bin Sem.»

«Freut mich. Ich bin Abram. Ich schneide einen Bund.»

«Du löst einen Bund auf?»

[11] *1. Mose 15,11*

Abram schüttelte den Kopf. «Nein, nicht auflösen. Ich *schließe* einen Bund. Einen Bund schneiden heißt, einen Bund schließen. Wir schneiden die Tiere auseinander und gehen zusammen mit dem Bündnispartner zwischen den Tierhälften hindurch. Dabei schwören wir, dass uns das gleiche Schicksal treffen soll wie die Tiere, wenn wir uns nicht an den Bund halten.»

Charlie fand das eine merkwürdige Art, einen Bund zu schließen. Die drei Schweizer Eidgenossen aus Uri, Schwyz und Unterwalden hatten ihren Bund der gegenseitigen Hilfe mit einem Schwur und einer Erklärung in einem Brief geschlossen, den sie alle drei mit einem Siegel unterzeichnet hatten. Diesen Brief aus dem 13. Jahrhundert hatte Charlie einmal im Bundesbriefmuseum in Schwyz gesehen, das die Entstehung der Schweiz dokumentierte. Den Ehebund mit seiner Frau Sarah hatten sie auf dem Standesamt und anschließend bei der kirchlichen Feier geschlossen. Sie versprachen sich treu zu sein und einander zu helfen in guten wie in schlechten Zeiten. Dann hatte er seiner frisch angetrauten Frau zum Zeichen des Ehebundes einen Ring an den Finger gesteckt. Charlie musste lachen beim Gedanken daran, wie jung sie damals noch gewesen waren. Zum Glück gehörte diese Zeremonie mit den zerteilten Tieren nicht dazu, sonst würde ihn wohl bald deren Schicksal ereilen, wenn ihre Ehe nicht halten würde.

«Weißt du, was ein Bund ist?», fragte Abram.

«Klar. Das ist ein Vertrag zwischen zwei oder mehreren Parteien.»

Abram schüttelte den Kopf.

Der Junge kam mit einer Schüssel Wasser zurück. Abram wies ihn an, das Wasser zum Eingang des nächstgelegenen Zeltes zu stellen. Dann forderte er Charlie mit einer Handbewegung auf, sich mit ihm unter dem Vorzelt in den Schatten zu setzen.

Charlie fand die Idee gut, da es ihm immer noch heiß war,

auch wenn die Sonne sich bereits zum Horizont neigte.

Ein junger Mann, anscheinend ein Knecht, kniete mit der Wasserschüssel vor Charlie hin, um ihm die Füße zu waschen. Abram hatte darauf bestanden, obwohl Charlie diese ungewöhnliche Geste unangenehm war. Eine junge Frau brachte einen Krug mit frischem Wasser und ein Kind reichte ihr zwei bronzene Becher. Sie stellte den einen vor den Gast hin und den anderen vor den Gastgeber und schenkte Wasser ein.

Charlie nahm mehrere Anläufe, das Gespräch weiterzuführen, worauf sein Gastgeber aber nicht antwortete. Anscheinend war es hier Sitte, dass zuerst die Reinigungsrituale vollzogen wurden, bevor man sich unterhielt.

Als der junge Mann Charlies Füße abgetrocknet hatte, fühlte sich Charlie tatsächlich erfrischt. Abram sagte dem Knecht, dass sie gerne zu Abend essen würden. Dieser nickte und verließ das Vorzelt mit dem Tongefäß.

Nun war es Abram, der das Gespräch wiederaufnahm, als hätte er es nie unterbrochen. «Ein Bund darfst du nicht mit einem Vertrag verwechseln. Einen Vertrag kannst du mit allen Menschen abschließen, einen Bund aber nur mit jemandem, dem du vertraust. Ein Vertrag regelt das Geben und das Nehmen. Bei einem Bund geht es aber um das Versprechen von gegenseitiger Unterstützung, um Hilfe und Frieden.» Abram trank aus dem Becher.

Dann erzählte er von seinem Neffen Lot. Dieser wohnte mit seiner Familie in der Stadt Sodom, die vor nicht allzu langer Zeit angegriffen wurde. Der Angriff war für ihn keine Überraschung, da sich die Städte in der Jordanebene nach zwölf Jahren Unterdrückung geweigert hatten, ihren Herren weiter Steuern zu zahlen. Nach dem dreizehnten Jahr griffen die Herrscher die Städte an. Die Häuser wurden geplündert und die Einwohner als Gefangene weggeführt. Einem Mann gelang die Flucht und er kam zu Abrams Zeltlager. «Als ich von dem Angriff erfuhr, war ich froh, dass ich mit einem Mann namens Mamres und dessen Brüdern einen Bund geschnitten hatte. Die drei wohnen hier in der Gegend. Wer sonst hätte uns in dieser Lage geholfen?»

Charlie wusste keine Antwort, aber er ahnte, dass es hier noch keine Staatsmächte, Polizeieinheiten und Armeen gab, die in einem solchen Fall hätten zu Hilfe gerufen werden können. Jeder war wohl sich selbst der Nächste.

Abram erzählte weiter, dass er einige Zeit zuvor mit den drei Brüdern genauso wie an diesem Abend ein paar Schritte vom Zelt entfernt tote Tiere halbiert und die Hälften einander gegenüber gelegt hatte. Sie schworen einander Unterstützung gegen Feinde und gingen dann zwischen den Tierhälften hindurch. Wer den Bund nicht hielt, dem sollte das gleiche Schicksal widerfahren wie den zerteilten Tieren. Die drei Brüder hatten die halbierten Tiere wohl noch deutlich vor Augen, als Abram sie um Hilfe bat. In ihren Familien und unter den Knechten sammelten sie alle wehrfähigen Männer zusammen und jagten mit Abram und dessen Männern den Kriegsleuten nach.

Als sie diese von Weitem erblickten, teilte Abram die Mitstreiter in zwei Gruppen auf und überfiel in der Nacht das feindliche Lager. Damit hatten die kampferprobten Krieger nicht gerechnet, denn sie waren bereits in Feierlaune. Hoffnungslos überrumpelt mussten sie ohne Beute fliehen. Abrams Männer verfolgten sie bis nach Hoba nördlich von Damaskus. So wurden Lot und seine Familie zusammen mit den anderen Einwohnern der Stadt Sodom und den Städten der Jordanebene befreit. «Bei einem Vertrag hätte ich die drei Brüder für ihre Hilfe bezahlen müssen. Doch ein Bund bedingt keine Gegenleistung für Unterstützung. Man hilft einander selbstverständlich, wenn man Hilfe braucht.» Abram nickte andächtig. «Das ist ein Bund, mein Sohn.»[12]

[12] *Ab 1. Mose 14,12*

Während sie auf das Essen warteten, fragte Charlie, warum Abram in Zelten wohnte und nicht in einem Haus. Da erzählte er ihm, er habe früher in einem Haus gewohnt. «Aber dann hat Gott zu mir geredet.»

«Was hat er gesagt?»

«Ich soll von meiner Familie wegziehen und mich in einem Land niederlassen, das Gott mir zeigen wird. Dort wird Gott meine Nachkommen zu einem großen Volk machen.» Dann zitierte Abram das Reden Gottes wörtlich: «Durch deinen Nachkommen sollen alle Völker der Erde gesegnet werden.» Es klang, als ob Abram die Worte schon oft wiederholt hatte und sie zu einem festen Teil seines Lebens geworden waren.

*Segen* verstand Charlie als etwas Gutes, wie in der bekannten Redewendung ‹an Gottes Segen ist alles gelegen›. Wenn Gott versprach, allen Völkern der Erde Gutes zu tun, konnte sich Charlie nichts anderes darunter vorstellen, als wieder in Gottes Umarmung zu gelangen. Alles andere waren nur Trostpflaster auf die innere Wunde eines Menschen, aber nicht dessen Heilung. Wartete nicht Eva auf einen Nachkommen, der die Sache richten würde? Ein Nachkomme, der der Schlange den Kopf zertrat? Abel war es nicht gewesen und ihr nächster Sohn Seth auch nicht. Noah und seine Nachkommen offenbar auch nicht. War es womöglich ein Sohn von Abram? Zu ihm gewandt fragte Charlie: «Was bedeutet es, dass alle Völker gesegnet werden?»

Der alte Mann zuckte mit den Schultern. «Ich weiß es nicht. Gott hat mir versprochen, dass meine Nachkommen dieses Land hier um uns herum für alle Zeiten besitzen werden. Aber ich habe in meinem Alter noch nicht einmal ein Kind. Wie soll ich viele Nachkommen haben?»

Plötzlich dämmerte es Charlie. Dieser Abram war die bedeutende Figur in der Geschichte der Religionen. Außer dem

Jesuskind, Noah, David und Goliath war der Vater Abraham eine der wenigen Figuren aus der Bibel, die er kannte. Nein, auch Maria und Josef, der Verräter Judas und natürlich Petrus am Himmelstor aus den Witzen waren ihm ein Begriff. «Sie sind Vater Abraham! Sie sind derjenige, dem Gott so viele Nachkommen versprochen hatte, wie man Sterne am Himmel sieht», platzte er heraus, ohne über die Konsequenzen seiner Aussage nachzudenken.

Abram blickte überrascht auf. «Woher weißt du das, mein Sohn? Gestern Nacht hat Gott zu mir gesagt, ich soll aus dem Zelt herauskommen und zum Nachthimmel hochschauen. Dann sagte er genau das: ‹Kannst du die Sterne zählen? So viele Nachkommen werde ich dir geben.›»

Charlie klopfte ihm aufmunternd auf die Schulter. «Geben Sie nicht auf, Abraham! Sie werden viele Nachkommen haben. Sogar Könige werden von Ihnen abstammen.»

Abram blickte eine Weile still zur Zeltdecke hoch. «Danke für die Ermutigung. Deine Version meines Namens gefällt mir sehr gut. Abraham bedeutet nämlich ‹Vater vieler Völker›. Bist du ein Prophet des höchsten Gottes?»

Eigentlich nicht so ganz, dachte Charlie etwas verlegen. Er sah sich eher als jemand, der auf der Suche nach diesem höchsten Gott war.

Charlie schaute zu den Männern hinüber, die um die halbierten Tiere standen. Es waren nur noch zwei von ihnen dort, da sie die Raubvögel scheinbar mit Erfolg vertrieben hatten. Eine Frage beschäftigte Charlie, die er noch nicht gestellt hatte. «Du *schneidest* also einen Bund?», begann er vorsichtig.

Abram nickte.

«Mit wem?»

Abram schob das Kissen unter sich zurecht. Er sprach leiser als zuvor. «Mit Gott. Gott will einen Bund mit mir schließen.»

«Sie wollen doch nicht sagen, dass sie gleichwertig wie Gott sind und ihm gleichermaßen Unterstützung bieten können wie er Ihnen?»

«Natürlich nicht.»

«Wie muss ich mir denn einen Bund zwischen Gott und Ihnen vorstellen?»

Abram erklärte: «Es gibt viele Bünde zwischen ungleichen Partnern. Zum Beispiel zwischen einem König einer Stadt und den Bewohnern in den Dörfern ringsherum. Der König sichert ihnen mit dem Bund Frieden zu. Das ist einerseits eine Selbstverpflichtung, seine Untertanen vor Feinden zu schützen und sie in Frieden leben zu lassen, andererseits geht es um die Loyalität und Treue der Untertanen dem König gegenüber.» Abram rückte näher zu Charlie heran und sprach noch leiser. «Ich sagte dir ja schon, dass Gott letzte Nacht zu mir gesprochen hat. Er versprach mir, dass er selbst für meinen Schutz sorgen werde. Also genau das, was Könige ihren Untertanen versprechen.»

Abram blickte in die Ferne. Seine Augen wanderten umher. Dann erzählte er weiter: «Ich war in dem Moment fest davon überzeugt, dass ich glauben durfte, was Gott mir gesagt hat. In diesem Vertrauen bin ich eingeschlafen. Heute Morgen, als ich meiner Frau davon erzählte, fragte ich mich, wie ich sicher sein konnte, dass es wirklich eintreffen wird. Da redete Gott heute Nachmittag wieder zu mir und sagte: ‹Ich bin der Herr, der dich aus Ur in Chaldäa geführt hat, um dir dieses Land zu geben.› Ich nutzte die Gelegenheit und fragte ihn: ‹Wie soll ich sicher sein, dass das Land mir gehören wird?› Da antwortete Gott: ‹Ich will einen Bund mit dir schneiden.›»

«Wow!», sagte Charlie.

«Dann sagte Gott, ich soll eine dreijährige Kuh, eine dreijährige Ziege und einen dreijährigen Schafbock und zwei Tauben holen. Ich zerteilte das Vieh, genau wie wir es immer machen, wenn wir einen Bund schneiden, und legte die Tauben dazu.»

Charlie blickte zu den zerteilten Tieren, die man von Abrams Zelt aus sehen konnte, und wartete darauf, dass er weitererzählte.

Aber dieser schwieg.

«Wie ging es weiter? Seid ihr zwischen den Tieren hindurchgeschritten, Gott und du?»

Abram blickte beschämt auf den Teppichboden des Vorzeltes. «Nein, dann kamen die Raubvögel und wollten das Fleisch holen. Wenn du mir nicht im rechten Moment zu Hilfe gekommen wärst, hätte ich die Bundestiere wohl nicht retten können.»

Das Essen wurde serviert, das aus frischem Fladenbrot, Rindfleisch, Milch und Butter bestand. Abram tunkte ein Stück Brot in die Rindfleischsause und Charlie tat es ihm gleich. Dabei fragte er sich, ob Abram sich mit dem Bund wohl nicht verhört hatte. Hatte Gott mit den Tieren nicht einfach ein Opfer gefordert, wie er es bei Noah gesehen hatte? Gut, auch nach Noahs Opfer hatte Gott einen Bund mit ihm geschlossen und ihm versprochen, die Menschheit nie mehr mit einer Flut zu vernichten.

Das ungewöhnliche, aber würzige Essen schmeckte Charlie überraschend gut. Es war auf jeden Fall eine interessante kulinarische Erfahrung. Als Abrams Knecht das Geschirr holte, war die Sonne untergegangen und der Himmel schimmerte nur noch dunkelblau. Abram legte sich satt und zufrieden auf das Kissen, auf dem er gesessen hatte, und schlief bald ein. Der Knecht entschuldigte sich bei Charlie dafür und sagte, sein Herr sei letzte Nacht lange draußen unter dem Sternenhimmel gestanden. Charlie nickte verständnisvoll.

Er beobachtete Abram im Schlaf. Er bewegte sich dabei unruhig, als ob er träumen würde.

Bald war es draußen Nacht. Charlie war sich nicht sicher, was er hier nun weiter tun sollte. Er erhob sich vom Kissen und trat unter dem Vorzelt hervor. Die beiden Männer, ebenfalls Knechte Abrams, bewachten immer noch die Kadaver, die noch genau wie zuvor in zwei Reihen auf dem Boden lagen. Zwischen den Zelten sah er die flackernden Lichter von kleinen Feuern. Es war eine ruhige Nacht, die nur von einzelnen Lauten von Tieren außerhalb und von Kinderstimmen innerhalb des Lagers durchbrochen wurde.

Plötzlich wurde es vor ihm ungewöhnlich hell und Charlie wich erschrocken einen Schritt zurück. Er fiel rückwärts über die Zeltschnur und landete auf dem harten Boden.

Abram war aufgewacht und trat unter dem Vorzelt hervor. Er blickte ehrfürchtig zu den Tierhälften hinüber. Dort loderte das Feuer einer großen Fackel, die sich ohne Zutun eines Menschen zwischen den Tierhälften hindurchbewegte. Die Flammen waren riesig und der Rauch, der davon aufstieg, war wie aus einem Schmelzofen eines Bronzeschmieds. Aus dem Feuer sprach dieselbe gewaltige Stimme, die Charlie schon im Gewitter auf seiner Terrasse gehört hatte: «Heute schließe ich einen Bund mit dir, Abram. Deinen Nachkommen werde ich dieses Land geben.»

Während die brennende Fackel gegen den Himmel hochstieg und erlosch, taumelte Abram noch etwas schlaftrunken auf die zerteilten Tiere zu. Abram rief unverständliche Worte, aber sie hörten sich freudig an. Gott schloss mit einem Menschen einen Bund. Er versprach ihm Schutz und viele Nachkommen, die sogar zum Segen für alle Völker werden würden. Charlie verstand Abrams Freude und freute sich mit ihm.[13]

Er selbst lag noch ergriffen auf dem Boden, mit einem Bein über der Zeltschnur, als ihm jemand die Hand hinstreckte. In der Dunkelheit erkannte er nicht sofort, dass es Daniel war. Er

[13] *1. Mose 15*

griff danach und ließ sich auf die Beine helfen. Daniel führte ihn von den Zelten weg.

«Was war das gerade eben?», fragte Charlie.

Daniel nahm seine Taschenlampe hervor und leuchtete ihnen den Weg. «Du hast mich gefragt, ob Gott die Menschen nun einfach sich selbst überlässt. Das ist die Antwort.»

So klar war Charlie diese Antwort nicht. «Gott schließt einen Bund mit Abram. Was bedeutet das für mich? Wie kann ich zurück in Gottes Umarmung?»

«Sei geduldig, Charlie. Hier beginnt Gottes Geschichte mit seinem Volk. Abraham wird einen Sohn bekommen, Isaak. Dieser bekommt dann den Sohn Jakob und Jakob hat zwölf Söhne. Das sind die Stammväter des Volkes Israel, das Gott auserwählt, um seine Geschichte zu schreiben.»

Charlie wunderte sich. Durch dieses eine Volk sollen alle Völker gesegnet werden? Er hatte keine Ahnung, wie das gemeint war.

Daniel erklärte: «Gott wiederholte dieses Versprechen auch Abrahams Sohn, Isaak, und später dem Enkel Jakob. Dieser floh während einer Hungersnot von hier nach Ägypten. Gott hatte es so geführt, dass sein zweitjüngster Sohn Josef unter dem Pharao der mächtigste Mann Ägyptens geworden war. So waren sie dort in Sicherheit und hatten genug zu essen. Als Jakob auf dem Sterbebett lag, gab er jedem seiner zwölf Söhnen einen besonderen Segen mit auf den Weg. Dies war mehr als ein schöner Wunsch, sondern eine Vorahnung davon, was Gott mit ihren Nachkommen vorhatte.»

Charlie hörte genauer hin, als Daniel den Segen für Juda, einen der Söhne Jakobs, zitierte: «Das Zepter wird immer dir, Juda, gehören und der Herrscherstab deinen Nachkommen, bis zum Kommen des großen Herrschers, dem alle Völker gehorchen werden.»[14]

[14] *1. Mose 49,10*

Alle Völker werden einem großen Herrscher gehorchen? Das machte Charlie stutzig. Gegenüber Herrschern, die ihr Volk unterdrückten, hatte er große Vorbehalte. Aber was, wenn dieser König der besagte Nachkomme war, der die ganze Welt gerecht richten würde? Plötzlich spürte Charlie, wie die Hoffnung auf eine Lösung stieg. Zuerst hatte er sich am Strohhalm der vagen Hoffnung auf diesen vielversprechenden Nachkommen von Eva festhalten müssen. Nun war er mit dem alten Mann, mit dem er heute zu Abend gegessen hatte, der Sache schon etwas näher gekommen.

# 23. Kapitel

Charlie öffnete die Augen und vor ihm lag Laura in unveränderter Position im Krankenhausbett. Vom Beatmungsgerät her waren regelmäßige Luftzüge zu hören. Der Monitor zeigte die regelmäßigen Kurven der Herzfrequenz sowie des Blutdrucks, der Körpertemperatur und des Sauerstoffs im Blut seiner Tochter, begleitet vom endlosen Piepen des Apparats. Charlie hatte sich bereits daran gewöhnt. Die Intensivstation war zu seinem zweiten Zuhause geworden. Wenn er schlief, hörte er all die Geräusche, das Scheppern und Rufen des Medizinpersonals nicht mehr. Hier verlor er das Zeitgefühl und schaute nun auf die Uhr. Es war Freitagabend kurz nach 18 Uhr.

Sarah schlüpfte wenig später zwischen den grünen Vorhängen hindurch. Er blickte überrascht auf. Sie sagte, dass die Stationsleitung entschieden habe, dass nun beide Elternteile bei Laura sein dürften. Sie vermutete, weil sie sich bis jetzt vorbildlich ruhig verhalten hatten und nicht noch mehr Besucher gekommen waren. Sie reichte ihm ein Stück Pizza, wofür er sich bedankte. Vor 18 Jahren waren sie beide einen Bund eingegangen. Sie hatten sich versprochen, füreinander da zu sein, in guten wie in schlechten Tagen. Er nahm sich vor, es heute nicht wieder zu einem Streit kommen zu lassen. Sein Versprechen von damals sollte doch eigentlich etwas gelten.

Er erzählte in seiner freundlichsten Stimme vom Kontaktverbot der Zeugen.

Sie hob verachtend die Augenbrauen. «Diese Zeugen sind verlässliche Leute. Alle drei arbeiten mit mir zusammen.»

«Die arbeiten auch bei der Stadt?» Von Antonio wusste Charlie, dass auch Hans Koch bei der Stadt arbeitete. «Woher weißt du das?»

«Die Namen waren mir vertraut, also habe ich im Büro nachgesehen. Ich kenne sie nicht persönlich, aber sie arbeiten auch da.»

Charlie rutschte auf dem Stuhl hin und her. «Ich muss herausfinden, auf wen der SUV zugelassen ist. Hans Koch gehört er bestimmt nicht. Warum aber ist er ihn gefahren?»

«Das kann ich herausfinden.» Sarah zog das Handy aus der Tasche. «Sonnyboy sagt, er habe Zugang zu den Autokennzeichen der Stadt.»

«Wer ist Sonnyboy?»

Verlegen blickte Sarah weg. «Mario Steiner. Im Büro nennen wir ihn spaßeshalber Sonnyboy … weil er immer gut drauf ist.»

«Du und dein 60-jähriger Chef verteilen Spitznamen? Das glaube ich dir nicht.» Da stimmte etwas nicht. «*Du* nennst ihn Sonnyboy, nicht?»

«Also … wie auch immer. Ich kann ihn für dich anrufen und nach dem Unfallauto fragen.»

Natürlich wollte Charlie, dass sie das tat. Sie sagte, er solle hierbleiben, während sie draußen telefonierte.

Genau wie er es erwartete, kam sie mit einem Lächeln durch den Vorhang zurück und strich sich dabei die Haare aus dem Gesicht, aber das Lächeln verschwand in seiner Gegenwart wieder. Flirtete dieser Mario etwa mit seiner Frau? Einmal tief durchatmen, riet er sich selbst. Er wusste ja, dass es in ihrer Beziehung nicht gut lief, aber die Vorstellung, sie könnte am Ende so etwas wie Alternativen in der Hinterhand halten, gefiel ihm gar nicht. «Was hat er gesagt?»

«Er werde es gerne für dich herausfinden. Er schreibt mir, sobald er mehr weiß.»

«Danke.» Charlie bot ihr seinen Stuhl an und ging aus der Station hinaus auf den Korridor. Es war Zeit für etwas Abstand und einen Besuch der Toilette.

Als er zurückkam, hatte Sarah die Information bereits erhalten. «Mario Steiner konnte von zu Hause aus auf die Datenbank zugreifen. Er fand ein Fahrzeug, das seit gestern als ‹defekt Schrägstrich Unfall› aufgeführt wird. Es ist auf mein Departement zugelassen, konkret auf das Tiefbauamt. Aber es wird anscheinend vom Stadtrat persönlich verwendet, der für das Tiefbauamt zuständig ist: Jens Neumann.»

«Warum fuhr Hans Koch das Auto?»

«Keine Ahnung. Mario Steiner meint, dass dem SUV eigentlich ein offizieller Fahrer zugeteilt sei.»

«Wird dein Sonnyboy den Namen dieses offiziellen Fahrers für dich heraussuchen?»

«Nenn ihn nicht so!», antwortete sie scharf.

Dieser Unfall kam Charlie immer mysteriöser vor. Charlie hoffte, dass ihm der offiziell zugeteilte Fahrer des SUVs sagen konnte, warum Hans Koch am Steuer war und warum sich zur Zeit des Unfalls ausgerechnet noch andere Beamte der Stadt als Zeugen auf der Kreuzung befanden. Er bedankte sich für die Information, aber Sarah nahm den Dank nicht an. «Ich tue das nicht für dich, nur dass du es weißt! Ich will bloß wissen, wer für den Unfall verantwortlich ist. Und ich will, dass diese Person bestraft wird.»

*Und so hast du einen Grund, Sonnyboy zu kontaktieren,* dachte Charlie mit einem Anflug von Eifersucht.

Wenig später stand Sarah auf, um nach Hause zu gehen. Sie müsse auch wieder einmal in einem richtigen Bett schlafen, war ihre Verabschiedung.

Charlie blieb bis Mitternacht wach. Sein Blick ruhte die meiste Zeit auf Laura, denn er hoffte, dass sie vielleicht gerade jetzt die Augen aufmachte. Als nichts geschah, versuchte er es sich auf dem Stuhl so bequem wie möglich zu machen. Was hatte Daniel gesagt, damit er zurück auf die sonderbare Reise gelangte? Zurücklehnen, den Rest erledige er? So war es kurze Zeit später auch.

# 24. Kapitel

Wütend schrie ein Mann um sich. Charlie öffnete die Augen und ein Schrecken durchfuhr ihn. Ein Mann in brauner Lederkleidung stand direkt vor ihm und hielt drohend eine lederne Geißel über seinen Kopf. Er starrte Charlie in die Augen und schrie in einer fremden Sprache auf ihn ein. Verängstigt blickte sich Charlie um. Was wollte der muskelbepackte ‹Sklaventreiber› von ihm?

Charlie fand bald heraus, dass es tatsächlich ein Sklaventreiber war. Er selbst saß im Staub einer Baustelle. Nicht weit von ihm entfernt wurden in einem rauchenden Ofen Lehmziegel gebrannt. Vor dem Ofen stand ein Arbeiter, der einen großen Lehmziegel auf den Armen hielt und dem der Schweiß nur so den Rücken hinunterlief. «Steh auf, Mann! Sonst schlägt er dich zu Tode.» Etwas an seiner Stimme sagte, dass er wusste, wovon er sprach. Schnell wandte sich der Arbeiter ab und trug den Lehmziegel zu einem Karren mit Holzrädern, vor den zwei Ochsen gespannt waren.

Charlie blickte zum Sklaventreiber zurück und als er die Wut in dessen Augen sah, sprang er angstgepackt auf. Obwohl er noch nie in seinem Leben so schnell auf den Beinen gestanden hatte, sauste die Peitsche auf ihn nieder und traf seinen Oberarm und den Rücken. Seine Haut brannte fürchterlich und Charlie schrie auf.

Während der Mann zum zweiten Schlag ausholte, stolperte Charlie, so schnell er konnte, zum Arbeiter hinüber, der ihn gewarnt hatte. Dieser kehrte zur Auskühlstelle hinter dem Brennofen zurück und hob den nächsten Ziegel hoch.

Trotz der Schmerzen am Oberarm tat es ihm Charlie gleich und trug eilends einen Ziegel zum Wagen mit dem Ochsengespann.

Mit erhobener Peitsche folgte ihm der Sklaventreiber.

Charlie lud den Lehmziegel auf den Wagen und kehrte wieder zur Auskühlstation zurück. Dabei achtete er sorgfältig darauf, dass der Arbeiter immer zwischen ihm und der erhobenen Peitsche stand.

Auf der anderen Seite des rauchenden Ofens brach ein älterer Mann zusammen. Zwei jüngere eilten ihm zu Hilfe und versuchten ihn aufzurichten. Doch der Sklaventreiber umrundete mit schnellen Schritten den Ofen und näherte sich mit erhobener Geißel dem am Boden liegenden Mann.

Charlie war froh, dass er nicht länger dessen Zielobjekt war. Aber seine Erleichterung verwandelte sich bald in maßlose Empörung. Der Sklaventreiber stieß die jungen Männer gewaltsam zur Seite, sodass der Alte zurück in den mit Steinen versetzten Sand stürzte und dabei laut aufschrie. «An die Arbeit!», brüllte der erbarmungslose Peiniger. Wut blitzte aus seinen Augen, als er die Peitsche aufzog und auf den wehrlosen Mann niedersausen ließ.

Wie viele Male der Lederriemen an der Haut des alten Mannes aufschlug, zählte Charlie nicht, aber der Tyrann hörte erst auf, als der Mann kein Lebenszeichen mehr von sich gab. Der Sklaventreiber war außer Atem, als er die umstehenden Männer anfuhr: «Zurück an die Arbeit! Der Alte war zu nichts mehr zu gebrauchen.»

Charlie war schockiert. Am liebsten wäre er auf den Mörder losgegangen und hätte ihn gelyncht. Aber der Arbeiter neben ihm hielt ihn zurück. Wortlos drückte er Charlie den Lehmstein in die Hand, den er selbst hochgehoben hatte, und schob ihn an der Schulter in Richtung Karren. Dann folgte er Charlie mit einem weiteren Stein. Unterwegs flüsterte er ihm zu: «Gott wird sich rächen.»

«Wie kannst du das sagen? Er hat ihn kaltblütig ermordet.»

«Uns gegenüber ist er am längeren Hebel. Er kann es uns antun, weil er die Macht im Rücken hat. Aber gegenüber Gott ist er am kürzeren Hebel. Heute Nacht wird er sterben.»

Charlie legte den Stein auf den Holzkarren. Die Ochsen warteten teilnahmslos. «Gibt es heute Nacht eine Verschwörung? Da will ich auch dabei sein!»

Der Arbeiter schüttelte den Kopf. «*Gott* wird sich rächen.»

Die Gelassenheit des Arbeiters angesichts der himmelschreienden Ungerechtigkeit überstieg Charlies Verstand.

Der Arbeiter legte seinen Stein auch auf den Stapel und erklärte mit gedämpfter Stimme: «Hier herrscht schon seit vielen Jahren ein Klima von Mord und Totschlag. Angefangen hat es, als der Machthaber des Landes alle unsere Knaben töten ließ, die zur Welt kamen. Doch nicht nur das, seither sind auf den Baustellen im ganzen Land unzählige Männer unseres Volkes umgekommen.

Charlie folgte ihm zurück zum Ofen und holte einen weiteren Stein. Als der Sklaventreiber in ihre Richtung kam, verstummte der Arbeiter. Erst als sie zurück beim Karren waren, flüsterte er: «Du hast keine Ahnung, oder? In ungefähr einer Stunde machen wir Schluss. Dann erkläre ich dir alles.»

Sie arbeiteten weiter. Nach einer Stunde brannten Charlies Arme vom Herumtragen der Steine. Der Karren war unterdessen zwei Mal weggefahren und der nächste wurde befüllt. Charlie konnte sich nicht vorstellen, wie sein Kamerad diese harte Arbeit den ganzen Tag verrichten konnte. Kein Horn ertönte zum Feierabend und keine Uhrzeit zeigte den Arbeitsschluss an. Es war Feierabend, als die vorgeschriebene Anzahl Ziegelsteine abgeliefert worden war. Als die Ochsen den letzten Karren wegfuhren, war der Sklaventreiber als Erstes verschwunden. Dann machten sich auch die Bauarbeiter auf den Heimweg.

Der Arbeiter stellte sich als Ethan vor. Er forderte Charlie auf, mit ihm mitzukommen. «Sei heute unser Gast.»

«Ich bin nicht sicher, ob das geht», antwortete Charlie. Er wollte nicht zu lange bleiben. Die unheimliche Todesstimmung machte ihm Angst und zudem hatte er zu Hause seinen eigenen Krieg zu führen.

Ethan trat näher an Charlie heran und fragte mit leiserer Stimme: «Bist du der Älteste in deiner Familie?»

Charlie nickte. Er hatte eine jüngere Schwester.

«Dann musst du mit mir mitkommen. Sonst bist du heute Nacht auch ein toter Mann.» Charlie sah Ethan verständnislos an, als dieser ihn am Arm packte und mit sich zog.

Charlie geriet außer Atem, als er versuchte, mit dem kräftigen Sklaven schrittzuhalten. Sie folgten dem Zug der Arbeiter, die aus allen Richtungen zum Ausgang der riesigen Baustelle strömten.

«Dass ihr nach einem so strengen Arbeitstag noch so schnell gehen könnt», staunte Charlie keuchend.

«Normalerweise gehen wir langsamer. Aber heute ist ein besonderer Tag. Es gibt ein Festessen. Jede Familie schlachtet einen Ziegen- oder Schafbock.»

«Welch eine Ehre, dass ich dabei sein darf!»

«Der Nutzen ist ganz auf meiner Seite. Meine Familie ist nämlich zu klein für den ganzen Braten. Laut Vorschrift müssen so viele Personen am Festmahl teilnehmen, dass der Bock aufgegessen werden kann.»

Nachdem sie das Baustellengelände hinter sich gelassen hatten, strömten die Arbeiter in unterschiedliche Richtungen davon. Ethan folgte einem Pfad, der zu den Häusern der Nachkommen des Stammvaters Juda führte. Charlie erfuhr, dass Ethan ein Nachkomme Abrahams war. Jakob war vor ein paar Hundert Jahren während einer Hungersnot mit den Familien seiner Söhne nach Ägypten ausgewandert. Sie hatten sich hier angesiedelt und sich zu einem großen Volk aus zwölf Stämmen vermehrt. Mehr und mehr sahen die Bewohner des Landes in diesem fremden Gastvolk eine Bedrohung. Seit Jahrzehnten versuchten nun die Pharaonen, ihre Zahl mit hartem Frondienst zu verringern, doch das Gegenteil war eingetreten. Die Hebräer – oder die Israeliten, wie sie sich selbst nannten – vermehrten sich immer weiter.

Als Ethan erzählte, welch unmenschliche Frondienste die Ägypter von ihren Sklaven verlangten, stellte Charlie fest, dass das Schicksal dieses armseligen Volkes gar nicht in das Bild des «Segens für alle Völker» passte, das Gott Abram versprochen hatte und schon gar nicht zu ihrem «König, dem alle Völker gehorchen werden».

«Unglaublich, dass ihr das alles mitmacht!», staunte Charlie, aber wusste sofort, dass dies eine dumme Bemerkung war. Sie hatten keine andere Wahl.

Ethan scheuchte eine Schafherde auseinander, die den Fußweg versperrte. «Schon unsere Großeltern haben Gott um Hilfe angefleht. Unsere Eltern tun es auch und wir ebenso.»

«Hört Gott euch denn nicht?»

«Ich denke schon. Seit einiger Zeit verhandeln zwei unserer Männer mit dem Pharao und versuchen, ein Ausreiseabkommen abzuschließen. Aber bis jetzt läuft es nicht so gut, die Interessen sind zu unterschiedlich. Als Folge davon müssen wir für dieselbe Anzahl Lehmziegel sogar noch mehr schuften als zuvor und uns das Material dazu selbst beschaffen.»

Charlie erinnerte sich wage an diese Geschichte aus der Bibel, die er in seiner Schulzeit einmal im Religionsunterricht gehört hatte. Der Verhandlungsführer hieß Mose. Hatte er nicht einen Ägypter umgebracht, nachdem dieser einen hebräischen Sklaven zu Tode geprügelt hatte? Charlie steckte der Schrecken der eben mitangesehenen Ungerechtigkeit noch in den Gliedern, sodass ihm Mose sympathisch wurde. Wegen dieser Tat floh er in die Wüste, bis Gott nach vielen Jahren in einem brennenden Dornbusch mit ihm redete. Mose ging daraufhin zum Pharao und sagte, er solle sein Volk ziehen lassen.

Und dann waren da noch die zehn Plagen.

Er holte Ethan wieder ein und sprach ihn auf die Plagen an. Dieser half ihm die Lücken in der Geschichte zu füllen. Die Naturkatastrophen und Epidemien waren die Strafe Gottes und sollten dem Pharao zeigen, dass nicht er das letzte Wort hatte, sondern der Gott von Abraham, Isaak und Jakob. Doch der Pharao blieb stur. Ethan erklärte, der Pharao halte sich selbst für einen Gott. Plötzlich stoppte er und blickte Charlie eindringlich an. «Hast du *zehn* Plagen gesagt?»

Charlie nickte. «Ich glaube, es waren zehn. Oder waren es zwölf?»

Ethan zählte lautlos. «Es waren neun Plagen. Die letzte war die Finsternis. Drei Tage war es in Ägypten stockdunkel geblieben. Nur in unserem Wohngebiet in Goschen wurde es wie jeden Tag hell. Seit diesen Plagen habe ich große Ehrfurcht vor dem Gott unserer Väter.»

Sie erreichten ein kleines Dorf aus Lehmsteinhütten. Ringsum weideten Schafe und Ziegen. «Nette Häuser! Wie ich sehe, versteht ihr Hebräer euer Handwerk», staunte Charlie. Schließlich befand er sich hier mehr als dreitausend Jahre vor seiner Zeit.

Ethan lächelte stolz. «Du solltest mal die Bauwerke sehen, die wir für die Ägypter errichten. Ganze Städte!»

Bei einem kleinen Haus blieben sie stehen, vor dem ein Ochse an einen Pfahl angebunden war. Er war kleiner als die Zugochsen vom Baustellenkarren. Ein älterer Mann band einige Ledersäcke auf den Rücken des Tieres.

«Hallo Vater», begrüßte ihn Ethan. «Halten die Riemen?»

Der Vater nickte. «Hoffentlich dauert die Reise nicht ewig, sonst müssen wir uns etwas Stabileres einfallen lassen. Hilfst du mir, die Taschen wieder abzunehmen?»

Ethan packte mit an und stellte dabei Charlie als Sem vor. Er sei ein Erstgeborener und habe kein Heim, wo er heute

Abend essen könne. Deshalb habe er ihn eingeladen.

Der Vater betrachtete ihn mitleidig und nickte. «Willkommen, Sem! Verlassen Sie heute Nacht unter keinen Umständen das Haus.»

Charlie nahm Ethan einen Ledersack ab und stellte ihn vor die Haustür zu den anderen Gepäckstücken. Offenbar wurden hier Vorbereitungen für eine Reise getroffen. «Was geschieht heute Nacht?»

Bevor Ethan es erklären konnte, stürmten drei kleine Kinder aus dem Haus und begrüßten ihren Vater. Er drückte die zwei Söhne und die Tochter fest an sich.

Eine ältere Frau erschien im Türrahmen. «Kaleb, komm wieder herein.»

Ethan lächelte die Frau an. «Ist okay, Mutter. Die Sonne ist noch nicht untergegangen und solange passiert unserem Erstgeborenen nichts.»

Sie sah ihren Sohn streng an. «Die Anweisung von Mose war eindeutig. Wenn der Todesengel durch das Land geht, darf kein Erstgeborener außerhalb des Hauses sein. Sonst …»

«Sonst stirbt er. Ich weiß, Mutter. Also kommt alle rein.»

Ethan führte Charlie in sein bescheiden eingerichtetes Haus. Durch den Hinterausgang sah man in einen Innenhof, wo eine junge Frau bei einem Feuerofen damit beschäftigt war, Fladenbrote zu backen. Dazu bereitete sie mit bitteren Kräutern eine Soße zu. «Hallo Schatz! Schau, ich habe einen Gast mitgebracht», begrüßte Ethan seine Frau freudig. «Darf ich vorstellen: meine Frau Rahel. Und das hier ist Sem».

Die Frau sah von ihrer Arbeit auf. «Guten Abend Sem. Willkommen.»

Im Innenhof war eine kleine Ziege an einem Stock angebunden. Der älteste Sohn, Kaleb, löste den Strick und führte es zur Kochstelle. Vor ein paar Tagen hatte Ethan dieses einjährige Tier selbst aus seiner bescheidenen Herde ausgesucht und seither separat beim Haus gehalten.

Charlie half zum ersten Mal in seinem Leben mit, ein Tier zu schlachten. Es war ihm schnell klar, dass das nicht sein neues Hobby werden würde, aber er erfuhr dabei, warum der heutige Abend so besonders war. Das lenkte ihn von der unansehnlichen Arbeit ab. Ethan erzählte, Mose hätte vor ein paar Tagen angekündigt, dass heute Nacht das Gericht über Ägyptens Ungerechtigkeit hereinbrechen würde. Bei den bisherigen Plagen war die Provinz Goschen verschont geblieben. Aber dieses Gericht würde auch vor den Hebräern nicht halt machen, denn auch sie konnten trotz allem nicht vor dem heiligen Gott bestehen.

«Wie wird das Gericht aussehen?», fragte Charlie, obwohl er die Antwort bereits kannte. Er hatte die Andeutungen dazu nun schon ein paar Mal gehört: Der Erstgeborene aus allen Familien würde sterben. Das erinnerte ihn an die Aussage des Allmächtigen vom Anfang seiner Reise, mit der Eva ihn gewarnt hatte: «Wenn ihr die Frucht berührt, müsst ihr sterben.» Charlie lief ein kalter Schauer über den Rücken, als er an Laura dachte. Sie war seine Erstgeborene, sie war ja auch sein einziges Kind.

Der Sklaventreiber würde in dieser Nacht sterben, hatte Ethan gesagt. «Ist der Aufseher ein Erstgeborener?»

«Einzelkind.»

Charlie schämte sich, als er beim Gedanken an den Tod des Mörders Genugtuung verspürte. «Was können wir tun, um Gott gnädig zu stimmen?»

«Nichts», antwortete Ethan, während er mit einem bronzenen Schwert das Fleisch zum Braten vorbereitete. «Es geht nicht darum, Gott gnädig zu stimmen. Gott ist schon gnädig mit uns.»

Charlie runzelte ungläubig die Stirn.

Ethan legte die Fleischstücke auf eine große Tonschale. «Weil Gott gnädig ist, hat er uns gesagt, was wir tun können, wenn der Todesengel kommt. Heute geht es um die Sühnung von Schuld.»

Charlie verstand nicht ganz, also formulierte er seine Frage neu: «Wie können wir verhindern, dass euer Erstgeborener stirbt?»

Ethan zeigte auf das Ziegenlamm. «Wir bringen ein Opfer dar. Das wird unsere Schuld sühnen.»

Charlie runzelte die Stirn. «Ich dachte, wir würden das Tier essen.» Er hatte kürzlich eine Dokumentation gesehen, in dem Eingeborenenstämme irgendwo im südpazifischen Raum mit Opfern versuchten, die Geister gnädig zu stimmen. Dazu gaben sie ihr letztes Huhn her. Sie töteten es abends während einer Zeremonie und warfen es anschließend unter das auf Stelzen gebaute Haus. Am Morgen war es weg. Das Huhn fehlte dann der Familie, die sonst schon wenig hatte.

«Ja, wir werden das Opferlamm essen», bestätigte Ethan.

Charlie verstand es nicht. «Aber ein Opfer ist es doch, wenn man auf etwas verzichtet.»

Ethan verstand, was er damit meinte. «Die Götter der umliegenden Völker, so auch der selbst ernannte Gott Pharao, fordern von ihren Anhängern diese Art von Opfer. Aber der Gott unserer Vorväter ist in vielerlei Hinsicht anders als die übrigen Götter. Bei einem Opfer geht es ihm nicht darum, dass die Menschen materiell etwas weggeben. Es geht ihm um die inneren Werte. Es geht ihm um das Vertrauen, das mit der Befolgung der Opferhandlung ausgedrückt wird. Wir machen alles genau so, wie Mose es gesagt hat. Wir werden das Tier braten und dürfen es anschließend als Familie essen.»

Das machte diesen Gott für Charlie doch etwas sympathischer.

Die Großmutter drängte Ethan, endlich die Pfosten der Haustür zu streichen. Er nickte, holte die Schüssel, mit der das Blut des Lammes aufgefangen worden war, und ging mit einem

Pinsel aus zusammengebundenen Blättern zur Haustür. Dort tunkte er das Büschel in das Blut und strich es an die Türpfosten rechts und links und auch oben an den Querbalken.

Ethan erklärte seinen Kindern, warum er das tat: «Als Zeichen, dass in diesem Haus bereits ein Lebewesen gestorben ist, streiche ich das Blut des Opfertiers an die Balken. Wenn der Todesengel das Blut sieht, geht er an unserem Haus vorüber.»

Sie bereiteten das Passahlamm über dem Feuer so zu, wie Mose es angeordnet hatte. Erst später begriff Charlie, dass Passah für «vorübergehen» stand. Dann setzten sie sich zum Essen hin. So unbequem hatte Charlie schon lange nicht mehr gegessen. Zur Anordnung Moses gehörte, dass sie das Essen reisefertig gekleidet einnehmen mussten. Alle saßen mit den Schuhen an den Füssen am Boden, hatten den Mantel umgebunden und einen Reisestock in der Hand. Sie drückten damit aus, dass sie bereit waren und auch daran glaubten, Ägypten bald verlassen zu können. Die bittere Kräutersoße und das Brot ohne Sauerteig schmeckten nicht sonderlich gut. Das Lamm hingegen war vorzüglich.

Charlie fragte während des Essens, warum der Todesengel Blut am Türpfosten sehen wollte. Ethans Vater erklärte, dass im Blut das Leben sei. «Wer sündigt, muss sterben, deshalb muss zur Wiedergutmachung Blut vergossen werden.»

«Aber wir akzeptieren, dass wir nicht jede Einzelheit verstehen», sagte Ethan, als er Charlies verständnislosen Gesichtsausdruck sah. «Wir sind einfache Bauern und Bauarbeiter. Mose könnte dir das sicher besser erklären. Er hat am Hof vom Pharao studiert und zudem hat Gott schon mehr als einmal zu ihm gesprochen.»

Nach dem Essen legten sie sich schlafen. Charlie meinte, er sei nicht müde, er wolle einen Verdauungsspaziergang machen. Er hoffte insgeheim, Daniel zu treffen und wieder nach Hause gehen zu können. Aber schon versperrte ihm Ethans

Mutter mit ernster Miene den Ausgang und bestand darauf, dass er im Raum blieb. Für die Familie war unmissverständlich klar: Jeder Erstgeborene, der in dieser Nacht das Haus verließ, musste sterben. So ließ sich Charlie von seinen Gastgebern umstimmen und legte sich wie die anderen, samt Mantel und Schuhen an den Füssen, auf eine Matte am Boden und versuchte zu schlafen.

Plötzlich erwachte Charlie. Er hörte ein entsetzliches Geschrei aus der nahen Umgebung. Ethan war auch wach und saß neben der Tür. Seine Frau hielt ihren Erstgeborenen nah bei sich.

Die verzweifelten Schreie und das Klagen gingen Charlie durch Mark und Bein. Er blickte zu Ethan.

Dieser sah ihn mit dem Reisestock in der Hand traurig an. In ihrer Nachbarschaft lebten auch Ägypter.

«Wie viele Erstgeborene sind in diesem Haus, mich eingeschlossen?», flüsterte Charlie.

Ethan schaute sich im dunkeln Raum um. «Drei. Mein Vater, mein Sohn Kaleb und du.»

«Warum haben wir nur ein Tier geopfert?»

«Das Tier hat sein Blut stellvertretend für uns alle vergossen. Ein einziges Passahlamm für alle.»

Die letzten Worte sagte Ethan so leise, dass Charlie sie kaum hörte. Also blieb er still und dachte darüber nach. Hier war der Glaube ein Familiending, das Opfer galt allen. Ein Lamm hatte ihm und den anderen in diesem Haus das Leben gerettet.[15]

Charlie döste eine Weile vor sich hin, bis draußen ein Tumult zu hören war. Ethan sprang auf, öffnete die Tür einen Spalt breit und schlüpfte hinaus. Sein Vater folgte ihm kurze Zeit später. Charlie widerstand dem Drang, ihnen nachzugehen.

[15] *2. Mose 12*

Nach zwanzig Minuten kehrten sie aufgewühlt zurück. Diesmal öffnete Ethan die Tür ganz. «Aufstehen. Wir ziehen los! Heute verlassen wir Ägypten und ziehen in das versprochene Land, wo Milch und Honig fließt!»

Ethans Frau entließ Kaleb aus ihrer Umarmung und alle drei Kinder streckten sich gähnend.

Der Großvater berichtete, dass der Pharao sie nun buchstäblich aus dem Land jagen wollte. Der allmächtige Gott hatte dem selbst ernannten Gott «Pharao» den Meister gezeigt. Zwar auf die harte Tour, aber unmissverständlich klar. Viele Menschen waren in dieser Nacht ums Leben gekommen. Charlie wollte sich über dieses Grauen empören, doch dann war er einfach nur froh, dass er sich beim Gewitter auf der Terrasse nicht auch so stur gegenüber Gott gezeigt hatte wie der Pharao.

In aller Eile packte Ethans Familie das restliche Reisegepäck zusammen. Charlie half dem Großvater, den Ochsen zu beladen. Rahel nahm die zwei jüngeren Kinder an die Hand, während Kaleb mit einem Stock ihre kleine Ziegenherde vorantrieb. Sie blickten ein letztes Mal zu ihrem vertrauten Heim zurück und schlossen sich der immer größer werdenden Menschenmenge an, die die Provinz Goschen an diesem Morgen verließen.

Auch Charlie ging mit ihnen mit. Unterwegs fragte Ethan ihn, ob er beschnitten sei.

Charlie war über diese ungewöhnliche Frage etwas irritiert und antwortete mit einer Gegenfrage: «Wieso?»

«Dies ist das Zeichen des Bundes, den Gott mit unserem Urvater Abraham geschlossen hatte. Mose hat heute Morgen erklärt, dass das gestrige Abendessen – das Passahfest – nun jedes Jahr gefeiert wird, zum Andenken daran, dass Gott uns aus der Sklaverei befreit hat. Mose hat dazu ein paar Bestimmungen erlassen. Eine davon ist es, dass Fremde und Ausländer auch eingeladen sind, beim Passahfest mitzuessen, aber nur wenn die Männer beschnitten sind.»

«Zum Glück haben wir das gestern Abend noch nicht gewusst», meinte Charlie erleichtert und lächelte. Fremde waren willkommen, aber man konnte trotzdem nicht feiern, wie man wollte. «Ich kann dich beruhigen, Ethan. Du hast bestimmt nichts Falsches getan, als du mich zum Essen eingeladen hast. Ich fühle mich mittlerweile dem Gott deiner Vorfahren genauso verbunden wie du.» Seine Worte überraschten Charlie selbst.

Es war später Nachmittag, als die riesige Menschenmenge bereits einen mehrstündigen Fußmarsch hinter sich hatte und in der Nähe eines Schilfmeeres eine Pause einlegte. Da verbreitete sich das Gerücht, dass das ägyptische Kriegsheer hinter ihnen herjage. Dann kam die Bestätigung, dass der Pharao seine Sklaven zurückhaben wolle, damit sie seine Städte fertig bauten. In der Ferne stieg eine Staubwolke von unzähligen Streitwagen in die Höhe.

Das Volk erstarrte vor Furcht, als sie sahen, dass sie zwischen dem Schilfmeer und dem Kriegsheer in der Falle saßen. Nur Charlie blieb ruhig, nein, er freute sich sogar auf das, was er bald miterleben durfte, denn diese Geschichte war ihm auch bekannt. In einem Kinofilm hatte er gesehen, wie sich das Wasser des Schilfmeers teilte und sie trockenen Fußes auf die andere Seite hinübergingen, während das Heer des Pharaos von den Wassermassen bedeckt wurde.

Charlie war ganz aufgeregt, dass er nun selbst bei solch einem bedeutsamen Geschichtsereignis dabei sein würde. Da berührte jemand seine Schulter. Als er sich umdrehte, stand Daniel vor ihm. Zum ersten Mal freute er sich nicht, ihn zu sehen. «Dürfen wir das noch miterleben, bitte?»

Daniel verneinte. Das Ganze dauere noch bis morgen Abend, so viel Zeit habe Charlie nicht. «Wie hat dir das Passah gefallen?»

«Ganz gut.»

Daniel bahnte einen Weg zwischen den verängstigten Wanderern hindurch und Charlie folgte ihm. Ein Gedanke ließ ihn nicht los: «Ist es nicht sonderbar, dass sich Gott ausgerechnet diese armseligen Sklaven ausgesucht hatte, um mit ihnen seine Geschichte zu schreiben?»

«Gott erwählt nicht die Mächtigen und Erfolgreichen, sondern diejenigen, die es ohne seine Hilfe nicht schaffen würden.» Daniel blickte zu ihm zurück und fuhr fort: «Er hat den ungewollt kinderlosen Abraham und seine Frau Sarah erwählt und ihnen im hohen Alter einen Sohn gegeben. Er erwählt ihre versklavten Nachkommen und befreit sie durch übernatürliche Wunder. Niemand soll hinterher sagen können, sie hätten alles selbst zustande gebracht.»

# 25. Kapitel

Es war Samstagmorgen kurz nach fünf, als Charlie nach einer unruhigen Nacht erwachte. Sein Rücken schmerzte und er verstand nun, warum Sarah ihn gestern bereits früh morgens angerufen hatte, mit der Bitte ihn abzulösen. Er streckte sich ausgiebig, zog Lauras Decke behutsam bis unter ihr Kinn hoch und wartete ein paar Minuten in der Hoffnung, dass sie die Augen öffnete. Leider tat sie es nicht.

Er verließ die Intensivstation, um die Beine zu vertreten. In der Eingangshalle entdeckte er einen Wegweiser zur Krankenhauskapelle. Das war jetzt genau das Richtige für ihn. Wie Ethan wollte auch er etwas opfern oder sonst etwas für Laura tun, um Gott positiv zu stimmen. Vielleicht eine Kerze anzünden?

Er fand die Kapelle, ein einfacher Raum innerhalb des Krankenhauses. Er bezahlte für die Kerze und zündete sie an. Die Flamme flackerte in Richtung Himmel, was ihm gefiel. Gestern Nacht bei Ethan hatten sie über den Flammen das Lamm gebraten. Jetzt hatte er nichts, das er hätte geben können.

Still betete er das Vaterunser und verließ die Kapelle nach einer Viertelstunde. Nur untätig dasitzen konnte er nicht, er musste etwas für Laura tun.

Auf dem Flur vor der Kapelle stand ein Sammelbehälter für Spenden. Ein Plakat zeigte, dass das Geld für den Krankenhausclown auf der Kinderabteilung verwendet würde. Charlie holte alle Münzen aus der Hosentasche und ließ sie hineinfallen. Sicherheitshalber legte er auch noch einen Geldschein nach. Dies gab ihm wenigstens ein bisschen das Gefühl von Genugtuung.

Er suchte in der Krankenhauskantine nach einem Frühstück, das wegen der Spende nicht allzu teuer ausfallen durfte. Als er die mit Konfitüre gefüllten Butter-Croissant sah, war er fündig geworden. Aber war essen nun angebracht? Erwartete Gott vielleicht, dass er fastete und ein Opfer des Verzichts darbrachte?

Hungrig ging er zu Laura zurück.

Gegen acht Uhr löste Sarah ihn ab. Ihr Sonnyboy hatte etwas Neues herausgefunden. Warum hängte dieser sich da so rein? Wollte er Sarah damit beeindrucken? Sonnyboy hatte den Namen des Fahrers ausfindig machen können, der den SUV üblicherweise für Stadtrat Neumann fuhr: Jan Roth. Charlie schrieb den Namen unter die drei Zeugen. Er spürte, dass Sarah eine Verbindung zu diesem *Sonnyboy* hatte. Das ärgerte ihn. Oder war es Eifersucht? Jedenfalls wollte er nicht einfach so zusehen, wie sich ein anderer an seine Frau anbiederte. «Warum hilft er dir so bereitwillig? Ihr versteht euch gut, was?»

Sie hob die Augenbrauen. «Ich glaube, er mag mich.»

«Wie bitte?»

Eine leichte Röte stieg ihr ins Gesicht. «Es tut eben gut zu wissen, dass man geschätzt wird.»

Charlie rang nach Worten, aber brachte nichts heraus, was für den Moment wohl besser war.

Sie dagegen fuhr fort, ihn zu quälen: «Vielleicht will er ja gar nichts von mir, sondern will es nur nicht mit mir als Arbeitskollegin verscherzen. Ich stelle nämlich regelmäßig Bewilligungen für ihn aus. Er arbeitet bei der Kulturabteilung der Stadt und diese benötigt für Events unsere Grünflächen und Parkanlagen.»

«Warum hat ein Kultur-Fuzzi Zugang zu Informationen über die Fahrer des Fuhrparks?»

Sarah sah ihn mahnend an. «Das weiß ich nicht.»

«Weiß er, dass ihr in eurem städtischen Gründepartement

auch die Tauben und Eichhörnchen zählt?» Charlie bereute die Frage sogleich. Er wollte ja gar nicht über diesen flirtenden Typen streiten, denn damit untergrub er seine eigenen Bemühungen, die Ehe zu retten.

Bevor sie antworten konnte, bedankte er sich für den Namen des Fahrers und ließ sie allein bei Laura zurück. Seine geliebte Tochter, der er so gerne helfen würde. Er würde alles tun. Aber er wusste nicht was. Warum gab es nicht eine Liste von Dingen, die er abarbeiten, leisten, vorweisen oder zeigen konnte, damit alles wieder gut würde? In der Ausbildung war es jedenfalls immer so gewesen: Leisten, vorweisen, Anforderungen erfüllen und einen Schritt weiterkommen.

Er kramte in der Hosentasche und fand die Telefonnummer von Robert. Wenn jemand wusste, was man jetzt tun konnte, dann er.

«Ich freue mich, von dir zu hören!» Roberts Stimme war wegen des Lärms um ihn herum kaum zu verstehen.

«Kann ich wieder vorbeikommen? Ich habe eine neue Frage.»

«Ich bin unterwegs in die Stadt. Wollen wir eine Tasse Kaffee trinken?», rief Robert gegen den Lärm an. Als Charlie später Roberts altes Auto sah, war ihm klar, woher die lauten Geräusche kamen.

*****

Bald darauf saß Charlie in einem kleinen Restaurant in der Nähe des Krankenhauses. Bis Robert eintraf, suchte er auf dem kleinen Bildschirm des Billighandys nach Informationen über den Stadtrat, der den SUV oft verwendete. Jens Neumann schien sehr erfolgreich zu sein, weit über die Parteigrenzen hinweg war er beliebt oder zumindest respektiert. Manche warfen ihm vor, er regiere das Department wie ein König, doch anscheinend wie einer, der sich auch für die Bedürfnisse der Untertanen einsetzte und sie so bei Laune hielt. Charlie gewann den Eindruck, dass es Jens gefiel, ein respektierter Stadtrat zu sein, und er wollte im Herbst wiedergewählt werden.

Charlie wählte die Handynummer von Antonio. Vanessa antwortete.

«Oh, hallo Vanessa. Ich dachte, ich hätte Antonios Nummer gewählt.»

«Alle geschäftlichen Anrufe laufen über mich, auch am Wochenende. Kann ich ihm etwas mitteilen?»

«Es tut mir leid, dass ich dich am Wochenende störe. Es ist nur so, dass ich eine wichtige Frage an ihn habe. Ist Stadtrat Jens Neumann auch auf der Liste der Zeugen?»

«Ich stell dich durch. Wenn es um Lokalpolitiker geht, will Antonio immer informiert sein.»

Antonios Stimme war bald darauf zu hören. «Nein, Neumann ist nicht unter den Zeugen. Das wäre mir aufgefallen. Warum?»

«Der SUV ist auf das Tiefbauamt zugelassen und Gerüchten zufolge soll der Stadtrat oft darin herumchauffiert werden.»

«Warum sollte ein einfacher Bürogummi wie Herr Koch diesen großen Wagen fahren?», fragte Antonio, ohne eine Antwort zu erwarten.

Weil Robert in diesem Augenblick durch die Tür trat, beendete Charlie das Gespräch und legte das Handy weg.

Der Mann mit dem kahlen Kopf, der in seinem Leben schon so viel durchgemacht hatte, setzte sich ihm gegenüber an den Zweiertisch und lächelte. «Charlie! Schön, dich wiederzusehen! Wie geht es deiner Tochter?» Nachdem sie sich über Lauras Zustand unterhalten hatten, stellte Charlie die Frage, die an ihm nagte: «Was kann ich tun, um Gott gnädig zu stimmen? Die Sklaven in Ägypten haben ein Passahlamm geschlachtet und wurden deshalb verschont. Was kann ich tun?»

Robert blickte ihn fragend an. Mit dieser Frage hatte er wohl nicht gerechnet.

«Kerze anzünden, Spenden und auf das Frühstück verzichten: Alles erledigt. Was kann ich noch tun, damit es reicht?»

Ein junger Kellner im Studentenjob brachte ihnen Kaffee.

Charlie nahm einen Schluck des brühheißen Getränks und verbrannte sich dabei die Zunge. Gespannt blickte er über den kleinen Tisch zu Robert.

Dieser beugte sich vor. «Nur eine Sache kann den Gott da oben gnädig stimmen.»

Es gab also etwas und Charlie hatte gewusst, dass Robert die richtige Adresse dafür hatte. «Ich tue alles! Ich will nur, dass Laura endlich aufwacht und wieder gesund wird.» Dass er ebenfalls eine große Sehnsucht hatte, zurück in Gottes Umarmung zu gelangen, behielt er vorerst für sich.

Robert lehnte sich zurück. «Eigentlich ist es nicht etwas, sondern jemand. Nur jemand kann Gott gnädig stimmen.»

«Mach es nicht spannend.»

«Nur Gott selbst kann ihn gnädig stimmen.»

Charlie schüttelte kaum merklich den Kopf. Er hatte jetzt keine Lust auf komplizierte Philosophie. «Wenn dem so wäre, warum mussten die Sklaven in Ägypten denn das Schaf opfern, das Passahlamm?»

«Gott geht mit den Menschen einen Weg. Die Menschen wollten selbst wie Gott sein, also akzeptierte er diese Entscheidung. Sie sollten erfahren, wie es ist, wenn sie sich als Gott aufspielen. Dann zeigte er ihnen aber auch Schritt für Schritt den Weg auf, um ihn wieder ihren Gott werden zu lassen. Zum Beispiel indem sie seine einfache Anordnung befolgten und das Passahlamm zubereiteten.»

Charlie seufzte. «Und was kann ich tun, um Gott gnädig zu stimmen?»

«Nichts. Gott ist bereits gnädig. Auch mit dir.»

Charlie hob die Augenbrauen: «Weil er sich selbst gnädig stimmt?»

Zu Charlies Überraschung stimmte Robert ihm zu: «Genau! Noch bevor wir gelebt haben, hat Gott schon alles beseitigt, was ihn ungnädig stimmte. Darin zeigt sich seine Liebe: Er wartet nicht darauf, dass wir etwas leisten oder opfern, sondern noch bevor du und ich geboren waren, hat er sich selbst für uns gnädig gestimmt.[16] Er ist schon gnädig.»

Charlie schüttelte den Kopf. Wie sollte ein Gott sich selbst gnädig stimmen? «Robert, bei allem Respekt. Deine Antwort hilft nicht. Laura liegt auf der Unfallstation, ich bin verzweifelt!»

«Es tut mir leid, Charlie.»

Sie tranken schweigend den Kaffee zu Ende. Dann sagte Robert: «Lass mich dir helfen. Was hast du heute vor?»

Charlie wollte wenn möglich den Fahrer sprechen, der üblicherweise dem SUV zugeteilt war. Er wollte herausfinden, warum dieser das teure Fahrzeug an dem besagten Abend einem Büroangestellten überlassen hatte.

Robert bestand darauf, Charlie zum Stadthaus zu fahren. Erstens habe er im Gegensatz zu ihm ein Auto und zweitens kenne er bei der Stadtverwaltung viele Leute. Außerdem wolle er ihm tatsächlich helfen. «Aber ich muss dich warnen. Mein Auto ist eine echte Klapperkiste. Ein Stück des Auspuffs fehlt. Eigentlich hätte das Ersatzteil gestern ankommen sollen, doch es steckt irgendwo fest.»

[16] *Römer 5,8*

# 26. Kapitel

Charlie und Robert betraten die Eingangshalle des Stadthauses und schon hatte Robert zwei Personen mit Namen gegrüßt. «Wie sieht es mit der Bewilligung für Giuseppe aus?», fragte er den dritten, einen jungen Mann, der mit Aktenmappen auf den Armen an ihnen vorbeieilte. «Die kommt nächste Woche, Herr Gerber.»

Charlie blickte seinen Begleiter verwundert an. «Woher kennst du all diese Leute?»

«Viele meiner Nachbarn im Wohnblock verstehen die Richtlinien und Abläufe der Behörden nicht, deshalb begleite ich fast wöchentlich Menschen hierher.» Dann deutete er auf einen Empfangsschalter. «Die nette Dame dort kann uns sicher sagen, wo wir den gesuchten Fahrer finden.»

Charlie sah mit Bewunderung zu, wie Robert mit der alten Frau spaßte, bis sie mit der gewünschten Information herausrückte. Sie öffnete auf dem Bildschirm den Belegungsplan der Fahrzeuge und daneben den Dienstplan des Fahrers. Stadtrat Neumann wolle in Kürze wegfahren, also reimte sie sich zusammen, dass sich der gesuchte Mann in der Tiefgarage bei einem der Fahrzeuge aufhielt.

Robert führte Charlie in die Tiefgarage. Hier konnte gegen Gebühr jeder sein Auto abstellen, doch ein Teil der Parkplätze war für die Fahrzeuge der Stadt reserviert. Sie gingen an orangefarbenen Werkfahrzeugen vorbei zu den dunklen Limousinen für die Herren der Stadt. Zwei standen nebeneinander bereit und im linken saß ein Mann auf dem Fahrersitz, der auf ein Smartphone starrte.

Als Charlie ans Fenster klopfte, schreckte der Mann hoch

und öffnete die Scheibe. «Ja?»

«Nettes Auto! Darf ich mal reinsehen?»

Der Fahrer hob kurz die Schulter. «Kein Problem.»

«Fahren Sie es regelmäßig?»

«Mein ursprüngliches Fahrzeug ist Schrott.»

«Man hat uns gesagt, dass Sie hauptsächlich für Stadtrat Neumann fahren. Das muss ein toller Job sein. Ein Auto durch die Stadt steuern, das man sich nicht leisten könnte, und dabei die Stadtmächtigen treffen …»

«Ja, eigentlich schon.»

«Nur eigentlich?», fragte Robert in einem so vertrauenserweckenden Ton, den wohl jeden Verbrecher zu einem Geständnis bewegt hätte.

Der Fahrer öffnete die Tür und stieg aus. «In zehn Minuten will der Stadtrat wegfahren, aber ich weiß immer noch nicht, ob ich wirklich fahren werde.»

Robert forderte den Fahrer mit einer Handbewegung auf weiterzureden.

«Ich bin vor einer Stunde von meinen Samstagspflichten zu Hause weggerufen worden, weil der Stadtrat einen spontanen Termin wahrnehmen will. Seither warte ich hier und es kann gut sein, dass Herr Neumann sagt, er wolle selbst fahren.»

«Das mögen Sie nicht?»

«Er gibt mir zwar immer zu verstehen, dass er mir damit einen Gefallen tue, weil ich ohne zu arbeiten nach Hause gehen könne und trotzdem mein Gehalt erhalte.» Weiter vorne öffnete sich die Tür zu den Aufzügen. Der Fahrer setzte sich wieder ins Auto. «Jeder weiß ja, dass Neumann ein Autofreak ist.»

«Waren Sie es, der das letzte Auto geschrottet hat?», fragte Charlie.

«Nein. Das war … ein Büroangestellter. Genau deshalb gibt es ja uns Fahrer. Wir sind die Profis.»

Charlie beugte sich zur offenen Tür hinunter. «Aber was

mir nicht in den Kopf geht: Warum fuhr ein Büroangestellter einen teuren SUV der Stadt, wenn es einen offiziellen Fahrer gibt?»

Plötzlich veränderte sich das Gesicht des Fahrers.

«Könnte es sein, dass Neumann am Steuer des Unfallautos gesessen hatte?», fragte Charlie unvermittelt.

Der Fahrer zog ohne ein weiteres Wort die Tür zu und schloss das Fenster. Charlie hätte schwören können, dass dessen Gesicht bleicher geworden war.

Charlie und Robert blickten sich erstaunt an. Der Fahrer hatte wohl realisiert, dass er zu viel gesagt hatte. Was wäre, wenn tatsächlich der Stadtrat selbst den Unfall verursacht hatte? Was, wenn er in dieser Nacht am Steuer saß?

Charlie erzählte Robert, dass der Unfallfahrer Hans Koch bereits vor dem Unfall wegen Rückenproblemen kaum gehen konnte. Das hatte jedenfalls dessen Nachbarin erzählt. War es möglich, dass der Stadtrat selbst gefahren war und dass dort mitten auf der Kreuzung nach dem Unfall eine Vertuschung eingefädelt wurde?

Robert hatte in seinen Auslandjahren oft solche Dinge erlebt. «Aber was hätte der Sachbearbeiter Koch davon, wenn er die Schuld auf sich nimmt?»

«Sie haben ihm wohl glaubhaft versichert, dass sie schon dafür sorgen würden, dass ich schuld sei. Und zudem kassiere er auf diese Weise eine Menge Geld.» Charlie schüttelte ungläubig den Kopf. «Die Nachbarin hat doch gesagt, er habe überraschend Geld geerbt. Deshalb müsse er sein Haus nicht verkaufen, sondern könne für die Rückenprobleme einen Fahrstuhl einbauen lassen. Es sieht so aus, als ob Stadtrat Neumann den Kummer über den Verlust seines geliebten Hauses ausnutzte, um ihn zu diesem Deal zu überreden.»

«Hast du nicht gesagt, dass zumindest drei der Zeugen zusammen mit Neumann und Hans Koch bei der Stadt arbeiten?»

Drei Personen kamen von den Aufzügen her auf sie zu. Einen von ihnen erkannte Charlie als Jens Neumann. Kurzentschlossen trat er auf ihn zu. «Herr Neumann, was wissen Sie über den Unfall des Stadtfahrzeugs?»

«Wenden Sie sich an das Medienbüro», antwortete dieser. «Kein Kommentar!»

«Wir sind nicht Journalisten. Meine Tochter liegt schwer verletzt auf der Intensivstation und mir wird die Schuld am Unfall gegeben, obwohl ich Grün hatte. Sind Sie …»

Robert hielt ihn am Arm zurück und beendete den Satz für ihn: «Können Sie uns bei der Klärung behilflich sein?»

Charlie war zu aufgebracht, um die unmerkliche Veränderung in den einstudierten Gesichtszügen von Neumann zu erkennen. Aber Robert entgingen sie nicht.

Der Stadtrat setzte sich ohne ein weiteres Wort auf den Rücksitz des Fahrzeuges und ließ diesmal den Fahrer seinen Job machen. Einer der anderen Männer schickte Charlie und Robert weg. Sie sahen zu, wie der vornehme Wagen an den geparkten Fahrzeugen vorbeirollte und auf die Ausfahrt zufuhr.

Charlie rief umgehend seinen Anwalt an, um ihm von seiner Vermutung zu erzählen.

Vanessa hörte interessiert zu und versprach: «Ich werde es Antonio wissen lassen.»

*****

Robert setzte Charlie vor dem Krankenhaus ab und fuhr weiter zur Besorgung, zu der er ursprünglich unterwegs gewesen war. Daraufhin löste Charlie Sarah am Krankenbett ab.

Gegen Mittag rief Vanessa an. «Ich habe etwas Merkwürdiges herausgefunden.» Charlie schlich mit dem Handy am Ohr aus der Intensivstation, um weiter zu telefonieren. «Haben Sie kein freies Wochenende?», fragte er, als er draußen auf dem

Korridor stand.

«Das ist wie Wochenende», antwortete sie. «Besser als jeder Krimi im Fernsehen. Büroarbeit kann ich von Montag bis Freitag genug machen.»

«Was haben Sie herausgefunden?»

Vanessa schickte Charlie Internetlinks zu Fernsehmaterial aus den letzten beiden Tagen. «Zwei Mal ist der Stadtrat vor die Medien getreten und das Lokalfernsehen hat den Presseauftritt ins Internet gestellt. Schauen Sie es sich an. In beiden Aufnahmen hat er seine rechte Hand in der Hosentasche. In einer der Aufnahmen unterzeichnet er einen Deal – und zwar mit der linken Hand.»

«Ist er Linkshänder?»

Vanessa verneinte. «In allen früheren Fernsehauftritten unterschrieb der Stadtrat stets mit Rechts.» Sie war begeistert von ihren aufschlussreichen Ermittlungen. «Wetten, er hat sich beim Unfall die Hand verletzt!»

«Was sagt Antonio dazu?»

«Dass sich damit nichts beweisen ließe.» Sie klang etwas enttäuscht. «Denn auf den Unfallprotokollen ist Stadtrat Neumann nicht erwähnt.»

«Natürlich nicht, wenn er etwas zu vertuschen hat! Er hat sich bestimmt sofort aus dem Staub gemacht.»

«Vermutlich. Am Montag schaut sich Antonio die Sache genauer an.»

Charlie wäre mit diesen Informationen am liebsten direkt zur Polizei oder der Presse gelaufen. Aber es war ihm auch klar, dass es nur Spekulationen waren. Antonio würde schon wissen, was zu tun war.

Zurück auf dem Stuhl neben Lauras Bett, sah er seine Tochter lange an. Das schlechte Gewissen plagte ihn, dass er jeweils nicht länger bei Laura blieb. Er wusste, dass man von einem Vater erwartete, dass seine Gedanken sich in so einem Fall nur noch um seine Tochter drehten. Aber das taten sie ja auch und zwar sehr schmerzhaft. Wenn er sich nicht in die Suche nach einem Beweis für seine Unschuld stürzte oder dank Daniel in die andere Welt reisen könnte, würde er von der Angst und den unaufhörlich destruktiven Gedanken innerlich aufgefressen. Sarah warf ihm vor, die anderen Dinge wichtiger zu nehmen als Laura, aber das stimmte nicht. In seinen Aktivitäten sah er die dringend nötige Therapie gegen die lähmende Furcht um seine Tochter.

Was wird aus Laura werden? So viel Hoffnung lag auf ihren Begabungen und ihrer Zukunft. Was davon würde je wahr werden? Charlie hoffte bei Daniel Antworten zu finden. Das Ritual kannte er nun gut: Bequem hinsetzen, zurücklehnen und der Rest erledigte Daniel.

# 27. Kapitel

Als seine Augen sich an das grelle Sonnenlicht gewöhnt hatten, sah Charlie nichts als Steine, Felsen und Sand. Eine trostlose Bergwüste umgab ihn und die Sonne schien heiß auf ihn herab. Ein Hitzeschlag war vorprogrammiert, wenn er nicht bald einen schattigen Platz fand. Charlie schirmte mit der Hand die Augen ab, um in die Ferne zu sehen. Nicht weit von ihm entfernt entdeckte er einen Berghang, an dem ein paar größere Felsbrocken zumindest ein bisschen Schatten warfen.

Er rappelte sich auf und wanderte auf den Hang zu. Der trockene Sand knirschte unter seinen Füssen und er musste größeren Steinen, vertrockneten Gebüschen und ihm unbekannten Kriechtieren ausweichen.

Nach einem etwa zehnminütigen Marsch lag die Steigung unmittelbar vor ihm. Bis zum Schatten unter dem ersten Felsbrocken war es nicht mehr weit.

«Stopp!», rief hinter ihm eine Stimme. Charlie verlangsamte seine Schritte und drehte sich um. In der Ferne sah er eine Frau auf ihn zueilen. Sie hielt ihr langes Gewand mit der linken Hand in die Höhe und wich ebenfalls geschickt den Steinen und Reptilien aus.

«Stopp! Nicht weiter!», rief sie erneut.

Als sie näherkam, schätzte Charlie ihr Alter auf etwa 70 Jahre. Ihr Gesicht war sonnengegerbt und faltig.

«Wollen Sie sich umbringen?» Sie blieb schwer atmend stehen.

«Nein, das habe ich nicht vor. Im Gegenteil. Ich suche einen schattigen Platz, damit die Sonne mich nicht umbringt.»

«Diesen Berg darf niemand betreten! Jeder, der ihn berührt, muss sterben.» Ihr Atem wurde allmählich ruhiger.

«Was hat es mit diesem Berg auf sich?» Der Berg sah weder besonders schön oder wie ein heiliges Volkswahrzeichen aus noch stiegen schwefelhaltige Dämpfe auf, die gesundheitsschädlich sein könnten.

Die Frau trat näher an ihn heran. «Gott kommt morgen auf diesen Berg. Deshalb darf niemand die Linie darum überschreiten. Wir müssen uns auf diese Begegnung vorbereiten.»

«Haben Sie gesagt, Gott kommt?»

«Mose hat es so angekündigt.»

«Das ist genial!» Charlie war plötzlich außer sich vor Freude. Gott kam und er würde dabei sein! Lag vielleicht wieder eine Berührung Gottes drin? «Erzähl mir alles! Was hat es mit dieser Begegnung auf sich?»

Die alte Frau war vermutlich doch jünger, als sie aussah. «Gott hat Folgendes zu Mose gesagt: ‹Ihr habt selbst miterlebt, wie ich euch aus der Sklaverei befreit und euch sicher bis zu diesem Berg gebracht habe. Ich habe euch getragen, so wie ein Adler seine Jungen sicher auf den Flügeln trägt. Ich habe euch aus allen Völkern auserwählt, um mein besonderes Volk zu sein – ein Volk, das ein Königreich von Priestern sein wird, ein heiliges Volk. Die einzige Bedingung ist, dass ihr den Bund haltet, den ich mit euch schließe.› – Dann fragte uns Mose, ob wir Gottes besonderes Volk sein wollen.»

Charlie nickte. Bei diesem Gott war alles freiwillig, das hatte er schon im Garten erlebt. «Wie habt ihr geantwortet?»

«Wir wollen alles tun, was der Herr uns sagt.»

Einen Bund wollte Gott also mit dem Volk von Mose schließen. «Dieser Gott hat etwas mit den Bünden. Schon mit Noah und Abraham hat er einen Bund geschlossen. Und nun will er auch mit euch einen Bund schließen.»

Die Frau nickte. «Dank den Bünden, die Gott mit unseren Vorfahren Abraham, Isaak und Jakob geschlossen hat, haben wir die Hoffnung nie aufgegeben, einmal in Frieden und Freiheit in einem eigenen Land leben zu können.»

«Aber woher wissen Sie, dass Mose sich das nicht nur ausdenkt? Vielleicht versucht er, euch so bei Laune zu halten. Gibt es Zeugen für das Reden Gottes?»

Die alte Frau lachte. Sie erzählte Charlie, wie oft Mose schon recht behalten hatte, wenn er ihnen etwas von Gott ausrichtete oder voraussagte. «Zum Beispiel hat Mose einmal Fleisch als Abendessen angekündigt. Am Abend ließ sich im Zeltlager ein so großer Schwarm Wachteln nieder, dass alle mehr als genug davon essen konnten. Gott hat durch Mose auch vorhergesagt, dass von nun an jeden Morgen eine Art Körner auf dem Boden liegen werden. Die können wir nun morgens aufsammeln. Wir nennen es Manna. Diese Dinge haben wir mit eigenen Augen gesehen. Wie sollte Mose so was vortäuschen? Morgen soll Gott nun so mit Mose reden, dass wir es auch hören. So soll ein für alle Mal feststehen, dass Gott wirklich mit Mose spricht.»

Charlie freute sich, Gott wieder zu begegnen. Hatte dieser nun eingesehen, dass er zu streng mit den Menschen gewesen war? Drückte er nun doch ein Auge zu und wollte trotz der Fehler der Menschen ihnen wieder begegnen? «Wann wird Gott da sein?»

«Wir bereiten uns nun den zweiten Tag auf die Begegnung vor. Wir sollen uns von allen unreinen Dingen fernhalten, unsere Kleider waschen und diesen Berg nicht betreten.»

Zum Glück hatte Charlie heute Morgen frische Kleider angezogen. Er blickte an sich hinunter und stellte fest, dass er gar nicht seine Kleidung trug, sondern ebenfalls einen langen Leinenrock. Er fasste an seinen Kopf und merkte erst jetzt, dass er wie ein Beduine gekleidet war. Ein Stoffband hielt ein Tuch um seinen Kopf fest. Dieses schützte ihn vor der heißen Sonne und es schützte ihn auch vor irritierten Reaktionen der Menschen hier, die noch nie Kleider aus dem 21. Jahrhundert gesehen hatten.

«Bist du genug rein, um Gott zu begegnen?», fragte die Frau und schaute ihn eindringlich an.

Charlie war ehrlich genug, um zu wissen, dass er das wohl niemals sein würde. «Gott sei mir gnädig, wenn ich es nicht bin.»

Die Frau nickte. Sie schien zu wissen, wovon er sprach. Sie wollte mehr über Charlie erfahren und als er Ethan erwähnte, mit dem er das Passahmahl gehalten hatte, wusste sie, wo sie ihn hinbringen musste.

*****

Ethan blickte erstaunt auf. «Sem!» Er trat auf ihn zu und umarmte ihn. «Wo hast du in den letzten zwei Monaten gesteckt? Du hast dich nicht einmal verabschiedet!»

«Es tut mir leid, dass ich euch im Stich gelassen habe! Aber jetzt bin ich wieder da. Ich will auf keinen Fall verpassen, wenn Gott kommt.»

«Bei deinem letzten Besuch hast du nicht den Anschein gemacht, dass du mit unserem Glauben vertraut bist», sagte Ethan. «Woher kommt dieses Verlangen nach einer Begegnung mit Gott?»

«Ich hatte einmal das Vorrecht, von Gott umarmt zu werden», sagte Charlie. «Aber dann machte ich eine Dummheit. Von da an war der Weg zu dieser Umarmung versperrt. Nun bin ich auf der Suche nach einer Möglichkeit, um wieder zu Gott zurückzukehren. Aber mir wird je länger je klarer, dass das wohl nicht möglich ist.»

Ethan zeigte auf ein Zelt. «Das ist nun unser Zuhause. Sei wieder unser Gast.»

Charlie nahm die Einladung gerne an, denn er sehnte sich nach Schatten und Hunger hatte er auch.

*****

Die beiden redeten bis weit in die Nacht hinein. Charlie schlief ein paar Stunden auf einer dünnen Decke in Ethans Familienzelt, bis er von einem Rumpeln geweckt wurde. Ein Donner rollte durch das Tal. Charlie hatte nicht die Zeit, tief durchzuatmen und sich zu strecken, bevor ein Blitz das Zelt hell erleuchtete. Der Knall des Donners folgte unmittelbar.

Ethan war als Erster auf den Beinen und zog das Tuch vom Eingang weg. Die Sonne war bereits aufgegangen, aber eine dichte Wolke verdeckte sie. Ethan trat nach draußen und Charlie folgte ihm.

Er traute seinen Augen kaum. Was er sah, erinnerte ihn an einen apokalyptischen Katastrophenfilm. Der Himmel war zwar blau und wolkenlos, aber der Berg rauchte wie ein riesiger Kamin und eine dicke Wolke umhüllte ihn. «Das ist nicht Gott! Das ist ein Vulkanausbruch!», schrie Charlie gegen den Lärm des nächsten Donnerschlags. «Wir müssen hier weg!»

Ethan hörte nicht auf ihn, sondern rannte um das Zelt herum zu seinem Ochsen, um ihn zu beruhigen. Dieser zerrte verängstigt am Strick und hatte den Holzpfosten schon ein Stück weit aus der Erde gezogen.

Der Boden unter ihren Füssen zitterte. Das Erdbeben wurde von einem unheimlichen Rumpeln begleitet.

Die Menschen im ganzen Zeltlager schrien wild durcheinander. Die Kinder weinten. Der Schrecken war allen ins Gesicht geschrieben.

Charlie hatte nur einen Gedanken: Rette sich, wer kann! Eine solche Naturkatastrophe hatte die Macht, sie alle umzubringen.

Plötzlich ertönte ein gewaltiger Schall. Es klang wie eine Sirene oder wie wenn jemand in eine riesige Posaune blasen würde.

Charlie zuckte zusammen. Der durchdringende Lärm fuhr

ihm durch Mark und Bein. Er hielt sich an einer Zeltstange fest, damit er nicht zu Boden sank. Aber langsam dämmerte es ihm. Das war keine Naturkatastrophe. Das war Gott. Hatte Charlie nicht bereits mehr als einmal erlebt, dass Gott gewaltig groß war, mächtiger als die stärksten Naturgewalten? Wenn Gott sich zeigte, dann überstieg das die menschliche Vorstellungskraft.

Mit dieser Erkenntnis kehrte die Vorfreude auf die Begegnung zurück. Er ließ die Zeltstange los und schwankte zu Ethan hinüber. «Es kommt alles gut!», rief er ihm zu und versuchte dabei den Donnerlärm zu übertönen.

Ethan blickte ihn fragend an.

«Das ist Gott! Gott ist so gewaltig wie das, was wir hier erleben!» Charlie merkte nicht, dass er selbst zum Prediger geworden war. Als Ethan zum Berg deutete, drehte sich Charlie um und sah, dass bereits eine größere Menschenmenge dem rauchenden Berg entgegenmarschierte. «Was geht hier vor sich?», fragte Ethan.

«Anscheinend ruft Mose alle zusammen.»

Charlie wollte so schnell wie möglich auch dorthin. Unter keinen Umständen wollte er es verpassen, wenn Gott kam. Aber zuerst half er Ethan, seine Familie zu beruhigen, um sie ebenfalls mit auf den Weg zum Fuß des Berges zu nehmen.

Das ganze Volk versammelte sich auf der Wüstenebene zwischen dem Zeltlager und dem Berg. Charlie stellte sich mit Ethans Familie hinten an. Da donnerte es erneut und eine gewaltige Stimme hallte von den Felswänden: «Ich bin der Herr, dein Gott! Ich bin es, der dich aus der Sklaverei in Ägypten befreit hat. Deshalb sollst du außer mir keine anderen Götter haben.»

Die Menschen um Charlie herum zuckten vor Schreck zusammen und alles an ihnen zeigte große Furcht. Nur Charlie stand aufrecht da und streckte langsam seine Arme in die

Höhe. Diese gewaltige Stimme, die er nun bereits ein wenig kannte, enthielt das Leben, nach dem er sich so sehr sehnte. Nichts davon wollte er verpassen. Er ließ das Vibrieren der donnernden Stimme in seinem Körper die volle Wirkung entfalten. Ihm war wieder zweifellos klar, dass diese gewaltige Kraft, die seinen Horizont weit überstieg, die Macht hatte, ihm auf der Stelle das Leben zu nehmen – oder es in Fülle zu geben.

Die Stimme sprach weiter davon, dass es nicht egal war, was man glaubte und wen man verehrte, denn es gebe nur einen wahren Gott. «Denen aber, die mich lieben und meine Gebote befolgen, werde ich bis in die tausendste Generation gnädig sein.»

Charlie sog die atemberaubende Atmosphäre in sich auf und hoffte, dass die Stimme nie mehr aufhörte zu reden. Sie sagte, man solle den Namen Gottes nicht missbrauchen und am siebten Tag ruhen.

Als sie weitersprach, dämmerte es Charlie, dass es sich um die Zehn Gebote handelte. «Ehre Vater und Mutter. Dann wirst du lange in dem Land leben, das der Herr, dein Gott, dir geben wird. Du sollst nicht morden. Du sollst nicht die Ehe brechen. Du sollst nicht stehlen. Du sollst keine falsche Aussage über deine Mitmenschen machen. Du sollst den Besitz deines Nächsten nicht begehren.»

Dann verstummten das Donnern und auch die Stimme.[17]

Langsam ließ Charlie die Arme sinken und spürte innerlich dem unbeschreiblichen Gefühl dieser Gottesbegegnung nach. Erst jetzt nahm er wahr, dass viele um ihn herum sich verängstigt die Ohren zuhielten. Jemand rief Mose zu: «Gott soll nicht mehr direkt zu uns sprechen!»

Ein anderer rief: «Sonst werden wir alle sterben!»

War er der Einzige, der die erdrückende Gegenwart dieser

[17] *2. Mose 19 und 20*

lauten Stimme mit jeder Faser seines Körpers genossen hatte? «Das war herrlich!», sagte er zu Ethan.

Aber dieser teilte seine Ansicht nicht. «Das halten wir nicht aus. Gott ist zu groß für uns.»

Andere um ihn herum stimmten Ethan zu. Sie waren sich schnell einig, dass sie Mose dazu bringen wollten, dass nur noch er mit Gott redete und sie davon verschont blieben.

«Nein!», rief Charlie. «Gott selbst zu hören ist ein Privileg! Gebt das nicht auf!»

Aber er konnte sie nicht überzeugen. Die Leute schickten die Ältesten des Volkes zu Mose und Charlie eilte ihnen hinterher.

Aus allen Ecken des Volkes strömten die Vertreter des Volkes bei Mose zusammen, sodass Charlie keine Chance hatte, das Wort zu ergreifen.

Die Männer bekräftigten alle, dass Gott nur noch mit Mose reden sollte. «Rede du mit uns. Wir wollen auf dich hören.»

Mose versuchte sie zu beruhigen. «Habt keine Angst, Gott wollte euch nur testen. Die Ehrfurcht, die ihr vor ihm und vor seiner lauten Stimme habt, soll euch davor bewahren, dass ihr Schuld auf euch ladet.»

Charlie sah den Gesichtern an, dass die Männer mehr als nur Ehrfurcht vor Gott hatten, sie fürchteten sich richtiggehend.

Mose wandte sich um und ging auf die dunkle Wolke zu, in der Gott war. Das Volk blieb in sicherer Entfernung stehen.

Charlie löste sich aus der Gruppe und rannte Mose hinterher. Er konnte es nicht verstehen, warum diese Menschen Gott nicht nahe sein wollten. Da vorne war Gott höchstpersönlich! Auch wenn sich alle anderen nicht getrauten, er wollte unbedingt zu diesem Gott. In den Garten zurück konnte er nicht, aber hier standen keine Engel mit feurigen Schwertern, die ihn davon abhielten, zu Gott zu kommen.

Er hörte nicht auf die Stimmen, die ihm hinterherriefen, er solle stehen bleiben. Er rannte weiter auf den Berg zu.

Da stolperte Charlie über einen erhobenen Stein und fiel der Länge nach in den staubigen Sand. Schnell rappelte er sich auf, um weiter zu rennen, doch ein alter Mann drückte ihn mit einem Stock zurück in den Dreck.

«Lass mich!», wehrte sich Charlie. «Ich will zu Gott!» Der Stock stieß zwischen seine Schulterblätter, sodass er sich nicht mehr bewegen konnte.

«Du stirbst, wenn du nicht hierbleibst.»

«Aber ich will unbedingt zu Gott!», schrie Charlie verzweifelt. «Das ist der einzige Sinn des Lebens.»

Der alte Mann nickte. «Es geht nicht. Wir Menschen können nicht zum heiligen Gott. Wir sterben in seiner Nähe.»

«Aber Mose kann doch auch!»

«Gott bestimmt die Regeln.»

Charlie seufzte. Er wand sich und befreite sich vom Griff des alten Manns. «Ich werde irgendwann einen Weg finden. Irgendwann!» Er stand auf, wandte sich um und ging widerwillig zurück. Später erfuhr Charlie, dass der alte Mann Moses Bruder Aaron gewesen war.

*****

Mose war wieder vom Berg heruntergekommen. Die Ältesten der Sippen überbrachten ihren Verwandten die neusten Nachrichten, die Mose ihnen mitgeteilt hatte. Charlie war auch dabei, als der Älteste von Ethans Sippe Gottes Botschaft überbrachte: Gott selbst würde einen Ort bestimmen, wo er den Menschen begegnen und sie segnen werde.

Charlie horchte auf. «Sag das noch einmal!»

Der Älteste blickte stirnrunzelnd zu Charlie hinüber. Wie wagte es der Fremde, ihn zu unterbrechen. Aber dann wiederholte er: «Gott sagte: ‹Ich werde einen Ort bestimmen, wo ihr mich anbeten sollt. Dort werde ich euch begegnen und euch segnen.›»[18]

Charlie hörte nicht mehr, was der Mann danach sagte. Gott wollte also wieder zu den Menschen kommen und sie segnen.

«Wo ist dieser Ort?», platzte Charlie heraus. «Welchen Ort hat Gott dazu bestimmt, um zu uns zu kommen?» Er konnte sich mehrere Orte vorstellen: Der Tempelberg in Jerusalem, die Landschaft um die Pyramiden der Maya, irgendwo auf einem hohen Berg des Himalajas oder sogar der Petersplatz im Vatikan?

Der Älteste blickte ihn erneut befremdlich an, wusste aber auf die Frage auch keine Antwort. «Mose hat nicht gesagt, wo dieser Ort der Begegnung sein wird. Wir werden es aber bald erfahren.» Er stand auf und drehte sich so im Kreis, dass er alle einmal ansehen konnte. «Gott hat uns aus Ägypten befreit! Er erwählt uns als sein Volk, das Volk, durch das alle Völker gesegnet werden sollen. Wollt ihr das? Wollt ihr den Bund mit Gott annehmen?»

Alle Anwesenden antworteten: «Wir wollen alles tun, was der Herr gesagt hat.»

Der Älteste nickte und entließ die Sippe. «Ich werde Mose eure Antwort überbringen.»

Als sich die Versammlung auflöste, suchte Charlie nach Daniel. Der wusste bestimmt die Antwort auf seine Frage. Er fand ihn bei Ethans Zelt. «Weißt du, wo der Ort ist, wo Gott den Menschen begegnen und sie segnen wird?»

Daniel nickte. «Du wirst es bald erfahren. Mose erhält bei seinem nächsten Besuch auf dem Berg die genauen Details dazu.»

Charlie konnte es kaum erwarten, diesen Ort aufzusuchen und den ‹Segen› Gottes zu empfangen.

[18] *2. Mose 20,24*

Daniel wechselte das Thema und fragte ihn, wie ihm die Zehn Gebote gefallen hatten.

Charlie musste zugeben, dass er nicht so sehr auf die Worte geachtet, sondern einfach die Atmosphäre der donnernden Stimme Gottes genossen hatte.

«Charlie, du musst lernen, dass es bei der Begegnung mit Gott nicht nur um dich und deine schönen Gefühle geht.»

Charlie blickte ihn betreten an.

«Bisher ging es immer nur um dich selbst, aber eigentlich geht es um Gott. Wenn du Gott näherkommen willst, kannst du das nicht nur wegen deiner Gefühle tun. Sich Gott zu nähern bedeutet, sich seinem Wesen, seinem Willen und seinen Absichten zu nähern.»

Das leuchtete Charlie ein. «Kannst du mir erklären, was Gott inhaltlich gesagt hat?»

«Gott schließt einen Bund mit diesem Volk. Gott hat einen wesentlichen Teil davon bereits erfüllt, als er sie aus der Sklaverei befreit hat. Jetzt sind sie frei und müssen lernen, wie man als freie Menschen miteinander in einem Volk lebt. Die Zehn Gebote und auch die weiteren Gesetze, die Mose in den nächsten Tagen von Gott erhält, dienen dazu, dass das Volk in Frieden und sozialer Gerechtigkeit zusammenleben kann.»

# 28. Kapitel

Früh am nächsten Morgen verließ Charlie das Familienzelt von Ethan. Er atmete die kühle Morgenluft ein, die sich bald aufwärmen würde. Im Zeltlager war es ruhig, doch aus der Ferne hörte er Arbeitslärm. Er wanderte in die Richtung, aus der die Geräusche kamen. Es war die Stelle außerhalb des Lagers, wo Mose gestern gestanden hatte. Trotz der frühen Morgenstunde waren dort bereits Männer damit beschäftigt, große Steine aufeinanderzuschichten. Charlie ging auf einen der Männer zu und fragte: «Was habt ihr vor?»

«Wir bauen einen Altar aus zwölf Steinen», antwortete dieser, «für jeden der zwölf Stämme einen.»

Hilfsbereit packte Charlie mit an. Während die Sonne höher stieg, wurde Holz aufgeschichtet. Charlie konnte nicht hinsehen, als junge Stiere als Friedensopfer geschlachtet und das Blut in Gefäßen aufgefangen wurde. Mose höchstpersönlich besprengte mit der einen Hälfte des Blutes den Altar, den Rest stellte er in den Gefäßen davor in den Sand.

Als das Feuer auf dem Altar bereit war, herrschte bereits reges Gedränge auf dem Platz. Das halbe Volk schien zur Zeremonie gekommen zu sein.

Mose trat vor den Altar und las dem Volk einen Text vor. Dieser begann mit den Zehn Geboten und enthielt weitere Anweisungen über das Zusammenleben. Charlie staunte, wie aktuell die erwähnten Angelegenheiten auch in seiner Zeit waren: Mose sprach sich gegen Korruption aus und gegen die Unterdrückung von Fremden. Er bestimmte die Tage für Volksfeste und legte die Siebentage-Woche mit Ruhetag fest. Dieser galt ausdrücklich auch allen Arbeitern. Der Text enthielt auch ein Versprechen Gottes: Wenn das Volk sich an diese Gebote hielt, würde er für sie sorgen und ihnen später ihr eigenes Land geben.

Diese Gebote erinnerten Charlie an den Anfang seiner Reise im Garten. Damals gab es zwar nur ein einziges Gebot: Die Frucht des einen Baumes nicht berühren. Nun waren die Anweisungen etwas umfassender, aber im Grunde immer noch mit der gleichen Kernaussage: Gott sagt, was gut und was böse ist, während der Mensch diesem moralischen Maßstab vertrauen sollte. Wie im Garten hatte es auch hier Konsequenzen, wenn die Menschen Gott nicht vertrauten und die Sache mit Gut und Böse selbst in die Hand nehmen wollten. Damals bedeutete das Missachten des Gebotes den Bruch mit Gott. Diesmal war die Konsequenz, dass das Volk das verheißene Land nicht erhielt.

Mose hatte fertig vorgelesen, rollte den Text zusammen und überreichte ihn dem Mann zu seiner Rechten. Dann hob er die erste Schüssel mit der anderen Hälfte des Blutes auf. Damit besprengte er nun das Volk. Charlie wich zurück. Als aufgeklärter Mensch wollte er damit nicht in Berührung kommen.

Mose rief den Leuten zu: «Dieses Blut besiegelt den Bund, den euer Gott mit euch geschlossen hat.»[19]

Bei Abraham waren es die Tierhälften gewesen, deren Blut für den Bundesschluss vergossen worden waren, hier war es das Blut der Opfertiere. Beim Passah war es das Blut des Lammes, das sie vor dem Todesengel bewahrt hatte. Die Menschen blieben eine Weile andächtig stehen. Auf dem Altar brannte das Feuer und das Fett der Opfertiere grillte. Auch Mose stand still daneben.

Charlie schlich sich an den wartenden Menschen vorbei in die Nähe des Anführers. Dies war seine Gelegenheit. Er stellte sich unauffällig neben diesen wichtigen Mann und als ihn

[19] *2. Mose 24,8*

niemand wegschickte, wandte er sich Mose zu. «Kann ich Sie etwas fragen?»

Der alte Mann drehte sich zu ihm um, aber ohne zu antworten.

Also fuhr Charlie fort: «Was hat es mit dem Blut auf sich? Warum muss Blut vergossen werden? Schon damals beim Passahmahl vor dem Wegzug aus Ägypten. Und hier wieder.»

Moses Blick verriet, was er dachte. Dass dies wohl die dümmste Frage war, die er je gehört hatte. Charlie konnte es ihm nicht verübeln, schließlich kam er aus einer anderen Zeit und einer komplett anderen Kultur. Bestimmt war dieses Ritual für die Menschen hier eine Selbstverständlichkeit. «Du gehörst nicht zu unserem Volk, mein Sohn?»

Charlie schüttelte den Kopf.

«Ohne Blutvergießen gibt es keine Vergebung.»[20]

«Was macht das für einen Sinn?»

«Gott sagte zu den ersten Menschen: ‹Wenn ihr von der Frucht esst, dann müsst ihr sterben.› Im Blut ist das Leben. Blut lassen, bedeutet sterben.»

Soweit konnte Charlie folgen: Wie alle Menschen würde auch er einmal sterben. «Kann hier wie beim Passahlamm das Blut auch stellvertretend vergossen werden? Man musste nicht selbst tot umfallen, sondern ein Opfertier kann das übernehmen?»

Mose nickte und blickte zum Feuer auf dem Altar. «Der Herr hat angeordnet, dass das Blut von Tieren auf dem Altar dargebracht wird, um uns von der Schuld zu befreien. Weil im Blut das Leben ist, darum werden wir durch das Blut mit dem Herrn versöhnt.»[21]

Die Gelegenheit noch genauer nachzufragen, erhielt Charlie nicht, denn die Sippenoberhäupter lösten sich aus der andächtigen Stille und traten zu Mose. Diesmal durften sie

[20] *Hebräer 9,22*
[21] *3. Mose 17,11*

zusammen mit ihm und dessen Bruder Aaron auf den Berg steigen. Zum Abschied berührte Mose Charlie an der Schulter und sagte: «Gott segne dich, mein Sohn.»[22]

Charlie blieb verloren neben dem Altar stehen. Zum Glück kam Daniel bald auf ihn zu.

«Wie meint Mose das mit dem Blut und der Versöhnung?»

Daniel lächelte. «Ihr aus dem einundzwanzigsten Jahrhundert versteht zwar die komplexen Zusammenhänge der Wissenschaft. Aber die einfachen Zusammenhänge von Körper, Seele und Geist versteht ihr nicht.»

«Erklär es mir bitte.»

«Beim Blutvergießen geht es um Vergebung, um Versöhnung und um Gerechtigkeit. Es geht um die Vergebung des Fehlverhaltens der Menschen, um die Versöhnung der Beziehung zwischen Gott und uns und um die Gerechtigkeit, weil jedes Fehlverhalten immer auch Konsequenzen für andere nach sich zieht.»

«Kann Gott uns die Vergebung nicht einfach schenken?»

«Das tut er doch! Er schenkt den Menschen eures Zeitalters die Vergebung, ohne dass euer eigenes Blut vergossen werden muss.»

Darüber war Charlie froh, denn sein eigenes Blut wollte er natürlich nicht hergeben. Daniel wandte sich um und schlug den Weg aus dem Lager ein.

Charlie holte ihn ein. «Gott schließt also wieder einen Bund. Gott bietet dem Volk sowohl ein eigenes Land an wie auch Frieden und die Versorgung mit Gütern für den Alltag. Aber im Gegenzug fordert Gott etwas von *seinem* Volk.»

Daniel nickte. «Vertrauensvoller Gehorsam.»

«Wenn ich mich recht erinnere, stehen in den Büchern von

[22] *2. Mose 24*

Mose aber ein paar merkwürdige Regeln, die in meinen Augen kaum einen Sinn ergeben.»

«Nun … es geht wie gesagt um Vertrauen», entgegnete Daniel. «Wenn das Volk Gott nicht gehorcht und ihm demnach nicht vertraut, ist die Konsequenz, dass sie das Land und den Frieden wieder verlieren.»

Charlie blieb stehen. «Ist das nicht Erpressung? ‹Wenn ihr euch daranhaltet, gebe ich es euch. Aber wenn nicht, dann nehme ich es wieder weg!›»

«Du verstehst es falsch. Gott nimmt ihnen nichts weg. Er sagt: ‹Vertraut mir, weil ich euch Land und Frieden *geben kann.*› Aber bei Gott ist alles freiwillig. Das Volk darf Gottes Land und seinen Frieden auch ablehnen.»

«Warum sollte man das tun?»

Daniel lächelte.

# 29. Kapitel

Charlie wachte an diesem Morgen wieder im Zelt von Ethan auf. Er rieb sich die Augen. Er war allein im Zelt und auch draußen war es seltsam ruhig. Auf dem Zelttuch zeichneten sich Schatten von Personen ab, die davorstanden, aber sich nicht rührten.

Was ging da draußen vor sich? Was sind das für Leute, die vor dem Zelt standen und sich nicht bewegten? Es fröstelte Charlie trotz des Tierfells, mit dem er zugedeckt war.

Plötzlich bewegte sich der Schatten einer Person. Sie hob den Arm und kratzte sich am Kopf. Kurz darauf war wieder alles regungslos, wie ein eingefrorenes Schattentheater.

Charlie setzte sich auf und schlich vorsichtig auf allen vieren zum Zelteingang. Er schob das Tuch beiseite und blickte hinaus. Weil ihm die Nachbarszelte die Sicht versperrten, schlüpfte er hinaus und stand auf.

Auch draußen bot sich ihm ein sonderbares Bild. Soweit das Auge reichte, standen vor allen Zelten Menschen und blickten in dieselbe Richtung. Vor seinem Zelt stand Ethan mit seiner Familie. Dessen Jüngster lehnte sich an den Vater und dieser ließ den Arm auf seiner Schulter ruhen.

Charlie folgte den Blicken, aber dort in der Ferne war nichts Besonderes zu sehen. Plötzlich entdeckte Charlie eine Person, die auf ein größeres Zelt zuging.[23] Dieses war von einem langen Zaun aus Tüchern umgeben. Weil sich im Zeltlager niemand rührte und nur ab und zu eines der Tiere ein Geräusch von sich gab, wagte sich Charlie nicht zu fragen, was hier vor sich ging.

[23] *Ab 2. Mose 33,7*

Endlich erreichte die Person in der Ferne den Zaun, schob das Tuch beiseite und betrat den Innenbereich der Umzäunung. Nun sah Charlie sie nicht mehr. Nach einer Weile bewegte sich das Tuch am Eingang des großen Zeltes. Die Person war wohl über den Vorplatz gegangen und nun in das Zelt eingetreten.

Charlie spürte, wie die umstehenden Personen den Atem anhielten und das Zelt nicht aus den Augen ließen. Eine merkwürdige Spannung lag in der Luft. Die Kinder blickten zu ihren Eltern hoch, als ob sie etwas fragen wollten, aber wussten, dass jetzt alle still sein mussten. Worauf warteten sie?

Eine Wolke schwebte in der Form einer hohen Säule vom wolkenlosen Himmel herab. Sie senkte sich über den eingezäunten Vorplatz und blieb vor dem Eingang des Zeltes stehen.

Jetzt verneigten sich alle um Charlie herum ehrfürchtig vor der Wolke. Charlie tat es ihnen gleich, auch wenn er den Grund für diese Ehrerbietung nicht kannte.

Bald darauf löste sich die Spannung. Die Menschen atmeten wieder aus und die ersten begannen miteinander zu sprechen. Die Blicke wandten sich vom großen Zelt ab und es kam Leben in die Zeltstadt. Einige Kinder lösten sich von ihren Eltern und rannten zurück in ihr Nomadenheim. Die meisten Leute gingen wieder ihrer Arbeit nach.

Charlie trat auf seinen Gastgeber zu, der sich wohl schon an sein unangekündigtes Kommen und Verschwinden gewöhnt hatte. «Du bist also auch wieder da.»

«Ja genau. Ethan, was war hier los?»

«Immer wenn Mose sich zum Zelt der Gottesbegegnung aufmacht, stehen wir auf und stellen uns vor die Zelte. Wir sehen ihm nach, bis er im Heiligtum verschwindet.»

«Ist das Zelt mit der Umzäunung also der angekündigte Ort, an dem Gott die Menschen segnet?»

«Ja. Darum nennen wir es das ‹Zelt der Gottesbegegnung›.» Ethan erzählte, dass Mose das Heiligtum in einer Vision gesehen hatte und es anschließend von den begabtesten Handwerkern nach diesem Vorbild bauen ließ. Es sei eine Art Abbild des Himmels.

Auf Charlies Drängen hin erklärte Ethan, wie das Zelt aufgebaut war: «Ringsum befindet sich der Vorhof. Für die rituellen Waschungen steht dort ein Wasserbecken. Nur wer äußerlich und innerlich rein ist, darf Gott begegnen. Dort steht auch ein Altar, auf dem Opfer dargebracht werden können. Nur wem die Schuld durch das stellvertretende Blutvergießen vergeben ist, darf in die Nähe Gottes treten.

Weiter besteht das Zelt aus zwei Innenräumen. Vorne ist das Heiligtum, wo Gott mit Mose redet, wenn dieser in einer Wolkensäule vor das Zelt kommt. In diesem ersten Raum stehen ein siebenarmiger Kerzenständer, ein Tisch mit Broten und ein Altar für Rauchopfer.

Ein dicker Vorhang trennt den zweiten Raum vom ersten ab. Dahinter befindet sich das innere Heiligtum, das Allerheiligste. Diesen Raum darf niemand betreten. Darin steht die Bundeslade. Das ist ein Kasten, an dem zwei Tragstangen befestigt sind und in dem sich die Steintafeln mit den Zehn Geboten und andere wichtige Gegenstände befinden. Dieser Kasten ist das Sinnbild dafür, dass Gott anwesend ist.»

«Dort hinein muss ich!», platzte es aus Charlie heraus, dessen Augen bei Ethans Beschreibung immer mehr zu leuchten begannen. «Das Zelt ist wie das Tor zum Himmel. Dort hinter dem zweiten Vorhang ist die Begegnung mit Gott möglich!» Ein Lächeln huschte über sein Gesicht.

Es leuchtete ihm ein: Mose hatte das Ganze mit der Waschung und dem Opferaltar clever eingerichtet. Charlie war inzwischen klar, dass die Menschen Gott nicht einfach so treffen konnten. Jedenfalls nicht so, wie es für das unschuldige Paar im Garten möglich gewesen war. Sie waren rein, sie mussten sich wegen nichts schämen, deshalb hatte es keine Rolle gespielt, dass sie nackt waren. Zwischen ihnen und Gott stand nichts. Die beiden hätten in diesem heiligen Zelt ohne Waschungen und ohne Opfer in den hinteren Raum treten dürfen.

Charlie hätte Mose umarmen können! Er hatte diese hervorragende Lösung gefunden, wofür Charlie so dankbar war. Das Konzept war so einfach, wie genial: Die Scham konnte durch die Waschungen beseitigt werden. Wer sauber war, der musste sich nicht schämen. Charlie erinnerte sich an ein besonders schamvolles Erlebnis aus seiner Kindheit. Er hatte damals mitten im Klassenzimmer erbrochen. Die anderen Kinder ekelten sich vor ihm, weil er säuerlich stank. Sie machten auch noch einen Bogen um die Stelle, wo sein Erbrochenes verspritzt war, als die Lehrerin es längst aufgewischt und den Boden mit viel Wasser gereinigt hatte. Die Scham hatte eine Distanz zu den anderen geschaffen, keiner wollte mehr in seiner Nähe sein. Auch klein Charlie selbst hielt sich von den anderen fern, weil er nicht wollte, dass sie die Nase rümpften und sich von ihm abwandten. Erst als er am nächsten Tag geduscht und frisch angezogen zurück in die Schule kam, war der Grund für die Scham weggewaschen.

Das Wasserbecken im Vorhof des heiligen Zeltes hatte eine ähnliche Wirkung. Durch die rituellen Waschungen reinigten sich die Menschen und befreiten sich von der Scham, die sie von Gott trennte.

Aber da war noch das Problem der Schuld. Das Misstrauen gegenüber Gott, das selbst bestimmen Wollen, was gut und was böse war, die ungerechten Folgen davon für die Mitmenschen … das alles trieb einen Keil von Ungerechtigkeit und Schuld zwischen Gott und die Menschen. Aber durch das Opfer auf dem Altar im Vorhof konnte diese Schuld stellvertretend für den Menschen gesühnt werden. So jedenfalls hatte es Mose erklärt.

Hatte man nun die Waschung und das Opfer hinter sich

gebracht, konnte man ohne Hindernis zu Gott ins Zelt gehen. Wirklich clever eingefädelt das Ganze, dachte Charlie.

«Wann kann ich ins Allerheiligste zu Gott gehen?», fragte er. «Gibt es eine Warteliste? Kann man mit Mose einen Termin ausmachen?»

Ethan schüttelte den Kopf. «Da kannst du nicht rein.»

Charlie runzelte die Stirn. «Wofür sollte das Zelt gut sein, wenn man nicht rein kann?!»

«Da darf niemand hinein. Niemand kann in Gottes Gegenwart treten.»

«Aber die Waschungen und die Opfer!», protestierte Charlie. «Das sollte doch funktionieren!»

Ethan schüttelte den Kopf. «Bis jetzt ist noch niemand ins Allerheiligste gegangen, nicht einmal Mose. Wenn jemand hineingeht, dann wird das der Bruder von Mose sein, Aaron, oder einer von Aarons Söhnen. Mose hat sie zu Priestern geweiht. Sie warten nun schon seit sieben Tagen vor dem heiligen Zelt auf den richtigen Augenblick.»

# 30. Kapitel

Charlie wollte nicht länger warten. Es gab einen Weg zurück in Gottes Umarmung, also musste er diesen nutzen. Hier und jetzt! So machte sich Charlie auf die Suche nach dem Priester Aaron und seinen vier Söhnen. Wie Ethan sagte, fand er sie im Vorhof des heiligen Zeltes. Sie saßen dort und warteten.[24]

Charlie war keine zwanzig Schritt von ihnen entfernt, als ein alter Mann nach Aaron und seinen Söhnen rief. Charlie erkannte den Mann; es war Mose. Es schien gerade kein günstiger Moment zu sein, um dazwischenzutreten. Während er auf einen besseren Augenblick wartete, beobachtete Charlie in den nächsten Stunden, wie Mose, Aaron und dessen vier Söhne sich auf die Begegnung mit Gott vorbereiten. Sie brachten für sich selbst und anschließend auch für das Volk Opfertiere dar. Die beeindruckende Zeremonie dauerte den ganzen Vormittag und in dieser Zeit strömte das Volk vor dem Stoffzaun des heiligen Zeltes zusammen.

Charlie war froh, dass er früh gekommen war, sonst hätte er die feierlichen Handlungen nicht aus der ersten Reihe mitverfolgen können.

Als die Waschungen durchgeführt und die Opfer dargebracht waren, betraten Mose und sein Bruder Aaron das heilige Zelt.

Aarons Söhne blieben draußen stehen. Die zwei Ältesten tuschelten miteinander. Charlie stand zu weit weg, um es zu verstehen. Ob sie wohl auch gerne mit ihrem Vater ins Heiligtum gegangen wären? Jedenfalls konnte Charlie diesen Wunsch sehr gut nachvollziehen.

[24] *3. Mose 8,35*

Einige Zeit später bewegte sich der Vorhang und die beiden Männer traten wieder ins Freie. Sie riefen dem Volk Segensworte zu.

Plötzlich ging ein Raunen durch die Menge. Über dem Zelt braute sich ein Unwetter zusammen. Die Wolkensäule kam wieder auf das Zelt hinunter. Dann begann sie zu leuchten und wurde immer heller. Das Leuchten verwandelte sich in Flammen, die über dem Altar aus der Wolke schlugen und die Fettstücke der Opfertiere verbrannten. Gott zeigte dem Volk erneut seine Macht und Herrlichkeit.

Im Gegensatz zum letzten Mal, als die Leute sich vor der lauten Stimme gefürchtet hatten, brachen sie diesmal in lauten Jubel aus. Sie warfen sich anbetend vor der Wolkensäule zu Boden. Sie hatten seit dem letzten Mal dazugelernt, dachte Charlie erfreut. Die Leute hatten begriffen: Gott ist nicht gegen sie, sondern das Ziel allen Seins.

Ein Kribbeln durchfuhr Charlie. Diese unerwartete Gelegenheit, das geerdete, wohlige Gefühl zu erleben, ließ das Adrenalin durch seine Adern schießen. Sofort warf auch er sich auf den Boden und streckte die Arme dem Licht in der Wolkensäule entgegen. Innerlich summend und hoffend wartete er auf das himmlische Erlebnis.

Doch es blieb aus. Er beugte sich noch tiefer zu Boden, ohne dass es die gewünschte Wirkung zeigte. Das beglückende Gefühl blieb aus.

Was konnte er noch tun? Charlie sprang auf und machte ein paar Schritte auf das helle Licht zu. Er blickte es direkt an und streckte die Arme nach der Wolke aus. Er wollte unbedingt das göttliche Erlebnis empfangen.

Aber es half nichts. Eifersüchtig blickte er auf die Menschen um ihn herum, die anbetend vor Gott auf dem Boden lagen. Sie schienen die Berührung Gottes zu erleben.

Sein Blick blieb am Zelt haften. Die hell leuchtende Wolke berührte den hinteren Teil des Zeltes, dort wo sich der heiligste aller Räume befand. Genau dorthin wollte Charlie gehen. Dort würde er Gott treffen.

Plötzlich sah Charlie, dass er nicht der Einzige war, der aufgestanden war. Auch zwei von Aarons Söhnen waren wieder auf den Beinen. Sie griffen nach zwei Pfannen und verließen den Vorhof. Charlie eilte ihnen hinterher. Er sah, wie sie hinter der Umzäunung von einem Feuer Glut in die Pfannen legten. Dann streuten sie trockenes Harz darüber, das zu rauchen begannen. Charlie erkannte den Duft von Weihrauch. Mit der Rauchfahne hinter sich herziehend, gingen sie auf die Umzäunung des heiligen Zelts zu.

Das war seine Gelegenheit. Während alle anderen Hebräer weiterhin den Kopf auf die Erde gerichtet hielten, eilte er den beiden Priestersöhnen entgegen. Er erreichte sie wenige Meter vor der Umzäunung. «Darf ich mitkommen?», flüsterte er.

«Wer bist du?», fragte der Ältere.

«Ich bin Sem und ich will unbedingt so nahe an Gott heran wie nur möglich!»

«Ich bin Nadab und das ist Abihu. Nur wir beide dürfen hinein. Wir sind von Mose zu Priestern geweiht worden.» Er zeigte auf die besondere Kleidung, die aus einem Priesterhemd, dem Gürtel und der Kopfbedeckung bestand, die alle mit Blut von den Opfertieren besprengt worden waren.

«Aber warum solltet nur ihr in Gottes Nähe gehen dürfen?», protestierte Charlie. «Es ist doch ein Gott für alle Menschen.»

«Das hat etwas», sagte der Jüngere zu Nadab. «Warum sollten wir das Recht haben, es für dich zu entscheiden?»

Nadab blickte ihn zweifelnd an.

«Wir haben uns ja auch selbst entschieden, *jetzt* ins Zelt zu gehen, weil wir es nun für richtig halten. Wer zu Gott kommen möchte, soll kommen dürfen.»

Nadab zögerte immer noch, aber dann nickte er in Richtung Zelt. «Okay. Komm mit. Aber halte dich hinter uns.»

Charlie war außer sich vor Aufregung.

Abihu hielt das Tuch der Umzäunung zur Seite, sodass Charlie eintreten konnte. Sie überquerten den Vorhof, wo Mose, Aaron und die beiden anderen Söhne anbetend vor Gott auf dem Boden lagen.

«Was ist mit dem Rauch, den ihr mit euren Pfannen verteilt?», flüsterte Charlie.

Abihu runzelte die Stirn. «Wir verstehen auch nicht genau, welche Bedeutung die einzelnen Rituale haben, aber wir machen alles so, wie es vorgeschrieben ist.»

«Fast wie vorgeschrieben», ergänzte Nadab. «Die Kohle müsste eigentlich vom Altar stammen, aber wir mussten von einem anderen Feuer Kohle holen gehen. Das Feuer aus der Wolke hat alles Holz in der Feuerschale verbrannt.»

«Müsste ich nicht auch so eine Pfanne haben, wenn ich mich hier aufhalte?»

Nadab schüttelte den Kopf. «Halte dich wie gesagt dicht hinter uns, dann kannst du in unserem Rauch mitgehen.»

Die drei schritten auf den Zelteingang zu.

Dort angekommen hielt Nadab den Vorhang des Eingangs auf. Ehrfürchtig traten die Priestersöhne ins Heiligtum ein.

Charlie griff nach dem geöffneten Vorhang. Er blickte von außen ins dunkle Innere des vorderen Raumes.

Abihu schwenkte die Pfanne hin und her. Der Weihrauch verteilte sich in alle Richtungen. Durch den Zelteingang hindurch sah Charlie links den Kerzenhalter mit den sieben Armen. Die sieben Kerzen brannten, Mose und Aaron hatten sie zuvor wohl angezündet. Rechts stand ein Tisch mit Broten und im hinteren Bereich stand in der Mitte ein hoher schmaler Altar, auf dem ebenfalls Rauch als Opfer aufstieg.

Charlie erstarrte. Direkt hinter diesem Altar hing ein schwerer Vorhang. Er wusste: Dahinter befand sich das Allerheiligste. Dort hinten war der Ort, wo Gott war. Tiefe Ehrfurcht erfüllte ihn.

Diese Furcht hielt ihn zurück, sich dem Vorhang weiter zu nähern, und das sollte ihm später das Leben retten. Er spürte auf einmal, dass er es nicht wert war, ins Allerheiligste zu Gott zu gehen. Hier zu sein, war nicht angemessen für ihn. Obwohl die beiden anderen den ersten Raum beinahe durchschritten hatten, wagte Charlie sich nicht ins Zelt hinein. Er hielt weiter den Vorhang offen und sah den beiden Priestern nach.

Sie gingen auf den schweren Vorhang zu, der das Heiligtum vom Allerheiligsten trennte.

Nadab blieb vor dem Vorhang stehen. Abihu schwenkte die Pfanne schneller hin und her. Dann blickten sich die beiden an und Abihu nickte. Nadab griff nach dem Vorhangende und zog ihn auf.

In diesem Augenblick strahlte ein grelles Licht aus dem hinteren Raum und Flammen schossen hervor.

Ohne Vorwarnung erfasste eine heftige Druckwelle aus Licht und Feuer Charlie. Vom Licht geblendet wurde er vom Zelteingang weggeschleudert und stürzte zu Boden. Der Vorhang fiel zurück an seinen Platz. Aber Charlie fühlte die Hitze der Flammen im Inneren des Zeltes immer noch. Er hielt die Arme schützend vor sein Gesicht, doch die Hitze brannte weiter auf seiner Haut.

Aus dem Zelt hörte er zweimal ein kurzes lautes Schreien, dann war es totenstill.

Charlie drehte sich über die Seite auf den Bauch, rappelte sich auf und lief so schnell ihn die Füße trugen auf die Umzäunung zu, schlüpfte durch den Ausgang und rannte in Panik weg. Er drehte sich erst wieder um, als die Stimmen der Menschenmasse näherkamen. Als er das Zelt aus der Ferne sah, war er dankbar für die Furcht vor diesem Gott, die ihm das Leben gerettet hatte.

Die Menschen waren aufgestanden. Einige riefen vor Entsetzen, andere hatten noch nicht begriffen, was im Zelt geschehen war.

Charlie erfuhr später, dass Nadab und Abihu im Zelt gestorben waren. Sie hatten Gott nicht die nötige Ehre erwiesen. Ihr Vater Aaron war vor Schrecken wie gelähmt.[25] Wie konnte sich je irgendjemand diesem mächtigen Gott nähern? Gott war zu fehlerfrei und die Menschen zu fehlerhaft. Das passte nicht zusammen.

[25] *Ab 3. Mose 10,1*

# 31. Kapitel

Charlie hatte für den Moment genug von der Suche nach einer Gottesbegegnung. Er sah ein, dass die Erfüllung seines Wunsches nicht möglich war. Außerhalb des Zeltlagers traf er auf Daniel und lief sofort auf ihn zu. «Warum ist das passiert? Warum mussten die beiden sterben?»

Daniel legte ihm den Arm um die Schulter. «Wann begreifst du es, Charlie? Bei der Begegnung mit Gott geht es nicht um dich. Auch nicht um deine schönen Gefühle und auch nicht um den Sinn des Lebens. Bei der Begegnung mit Gott geht es um ihn selbst. Das war gefährlich, was du getan hast!»

Daniel blieb einen Moment still, sodass Charlie über diesen Satz nachdenken konnte. Ja, worum ging es ihm eigentlich? Warum wollte er Gottes Nähe erleben? Was erhoffte er sich davon *für sich?*

Und was bedeutete es, dass es um Gott ging?

Charlie schüttelte verwirrt den Kopf. «Was soll das alles hier? Was sollen die Reinigungsrituale und die Opfer, wenn man dann doch nicht zu Gott gehen kann?»

«Hier sollst du begreifen, wer du bist. Gott ist groß und du bist klein, Charlie. So hart das klingt. Du bist unrein und schuldig vor Gott. Du kannst nicht zu Gott kommen, egal wie sehr du dich anstrengst.»

Charlie versuchte, mit einem passenden Argument zu kontern, aber er spürte zum ersten Mal tief in sich, dass Daniel auch in dieser Sache recht hatte. Wenn er selbst dazu eine andere Meinung hatte, dann war er wohl einfach nur eingebildet. Er musste sich geschlagen geben. Gott war schuldlos. Er aber war schuldig. Gott war perfekt. Aber Charlie musste sich für so vieles, was er war, schämen.

Plötzlich hatte Charlie Mitleid mit den Hebräern. Diese bemühten sich, mit ganzer Hingabe Gott zu dienen. War auch für sie alles umsonst?

Daniel beruhigte ihn. «Gott ist gnädig. Das war er schon immer und wird es immer sein. Gott gibt den Hebräern die Möglichkeit, sich ihm durch äußere Reinigungen und stellvertretende Opfer doch zu nähern. Sie können zwar nicht in den hinteren Raum eintreten. Aber die Leute können zumindest in den Vorhof gehen. Sie können in Gottes Nähe sein, wenn auch getrennt durch den Vorhang. Es ist nicht eine direkte Begegnung, aber es ist ein Anfang.»

Charlie wandte sich Daniel zu. «Gibt es wirklich gar keine Möglichkeit, in den hinteren Raum zu gelangen?»

«Aaron wird hineingehen», antwortete Daniel. «Aber bevor er hineingeht, muss er einen immensen Aufwand betreiben. Es braucht viele Reinigungsrituale und Opfer für sich und das Volk.»

Charlie blickte zum heiligen Zelt zurück. «Aaron geht da wirklich hinein? Jetzt, nachdem seine Söhne bei diesem Versuch ums Leben gekommen sind?»

Daniel nickte. «In einer Woche wird er hineingehen. Schließe die Augen.»

Charlie verstand nicht ganz. Aber als Daniel ihn nochmals aufforderte, gehorchte er.

Charlie sah vor seinem inneren Auge wie in einem Film den vorderen Raum im heiligen Zelt. Aaron stand nach der aufwendigen Zeremonie der Reinigung und der Opfer vor dem schweren Vorhang zum hinteren Raum. Er hielt wie seine Söhne vor einer Woche eine Pfanne mit glühender Kohle in der Hand. In der anderen Hand hielt er das Gefäß mit dem

Weihrauchharz.[26] Die Kohle stammte diesmal vom Altar im Vorhof des Zeltes.

Der schwere Vorhang vor dem Allerheiligsten wurde vor Charlies Augen durchsichtig. Jetzt sah er, wie dahinter Gottes Gegenwart in einer Wolke über der goldenen Platte der Bundeslade schwebte.

Charlie sah, wie Aarons Hände zitterten. Er konnte die Angst nachfühlen, sich diesem mächtigen Gott zu nähern. Seine beiden Söhne waren hier gestorben und der Schmerz saß immer noch tief. Aaron wusste genau: Kein Mensch war gut genug, um in Gottes Nähe zu treten. Würden bei diesem Mal die Reinigungen und Opfer reichen? War genug Blut vergossen worden?

Plötzlich ging Charlie ein Licht auf. Der Vorhang zum Allerheiligsten trennte zwar Aaron von Gott. Aber er schützte ihn ebenso vor dessen Heiligkeit und Reinheit. Der Vorhang schützte die Menschen davor, in Gottes Nähe zu sterben. Niemand ist gut genug, um seine Heiligkeit zu ertragen. War der Rauswurf aus dem Garten vielleicht ebenso ein Akt der Gnade gewesen, damit das Paar und er nicht schon dort tot umgefallen waren?

Aaron blickte zurück, aber Charlie war für ihn nicht sichtbar. Es durfte niemand im Zelt anwesend sein, wenn er den Vorhang zur Seite schob und hinüber in den hinteren Raum trat. Charlie war nicht wirklich da, er sah den Priester wie in einem Film vor sich.

Aaron atmete tief ein und griff nach dem Ende des Vorhangs. Er öffnete ihn einen Spalt weit und hielt inne. Nichts passierte. Aaron zog den Vorhang weiter zur Seite und trat ehrfurchtsvoll ein. Charlie nahm wieder die göttliche Atmosphäre wahr, doch diesmal konnte sie ihm nichts anhaben. Ob

[26] *Ab 3. Mose 16,1*

Gott immer noch zornig war? Aaron streute das Harz über die glühenden Kohlen in der Pfanne und der Weihrauch stieg auf. Gott war anwesend. Dann vollzog Aaron alle vorgeschriebenen Handlungen, die notwendig waren, um das Volk mit Gott zu versöhnen. Danach verließ er das Allerheiligste und der Vorhang fiel zurück an seinen Platz.

Charlie fühlte, wie Gottes Zorn verflog. Die Last wich von ihm und er konnte wieder tief ein- und ausatmen. Das Volk war für ein Jahr mit Gott versöhnt. In einem Jahr am Versöhnungstag – dem nächsten Jom Kippur – würde Aaron alles wiederholen.

Plötzlich hörte Charlie Schritte. Der Film vor seinen Augen war zu Ende. Als er die Augen öffnete, war er wieder draußen vor dem Zeltlager, nur Daniel war verschwunden. Zwei Beduinen wanderten auf ihn zu.

Als sie näherkamen, erkannte er Naomi und Kenan. Dafür, dass sie zu seiner Reisegruppe gehörten, hatte er sie lange nicht gesehen. Die beiden waren in einem angeregten Gespräch, in dem sie einander erzählten, was sie bisher erlebt hatten. Keine ihrer Reisen glich der anderen. Von Naomi erfuhr er zum Beispiel, dass sie der ägyptischen Prinzessin geholfen hatte, Baby Mose aus dem Nil zu ziehen. Kenan hingegen war dabei, als Gott am brennenden Dornbusch zu Mose gesprochen hatte. «Mein Gottesbild hat sich verändert», gab Kenan zu. «Bisher habe ich in Gott ein langweiliges, biederes und erzkonservatives Wesen gesehen.» Weil er strikte gegen jede Art von Autorität war, überrascht es ihn selbst, dass er nun vor diesem Gott den Hut zog. Es imponierte ihm, wie souverän dieser den narzisstischen Pharao in die Schranken gewiesen hatte.

Naomi hingegen haderte mit Gott. Sie kannte ihn bisher als den «lieben Gott». Die guten Dinge im Leben hatte sie dankbar von ihm angenommen. Aber nun war sie schockiert, wie Gott die Menschen manchmal scheinbar gleichgültig ihrem

Schicksal überließ.

Charlie wusste darauf auch keine Antwort. Auf ihre Frage, wie sich sein Bild von Gott auf der Reise verändert hatte, meinte er: «Das mit den Bünden finde ich bemerkenswert. Welcher andere Gott schließt einen Bund mit Menschen? Gott könnte einfach Befehle erteilen und die Menschen müssten gehorchen. Er könnte beispielsweise eine Liste von Dingen aufstellen, die jeder Mensch im Laufe seines Lebens erfüllen müsste, damit er in den Himmel kommt. Doch er behandelt den Menschen mit Würde und bietet ihm an, mit ihm in einen Bund zu treten.» Charlie starrte auf seinen leeren Ringfinger. Es war ihm schon mehrfach aufgefallen, dass sein Ehering auf der Reise nicht zu seiner Verkleidung gehörte. «Würden wir den Sinn des Bundes auch in unserer Zeit wieder vermehrt leben, würde sich wohl vieles zum Guten wenden.»

Kenan hatte sich noch nicht eingehend mit dem Bund auseinandergesetzt. Der Ehebund hatte für ihn jedenfalls ausgedient. «Ich will mich nicht auf ewig binden. Das wäre mir zu eng.»

«Du sagst: Ich, mir, mich …», foppte Charlie. «Genau das finde ich am Ehebund so schön: Da kann ich für meine Frau da sein, wenn sie Hilfe braucht. Und sie ist für mich da, wenn ich Hilfe brauche. Aber in unserer Welt ist das *Ich* viel zu wichtig geworden.»

«Kenan, wenn du die Richtige findest, wird das mit dem Ehebund auch für dich eine Selbstverständlichkeit werden», warf Naomi ein.

«Hast du den Richtigen denn schon gefunden?», gab Kenan spottend zurück.

Naomi lächelte. «Ja, ich glaube, jetzt habe ich meinen Seelenverwandten gefunden. Ich bin mit ihm für ein Treffen verabredet.»

«Das ist eine Illusion», spottete Kenan weiter. «Bist du anfänglich nicht auch davon ausgegangen, dass dein bisheriger

Mann dein Seelenverwandter sei? Sonst hättest du ihn doch nicht geheiratet. Lebt ihr eigentlich getrennt?»

«Nein, aber es ist kompliziert.» Naomi berührte Charlies Schulter. «Deine Frau hat es gut mit dir. Jemand, der den Ehebund so ernst nimmt wie du, muss ein treuer Ehemann sein.»

«Leider nicht.» Charlie blickte beschämt zu Boden. Hätte er das mit dem Bund doch nur schon früher begriffen.

# 32. Kapitel

Charlie erwachte, als eine Pflegerin ihn an der Schulter berührte. «Herr Martin, draußen steht jemand, der Sie sprechen möchte.» Die Pflegerin verschwand durch den Vorhang und Charlie stemmte sich im Stuhl hoch. Sein Rücken schmerzte. Er blickte zu Laura und sah, dass sie trotz der Schläuche einen entspannteren Gesichtsausdruck trug als noch gestern.

Draußen im Korridor traf er Robert. Dieser hatte seine Verpflichtungen in der Stadt erledigt und fragte, ob er noch etwas für ihn tun könne, bevor er nach Hause fuhr. Charlie hatte seit ihrer letzten Begegnung so viel erlebt, dass er einen Moment brauchte, um zu realisieren, dass für Robert in der Zwischenzeit nur zwei Stunden vergangen waren. Da fiel ihm etwas ein, was Robert für ihn tun könnte: «Ich habe eine Frage zum Bund, den Gott mit dem Volk von Mose geschlossen hat.»

Robert deutete zum Ausgang. «Wollen wir eine Runde durch den Park spazieren?»

Charlie nickte. Frische Luft würde ihm auf jeden Fall guttun. Kaum hatten sie die automatische Schiebetür hinter sich gelassen, wärmten Sonnenstrahlen sein Gesicht. Er holte tief Luft und sagte: «Gott schließt mit den Hebräern in der Wüste diesen Bund. Sie dürfen sein persönliches Volk sein, wenn sie ihn im Gegenzug als alleinigen Gott anerkennen. Wie haben sie sich damit geschlagen?»

Robert blieb an einem Zaun stehen, hinter dem im Parkteich Enten schwammen. Nach einer Weile fragte er: «Wie hat es bisher in deinem Leben funktioniert?»

Auf Charlies Stirn bildeten sich Runzeln. Er war kein Hebräer. Gott hatte mit ihm keinen Bund geschlossen. Obwohl … immer, wenn ein Angebot an ihn herangetragen wurde, sich mit Gott auseinanderzusetzen, hatte er dankend abgelehnt. «Wie ist es in der Wüste weitergegangen? Hat sich das Volk an den Bund gehalten und damit das versprochene Land bekommen?»

Robert entfernte sich vom Maschendrahtzaun und nickte zu den Parkplätzen hinüber. «Komm mit.»

Er holte aus seinem Auto ein dickes Buch. Dann setzten sie sich auf eine Parkbank und Robert schlug das Buch auf. Es war ein Atlas des Alten Testaments mit Karten und Fotografien der heutigen Landschaften. Er blätterte zu einer Doppelseite mit einer Übersicht der Wüstenwanderung des Volkes Israel.

Charlie zeigte auf ein Bild im unteren Teil der Seite. «Das Zeltlager sah damals aber anders aus. Der Berg … die Zelte waren in diese Richtung aufgebaut und dort hinten stand das heilige Zelt.»

Robert blickte ihn verwundert an.

Charlie merkte, dass er zu viel gesagt hatte, und fragte schnell: «Also, wie ging es mit dem Bund weiter?»

Robert zeigte auf die Landkarte. «Mose erreichte die Grenze zum versprochenen Land. Aber die zwölf Spione, die eine Entdeckungstour durch das Land gemacht hatten, brachten schlechte Nachrichten mit: Die Bewohner des Landes waren besonders groß gewachsene Menschen, kriegstechnisch gut aufgestellt und ihre Städte waren gut befestigt. Zehn der zwölf Experten teilten die Einschätzung, dass sie als ehemalige Sklaven dieses Land niemals einnehmen konnten. Das Volk weinte die ganze Nacht vor Angst und schon wollten sie einen neuen Anführer wählen, der sie zurück nach Ägypten bringen sollte.»

Robert las vor, was Gott dem Volk daraufhin antwortete: «Dieses Volk hört nicht auf, mich zu beleidigen. Wie viele Wunder habe ich vor ihren Augen getan, und sie vertrauen mir immer noch nicht!» Mose bat Gott stellvertretend für seine Landsleute um Vergebung. Da sagte Gott: «Die Leute, die mir nicht vertrauen, werden das Land nicht sehen, das ich ihren Vorfahren versprochen habe. Keiner, der mich beleidigt hat, wird hineinkommen. Zehnmal haben sie mich nun schon herausgefordert. Obwohl sie meine Macht und die Wunder mit eigenen Augen gesehen haben, wollen sie einfach nicht auf mich hören.»[27] So kam es, dass Mose und sein Volk 40 Jahre lang in der Wüste lebten. Erst als alle, die sich gegen Gott aufgelehnt hatten, größtenteils durch einen natürlichen Tod gestorben waren, durfte sich das Volk im neuen Land ansiedeln.

«Du siehst», schloss Robert, «Gottes Bund behält seine Gültigkeit. Zwar erfüllte sich Gottes Androhung tatsächlich, dass die damals anwesenden Israeliten das Land nicht bekommen würden, aber für deren Kinder erfüllte er sein Versprechen an Abraham trotzdem: Seinen Nachkommen gab er das versprochene Land. So bekam das Volk Israel schließlich das Land des Bundes als ihren Besitz.»

«Ende gut, alles gut?», bohrte Charlie nach. «Wurde Gottes Volk nun zum Segen für alle Völker? Und kam der angekündigte König, dem alle Völker dienen werden? – Wohl kaum. Davon habe ich im Geschichtsunterricht jedenfalls nie etwas gehört.»

Robert schüttelte den Kopf. «So schnell ging das nicht. Der Bund wurde noch ein paar Mal schwer auf die Probe gestellt.»

Neugierig, wie es weiterging, blätterte Charlie eine Seite im Buch um. Dort fand er neben Bildern erneut eine große Karte mit einigen Namen.

Robert erzählte, dass sich das Muster wiederholte. «Eine Zeit lang vertrauten die Leute Gott. Dann, als es ihnen gut ging und sie finanziell abgesichert waren, kamen sie zum Schluss,

[27] *Ab 4. Mose 14,11*

dass sie das Leben selbst im Griff hatten. So geriet Gott mehr und mehr in Vergessenheit. Wie im Bund angekündigt, gewährte Gott ihnen ihren Wunsch nach Selbstbestimmung und drängte ihnen seine Hilfe nicht auf. Darauf wurde das Volk Israel einmal von diesem, ein anderes Mal von jenem Nachbarvolk erobert und unterdrückt. Meist endete die Tragödie in einer Hungersnot. Dann erwählte Gott einen «Retter», der die Feinde vertrieb und das Land in eine neue Blütezeit führte. Diese Retter wurden zu Richtern über das Land. Sie hießen Gideon, Debora, Simson und so weiter.»

Charlie betrachtete eine Weile die aufgeführten Namen im Buch. Die Übersicht zeigte, dass die Zeitspanne mit dem Auf und Ab des Bundes ungefähr 400 Jahre umfasste. «Warum machte Gott das so lange mit? Warum erklärte er den Bund nicht für ungültig, wenn sich die Bundespartner doch nicht an die Abmachung hielten?»

Robert griff nach dem schweren Buch und ließ die nachfolgenden Seiten wie ein Daumenkino durch seine Finger gleiten. «Weil Gott einen Plan hat, der größer ist als die einzelnen Generationen. Er ist nicht davon abhängig, dass ihm einzelne Menschen oder Gruppen vertrauen. Als er den Menschen zugestand, dass alles freiwillig ist, gab er die Kontrolle über seinen Plan nicht ab. Gott hat Zeit. Eine Generation, die ihm nicht vertraut, bedeutet für seinen Plan nicht das Ende. Es machte ihm keinen Strich durch die Rechnung, dass Mose und das Volk einige Zusatzrunden durch die Wüste drehten und erst ihre Kinder das verheißene Land in Besitz nehmen konnten. Wir nehmen uns als Individuen vielleicht einfach etwas zu wichtig.»

Charlie blickte zum Krankenhaus zurück. Er sollte wieder zu Laura. Seine nächste Frage, wann Moses Volk zum Segen für alle Völker wurde, musste Charlie auf ein anderes Mal verschieben.

# 33. Kapitel

Am Abend löste Sarah ihren Mann an Lauras Krankenbett ab. Zu Hause ging Charlie aber nicht sofort schlafen. Er fand zuhinterst im Büchergestell eine alte Bibel und blätterte darin. Er hatte seine liebe Mühe, die Geschichten der Hebräer zu finden, die sich nach dem Auszug aus Ägypten ereignet hatten. Mithilfe des Inhaltsverzeichnisses fand er schließlich das Buch der Richter. Ein Einleitungstext erklärte, dass ein Mann namens Josua der Nachfolger von Mose geworden war und die zwölf Stämme unter seiner Führung das Land besiedelt hatten, in dem schon ihr Vorfahre Abraham gelebt hatte. Nach Josua ging es so weiter, wie es Robert erklärt hatte: Richter führten das Land.

Charlie las im nächsten Buch Samuel weiter. Er freute sich zu lesen, dass das Zelt der Gottesbegegnung mit der Bundeslade darin die Jahre in der Wüste überstanden hatte. Weiterhin dienten darin die Nachkommen Aarons als Priester. Einer von ihnen hieß Eli und bei ihm wuchs ein Junge namens Samuel auf. Es faszinierte Charlie sehr, dass dieser Junge nachts im Heiligtum des Zeltes schlafen durfte. Es schien, als hätte sich im Laufe der Zeit der Umgang mit diesem heiligen Ort normalisiert. Man konnte nun anscheinend ungehindert den vorderen Teil des Zeltes betreten. Charlie seufzte. Wie gerne würde auch er in Gottes Nähe schlafen. So wunderte er sich auch nicht, dass der Junge eines Nachts Gottes Stimme hörte. Dieser Samuel wurde später ein Prophet, ein Sprachrohr Gottes. Nach dem Tod von Priester Eli übernahm Samuel die Rolle des Richters. Irgendwann war Charlie über dem Buch eingeschlafen.

*****

Charlie erwachte im Schatten eines Busches, Menschenlärm hatte ihn aufgeweckt. Die Männer riefen nach einem «König». Ob es hier um den König ging, dem alle Völker dienen werden?

Charlie stand auf und schaute sich um. Zu seiner Überraschung sah er nicht weit von sich entfernt das Zelt der Gottesbegegnung mit der Umzäunung. Auf einem Feld daneben stand eine große Ansammlung von Männern. Es herrschte schlechte Stimmung und die Versammlung war gerade dabei sich aufzulösen. Die Ersten verließen das Gelände.

Nur einer aus der Menge ging auf den Eingang des Zeltes zu und einige Männer riefen ihm unschöne Dinge nach. Seinem gebeugten Gang nach war es ein älterer Mann. Er schüttelte immer wieder den Kopf, bis er hinter der Umzäunung aus Charlies Blickfeld verschwand.

Charlie eilte ihm nach. Er überquerte das Gelände und schlüpfte durch den Eingang in den Vorhof des Heiligtums. Er erstarrte. Hier sah alles anders aus als bei seinem letzten Besuch. Damals befanden sich hier nur der Opferaltar und das Wasserbecken für die Waschungen. Nun standen weitere Opfereinrichtungen, Tische und Bänke ungeordnet umher. Die Zeltplanen waren im Gras verwachsen, was darauf hindeutete, dass das Zelt schon lange nicht mehr abgebaut worden war. Es musste seit Jahrzehnten hier gestanden haben und im Lauf der Zeit hatten es die Priester offenbar für den täglichen Dienst praktikabel eingerichtet.

Der alte Mann stand am Wasserbecken und wusch sich die Hände.

Charlie eilte auf ihn zu. «Worum ging es da draußen?»

«Sie sind alle gegen mich. Sie wollen mich nicht mehr. Sie wollen mich absetzen.»

«Ich habe etwas von einem ‹König› verstanden. Geht es

hier um den angekündigten Herrscher, dem alle Völker dienen werden?»

Der alte Mann brachte nur ein müdes Lachen zustande. «Im Gegenteil. Sie wollen ihre Vorrechte aufgeben. Sie wollen, dass ich einen ganz normalen König über sie einsetze, wie es bei den umliegenden Völkern üblich ist.»

Charlie stellte sich als Sem vor und der alte Mann sagte, er sei Samuel. Da dämmerte es Charlie: Der alte Mann war der Junge, der im heiligen Zelt geschlafen und zu dem Gott gesprochen hatte.

«Ich habe mich mein Leben lang für dieses Volk eingesetzt. Aber nun lehnt es mich ab. Das ist der Dank für meinen Dienst während all der Jahre.» Samuel drehte sich zum Zelt und sagte beim Weggehen: «Ich muss mit Gott sprechen.»

Charlie schaute dem Propheten Samuel nach, bis dieser im Zelt der Gottesbegegnung verschwunden war. Er hatte in der Bibel gelesen, wie das Volk durch Samuels weise Urteile profitiert hatte. Dass sie ihn nun ablehnten, war tatsächlich unverständlich.

Charlie verließ den Vorplatz des Heiligtums und sprach die ersten beiden Männer an, die er draußen antraf. Der eine stellte sich als Manasse vor. Der andere schwieg.

«Ihr wart nicht sonderlich nett zu Samuel. Er hat euch sein Leben lang gedient und als Dank dafür fordert ihr seine Absetzung?»

«Pha! Was weißt du schon!», brachte der zweite der Männer nun doch heraus.

Manasse schüttelte den Kopf. «Wir wollen nicht seine Absetzung, die hat er schon längst selbst vollzogen. Wir wollen, dass er seine Nachfolgeregelung überdenkt.»

«Also ist Samuel gar nicht mehr Richter?»

«Nein, Samuel wollte kürzertreten und hat deshalb die Aufgaben seinen Söhnen überlassen.»

Das Gesicht des Wortkargeren wurde immer röter. «Ich kann nicht verstehen, wie Samuel das zulassen kann! Er war immer fair zu uns. Aber seine Söhne sind hinterhältig und korrupt!»

«Wer am meisten zahlt, dem wird das Recht zugesprochen.» Manasse erklärte, dass die zwölf Stämme Israels diese Ungerechtigkeit nicht länger hinnehmen wollten und sie deshalb die Volksvertreter hierher geschickt hatten. Sie sollten Samuel davon überzeugen, die Nachfolgeregelung nochmals neu anzugehen.

Charlie musste zugeben, dass die Situation so schon anders aussah. «Was sind die Alternativen?»

«Andere Söhne hat Samuel nicht und er hat es verpasst, rechtzeitig einen Nachfolger einzuarbeiten», sagte der Mann mit dem roten Kopf.

«Also haben wir uns umgeschaut. Wie machen es die anderen Länder?» Manasse deutete in die Ferne. «Wir haben ihre Regierungssysteme analysiert und sind zum Schluss gekommen, dass ein Königtum eine effiziente Regierungsform ist.»

«Nun wollt ihr Samuel zum König machen?»

Dem Mann mit rotem Kopf schien beinahe der Kragen zu platzen. «Gott bewahre! Das würde heißen, dass später einer seiner Söhne der Thronfolger wäre. Nicht mit uns!»

Charlie fragte, wer sonst als König infrage käme.

«Das überlassen wir Gott. Er hat bis heute alle unsere Anführer, Richter, Armeeoberhäupter erwählt.»

Charlie erinnerte sich an seine gestrige Bettlektüre. Es stimmte, angefangen bei Mose, über die Richter bis hin zu Samuel hatte jeweils Gott diese Menschen in ihre Positionen befördert. Charlie lächelte, weil er bereits so dachte, also ob er das alles für bare Münze nahm. «Wer regiert denn jetzt bei euch?»

«Als Verfassung und Grundgesetz gelten bei uns die Texte von Mose. Sie enthalten die Grundlagen, die das Zusammenleben regeln. Das Volk ist in Familien, Sippen und Stämme unterteilt. Für diese Gruppen sind jeweils die ‹Ältesten› verantwortlich, das sind die Volksvertreter. Daraus ergibt sich ein breites Netz aus Verantwortlichen, die diese Gruppen führen. Vieles wird unter den Ältesten demokratisch entschieden oder man fragt die Priester und Richter am Heiligtum um Rat.»

Manasse verabschiedete sich und Charlie kehrte in den Vorplatz des Zelts der Gottesbegegnung zurück. Dort traf er Samuel, der nicht viel besser aussah als zuvor. Er ging auf ihn zu und fragte, ob Gott ihm im Zelt begegnet war.

«Gott hat mir gesagt, dass das Volk nicht mich ablehne, sondern ihn selbst.»

«Aber die Leute haben tatsächlich ein wichtiges Argument. Ein König könnte die zwölf Stämme zusammenschließen und so als starke Einheit nach außen vertreten. Das würde ihre Position international gesehen maßgebend verbessern.»

Samuels Blick schweifte nachdenklich in die Ferne. «Aber es hat auch wesentliche Nachteile: Sie sind sich nicht darüber im Klaren, was für Rechte sie einem König abgeben müssten. Ein König würde das Recht bekommen, Land für sich zu beanspruchen. Er würde die Leute verpflichten, diese Ländereien für ihn zu bewirtschaften. Die Steuern würden steigen, weil ein Regierungsapparat finanziert werden müsste. Das Volk würde die Vorzüge der Nähe der Entscheidungsträger in den Sippen verlieren, und somit ihre Unabhängigkeit und Freiheit.»

Samuel machte sich entschlossen auf, um seine Argumente auch der übrig gebliebenen Gruppe von Männern auf dem Feld darzulegen.

Charlie wurde von Daniel zurückgehalten. Anscheinend war die Begegnung mit Samuel für ihn zu Ende. «Komm, wir spazieren um das heilige Zelt. Dann können wir in aller Ruhe darüber reden.»

«Gibt es eine Regierungsform, die gerecht und gut wäre?»

Daniel zog das Tuch der Umzäunung beiseite und ließ Charlie ins Freie treten. Dann stellte er ihm eine Gegenfrage: «Wer hat im Garten Eden regiert?»

«Hatte dort Gott selbst regiert?»

«Gott hätte regieren können», antwortete Daniel und schlugen den Weg gegen Norden ein. «Aber er tat es nicht. Vielmehr delegierte er diese Aufgabe an die Menschen: ‹Regiert ihr über die Erde!›, sagte er zu ihnen.»

«Aber wie hätte es funktionieren sollen, wenn sich die Menschen im Garten vermehrt hätten?»

«Jeder Mensch hätte direkten Zugang zu Gottes Weisheit gehabt und bei ihm erfahren, was gut und was böse ist. Wenn alle nach diesem Maßstab mitregiert hätten, hätte das Zusammenleben funktioniert», erklärte Daniel. «Keiner hätte behauptet, er habe einen stärkeren Draht zu Gott. Es wäre eine vollkommene Demokratie entstanden, eine, bei der die Menschen nicht aufgrund ihres eigenen Verständnisses von Gut und Böse regiert hätten, sondern jeder hätte Zugang zur ganzen moralischen Weisheit des Universums gehabt.»

Charlie nickte nachdenklich. «Hat das Volk seinen König bekommen?»

«Gott sagte Samuel, er soll ihnen den Wunsch erfüllen. Trotz der Warnungen, welche Rechte sie dem König abgeben müssen, blieb das Volk dabei: Es wollte einen König haben wie die anderen Völker und Gott wählte den jungen Saul zum König, ein Nachkomme von Jakobs Sohn *Benjamin*.»

Charlie stutzte. «Hatte Vater Jakob nicht seinem Sohn Juda vorausgesagt, dass einer seiner Nachkommen der ewige König werden würde? Aber du sagst, Saul sei ein Nachkomme von Judas Bruder Benjamin?»

«Gut aufgepasst. Da Saul seine neugewonnene Macht zu Kopf stieg und er sein Vertrauen nicht auf Gott setzte, wurde er durch einen anderen abgelöst. Dieser stammte dann tatsächlich aus dem Stamm Juda. Es war König David, auch bekannt aus der Geschichte ‹David gegen Goliath›.»

Inzwischen waren die beiden wieder zurück beim Eingang zum Heiligtum angekommen. Charlie zeigte darauf und fragte: «Darf ich einen Blick hineinwerfen?»

Daniel erlaubte es ihm nicht. «Die Bundeslade mit den Steintafeln der Zehn Gebote ist momentan leider nicht im Zelt. Sie ist vor Jahren vom Nachbarvolk, den Philistern, gestohlen worden.»

«Das heißt, das Symbol dafür, dass Gott bei den Menschen wohnt, ist weg?», fragte Charlie erstaunt.

«Ja, die Söhne vom Priester Eli nahmen die Bundeslade ohne Erlaubnis mit in den Krieg und verloren sie an die Gegner. Die Bundeslade brachte diesen aber nur Unglück und so schickten sie die Lade nach Israel zurück. Aber weil dort alle wussten, wie heilig Gott ist, hatten sie Angst davor und lagerten sie kurzerhand im Haus eines Mannes ein. Einem seiner Söhne trugen sie auf, die Bundeslade zu bewachen.»[28]

«Und? Kam die Bundeslade später wieder ins Zelt der Gottesbegegnung zurück?», fragte Charlie.

«Das siehst du bei deiner nächsten Reisestation.»

[28] *Ab 1. Samuel 5*

# 34. Kapitel

Am Sonntagmorgen duschte Charlie und zog sich frische Kleidung an. Während er Sarahs Nummer wählte, war er in Gedanken bei der verschwundenen Bundeslade. Sarah antwortete nicht. Als er sie auch nach einem kleinen Frühstück nicht erreichte, fuhr er mit dem Bus zum Krankenhaus.

Am Empfang hatte ein junger Mann Dienst, den er noch nie gesehen hatte, deshalb musste Charlie sich ausweisen, um zu Laura zu gelangen.

Als er den Vorhang um ihr Bett beiseiteschob, erstarrte er. Auf dem Stuhl neben dem Bett saß nicht Sarah, sondern ihre Mutter.

«Hallo Martha.» Charlie schloss den Vorhang hinter sich.

«Ich bewundere dich, Charlie.» Seine Schwiegermutter blieb auf dem Stuhl sitzen und machte keine Anstalten, ihn zu grüßen.

Er blickte sie skeptisch an, denn er wusste, dass sie ihn für das bevorstehende Scheitern seiner Ehe verantwortlich machte.

«Ich weiß nicht, ob ich an deiner Stelle den Mut hätte, dem Ergebnis meiner Taten so direkt ins Gesicht zu schauen.»

«Was willst du damit sagen?»

«Sarah sagt, dass du Schuld an dem Unfall hast. Trotzdem kommst du so selbstverständlich her und tust so, als wäre nichts dabei. Du hast schon eure Ehe zerstört, jetzt zerstörst du auch noch das Leben deiner Tochter. Was kommt als Nächstes? Steigst du in die Politik ein und zerstörst unser aller Leben?»

Charlie schluckte die aufsteigende Wut wie immer hinunter. «Wo ist Sarah? Sie geht nicht ans Telefon.»

Martha erklärte in knappen Worten, dass Sarah einen Termin hatte und nicht vor Mittag zurück sein werde.

Charlie drehte sich wortlos um und ließ die beiden allein zurück. Wo war Sarah an einem Sonntagmorgen? Vielleicht besuchte sie einen Gottesdienst?

Er setzte sich im Korridor außerhalb der Intensivstation auf einen Stuhl. Unvermittelt zog er sein Handy hervor und installierte eine App, die er schon lange nicht mehr verwendet hatte. Mithilfe dieser konnten sie ausfindig machen, wo sich Lauras Telefon befand. Auch die Handys von Sarah und ihm konnten sie so wiederfinden, wenn eines gestohlen wurde oder verloren ging. Bisher hatte er seiner Frau noch nie nachspioniert, doch heute Morgen verspürte er intuitiv das Bedürfnis zu wissen, wo sie war.

Nach dem Log-in sah er auf einer Karte ein blinkendes Symbol für Sarahs Handy. Sie war in der Stadt in einem Viertel, das er nicht besonders gut kannte. Er notierte sich die Adresse und machte sich auf den Weg zur Bushaltestelle.

*****

Bei der Adresse angekommen, fand Charlie ein Restaurant, das auf ansprechenden Plakaten ein reichhaltiges Sonntagsfrühstück anbot. Charlie schloss sich einer Gruppe von Fußgängern an, die an der Schaufensterfront entlang schlenderte und plaudernd den sonnigen Morgen genoss. Verstohlen blickte er durch die Fensterscheiben. Die stilvolle Einrichtung deutete auf teure Menüpreise hin, aber der Sonntagsbrunch schien beliebt, denn die meisten Plätze waren besetzt.

Doch was machte Sarah hier?

Sofort durchzuckte ihn ein anderer Gedanke: Was machte *er selbst* hier? Er sollte es eigentlich gut nachvollziehen können, dass sie eine Auszeit brauchte. Die permanent nagenden

Gedanken um den kritischen Zustand ihrer Tochter, die wiederkehrende Erinnerung an den Schockmoment, als man ihr die schlimme Nachricht überbrachte, die sie bis in den Schlaf verfolgte und selbst in ihren Träumen quälte. Die Gedanken fanden kein Ende, weil es kein Ende der Geschichte gab. Sich davon eine Auszeit zu nehmen, war verständlich.

Charlie wollte sich gerade schuldbewusst von der Gruppe der Spaziergänger lösen, als er im Augenwinkel Sarahs Foulard über einem Stuhl hängen sah. Dieses trug sie nur bei ganz besonderen Anlässen. Sarah saß an einem Zweiertisch einem gut aussehenden, dunkelhaarigen Mann gegenüber. Sie unterhielten sich angeregt und in bester Laune.

Charlies Schuldgefühle fürs Nachspionieren verwandelten sich schlagartig in Eifersucht und Wut. Was machte Sarah am Sonntagmorgen mit diesem fremden Mann? Es lag wohl auf der Hand, dass dies der beliebte *Sonnyboy* war.

Zwei Häuser weiter blieb Charlie in einer Seitengasse stehen und wusste nicht, wie ihm geschah. Sollte er im Gegenzug Vanessa Sommer anrufen und sie zum Mittagessen einladen? Hatte sie nicht versucht, mit ihm zu flirten? Er verwarf den Gedanken schnell wieder. Einerseits wäre eine solche Trotzreaktion kindisch und nicht fair Vanessa gegenüber, die lediglich als Racheobjekt hinhalten müsste, und andererseits liebte er Sarah immer noch. Er möchte gerne, dass ihr Ehebund auch weiterhin bestand hielt. Er wusste nur nicht wie.

Charlie wählte Roberts Nummer. Er erwischte ihn, als dieser sich kurz vor Gottesdienstbeginn draußen vor der Kirche befand. «Machst du auch Eheberatung?»

«Bis jetzt nicht. Aber ich kenne ein paar gute Adressen.» Robert versprach Charlie zurückzurufen, sobald der Gottesdienst zu Ende war.

Charlie stieg, ohne etwas ausgerichtet zu haben, in den nächsten Bus und kehrte zum Krankenhaus zurück. Unterwegs war er froh, keine Dummheit begangen zu haben.

*****

Sie passten Charlie vor dem Krankenhaus ab. Es waren drei Männer, die alle mindestens zehn Jahre jünger waren als er. Charlie beachtete sie nicht, als er auf sie zuging. Ein rechter Haken traf ihn mitten ins Gesicht und er taumelte zu Boden. Er betrachtete nach einem Griff zur Nase seine blutverschmierte Hand.

Einer der gewaltbereiten Männer beugte sich zu ihm hinunter, während die anderen hinter ihm stehen blieben. «Ich rate dir: Hör sofort auf herumzuschnüffeln. Du bist schuld am Unfall, lass es dabei bewenden.»

Charlie blinzelte ins Sonnenlicht, das hinter dem furchigen Gesicht hervorstrahlte. «Aber …»

«Wenn nicht, werden wir deiner Tochter den Stecker ziehen», beendete der Typ den Satz für ihn. Als Charlie sich aufrichten wollte, stieß ein anderer ihn so heftig mit dem Fuß in die Rippen, dass er zurück auf den Boden sank. Dann rannten die drei in unbekannte Richtung davon.

Charlie suchte nach einem Taschentuch, aber er fand keines. Er wischte mit den Fingern das Blut von der Nase und verschmierte es damit noch mehr. Er rappelte sich auf und ging benommen durch die breite Glastür in den Empfangsbereich des Krankenhauses.

Eine Pflegerin sah ihn eintreten und trat betroffen auf ihn zu. «Das ist der falsche Eingang. Die Notaufnahme ist da hinten.»

Charlie schüttelte den Kopf, bedeckte mit der Hand seine blutverschmierte Nase und steuerte auf die Toiletten zu. Dort wusch er sich die Hände und das Gesicht. Der Kopf brummte und die Wangenknochen schmerzten, doch die Nase war nicht gebrochen.

Er ging zur Intensivstation zurück und machte seiner Schwiegermutter deutlich, dass sie hier nicht mehr gebraucht wurde. Es war ihr wohl langweilig geworden, denn sie gehorchte ohne Widerstand und ließ ihn mit seiner Tochter allein. Nach einer Weile ließen die Schmerzen an der Nase nach und er machte es sich auf dem Stuhl bequem und lehnte sich zurück.

# 35. Kapitel

Charlie fand sich in der Gasse einer neu gebauten Stadt wieder.

Eine nobel gekleidete Frau, die von drei Dienerinnen begleitet wurde, eilte an ihm vorbei. Die Frau sah verärgert aus und schimpfte: «Das muss ich mir nicht ansehen. Das ist so beschämend!»

«Sie haben Recht, Michal. Er macht sich vor den Frauen seiner Diener zum Narren», stimmte eine Begleiterin zu.

An den Mauern hallte Musik wider. Ein paar Gassen weiter spielten Leute auf Pauken und Trompeten und auch Jubelschreie waren zu hören.

Charlie wollte wissen, woher dieser Lärm kam und sah bei der nächsten Kreuzung aus einer Seitengasse eine große Menschenmenge auf ihn zukommen. Der Durchgang war zu eng, als dass er hier hätte stehen bleiben können. Zwei Häuser weiter sah er eine kurze Treppe, die zu einem Hauseingang hoch führte. Auf dieser Plattform wäre er sicher und hätte einen guten Überblick über die Prozession. Charlie eilte dorthin, während der Umzug näherkam.

Etwas außer Atem blickte er neugierig über die Steinmauer. Erstaunt erkannte er, was die vier Männer an der Spitze des Umzuges an zwei Stangen trugen: die Bundeslade. Vor ihr tanzte ein Mann, der nichts als einen Lendenschurz trug.

Charlie blickte ihm irritiert nach. Dieser schien die Welt um sich herum völlig vergessen zu haben. Er sah unbeschwert und glücklich aus. Seine Jubelschreie hallten von den Hausmauern wider und übertönten sogar die Posaunenklänge, die den Umzug begleiteten. Er rief und sang immer wieder Sätze, die Charlie im allgemeinen Lärm nur zum Teil verstand: «Tore öffnet euch! Denn der wahre König kommt! Es ist der starke Gott, unser Held. Er ist der siegreiche und mächtige König!»[29]

Etwas an dem Tänzer faszinierte Charlie. Seine ausgelassene Art erinnerte ihn an das besondere Gefühl, das in ihm selbst bei der Umarmung im Garten auch hätte aufsteigen wollen. Das Gefühl der Ehrfurcht, des Staunens und der Dankbarkeit. Der Mann verlieh diesem Gefühl ungehemmt Ausdruck.

Hinter Charlie öffnete sich eine Holztür und ein alter Mann trat ins Freie. Als dieser den Kasten sah, jubelte auch er. «Endlich kommt sie nach Jerusalem!»

Charlie schaute dem Umzug nach, bis der alte Mann neben ihm wieder ruhiger wurde. Dann fragte er: «Warum freuen sich alle so?»

«Endlich kommt Gottes Gegenwart in Form dieser Bundeslade in die Hauptstadt. Uneinsichtige Priestersöhne hatten den Kasten einst mit in den Krieg genommen. Der Krieg wurde verloren und die Bundeslade geriet in die Hände der Feinde.»

Charlie nickte und schaute der Bundeslade hinterher. Nun verstand er die Freude und den Jubel der tanzenden Männer. Das Zeichen der Anwesenheit Gottes war weg und nun kam es zurück. «Wo bringen sie die Bundeslade hin?»

Der alte Mann erklärte, dass der König das Zelt der Gottesbegegnung hier in Jerusalem hatte aufbauen lassen. Dort kam die Truhe nun an seinen ursprünglichen Platz.

«Wird der König auch an der Feier teilnehmen?», fragte Charlie.

Der alte Mann lächelte. «Der König tanzt zuvorderst.»

«Der Mann im Lendenschurz?»

«Er weiß, dass er selbst nicht der oberste König ist. Er weiß, dass es jemanden gibt, dem auch er sich unterordnen und Rechenschaft ablegen muss.» Der alte Mann blickte Charlie an.

[29] *Psalm 24,7-10*

«Deshalb holt er die Truhe des Bundes in seine Nähe und gibt Gott die Ehre. Er unterwirft sich ihm. Das macht unseren König so besonders. Er hatte schon als junger Bursche ein gottesfürchtiges Herz. Kennst du die Geschichte, wie der Hirtenjunge David zum König wurde?»

Charlie schüttelte den Kopf und der alte Mann erzählte: «Damals war König Saul an der Macht. Er und sein Sohn, der potenzielle Thronfolger Jonathan, kamen aber in einer Schlacht ums Leben, worauf die Bewohner der Stadt Hebron David zum König machten. Sieben Jahre später wurde David dann König über ganz Israel. Ihm gelangen alle Feldzüge gegen die Nachbarvölker, bis das Volk Israel in Frieden lebte. Es war offensichtlich, dass Gottes Geist mit dem König war.»

Gottes Geist? Das hatte Charlie auch schon gehört. War nicht das Licht, das in der Dunkelheit über dem Wasser geschwebt hatte, der Geist Gottes gewesen?

Der alte Mann erzählte weiter: «Der Geist Gottes kommt den Königen und Priestern zu Hilfe. Er gibt ihnen einen besonderen Draht zur Weisheit Gottes.»

«Können diese dadurch besser unterscheiden, was gut und was böse ist?»

Der alte Mann nickte. «Wenn sie sich darauf einlassen, gibt der Geist Gottes ihnen eine tiefere Einsicht ins Leben. Wenn ich unserem König zuschaue, habe ich manchmal das Gefühl, dass ihm dies ein ganzheitliches Lebensgefühl gibt.»

«Wie eine innige Umarmung Gottes?»

«Ja, so muss es sich für König David anfühlen.»

Die letzten Teilnehmer der Prozession gingen an ihnen vorüber, während Charlie interessiert fragte, wie David diesen besonderen Zugang zu Gottes Geist erhalten hatte.

«David war ein einfacher Hirtenjunge im Dorf Bethlehem. Eines Tages besuchte der Prophet Samuel ihn und salbte David zum neuen König. Gott selbst hatte es dem Propheten aufgetragen und ihm ebenfalls durch seinen Geist gezeigt, welchen jungen Mann er als zukünftigen König bestimmt hatte.»

«Salben?»

«Das bedeutet mit Öl einreiben oder das Öl über den Kopf gießen. Das Öl ist ein Symbol für den Geist Gottes. Von dem Moment an, als das Öl über David ausgegossen war, wurde sein Herz mit dem Geist Gottes erfüllt. Eine besondere Gunst lag nun auf seinem Leben. Wie kein anderer Musiker schrieb er unzählige Lieder zur Ehre Gottes. Es dauerte aber noch etliche Jahre, bis David nun wirklich König wurde.»

Diese «Salbung» wollte Charlie auch. Gott war zwar nicht sichtbar bei David, wie im Garten Eden bei dem jungen Paar, aber zumindest stellte Gott wieder eine Verbindung zum Menschen her und das war schon mal ein Anfang. «Wie kann ich mir das vorstellen? Wie fühlt sich diese Verbindung zu Gott an?»

Der alte Mann zuckte mit der Schulter. «Nur Könige und Priester erhalten diesen Geist Gottes. Ich bin keines von beidem.»

Auch Charlie war weder König noch Priester.

*****

Charlie stieg die Treppe hinunter und eilte dem Umzug nach. Er sah zu, wie die Bundeslade feierlich vor dem Zelt abgestellt wurde. Gott wurden zum Dank Opfer dargebracht und der König selbst sprach dem Volk den Segen zu: «Freut euch, ihr alle, die ihr euch nach seiner Nähe sehnt.»

Charlie fühlte sich direkt angesprochen.

«Fragt nach Gott und rechnet damit, dass er seine Macht zeigt. Wendet euch immer wieder von Neuem an ihn! Er ist unser Gott! Er hat auf der ganzen Welt das letzte Wort.» König David zeigte auf die Bundeslade. «Niemals sollt ihr die Versprechen vergessen, die Gott uns gab. Sein Bund mit uns gilt für alle Generationen. Selbst tausend Generationen nach uns.» David blickte in Charlies Richtung und richtete dann den Blick zum Himmel empor. «Groß ist der Herr. Majestät und Pracht gehen von ihm aus, seine Stärke und Freude erfüllen den Ort, wo er wohnt. Die ganze Welt soll vor Gott zittern. Preist den Herrn, denn er ist gut. Seine Gnade hört niemals auf. Ja, gelobt sei der Herr, der Gott Israels, jetzt und für alle Zeit!»[30]

Da rief das ganze Volk: «Amen, so soll es sein!» Dann stimmten sie ein Lob für Gott an. Alle um Charlie herum riefen Gott mit eigenen Worten Dinge entgegen: «Groß ist Gott!» – «Gepriesen sei der Herr!»

Charlie ließ sich von der Begeisterung der Menschenmenge anstecken und stimmte in das Lob mit ein. Er versuchte es mit ihm bekannten Worten: «Unser Vater im Himmel. Geheiligt werde dein Name. Dein Reich komme, dein Wille geschehe, wie im Himmel so auf Erden.» Auf einmal stieg tief in ihm das Gefühl von Bewunderung, Ehrfurcht und Staunen gegenüber Gott auf. Er ließ es zu und versuchte nun auch dem Gefühl in Worten Ausdruck zu verleihen: «Du großer Gott. Du bist größer und mächtiger, als ich es mir je vorstellen kann. Doch ich muss eingestehen: Ich begreife dich oft nicht. Du hast die Möglichkeit, Laura zu retten und auch unsere Ehe. Bitte hilf uns!»

Als die Musik verstummte, verteilten Angestellte des Königs auserlesene Speisen an die Anwesenden. Charlie nahm es dankend an. Dann tauchte Daniel neben ihm auf. Erfreut schaute Charlie in das inzwischen vertraute Gesicht und versuchte, seine neuste Erkenntnis zu formulieren: «Daniel, ich denke, hier fügt sich alles zusammen. Ist das der Ort, wo sich alles erfüllt? Gottes Bund mit seinem Volk steht in voller Blüte! Die Israeliten haben jetzt ihr Land, sie haben Frieden und sie ha-

[30] *Ab 1. Chronik 16,7*

ben Gott gelobt, wie ich es nach dem Sündenfall nicht mehr für möglich gehalten hätte. Kommt jetzt der Nachkomme, der alles ins Lot bringt?»

Daniel schüttelte den Kopf. «Leider nicht. Du hast recht, Gott zeigt hier seinem Volk, wie es sein könnte, wenn sie ihm allein vertrauen. Aber leider hält es nicht lange an.»

«Aber ihr König ist doch so eng mit Gott verbunden.»

«Ja, David will Gott einen Tempel bauen, damit die Gottesbegegnung nicht länger in einem Zelt stattfinden muss. Aber Gott ließ durch den Propheten Nathan ausrichten: ‹Nicht du sollst mir ein Haus bauen, sondern ich werde dir ein Haus bauen! Wenn du alt geworden und gestorben bist, will ich einen deiner Söhne als deinen Nachfolger einsetzen und seine Königsherrschaft festigen. Er wird mir dann einen Tempel bauen, und ich werde seinem Königtum Bestand geben für alle Zeiten. Deine Nachkommen werden für alle Zeiten Könige sein. Niemand wird sie je vom Thron stoßen.›[31] Gott verspricht Davids Königshaus für immer zu festigen.»

Charlie dämmerte es. Langsam wurde die Sache konkreter. Am Anfang war es bloß die wage Vermutung eines Nachkommens der ersten Menschen, eine unbestimmte Person. Dann grenzte sich die Auswahl ein: Es würde ein Nachkomme Abrahams sein, ein Nachkomme aus dem Stamm Juda, und zwar ein König, dem alle Völker dienen werden. Hier wurde angedeutet, dass dieser König ein Nachkomme von König David sein wird.

Eine freudige Euphorie darüber, dass nun alles gut werden würde, begleitete Charlie, als er von Daniel zur nächsten Station seiner Reise geschickt wurde.

[31] *Ab 2. Samuel 7,11*

# 36. Kapitel

Ein Junge rüttelte Charlie wach. «Komm schnell!» Charlie reckte sich.

«Komm schnell! Die Morgenpatrouille kommt heute früher als sonst!»

Naomi stand neben ihm im hohen Gras und zeigte entsetzt in die Ferne. Charlie erhob sich und sah unten in der Ebene unzählige Zelte stehen. Dazwischen wimmelte es von Kriegern, Pferden und Kriegsgeräten. Hinter sich sah Charlie die Mauern einer Stadt, die offenbar das Ziel dieser Belagerung war, und sie beide standen genau zwischen den Fronten.

Der Junge packte ihn am Arm. «Seid ihr verrückt? Kommt jetzt endlich!»

Nun sah Charlie, wovor der Junge Angst hatte. Mehrere Reiter tauchten nicht weit von ihnen entfernt auf einer Anhöhe auf. Charlie packte Naomi an der Hand und zog sie hinter sich her. Sie folgten dem Jungen, der geduckt auf eine Baumgruppe zu rannte. In Ledersandalen war das gar nicht so einfach.

Der Lärm der Hufe näherte sich schnell. Die drei umrundeten den Grashügel und versuchten, sich zwischen den Bäumen vor den Blicken der Reiter zu verbergen. Aber die Krieger holten schnell auf und riefen einander unverständliche Worte zu. Charlie und Naomi duckten sich in eine Mulde neben den Jungen. Wenige Meter vor ihnen galoppierten sieben Krieger auf ihren Pferden vorbei.

Als diese außer Sichtweite waren, atmeten die drei erleichtert auf.

«Was macht ihr da draußen? Das ist gefährlich!» Der Junge stand auf und blickte sie strafend an. Als Charlie und Naomi ihn nur hilflos anschauten, fuhr er fort: «Die sind scharf auf jeden Gefangenen, den sie foltern können, um Informationen über die Stadtmauer und die Verteidigung zu bekommen.»

Auch Charlie stand auf. Er sah, dass die Felder zwischen den Armeezelten und der Stadt, soweit er sehen konnte, zertrampelt waren. Offenbar hatte bereits ein Angriff stattgefunden. Da aber die Mauern noch intakt waren, ging Charlie davon aus, dass die Attacke erfolglos verlaufen war. Der in Gottes Bund versprochene Schutz hatte demnach funktioniert. Das Volk vertraute Gott und er beschützte sie vor ihren Feinden.

Naomi machte deutlich, dass sie von hier verschwinden wollte, doch Charlie hielt sie zurück. Er streckte dem Jungen zur Begrüßung die Hand entgegen, der sich als Schear-Jaschub vorstellte. «Ich bin mit meinem Vater da. Er berät den König.» Diesen Namen konnte sich Charlie nicht merken.

«Sem. Freut mich! Sie heißt Naomi.»

«Hallo. Was macht ihr da draußen? Woher kommt ihr?»

Naomi lächelte. «Das ist eine längere Geschichte.»

Charlie lenkte von diesem schwierigen Thema ab und klopfte dem Jungen auf die Schulter. «Nun kommt alles gut. Nach dem Auf und Ab bei den Richtern hat das Volk endlich kapiert, wie sie den Bund mit Gott halten können. Sie vertrauen ihm und er schützt sie vor Angriffen. Er wird sie auch vor dem nächsten Angriff retten.»

Der junge Mann unterdrückte ein spöttisches Lachen. «Überhaupt nichts haben sie begriffen!»

«Aber ich habe es doch selbst miterlebt» protestierte Charlie. «Ich war dabei, als die Einwohner von Jerusalem zusammen mit König David Gott angebetet haben.»

«Wie, du warst dabei?»

Charlie wurde klar, dass er wohl zu viel verraten hatte. Daniel hätte ihn vorwarnen können, wohin die Reise ihn führte.

Naomi rette ihn mit der Frage: «Wie lange ist es her, seit König David gelebt hat?»

«Etwa 300 Jahre», antwortete der Junge.

«Und was ist seither mit dem Volk Israel geschehen?»

Dem traurigen Gesichtsausdruck des Jungen konnten die beiden ablesen, dass die Glanzzeit der Israeliten vorbei war. «Alles, was König David aufgebaut hat, ist verloren. Sein Enkel Rehabeam war der zweite König nach ihm. Aber als dieser auf den Thron stieg, war er noch jung und unerfahren. Er war hart zum Volk und forderte zu hohe Steuern. Da wandten sich die zehn nördlichen Stämme gegen ihn und ernannten einen eigenen König. Dieser König des Nordreiches wollte nicht, dass seine Leute in das südliche Juda zum Tempel nach Jerusalem pilgerten. Deshalb baute er eigene Opferstätten. Dort wurde das Gesetz von Mose aber nicht gelehrt und so geriet Gott bei den nördlichen Stämmen in Vergessenheit. Keiner ihrer nachfolgenden Könige hat sich je wieder an Gottes Bund erinnert.

Den Nachkommen von König David blieben nur noch der Stamm Juda und ein halber Stamm von Benjamin.»

«Aber die Könige dieser beiden Südstämme hielten den Bund mit Gott, nicht wahr?», fragte Charlie.

«Längst nicht alle. Es gab zwar immer wieder einzelne, die Gott vertrauten. Doch der aktuelle König, Ahas, ist übler als die meisten vor ihm.»

«Wie schlimm kann er denn sein?»

«Nur ein Beispiel von vielen: Ahas verbrannte seinen eigenen Sohn als Opfer. Diesen abscheulichen Brauch übernahm er von den Völkern, die vor uns hier gelebt haben.»[32]

Naomi schüttelte angewidert den Kopf. Auch Charlie war sichtlich enttäuscht. Was war nur mit diesen Leuten los? Warum machten sie es Gott so schwer, den verheißenen Nachkommen zu senden? Das Hochgefühl, das er bei König David erlebte und die Vorfreude, dass sich für das Volk Gottes nun alles zum Guten wenden würde, war auf einen Schlag verflo-

[32] *2. Könige 16,3*

gen. Stattdessen machte sich ein bedrückendes Gefühl der Besorgnis und Ohnmacht breit. Er fühlte, dass die Geschichte nicht gut enden würde. Wenn die Menschen auf diese Weise weitermachten, würden sie nie wieder zurück in Gottes Umarmung gelangen.

Naomi sah die Reiter als Erste, als diese wieder kamen. Sie hatten kehrtgemacht und suchten auf dem Rückweg zum Kriegslager nach den herumstreunenden Personen. In Zweiergruppen ritten sie zwischen den Bäumen hindurch und zwei Soldaten trabten direkt in ihre Richtung. Charlie war sich sicher, dass sie noch zu weit entfernt waren, als dass diese sie im Schatten entdeckt hätten.

«Kommt mit!» Schear wandte sich einer überwachsenen Steinmauer zu. Er kletterte darüber und duckte sich auf der anderen Seite hinunter. Charlie und Naomi folgten ihm. Sie schlichen der Mauer entlang, die auf dem offenen Feld rund hundert Meter vor der Stadtmauer endete. Zwischen ihnen und der sicheren Stadt war nur noch offenes Grasland.

«Wir müssen warten, bis die Reiter weg sind, sonst öffnen uns die Stadtbewohner das Tor nicht.»

Das leuchtete Charlie ein. «Wer sind die Belagerer und die Soldaten auf den Pferden?»

«Das sind eigentlich unsere Brüder, die zehn anderen Stämme Israels. Sie verabredeten sich mit dem syrischen König, um uns einzunehmen und auszurotten. Sie möchten, dass das Königshaus Davids hier endet.»

Charlie verstand die politischen Zusammenhänge nicht ganz, die Schear nun erklärte, aber es ging irgendwie darum, dass die syrische Regierung und die zehn Nordstämme Israels das kleine Juda dazu bringen wollten, ihrem Bündnis beizutreten. Aber Juda weigerte sich beharrlich, seine Unabhängigkeit und Freiheit aufzugeben, auch wenn die anderen mehrfach drohten, ihre Kavallerie aufzufahren. Und nun wurde diese

Drohung in die Tat umgesetzt.

Nach einer Weile erhob sich Schear vorsichtig und blickte in die Ferne. Er gab Entwarnung, da er die Reiter unten in der Ebene auf das Kriegslager zureiten sah. Immer noch vorsichtig eilten sie geduckt über das Grasland auf die Stadt zu. Von dort schlichen sie der Mauer entlang, bis sie zu einem unwegsamen Gelände mit Felsblöcken und Bäumen gelangten. Dort war eine kleine Tür in die Mauer gelassen, die zum Garten des Königspalastes führte. Nachdem jemand oben an der Mauer überprüft hatte, wer anklopfte, wurde die Türe geöffnet. Die drei Ankömmlinge traten ein und Schear führte sie zum Vorhof des Palastes. Dort war er mit seinem Vater Jesaja verabredet. Diesen Namen hatte Charlie auch schon gehört, so hieß ein Prophet im Alten Testament der Bibel.

Jesaja hatte bereits auf seinen Sohn gewartet. «Da bist du ja! Wen hast du mitgebracht?»

«Das sind Sem und Naomi. Ich habe sie hierher in Sicherheit gebracht.» Jesaja hieß die beiden in der Stadt Jerusalem willkommen. «Bist du fertig?», fragte Schear seinen Vater.

«Nein, der König will nicht mit mir sprechen. Wie ich gehört habe, soll er aber bald herauskommen.»

Während sie warteten, sah sich Charlie um. Er erkannte die Umgebung und einzelne Gebäudeteile von seiner Begegnung mit dem König David wieder. Er war also wieder in Jerusalem.

Plötzlich kam Leben in den Palastvorhof. Rund zehn Männer traten aus dem Gebäude heraus auf den Platz. Sofort trat Jesaja vor den am prächtigsten gekleideten Mann. «Warte, König Ahas. Ich habe eine Botschaft Gottes für dich.»

Ahas war über die Störung nicht erfreut, blieb aber trotzdem stehen und sah ihn fragend an.

Jesaja sagte: «Tue nichts Unüberlegtes, verehrter König Ahas. Bleib ruhig und hab keine Angst.»

«Du hast gut reden. Sieh dir das Heer an, es ist ziemlich

vital. Es wird uns jeden Moment angreifen!»

Jesaja schüttelte den Kopf. «Was du siehst, ist nichts als Schall und Rauch. Die beiden Könige sind wie zwei verbrannte Holzstücke, die zwar noch qualmen, aber demnächst erlöschen. Gott hat ihnen bereits ein Ende gesetzt.»

«Auf mich haben sie es abgesehen. Sie wollen mich absetzen und einen aus ihren Reihen zum König machen.»

«Das stimmt», gab Jesaja zu, «das ist ihre Absicht. Aber Gott sagt dir heute: ‹Ihre Pläne werden nicht gelingen. Im Gegenteil: Die zehn Stämme des Nordreichs wird es nicht mehr lange geben.›»

Eine betretene Stille machte sich unter den beiden Männern breit. Charlie fragte sich, wie es wohl wäre, wenn auch er wüsste, wie es mit den Anschuldigungen gegen ihn ausgehen würde. Dann könnte er entspannt und im Vertrauen auf Gottes Handeln warten.

Jesaja sah den König eindringlich an. «Vertrau jetzt dem Herrn! Wenn du nicht fest im Glauben stehst, kannst du genauso gut freiwillig den Thron abgeben.»

Ahas wandte sich vom Propheten ab. Wie es aussah, hatte er bereits einen Plan gefasst. «Ich hole mir Hilfe. Die Assyrer werden uns Schutz bieten.» Entschlossen blickte er wieder zu Jesaja zurück. «Ich weiß, das wird seinen Preis haben. Aber lieber wir bezahlen mit unseren Schätzen, als kämpfen zu müssen und dabei erobert zu werden.»

«Ich sage es dir noch einmal beim Namen des Herrn: Tu das nicht. Wenn du bei den Assyrern Hilfe suchst, wird später genau von ihnen viel Leid über dein Königreich kommen. Vertrau auf Gott! Er verspricht dir, dass dir das feindliche Kriegsheer nichts antun kann.» Jesaja trat einen Schritt vor. «Gott kommt dir sogar entgegen. Er will dir helfen, dieser Zusage zu vertrauen. Fordere von Gott ein Zeichen. Er will dir auf diese Weise bestätigen, dass das, was ich dir zugesagt habe, ganz sicher eintreffen wird. Was für ein Zeichen wünschst du?»

Ahas winkte ab. «Auf so etwas lasse ich mich nicht ein.» Er senkte heuchlerisch seine Stimme, als er in ernstem Ton angab: «Ich will Gott nicht auf die Probe stellen.»

König Ahas' Scheinheiligkeit machte Jesaja wütend. «Reicht es dir nicht, dass du die Menschen ermüdest? Musst du wirklich auch Gott ermüden?» Jesaja entfernte sich ein paar Schritte vom König. Dann kam er zurück und sagte: «Du willst kein Zeichen von Gott? Jetzt gibt Gott dir ein Zeichen und daran wirst du erkennen, dass er wirklich Gott ist: Eine junge Frau wird schwanger werden und einen Sohn bekommen. Immanuel wird er heißen, das bedeutet: ‹Gott ist mit uns›. Noch ehe der junge Mann alt genug ist, um zwischen Gut und Böse zu unterscheiden, werden die zehn Stämme des Nordreiches, vor denen du heute so schrecklich Angst hast, verwüstet sein.»

Charlie horchte auf. Wieder wurde ein Nachkomme versprochen. «Gott mit uns» soll er heißen. Genau danach sehnte er sich: dass Gott mit ihm war. Es war bemerkenswert, dass Gott trotz der Sturheit von König Ahas auf ihn zukam und ihm helfen wollte.

Ein murmelndes Geräusch des Königs holte Charlie aus den Gedanken. Die Männer verstanden es als Befehl loszugehen und drängten sich an Jesaja vorbei zur Straße.

Charlie meinte zu Schear: «Es sieht nicht danach aus, als ob Ahas auf deinen Vater hören wird.»

«Da ist er nicht der erste. Viele Propheten sind schon gekommen und einige haben sogar Wunder vollbracht. Aber nur wenige Menschen hörten auf sie. Wie ist es bei euch, da wo ihr herkommt, hören die Leute auf Gottes Propheten?»

«Bei uns gibt es keine Propheten», antwortete Naomi. Charlie fragte sich, ob ihre Reaktion vielleicht der Beweis dafür war, dass auch in ihrer Welt Gottes Propheten nicht gehört wurden? Bis vor Kurzem hatte er jedenfalls Leute, die über Gott redeten, nie ernst genommen. Aber jetzt war es anders.

Er sog jedes Wort auf, das ihm einen Hinweis auf den Weg zurück zu Gott gab. «Gott mit uns» würde der Nachkomme heißen, den Jesaja vorausgesagt hatte. Danach sehnte er sich.

# 37. Kapitel

Charlie und Naomi schlossen sich Schear und seinem Vater Jesaja an. Sie folgten ihnen durch die kleine Tür im Palastgarten aus der Stadt hinaus. Dann machten sie sich auf einem schmalen Pfad auf den Weg zu einem benachbarten Dorf. Charlie und Naomi versuchten, mit den beiden Schritt zu halten, was ihnen mit den ungewohnt langen Kleidern aus schwerem Stoff sowie den steifen Ledersandalen gar nicht so leichtfiel. Trotzdem holte Charlie zu Jesaja auf und fragte: «Jesaja, Sie haben gesagt, dass ein Junge geboren würde. Er wird ‹Immanuel› heißen: ‹Gott ist mit uns›. Ist das der verheißene Nachkomme, der ewige König? Derjenige, der die Sache mit Gott in Ordnung bringen wird?»

Jesaja nickte.

Charlie war ganz aufgeregt. Nun wurde es greifbar. «Wann wird das sein?»

Jesaja legte ihm die Hand auf die Schulter. «Eines wissen wir: Der verheißene Nachkomme wird geboren, wenn das Volk in einer dunklen Zeit lebt. Dann entdeckt es ein helles Licht, es strahlt für sie auf.[33] Dieses Kind wird später die Königsherrschaft Davids übernehmen.» Jesaja blickte sehnsüchtig zu den Wolken hinauf. «Auf seiner Regierungsurkunde werden Namen stehen wie: wunderbarer Ratgeber, starker Gott, ewiger Vater, König des Friedens. Bis in alle Ewigkeit wird er auf dem Thron seines Vorfahren David regieren und dank ihm wird dann für immer Frieden sein.»[34]

«Das klingt wunderbar!», seufzte Naomi.

Jesaja strahlte vor Freude. «Welch ein großartiger Moment

[33] *Jesaja 9,1*
[34] *Jesaja 9,5-6*

wird es sein, wenn der Bote die Nachricht dieses Sieges verkündet: ‹Jetzt hat Gott mit den Menschen Frieden geschlossen. Die Rettung ist da! Gott herrscht nun für immer als König!›»[35]

Dass Gott kommt und Frieden bringt, sodass die Umarmung wieder möglich wurde, löste auch in Charlie Freude aus. «Wie wird es sein, wenn der verheißene Nachkomme kommt?»

«Dann werden Blinde wieder sehen können und Taube werden hören, Lahme werden wie ein Hirsch umherspringen und der Stumme wird singen. Er wird den Traurigen die frohe Nachricht bringen und den gefangenen Menschen die Freiheit. Zerbrochene Herzen wird er verbinden.»[36]

Vor Freude darüber umarmte Charlie dankbar den Propheten und Naomi kam lachend auch dazu. Was für eine mutmachende Ankündigung für die Zukunft.

Da löste sich Jesaja aus der Umarmung und wurde auf einmal nachdenklich. «Aber wer glaubt unserer Botschaft?»

«Ich glaube dieser Botschaft! Ich kann es kaum erwarten, bis all das eintrifft!»

Jesaja schüttelte den Kopf. «Der Boden war ausgetrocknet, aber Gott ließ einen frischen Trieb daraus wachsen. Niemand nahm ihn wahr. Die Leute fanden ihn unansehnlich, er gefiel ihnen gar nicht.»

Charlie runzelte die Stirn. «Sprichst du von dem Nachkommen? Hast du vorhin nicht gesagt, er komme als großer Sieger, als König für alle Völker?»

«Nein, er wurde verachtet und von allen gemieden. Man konnte seinen Anblick kaum ertragen.»

Charlie wollte protestierten, aber Schear hielt ihn zurück. «Lass meinen Vater reden. Er hat eine Vision von einem besonderen Ereignis im Leben des angekündigten Nachkommen.»

[35] *Jesaja 52,6-7*

[36] *Jesaja 35,5-6, Jesaja 61,1*

«Wir wollten nichts von ihm wissen, vielmehr haben wir ihn verachtet.» Jesaja ließ sich auf die Knie fallen und begann zu weinen. Nach einer Weile sagte er: «Dabei waren es unsere Krankheiten, die er auf sich nahm. Er erlitt die Schmerzen, die wir hätten ertragen müssen. Wir dachten, dass Gott ihn mit diesen Leiden straft. Doch er wurde blutig geschlagen, weil wir Gott die Treue gebrochen hatten. Wegen unserer Sünden wurde er durchbohrt. Er wurde für uns bestraft – und wir?»

Tränen rannen über Jesajas Gesicht. Nach einer Weile hellte es sich auf, aber die Tränen flossen weiter. «Und wir? Nun haben wir Frieden mit Gott.»

Als Jesaja länger still blieb, flüsterte Charlie betroffen: «Was sollen wir nun tun?»

Jesaja antwortete ohne aufzublicken: «Nichts. Wir alle irren umher wie Schafe, die sich verlaufen haben. Jeder geht seinen eigenen Weg. Aber all unsere Schuld lud Gott nicht auf uns, sondern auf ihn. Er wird misshandelt, aber er duldet es ohne ein Wort. Er ist stumm wie ein Lamm, das man zur Schlachtung führt. Und wie ein Schaf, das sich nicht wehrt, wenn es geschoren wird, erträgt er alles ohne Widerspruch.»

Diese Worte brannten sich tief in Charlies und Naomis Herz ein, auch wenn sie diese nicht verstanden.

Jesaja fuhr fort: «Er wird verhaftet und zum Tod verurteilt. Grausam richten sie ihn hin. Wegen der Sünden des Volkes wird er zu Tode gequält!»[37]

Lange blieb der Prophet im Gras knien, bis ein Mann über den Feldweg auf sie zukam. Da stand er auf. Charlie sah, dass es Daniel war. Er war noch ganz aufgewühlt von der Prophezeiung dieses erschreckenden Ereignisses, das dem versprochenen Nachkommen zustoßen sollte. Auch Naomi war von den Worten ergriffen und war in Gedanken versunken.

[37] *Jesaja 53,1-8*

Schear verabschiedete sich von den beiden und ging mit seinem Vater weiter, während Daniel mit Charlie und Naomi zurückblieb. «Das war harte Kost, nicht wahr?»

Erst jetzt kam Leben in das entsetzte Gesicht von Charlie. «Ich verstehe nicht, was der Prophet damit gemeint hat. Wie kann der angekündigte Nachkomme, der Segen für alle Völker bringen sollte, zu Tode gequält werden? Das macht doch keinen Sinn!»

«Wart's ab, Charlie! Du musst die Geschichte im ganzen Zusammenhang sehen. Hör zu, was mit König Ahas weiter passierte. Ahas suchte seine Hilfe also bei den Assyrern und brachte ihnen als Bestechung den Tempelschatz von Jerusalem mit. Die Assyrer veranlassten Ahas dazu, die Einrichtungen im Tempel abzuändern, bis sie nicht mehr den Vorgaben von Mose entsprachen. Ahas und das Volk nahmen es entweder bewusst in Kauf, dass ihr Gott es anders angeordnet hatte, oder es war ihnen egal.

Eine junge Frau aus Ahas Harem wurde schwanger. Ihr Sohn Hiskija wurde nach Ahas der Thronfolger. In Bezug auf sein Vertrauen auf Gott war er derjenige König, der seinem Vorfahren David am ähnlichsten war. Unter ihm konnte das Volk tatsächlich sagen: «Immanuel, Gott ist mit uns.» Auch Jesajas Frau bekam nochmals einen Sohn. Dieser war noch nicht alt genug, um zwischen Gut und Böse zu entscheiden, als alles genauso eintraf, was sein Vater Jesaja dem König Ahas angekündigt hatte: Die zehn Stämme des Nordreichs wurden erobert und die Einwohner aus dem Land verschleppt.

«Genau wie Mose es angedroht hatte», sagte Charlie. «Land, Freiheit und Frieden waren an den Bund mit Gott geknüpft. Wenn sie Gott und seinen Bund verließen, mussten sie konsequenterweise auch Gottes Land, seine Freiheit und seinen Frieden verlassen. Genau wie ich und das junge Paar, als wir aus dem Garten geworfen wurden.»

Naomi fand das hart, aber Daniel antwortete: «Gott gab

ihnen immerhin mehr als 300 Jahre Zeit, bevor er die Konsequenzen zog.»

«Blieb aber wenigstens der Stamm Juda dem Bund treu? Jesaja hat ihnen doch den Friedenskönig angekündigt.»

Daniel schüttelte den Kopf.

Charlies Hoffnung schwand immer mehr, dass es eines Tages doch noch ein Happy End gab. «Was ist mit Immanuel, ‹Gott ist mit uns›? Ist vielleicht König Ahas Sohn oder Jesajas Sohn der versprochene Nachkomme?»

Daniel verneinte auch das. «Keiner der beiden ist es. Aber Gottes Voraussagen sind oft mehrdeutig. Die Vorankündigung, dass eine junge Frau einen Sohn gebären wird, auf den die Beschreibung ‹Gott ist mit uns› zutrifft, wird mehr als einmal erfüllt.»

Tiefe Traurigkeit überkam Charlie. Gottes Bund war am Ende angekommen, weil die Menschen ihn nicht halten konnten. All die Jahre waren für nichts. Und zu allem Unglück redete der Prophet Jesaja auch noch von Krankheit, Schmerz und Tod, anstatt von einem siegreichen König in Pracht und Macht. Charlie würde es verstehen, wenn Gott sein Versprechen, das er Noah gegeben hatte, brechen würde, und die Menschen doch nochmals mit einer Flut ausrottete. «Ich weiß nicht, was mit den Menschen los ist! Seit ihrer Flucht aus Ägypten brechen sie den Bund immer wieder. So schwer sollte das doch eigentlich nicht sein!»

Naomi schaute Charlie vorwurfsvoll an: «Du bist nicht besser als die Israeliten, Sem!»

«Hey! Ich habe keinen Bund gebrochen.»

«Und wie steht es um deinen Ehebund?» Mit dieser Frage hatte sie ihren Finger unbarmherzig in Charlies Wunde gelegt. Darauf konnte er nichts mehr sagen. So ein guter Bundespartner, wie er von den Israeliten erwartete zu sein, war er für Sarah wahrlich nicht.

# 38. Kapitel

Charlie stand vom harten Stuhl der Intensivstation auf. Naomis Stichelei verfolgte ihn. Wenn er schon im Ehebund keine gute Figur machte, war er wenigstens für Laura genug da gewesen? Er blickte sie lange an und hoffte so sehr, dass sie bald aus diesem Albtraum erwachte. Mehr als einmal strich er ihr über den Arm und war überzeugt, dass sie dies unbewusst wahrnahm.

Sein Schädel brummte noch vom Seitenhieb des gewalttätigen Mannes vor dem Krankenhaus. Wer hätte eine solche Einschüchterung in seiner Stadt für möglich gehalten? Plötzlich erinnerte Charlie sich, dass die drei Männer alle das gleiche Emblem auf ihren Jacken trugen. Charlie versuchte sich zu erinnern, was in dem Logo stand. Es war kein Motorradklub, es musste etwas anderes sein. Irgendwo hatte er es schon gesehen, aber wo?

Am späteren Nachmittag rief Robert an und nannte ihm die Adressen für die Eheberatung. Charlie erzählte ihm von den drei Typen, die ihn abgepasst hatten. Plötzlich erinnerte er sich an das Emblem auf den Jacken. Er hatte es in Roberts Wohnblock gesehen. An einer der Wohnungstüren war es angebracht gewesen.

Robert wusste, was das Logo bedeutete: «Das ist eine Vereinigung von Arbeitern, die auf dem Bau tätig sind.» Diese organisierten Feste, aber auch Streiks, wenn Angestellte gegen einen mächtigen Arbeitgeber vorgehen wollten.

«Warum sollte der Stadtrat diese Freizeitgruppe von Bauarbeitern beauftragen, mich einzuschüchtern?», fragte Charlie.

«Keine Ahnung. Aber überlass die Sache mir. Ich frage bei

meinen Nachbarn nach, ob jemand etwas weiß.»

«Danke.»

Der Vorhang bewegte sich und Sarah trat ein.

Charlie beendete das Gespräch, weil sich plötzlich sein Hals zuschnürte, als er sie sah. Er hatte sich noch keine Gedanken darüber gemacht, wie er Sarah auf ihr Date ansprechen sollte. «Wo warst du? Ich konnte dich nicht erreichen.»

Sarah legte die Handtasche auf das Fußende von Lauras Bett und strich ihrer Tochter sanft über den Arm. «Ich brauchte etwas Zeit für mich allein.»

«Zu zweit ist nicht allein», platzte Charlie unüberlegt heraus.

Sarah blickte ihn versteinert an. «Spionierst du mir etwa nach?»

«War das Sonnyboy?»

«Ich will nicht darüber reden.»

Charlie kochte. Ihre gemeinsame Tochter lag hilflos neben ihnen und sie brauchte ihre Eltern. Für sie mussten sie beide stark sein, aber Sarah torpedierte alles.

Eine Pflegerin sah nach Laura. Sie benötigte für die Routinearbeiten den Platz zwischen dem Bett und dem Vorhang, sodass Sarah und Charlie für einige Minuten die Intensivstation verließen.

Draußen auf dem Korridor nahm Charlie das Thema wieder auf. «War das Sonnyboy?»

«Es war bloß ein Essen. Als Dankeschön dafür, dass er uns geholfen hat. Sei doch nicht gleich eifersüchtig!»

«Wir beide müssen für Laura zusammenhalten. Es ist ein denkbar ungeeigneter Zeitpunkt für Spiele. Was ist, wenn sie nicht wieder aufwacht?»

Sarah blickte ihn mit zusammengekniffenen Augen an. «Daran wärst du schuld.»

«Wir müssen zusammenhalten», wiederholte Charlie.

«Wenn sie nicht aufwacht, dann brauche ich Optionen.

Das zwischen uns ist mir zu wenig.» Sarah drehte sich weg.

«Optionen?» Liebend gerne hätte Charlie Sarah jetzt die Idee des Bundes erklärt. Sie beide waren einen Bund eingegangen, aber das zählte anscheinend nichts mehr.

Sarah ging ein paar Schritte weiter und setzte sich auf einen der Stühle an der Wand. Charlie setzte sich neben sie. Lange schwiegen sie. Dann erzählte Sarah: «Heute war übrigens nicht das erste Mal, dass ich mit Sonnyboy essen war. Er kommt beruflich öfter in unserem Büro vorbei, weil er Bewilligungen für das Aufhängen von Plakaten und Veranstaltungen in den städtischen Parkanlagen benötigt. Da hat er mich auch schon gefragt, ob ich mit ihm über Mittag essen gehe. Essen muss man schließlich.»

Charlie warf ein: «Ein Essen in einer Betriebskantine ist etwas ganz anderes als ein Brunch am Sonntagmorgen.»

«Ich habe genug psychische Belastung um die Ohren, da tut eine erfrischende Abwechslung mit einer aufgestellten, fröhlichen Person sehr gut. Eine Person, die mir zuhört, mich versteht und in mir einen Wert sieht.»

Charlies Telefon klingelte und erlöste das Ehepaar aus dem unangenehmen Gespräch. Anwalt Antonio meldete, dass es nun bestätigt sei, dass Hans Koch nach dem Unfall nicht vom Notfalldienst betreut worden war. Er sei aber seither wegen den Rückenproblemen in der Rehabilitationsklinik untergebracht. Das erstaunte Charlie nicht. Er erzählte seinem Anwalt von den drei gewalttätigen Männern, vom Schlag ins Gesicht und der Drohung. Sarah blickte ihn dabei erstaunt von der Seite an. Antonio versprach ihm, den Vorfall bei der Polizei zu melden. Dafür war Charlie dankbar, denn er selbst hatte keine Lust, sich wieder mit den Beamten herumzuschlagen.

Als er auflegte, drehte sich Sarah zu ihm um. «Ich werde zu meiner Schwester ziehen.»

«Was? Warum?»

«Ich brauche Abstand von all deinen zusätzlichen Problemen, und so bin ich näher bei Laura.»

«Wie lange?»

«Das weiß ich nicht. Ich halte es nicht aus, dass du so tust, als würdest du an all dem keine Schuld tragen.»

«Weil ich ja auch keine … die Ampel war grün!», verteidigte er sich unbeholfen.

«Alle anderen sagen aber etwas anderes.» Sarah erhob sich vom Stuhl und ging ein paar Schritte weg. «Es ist ja nicht nur das. Du tust so, als hättest du auch keine Schuld am Zustand unserer Ehe.»

«Das habe ich nie gesagt. Bitte, Sarah, wir müssen zusammenhalten, für Laura.»

«Das können wir besser, wenn wir uns nicht in ihrer Gegenwart streiten.»

Als das Telefon wieder klingelte, kehrte Sarah zu Laura zurück. Charlie blieb sitzen und nahm den Anruf von Robert entgegen.

«Ich habe mich umgehört», begann dieser. «Meine Nachbarn wissen, wer die drei Angreifer sind. Aber sie nennen mir keine Namen.»

«Was hat diese Vereinigung für eine Verbindung zum Stadtrat?»

«Sie behaupten beharrlich, dass sie keine Beziehung zu Stadtrat Neumann unterhalten.»

Charlie hatte eine andere Vermutung: «Vielleicht haben die drei auf eigene Faust gehandelt? Vielleicht haben sie eine persönliche Verbindung zum Stadtrat?»

Robert verneinte. «Mein Nachbar hat mit einem der drei telefoniert. Dieser hatte ihm nicht sagen wollen, worum es bei der Drohung ging, aber es habe nichts mit dem Stadtrat zu tun.»

Das war merkwürdig. «Wer sonst hätte sie auf mich hetzen

sollen?»

«Das wollte er nicht verraten.» Robert zögerte. «Aber er sagte, du solltest dich in nächster Zeit in Acht nehmen.»

«Das hört sich nicht gut an.»

# 39. Kapitel

Charlie ging nach Hause. Er fand die Bibel immer noch aufgeschlagen auf dem Bett. Er zog sie zu sich und blätterte im Buch Samuel weiter. Er fand die Geschichte von König Saul und König David und blätterte Kapitel für Kapitel weiter bis zum Buch der Könige. Charlie hoffte bei jeder neuen Seite, dass das Gottesvolk die Kurve irgendwie kriegte. Sie müssten es doch schaffen! Aber was er las, handelte fast ausschließlich von ihrem Versagen und Missachten des Bundes mit Gott. Zwischen den Tiefs gab es zwar noch ein paar Hochs mit Königen, die Gott vertrauten. Aber dann ging es immer mehr bergab, bis sie am Tiefpunkt ankamen.

Je weiter er las, desto mehr wurde sein Gefühl bestätigt, dass Gottes Bund mit seinem Volk am Ende angekommen war. All die Jahre, in denen er barmherzig war und ihnen stets wieder eine neue Chance gab, waren für nichts. Charlie war zutiefst enttäuscht und frustriert. Er hatte so sehr gehofft, dass sein neuer Freund Jesaja recht gehabt hätte. Dass aus dieser Dunkelheit ein Licht aufstrahlen würde, dass aus dem trockenen Boden ein neuer Spross keimen und alles zum Guten wenden würde. Aber das war bei den nachfolgenden Königen leider nicht der Fall. Waren an die Vorhersage eines Propheten nicht manchmal auch Bedingungen geknüpft? Jesaja hatte wohl lediglich angekündigt, was hätte sein können, wenn sie Gott treu geblieben wären, aber die Leute wählten das Gegenteil. Charlie würde verstehen, dass Gott irgendwann auch der längste Geduldsfaden riss. Nach so vielem Auf und Ab war irgendwann Schluss mit Barmherzigkeit.

Charlie blätterte um. Ein babylonischer König namens Nebukadnezar eroberte in mehreren Feldzügen Jerusalem und brannte am Ende alles nieder.

Und nun, nachdem die Stadt Jerusalem und der Tempel als Ort der Gottesbegegnung völlig zerstört waren und die überlebenden Bewohner gefangen weggeführt worden waren, gab es keine Hoffnung mehr. Wie würde es so je wieder möglich sein, zurück in Gottes Gegenwart zu gelangen?

Charlie legte die Bibel zur Seite. Man müsste diese Leute warnen! Man müsste sie dazu bringen, sich zu ändern und den Bund mit Gott wieder zu halten. Dann würde Gott sich erbarmen und den versprochenen Nachkommen, den ewigen König, doch noch senden.

Während der Busfahrt ins Krankenhaus fragte er sich, wie die Leute dieser Zeit wohl reagieren würden, wenn jemand aus dem 21. Jahrhundert bei ihnen auftauchen würde, um sie zu warnen? Würden sie auf *ihn* hören? Würde Charlie als Prophet aus der Zukunft den Lauf der Dinge zum Besseren wenden können?

Er löste Sarah am Krankenbett ab und stellte sich wieder auf eine lange Nacht ein. Der Arzt hatte gesagt, dass sich Lauras Werte stabilisiert hätten. Er war vage geblieben, aber Charlie und auch Sarah hatten hörbar aufgeatmet, als er lockerer als zuvor mit ihnen über ihre Tochter gesprochen hatte.

*****

Charlie öffnete die Augen. Diese Reisestation begann unter einem Strauch. Dahinter sah er das Tor zum Palastbezirk von Jerusalem. Ein Wächter stand davor und öffnete zwei Reisenden das Tor. Hinter ihnen schloss er es wieder zu.

Wenn dies die Chance war, den Lauf der Dinge zum Besseren zu ändern, musste Charlie sie nutzen. Schnell stand er auf und eilte zum Wachmann. «Lass mich rein! Ich muss alle warnen!»

Der Wächter stieß ihn weg. «Wir haben genug Spinner da drin, wir brauchen nicht noch einen mehr.»

«Du verstehst nicht. Hier wird alles verbrannt und zerstört werden. Ich komme aus der Zukunft und weiß, wie es ausgeht, wenn ihr den Bund Gottes weiter mit Füssen tretet!»

Der Wachmann lachte ihn aus, aber Charlie fuhr weiter: «Die Babylonier werden kommen und euch verschleppen und alles dem Erdboden gleichmachen.»

«Experten, die alles Mögliche voraussagen, mögen wir hier nicht. Verschwinde! Der König hat längst Hilfe organisiert. Wir haben einen Bund mit Ägypten geschlossen. Die werden uns helfen, wenn die Babylonier tatsächlich angreifen.»

Charlie schüttelte verständnislos den Kopf. Warum sollten sie ausgerechnet mit Ägypten einen Bund schließen? Gott hatte sie doch aus der Unterwerfung ebendieser befreit und dann hatte *er* einen Bund mit ihnen geschlossen!

«Was hätten wir tun sollen? Wir sind zwischen den Großmächten Babylonien und Ägypten eingeklemmt. Die beiden liegen im Streit miteinander. Früher oder später wird uns der eine oder andere angreifen und als Pufferzone unterwerfen. Also haben wir in weiser Voraussicht gehandelt und einen Bund mit Ägypten geschlossen.»

«Das ist kein Bund.» Charlie schüttelte den Kopf. «Ihr habt euch Ägypten unterworfen, Freiheit und Geld habt ihr für fadenscheinigen Frieden hergegeben. Warum sollte die Großmacht Ägypten mit euch kleinem Stamm Juda einen fairen Bund schließen wollen?»

Der Wachmann blickte ihn böse an. Dann wandte er sich um und rief nach seinem Vorgesetzten. Dieser kam mit erhobenem Haupt auf den selbst ernannten Propheten aus der Zukunft zu und schaute ihn fragend an.

Charlie schlug sich entrüstet an die Stirn. «Warum unterwerft ihr euch ausgerechnet Ägypten? Gott hat euch aus der Unterdrückung der Ägypter befreit! Habt ihr das vergessen?»

Der Vorgesetzte des Wachmanns fragte: «Für wen hältst du dich, dass du unsere Kriegsstrategie kritisierst?»

Charlie ging nicht auf die Frage ein. Er war zu aufgebracht darüber, dass dieses Volk blind ins Verderben lief. «Ich kann nicht glauben, dass ihr die Befreiung aus der Sklaverei der Ägypter rückgängig gemacht habt. Der Bund, den Gott mit Mose geschlossen hatte, habt ihr gebrochen und euch wieder dem Land unterworfen, aus dem Gott euch befreit hatte. Habt ihr vergessen: Bundestreue für Land, Frieden und Freiheit!»

Der Befehlshaber rief dem Wachmann zu: «Werft ihn ins Gefängnis zu diesem anderen verrückten Propheten.»

Charlie versuchte wegzurennen, doch die Wachen waren schneller. Kurz darauf saß er in einer dunklen, nassen Zelle auf dem Lehmboden. Charlie seufzte. «Ich hatte so gehofft, sie würden auf mich hören.»

«Wovon sprichst du?», fragte eine tiefe Stimme aus der gegenüberliegenden Ecke. In der Dunkelheit sah er den Mann nicht.

Charlie hatte nun kapiert, dass es sinnlos war zu behaupten, er komme aus der Zukunft. Er würde es selbst auch niemandem glauben. Stattdessen sagte er: «Es müsste einer von den Toten auferstehen, der sie vor dem schlimmen Ende warnt. Auf so jemanden würden sie bestimmt hören, oder nicht?»

Der Mann im Dunkeln antwortete: «Sie haben Mose und die Propheten, auf die sollen sie hören.»

«Es ist aber zu wichtig. Wenn einer von den Toten zu ihnen käme, dann müssten sie es glauben und würden umkehren.»

Die Stimme des Mannes blieb gelassen, klang aber traurig. «Wenn sie auf Mose und die Propheten nicht hören, werden sie sich auch nicht überzeugen lassen, wenn einer von den Toten aufersteht.»[38] Nach einer Pause fragte er: «Was müsste der Tote deiner Meinung nach denn für eine Botschaft bringen?»

[38] *Ab Lukas 16,27*

Charlie versuchte, sich bequemer hinzusetzen. «Immer wieder bricht dieses Volk den Bund mit Gott. Sie wollen selbst entscheiden, was gut und was böse ist. Sie vertrauen Gott nicht, dass er, der sie aus Ägypten befreit hat, sie auch weiterhin beschützten wird.»

«Deine Worte enthalten Weisheit. Sprich weiter, mein Sohn!», forderte ihn der Mann im Dunkeln auf.

«Es gibt keine Hoffnung mehr, dass dieses Volk zum Segen für alle Völker wird und dass daraus der gerechte König kommt, dem alle Völker dienen werden. Ich habe gelesen, wie es ausgeht: Es ist Schluss. Gott sagt nun wohl: ‹Ich suche mir jemand Neues› oder er bricht die Aktion ganz ab. Ich würde es jedenfalls so tun. Es ist nicht zum Aushalten mit diesem Volk. Es begreift einfach nichts.»

«Aber was ist mit dem Bund, den Gott mit Noah und Abraham geschlossen hat? Was denkst du: Wird Gott sein Versprechen, das er den beiden gegeben hat, jetzt einfach so brechen?»

Charlie rieb seine vom nassen Lehmboden dreckigen Hände am Gewand ab. Versprechen galten wohl nur so lange, wie die Bedingungen dazu erfüllt wurden. «Ich versprach meiner Tochter einmal, dass wir in einen Freizeitpark fahren. Aber dann kam ein Sturm auf. Ich musste mein Versprechen revidieren. Bei mir war es der Sturm. Bei diesem Volk ist es die resistente Art gegenüber Gott.»

«Freizeitpark?»

«So eine Art Volksfest, nur das ganze Jahr über.»

«Vielleicht hast du Recht.» Der Mann rückte näher an den Spalt im Gebälk, der etwas Licht hineinließ. «Ich bin Jeremia, ein Prophet Gottes. Wer bist du?»

Charlie stellte sich als Sem vor. «Und warum sitzt du im Kerker?»

Jeremia erzählte, dass er beim König und seinen Beamten regelmäßig unbequeme Wahrheiten anspreche. «Ich habe vorausgesagt, dass unser Volk von den Babyloniern unterworfen und verschleppt werde.»

«Ist der Prophet Jesaja ein Bekannter von dir? Er hat nämlich auch angekündigt, dass wenn König Ahas Hilfe bei den Babyloniern suche, das Volk später genau von ihnen unterworfen werden würde.»

Jeremia staunte. «Da kennt sich einer in der Geschichte aus. Genau das hat Jesaja vorausgesagt. Und es wird auch eintreffen. Meine Botschaft ist, dass es uns besser gehen würde, wenn wir uns den Babylonier ergeben. Dann werden wir am Leben bleiben. Wer hier in Jerusalem bleibt, wird durch Krieg, Hunger oder die Pest umkommen.»

Charlie verstand, warum Jeremia im Gefängnis saß. Seine Worte zerstörten die Moral des Kriegsheers. Jede Regierung würde solche Aussagen sofort unterbinden. Aber dann kam ihm ein anderer Gedanke: «Moment mal. Wird Gott das Volk vor den Babyloniern nicht beschützen, wie er es in seinem Bund versprochen hat?»

Jeremia antwortete: «Dafür ist es zu spät. Du hast selbst gesagt, jetzt ist der Bund am Ende. Nun trifft ein, was Gott schon lange angekündigt hat: Wer den Bund nicht hält, der verliert das verheißene Land wieder.»

Das Gespräch wurde von näherkommenden Schritten unterbrochen. Im fahlen Licht erkannte Charlie Männer mit Knüppeln. Sie holten Jeremia aus dem Kerker. Sie beachteten Charlie nicht, der hinten in der Dunkelheit saß, und ließen das Tor offenstehen. Also folgte er ihnen unauffällig mit einigem Abstand.

Charlie beobachtete entsetzt, wie Jeremia im Palasthof in den tiefen Brunnen hinuntergelassen wurde. Das schien eine Art Todesurteil zu sein. Als die Prozedur vorüber war und die Ankläger weggegangen waren, lief Charlie zum Brunnenrand und schaute hinunter. Weit unten in der Dunkelheit sah er, wie Jeremia tiefer in den Schlamm sank. Lange würde er nicht

det sich ihnen in Liebe zu.» Charlie schüttelte ungläubig den Kopf. Dass er das bisher nie so wahrgenommen hatte?

«War da nicht noch etwas mit Sterndeutern?», fragte Charlie.

«Dazu musst du das andere Evangelium aufschlagen: das Matthäusevangelium. Es erzählt dieselbe Geschichte, nur eben aus der Sicht von Matthäus.»

Nach einer Weile fand er die Stelle in der Bibel. Dort las er von Sterndeutern, die einen Stern hatten aufgehen sehen. Sie fanden die Bedeutung des besonderen Sterns heraus: In Israel ist ein neuer König geboren worden. Sie machten sich auf die weite Reise in die Hauptstadt Israels nach Jerusalem in der Annahme, dass dieses Neugeborene der Sohn des amtierenden Königs Herodes war. Doch Herodes Frau hatte kürzlich kein Kind zur Welt gebracht. Trotzdem nahm Herodes die Nachricht der Sterndeuter ernst und bekam Angst vor dem neuen König, der ihm den Thron streitig machen könnte. Er ließ Nachforschungen anstellen, wo dieser angekündete König geboren werden würde. Die Gelehrten fanden in den Schriften der Propheten die entsprechende Vorhersage: «Bethlehem im Land Juda, du bist keineswegs die unbedeutendste unter den Städten Judas; denn aus dir wird ein König hervorgehen, der mein Volk Israel führen wird wie ein Hirte seine Herde.»[45] So gingen die Sterndeuter nach Bethlehem, fanden dort das Jesuskind, würdigten es als König und überbrachten ihm königliche Geschenke.

Charlie ließ das kleine Buch sinken und schaute erstaunt auf. «Das Jesuskind wurde tatsächlich als König erkannt.» Er schüttelte lächelnd den Kopf. «Wie oft habe ich schon Weihnachten gefeiert, ohne zu kapieren, dass es dabei um die Geburt eines Königs ging?»

Robert zuckte mit der Achsel.

[45] *Matthäus 2,6, nach Micha 5,1*

Zu seiner Verteidigung fügte Charlie an, dass das Christkind auch gar keine königliche Würde ausstrahlte. «Wie soll man in der armseligen Krippe im Stroh einen König vermuten?»

Robert legte ein paar Münzen als Trinkgeld auf den Tisch. «Du hast nur nie richtig hingehört. In der Weihnachtsgeschichte ist alles drin: Frieden mit Gott, der Retter, der ewige König … Genauso wie in der Geschichte von Karfreitag.»

Charlie wunderte sich. «Karfreitag? Also da, wo Jesus stirbt? Dieses Ereignis hat aber gar nichts Königliches an sich.»

«Bist du sicher? Was ließ Pilatus für ein Schild oben am Kreuz anbringen?»

Charlie versuchte sich zu erinnern. Vor seinem inneren Auge sah er das Schild, das er schon oft oben an Kruzifixen gesehen hatte. Da standen meistens vier Buchstaben.

Robert wollte ihm nicht helfen und lächelte geheimnisvoll. «Das findest du schon selbst heraus.»

Charlie klappte die Bibel zu und reichte sie Robert zurück. Wie würde seine Reise weitergehen? Bekam er vielleicht die Chance selbst an Weihnachten bei den Hirten auf dem Feld dem Engelschor zuzuhören?

Doch nun hatten sie einen anderen Plan: Thomas Keller zur Rede stellen. Anschließend wollte Charlie so schnell wie möglich ins Krankenhaus zurück. Er wollte zu seiner Tochter.

Sie verließen das Café und fuhren los. Unterwegs legte Robert den Zwischenstopp bei der Sozialbehörde ein, um für eine Familie aus seinem Wohnblock ein Schriftstück abzugeben und einige Fragen zu klären.

Charlie wartete im Auto. Robert versprach, dass es nicht lange dauern würde. Charlie lehnte sich trotzdem im Autositz zurück und tatsächlich tat Daniel das seine, damit die Reise weiterging.

# 42. Kapitel

Wenn Charlie in einer neuen Umgebung erwachte, fragte er sich als Erstes, wo ihn die Reise nun hinführte. Doch die Wildnis um ihn gab ihm diesmal keinen Anhaltspunkt dazu. Aber er entdeckte neben sich Naomi, die sich die Augen rieb und Kenan, der auf sie beide zukam. Hinter diesem erblickte Charlie Menschen, die sich an einem Bach versammelt hatten, und auf dem Weg, der dem Ufer entlangführte, kamen weitere dazu.

«Was ist da unten am Bach los?», fragte Naomi, als Kenan sie fast erreicht hatte.

«Willst du Kaiser Tiberius kennenlernen? Der regiert nämlich zurzeit in Rom. Wir sind hier in der Wüste Judäa und der Bach da unten ist der Fluss Jordan. Den habe ich mir breiter vorgestellt.» – «Bist du schon gut informiert! Aus dir gäbe es einen guten Reiseführer!», anerkannte Naomi lachend.

«Die Römerzeit!» Charlie nickte. «Wenn mein alter Geschichtslehrer wüsste, wo ich hier bin, würde er blass vor Neid.»

Kenan führte seine Reisebegleiter zwischen den Sträuchern hindurch zur Menschenmenge. Je näher sie kamen, desto deutlicher hörten sie, wie ein Mann redete.

«Kehrt um!», rief dieser wiederholt. Er war wie ein Landstreicher gekleidet und Kenan dachte erst, er wolle die Leute wegschicken, um allein zu sein. Aber bald wurde klar, dass es um etwas anderes ging. Er trug ein langes Gewand aus Fell, das mit einem Ledergurt zusammengebunden war. «Kehrt um von euren falschen Denkweisen! Gottes Königreich steht vor der Tür!» Er trat einen Schritt auf die Leute zu. «Tut Buße, bereut euer verkehrtes Handeln und ändert eure Lebensweise.

Wer das von Herzen tun will, soll zu mir kommen. Ich werde ihn zum Zeichen der Umkehr im Wasser des Jordans taufen.»

Einige traten vor und der Prediger führte sie bis zu den Knien in den Fluss hinein. Dort tauchte er die Männer und Frauen ins Wasser und hob sie anschließend wieder heraus.

Plötzlich drängte sich auch Kenan vor. Charlie dachte, er wolle sich auch ins Wasser tauchen lassen, doch dieser blieb am Ufer stehen. Er fragte den ungewöhnlich gekleideten Pfarrer: «Was genau sollen wir tun?»

«Wer zwei Hemden hat, soll eines dem geben, der keines hat. Wer genug Nahrung hat, der teile sie mit dem, der keine hat.»

Kenan nickte. «Das sage ich meinen Leuten schon lange.»

Der Mann im Wasser schüttelte den Kopf. «Du sollst nicht nur davon reden, sondern es in die Tat umsetzen. Tu echte Busse. Dein Lebensstil zeigt, wie du wirklich denkst. Sagt nicht, ich stehe auf der richtigen Seite, deshalb ist alles in Ordnung. Du sollst auch im Kleinen zeigen, dass du das Richtige tun willst.»

Zwei Soldaten standen am Rand der Menschenmenge. Einer rief: «Was sollen wir tun, Johannes?»

Der Prediger antwortete: «Behandelt alle Menschen fair. Erhebt keine falsche Anklage und seid mit eurem Gehalt zufrieden.»

Charlie triumphierte innerlich. Genau das sollte man auch der Staatsgewalt in seiner Stadt sagen. War dieser Mann der versprochene Nachkomme? Nach einer Weile trat auch Charlie durch die Menschenmenge auf den Mann zu. «Sind Sie derjenige, den Gott schicken wird? Sind Sie der verheißene Nachkomme von König David?»

Kenan blickte in seine Richtung und tippte mit dem Finger an die Stirn. Dabei schüttelte er den Kopf. «Sieht so ein König aus?»

Charlie hob entschuldigend die Achseln.

Der Mann trat aus dem Wasser ans Ufer und kam auf Charlie zu. «Ich bin Johannes. Einige nennen mich Johannes, den Täufer.» Und zu allen Anwesenden gerichtet sagte er: «Ich taufe mit Wasser. Aber es kommt einer, der stärker ist als ich. Ich bin es nicht einmal wert, ihm auch nur die Schuhe zu binden, so viel größer ist er. Er wird euch mit dem Heiligen Geist und mit Feuer taufen. Er wird die Ernte einbringen und die Spreu vom Weizen trennen.»

Diese Beschreibung passte tatsächlich zu dem Nachkommen, den Charlie suchte. Es erinnerte ihn auch an die Geschichte des Bauern, der das Unkraut bis zur Ernte hatte mitwachsen lassen, die ihm Daniel erzählt hatte.

Johannes der Täufer wandte sich zu einem Pferdegespann, das oben am Weg angehalten hatte. Er begrüßte den vornehmen Mann auf dem Wagen, als ob er ihn kennen würde. Herodes nannte er den feinen Herrn. Johannes hatte gute Nerven, denn auf einmal las er dem Lokalkönig ungehemmt die Leviten. «Du hast deinem Bruder die Frau weggenommen und sie geheiratet. Das ist nicht in Ordnung!»

Trotz des Rüffels hörte Herodes gerne zu, wenn Johannes redete, doch Charlie sah, dass die Frau neben ihm gar nicht glücklich war. Sie redete auf Herodes ein, bis dieser den Befehl gab weiterzufahren. Zu Johannes gerichtet rief er aus der Kutsche: «Es steht dir nicht zu, so mit mir zu reden! Das nächste Mal lasse ich dich ins Gefängnis werfen.»

Naomi schüttelte den Kopf. «Was für ein Patriarch! Nutzt seine Stellung aus, um seinem Bruder die Frau auszuspannen!»

Kenan zuckte mit der Schulter. «So formuliert klingt's hart. Aber was ist, wenn die beiden nun mal Gefühle füreinander hatten? Dann müssen sie auf ihre Herzen hören.»

Naomi verdrehte die Augen. «Typisch Kenan. Wie sich das Herz seines Bruders dabei angefühlt hat oder das der verstoßenen ersten Frau von Herodes, interessiert dich natürlich nicht.»

Charlie seufzte und sagte leise, er könne dem Bruder von Herodes nachfühlen. «Es gibt da auch einen Typen, der mir meine Frau ausspannen will.»

Naomi legte ihm tröstend die Hand auf die Schulter, aber Kenan schüttelte den Kopf. «Tue nicht so scheinheilig, Naomi. Hast du nicht erzählt, dass auch du deinen Mann für einen Seelenverwandten verlassen willst?»

Sie zog ihre Hand zurück. «Das ist etwas anderes.»

Plötzlich tippte jemand auf Charlies Schulter. Er drehte sich um und Johannes der Täufer stand neben ihm. Dieser deutete zum Weg hinauf. «Schau, da ist das Opferlamm Gottes, das die Sünde der ganzen Welt wegnimmt. Das ist er, von dem ich sagte, nach mir kommt einer, der größer ist als ich.»

Charlie blickte über die Büsche hinweg zum Uferweg hoch. Dort sah er einen jungen Mann auf sie zukommen. Charlie schätzte ihn um die 30 Jahre alt. Dieser einfache Mann sollte der besagte Nachkomme sein? Charlie konnte es nicht recht glauben. Er hatte erwartet, dass der angekündigte Nachkomme in Glanz und Gloria erscheinen würde.

Es stellte sich heraus, dass der Mann Jesus war.

Er würde das Opferlamm Gottes sein, das die Sünde der ganzen Welt wegnimmt. Wie war das zu verstehen? Charlie erinnerte sich an die vielen Opferungen beim Zelt der Gottesbegegnung. Wie konnte dieser versprochene Nachkomme ein Opferlamm sein?

Johannes der Täufer wandte sich wieder der Menge zu und predigte weiter, dass die Leute ihre Einstellung gegenüber Gott erneuern und sich im Wasser taufen lassen sollen.

Nach einer Weile trat Jesus zu Johannes ans Ufer. «Taufe mich!»

«Nein! Ich habe es nötig, von *dir* getauft zu werden.»

Aber Jesus antwortete: «Tu es, es ist der Wille Gottes.»

Da ging Johannes ins Wasser und Jesus folgte ihm. Als er neben ihm stand, ließ ihn Johannes ins Wasser gleiten und untertauchen. Sofort half er ihm wieder aufzustehen. Aber das nahm Charlie nicht mehr wahr, denn in diesem Augenblick rissen die Wolken auf und Sonnenstrahlen leuchteten so hell auf die beiden Männer im Wasser nieder, dass Charlie die Augen zusammenkniff. War es vielleicht mehr als die Sonne? Es strahlte wie das Licht, das Charlie am Anfang in der Dunkelheit gesehen hatte. Als Charlie die Augen wieder öffnete, hatten sich die Wolken verzogen und alles war wieder normal.

Daraufhin verließ Jesus die Menschenmenge und schlug den Weg in Richtung Wüste ein.

Charlie trat eilig auf den Täufer zu. «Was ist da gerade passiert?»

Johannes rief voller Begeisterung: «Er ist es wirklich! Er ist das Opferlamm Gottes, das die Sünde der ganzen Welt wegnimmt!» Er schüttelte das Wasser von seinen Füssen. «Ich sah den Geist Gottes wie eine Taube auf ihn herabkommen. Dann hörte ich eine Stimme vom Himmel her. Sie sagte: ‹Das ist mein geliebter Sohn, an ihm habe ich Freude.›» Johannes drehte sich zu Charlie um. «Gott hat mir im Voraus angekündigt: ‹Wenn du den Geist herabkommen siehst, dann ist derjenige der Sohn Gottes, auf dem mein Geist bleibt.› Auf Jesus ist der Geist geblieben, also ist er wirklich der Sohn Gottes!»

«Der Sohn? Also der Nachkomme?», stotterte Charlie. Das Ganze war für ihn merkwürdig, weil es zu real und zu natürlich war. Das Licht war sehr eindrücklich gewesen, aber nun wandert *der Nachkomme* allein in die Wüste hinaus? Müsste da jetzt nicht etwas mehr Dramatik aufkommen?[46]

[46] *Ab Johannes 1,19 und Lukas 3,1*

# 43. Kapitel

Naomi, Charlie und Kenan fanden sich einige Zeit später an einem anderen Ort wieder. Sie wussten nicht, wie viele Tage seit der letzten Reisestation am Fluss Jordan vergangen waren. Aber auch diesmal waren sie in der Nähe von Wasser. Kenan brachte bald in Erfahrung, dass es sich um den See von Galiläa handelte. Er winkte Naomi und Charlie zu sich ans Ufer. «Kommt mal her! Dieser Andy will uns Fisch anbieten.»

Charlie streckte Naomi die Hand hin und half ihr beim Aufstehen. «Lass uns nachsehen, was da unten los ist.»

«Dankeschön. In der Nähe von Kenan müssen wir bestimmt nie hungern.»

Charlie nickte. Nebeneinander spazierten sie auf einem steinigen Naturpfad zum Ufer des Sees hinunter, wo es nach Fisch roch. Am steinigen Strand lagen mehrere Holzboote und daneben säuberten die Fischer ihre Netze. Die Sonne schien auf sie herab, aber dank der Brise, die über den See wehte, war es nicht allzu heiß.

Kenan kam ihnen ein paar Schritte entgegen. «Andy kennt den Täufer Johannes.»

Das waren gute Nachrichten. Charlie wollte Johannes unbedingt wiedersehen, um ihm ein paar weitere Fragen zu stellen.

Kenan machte sie mit Andreas bekannt, dann fragte Charlie: «Wo können wir Johannes finden? Ich würde gerne wissen, wie er das mit dem Opferlamm gemeint hat. Wie kann ein Mensch ein Lamm sein?»

Der Fischer Andreas winkte traurig ab. «Johannes konnte nicht aufhören, dem Fürsten Herodes vorzuhalten, was er in Gottes Augen alles falsch macht. Nun hat dieser ihn ins Gefängnis gesteckt.»

Das enttäuschte Charlie. «Kannst du uns ein paar Fragen beantworten?»

Andreas schüttelte den Kopf. «Ich bin kein studierter Mann. Du fragst besser Jesus. Schau, da kommt er.»

Tatsächlich spazierte Jesus dem Ufer entlang auf sie zu und eine große Menschenmenge folgte ihm. Beim Boot von Andreas und seinem Bruder Simon blieb Jesus stehen.

Charlie trat schnell auf ihn zu. «Darf ich Ihnen eine Frage stellen?»

Der Lehrer nickte gutmütig.

Charlie wusste nicht so recht, wie er es formulieren sollte. «Ist es nun so weit, dass der ewige König auf Davids Thron steigt?»

Jesus freute sich offensichtlich über die Frage, denn er legte Charlie spontan die Hand auf die Schulter. «Ja, jetzt ist es so weit. Das Königreich Gottes steht vor der Tür.»

Ein Mann daneben jubelte. Er wartete wohl auch sehnlichst auf das Kommen des ewigen Königs, dem Nachkommen von David. Dieser Mann rief begeistert: «Endlich wird wahr, was der Prophet Jesaja angekündigt hat: ‹Was für eine Freude ist es, wenn der Bote mit der *Siegesbotschaft* über die Berge kommt!›» [47]

Offenbar war den Leuten diese Prophetie bekannt, denn der Mann daneben zitierte genauso begeistert weiter: «Der Siegesbote bringt die *Gute Nachricht, das Evangelium!* Er bringt die freudige Botschaft! Jetzt ist Frieden mit Gott. Die Rettung ist da!»

«Diese *Gute Nachricht* lautet», fuhr der erste fort, «dein Gott ist König der ganzen Welt!»

Jesus blickte die beiden Männer ernst an. «Genau, deswegen sollt ihr euer Leben ändern und an *diese Gute Nachricht*

[47] *Jesaja 52,7*

*glauben.»*[48]

Charlie blickte zu Naomi. Auch sie strahlte übers ganze Gesicht und er selbst platzte fast vor Freude. Gott würde nun König sein und Frieden und Rettung bringen. War dies nicht auch die Botschaft der Engel bei der Geburt des Christkinds gewesen? Die *Gute Nachricht, das Evangelium,* sei also, dass Gott als König kommt!

Das war neu für Charlie, denn mit dem Begriff «Evangelium» hatte er bisher nur die vier biblischen Bücher mit den Geschichten über Jesus in Verbindung gebracht und manchmal auch das Ereignis des toten Jesus am Kreuz.

Jesus wandte sich an die beiden Fischer. «Simon, darf ich euer Boot als Podium zum Predigen benützen? Ich möchte zu den Leuten sprechen.»

Simon, der Bruder von Andreas, war einverstanden. Sie legten die Netze beiseite und dann schoben sie gemeinsam das Boot zurück ins Wasser und sobald es schwamm, stieg Jesus ein. Er hielt eine machtvolle Rede und als er fertig war, sagte er zu Simon, er solle nochmals auf den See hinausfahren und das Netz für einen Fang ins Wasser werfen.

Simon versuchte respektvoll, Einspruch zu erheben: «Meister, wir haben die ganze Nacht hindurchgearbeitet und nichts gefangen.»

Jesus blickte ihn auffordernd an.

«Aber weil du es sagst, werden wir das Netz nochmals auswerfen.» Simon nickte seinem Bruder zu und gemeinsam ruderten sie ein Stück vom Land weg. Dort warfen sie das Netz ins Wasser.

Mit Staunen beobachtete Charlie, wie sich das Boot immer stärker zur Seite neigte. Als die Fischer das Netz hochzogen, wimmelte es an der Wasseroberfläche nur so von Fischen. Si-

[48] *Markus 1,15*

mon winkte die Fischer eines anderen Bootes herbei. Diese halfen ihnen, den großen Fang an Land zu ziehen.

Als das Boot endlich stabilisiert war, kniete Simon vor Jesus nieder und sagte: «Herr, bitte geh weg von mir. Ich bin ein sündiger Mensch.»

«Hab keine Angst. Von nun an sollst du Menschen fischen. Komm und folge mir nach.»

Den Fischfang überließen die vier Fischer ihren Vätern und gingen mit Jesus mit.[49]

Charlie spürte, dass die Aufforderung, keine Angst vor Jesus zu haben, auch ihm galt, obwohl auch er wusste, dass er ein sündiger Mensch war.

[49] *Ab Lukas 5,1*

# 44. Kapitel

Der laute Motor weckte Charlie, als Robert ihn startete. Er rieb sich die Augen und brauchte eine Weile, um wieder zurück in der Gegenwart anzukommen. Er war froh, dass Robert schwieg, als er losfuhr. Sie waren unterwegs zur Baufirma, in der Thomas Keller arbeitete, der die Schlägertypen auf Charlie gehetzt hatte.

Mit den üblichen unschönen Geräuschen erreichte das alte Auto hinter einem riesigen Abstellplatz für Baumaschinen ein Bürogebäude. Der Empfang war sauber, aber nicht protzig. Auf einer Tafel standen die Büronummer und das Stockwerk von Thomas Keller.

Der Aufzug brachte sie zur vierten Etage. «Ich bin gleich bei Ihnen!», rief eine Sekretärin aus einem Kopierraum nach vorne, aber die beiden Männer ignorierten sie. Der Korridor war in dieser Etage etwas geschmackvoller ausgestattet als die Eingangshalle, aber immer noch wesentlich einfacher als im Anwaltsbüro. Einen Anwalt bezahlte man wohl gerne fürs Prestige, doch eine Baufirma sollte hauptsächlich das eigene Bauprojekt in guter Qualität garantieren. Für die Einrichtung ihres Büros wollte man nicht auch noch mitbezahlen.

Robert fand die Nummer des gesuchten Büros auf der rechten Seite. Er tauschte einen Blick mit Charlie aus, bevor er an die Tür anklopfte und die beiden dann in Thomas Kellers Büro eintraten.

Der Mann hinter dem Schreibtisch blickte erstaunt auf. «Was kann ich für Sie tun?»

«Ich bin Charlie Martin. Sind Sie Herr Keller, der gewaltbereite Männer auf mich gehetzt hat?»

Der Mann rutschte vom Tisch zurück. «Was erlauben Sie

sich, hier einfach so hereinzuplatzen?! Sie sind im falschen Büro.» Er stand auf und griff nach seiner Jacke, die über der Lehne des Bürostuhls hing.

Bevor die beiden Männer etwas erwidern konnten, trat eine Frau hinter ihnen durch die Tür. «Entschuldigen Sie, Herr Keller. Ich war mit Kopieren beschäftigt, als die beiden Herren eintrafen.»

«Ist okay, Frau Stoller», antwortete Herr Keller.

Robert trat einen großen Schritt auf den Schreibtisch zu. «Sie sind also doch Thomas Keller. Was haben Sie zu verbergen, dass Sie Ihren Namen verschweigen wollen?»

Der Mann blickte sich nervös um. «Ich … eh …» Dann begann er nervös auf seinem Schreibtisch nach einem Dokument zu suchen.

Charlie trat neben Robert. «Wir möchten Ihnen eine Geschichte erzählen.»

Keller blickte auf.

«Können wir uns setzen?»

«Wie Sie wollen.» Keller zog langsam den Bürostuhl wieder zu sich.

Als alle drei saßen, erzählte Charlie von seinem Unfall und den tragischen Folgen für ihn und seine Tochter. Robert studierte währenddessen die Gesichtsregungen von Keller. Charlie erzählte, dass der Stadtrat selbst das schwere Fahrzeug gefahren hatte. Aus irgendeinem Grund wurde mitten auf der Kreuzung schnell ein Plan geschmiedet. Ein Sachbearbeiter mit Rückenproblemen wurde gefunden, der so oder so ständig bei der Arbeit fehlte. Dieser nahm die Rolle des Fahrers auf sich, während sich der Stadtrat aus dem Staub machte. Charlie habe keine Ahnung, was der Stadtrat zu verbergen habe, aber irgendetwas wird es gewesen sein. «Aber was erzähle ich Ihnen, Herr Keller. Sie kennen die Geschichte sehr gut. Sie waren nämlich auch dort, nicht wahr?»

Keller schüttelte zögernd den Kopf. «Nein. Was reden Sie

da?»

«Und genauso wie der Name des Stadtrats steht auch ihr Name nicht auf der Zeugenliste. Warum wollten Sie mit dem Unfall nicht in Verbindung gebracht werden?»

«Ich war überhaupt nicht da!»

Roberto rutschte auf dem Stuhl bis zum Rand nach vorne und beugte sich vor. «Auf der Zeugenliste steht ein Name. Es ist ihre Assistentin Frau Stoller. Sie gab zu Protokoll, dass sie mit ihrem Chef unterwegs gewesen war, um mit dem Bauherrn eine Baustelle zu besichtigen. Frau Stoller hat keinen anderen Chef als Sie, Herr Keller. Weiter oben gibt es nur noch den CEO, Herrn Christoph Schmid.»

Keller war nun sichtlich nervös. «Ich bin nicht auf der Zeugenliste. Das sagt doch alles. Ich war nicht da.»

«Für uns ist es ein Glück, dass Sie nicht auf der Zeugenliste stehen», fuhr Robert weiter. «Denn so dürften wir mit Ihnen reden.» Er erzählte, dass Charlie beteuerte, bei Grün über die Kreuzung gefahren zu sein. «Doch der hinterhältige Plan, der etwas zu schnell auf der Kreuzung geschmiedet wurde, zeigt immer mehr Löcher. Das ist Ihnen später auch aufgefallen und so haben Sie dreien Jungs eine bessere Arbeitsstelle versprochen, wenn diese dafür Charlie einschüchterten.»

Keller sprang auf und stieß den Bürostuhl zurück. «Ich habe keine Ahnung, wovon Sie sprechen! Wollen Sie mich erpressen? Dann rufe ich sofort die Polizei! Ich bin empört, dass Sie mir so etwas unterstellen.»

Ein kräftiger Bauarbeiter streckte den Kopf durch den Türrahmen. «Kann ich helfen?»

«Bitte begleiten Sie die beiden nach draußen.»

Der kräftige Mann im dunkelblauen Kombianzug trat zwischen Charlie und Robert.

Keller hielt sich schützend am Schreibtisch fest. «Diese Unterhaltung ist beendet.»

Robert blickte zuerst zu Charlie und dann zu Keller. «Wir

sind hier, um Ihnen die Chance zu geben, mit der Wahrheit herauszurücken. Das Kartenhaus der Lügen wird zusammenbrechen. Die Frage ist nur, ob Sie dann auf der richtigen Seite stehen.»

«Ihr tut gut daran, den Mund zu halten.» Keller zeigte drohend mit dem Finger auf die beiden.

Robert und Charlie verließen das Büro dicht gefolgt vom kräftigen Bauarbeiter. Charlie wurde das Gefühl nicht los, dass der alte Robert trotzdem locker mit dem Kraftprotz fertig geworden wäre, hätte er nur gewollt.

Draußen blickte Charlie aufs Handy. Es zeigte drei verpasste Anrufe an, alle von der gleichen Telefonnummer. Es lief Charlie kalt den Rücken hinunter. Das Gespräch mit seinem Vorgesetzten war längst überfällig. Er legte sich die Worte zurecht, mit denen er erreichen wollte, dass Reto seinen Namen trotz allem auf die Liste der empfohlenen Mitarbeiter schrieb. Er rief zurück, aber die Sekretärin sagte, er sei in einem Verkaufsgespräch und könne nicht rangehen. Sie werde ihm ausrichten, dass er ihn sprechen wollte.

Robert setzte Charlie um viertel vor elf beim Krankenhaus ab. Am Eingang zur Intensivstation wurde er von einer Pflegerin aufgehalten. «Es ist drinnen grad viel los, darum hat es nicht genügend Platz für Besucher.» Charlie setzte sich in den Warteraum. Sein Nacken fühlte sich verspannt an. Er lehnte den Kopf zurück gegen die Wand, denn eine Pause von der ganzen Aufregung in seiner Welt war ihm mehr als willkommen.

# 45. Kapitel

Charlie erwachte zwischen Naomi und Kenan. Die beiden saßen am Rand eines staubigen Weges inmitten einer kargen Landschaft. Der Weg war leer bis auf eine Reisegruppe, die langsam auf sie zu wanderte.

Kenan erkannte als erster, dass sich auch die beiden Fischer Andreas und Simon unter ihnen befanden.

«Hey, Andy!», rief Kenan fröhlich, als die Wanderer nur noch wenige Schritte entfernt waren.

Andreas winkte zurück. «Hallo zusammen! Lange nicht gesehen.»

Charlie erfuhr, dass Jesus mit seinen Schülern in Judäa gewesen war und nun wieder zurück nach Galiläa wanderte. Dort hatte Charlie Andreas und seinen Bruder damals am See kennengelernt. In der Zwischenzeit hatte Jesus zwölf Jugendliche ausgewählt, die als seine Schüler mit ihm herumreisten. Die Brüder Andreas und Simon gehörten auch dazu.

«Ist es okay, wenn wir euch ein Stück begleiten?», fragte Charlie.

Für die Reisegruppe war das kein Problem, denn es hatten sich ihnen auch so schon weitere Reisende angeschlossen.

Nach einem längeren Fußmarsch erreichten sie einen Brunnen außerhalb einer Stadt. «Das ist der Jakobsbrunnen. Der Enkel von Abraham hat diesen Brunnen vor langer Zeit gegraben», erzählte Andreas stolz.

Jesus setzte sich auf die Abdeckung des Brunnens und schloss müde die Augen. Es war um die Mittagszeit und eine Siesta war angebracht.

«Wollt ihr mit in die Stadt kommen?», fragte Andreas die

drei. «Wir gehen in Sychar Essen kaufen.»

Kenan ging mit, aber Naomi und Charlie blieben in der Nähe von Jesus und wollten sich ebenfalls ausruhen.

Andreas reichte Naomi einen Lederbeutel, der an einem Stück Holz und einem langen Seil befestigt war. «Damit könnt ihr im Brunnenloch Wasser hochziehen.»

Naomi nahm ihn dankend entgegen, denn sie hatte schon länger über Durst geklagt. Andreas eilte seinen Freunden in Richtung der Stadt nach und Naomi schlenderte zum Brunnen hinüber. Eine niedere Steinmauer umfasste das Brunnenloch im Boden. Darüber lag eine Steinplatte mit einer ausgesparten Öffnung.

Jesus saß immer noch mit geschlossenen Augen auf dieser Abdeckung, während Naomi den Lederbeutel am Seil durch die Öffnung hinunterließ. Bald hörte sie, wie das Holzstück auf dem Wasser aufschlug. Vorsichtig zog sie den Beutel wieder hoch. Das Wasser schwappte zwar über das Leder hinaus, aber das Holz half, den Beutel in Form zu halten.

Jesus öffnete die Augen. «Bitte, gib mir zu trinken.»

Naomi war überrascht. Während ihrer bisherigen Reise hatten die Männer immer nur mit Kenan und Charlie gesprochen, aber noch nie hatte jemand mit ihr geredet. «Du redest mit mir?»

Jesus ging nicht darauf ein. «Naomi, wenn du wirklich verstehen würdest, was Gott dir geben will und wer ich bin, dann würdest du mich bitten, *dir* Wasser zu geben. Es ist lebendiges Wasser.»

Naomi runzelte die Stirn. «Aber du hast doch gar nichts, womit du Wasser hochziehen könntest. Woher willst du dieses lebendige Wasser nehmen? Bist du mehr als ein normaler Mensch?»

Jesus nickte. «Wenn du von dem Wasser trinkst, das ich dir geben werde, wirst du niemals mehr durstig sein. Das Wasser wird in dir selbst zu einer Quelle, die unaufhörlich fließt, bis ins ewige Leben bei Gott.»

Naomi traten Tränen in die Augen. Wie sehr fühlte sie sich innerlich ausgetrocknet und sehnte sich nach etwas, das ihre Bedürfnisse wie eine unaufhörlich fließende Quelle stillte. «Herr, bitte gib mir von diesem Wasser!»

Jesus blickte von ihr weg in Charlies Richtung. Dann sagte er: «Naomi, geh und ruf deinen Mann. Dann komm mit ihm hierher.»

Naomi stutzte. Ihre Geschichten mit Männern waren weit weg, zu Hause in der anderen Welt. Diese konnte sie nicht herholen. Sie wüsste aber auch nicht, welchen der beiden aktuellen Männer in ihrem Leben sie mitbringen würde, denjenigen, mit dem sie noch verheiratet war, oder ihren Seelenverwandten, mit dem sie glücklich werden wollte. Oder war es sogar möglich, dass es mehr als einen Seelenverwandten gab? Zu Sem spürte sie auch so eine Verbindung. Seine aufrichtige Suche nach der Wahrheit beeindruckte sie. Aber ihn konnte sie leider nicht in ihre Welt mitnehmen. Die ehrlichste Antwort war deshalb: «Ich … ich habe im Moment keinen wirklichen Mann.»

«Das stimmt», erwiderte Jesus. «Denjenigen, den du eigentlich hast, lässt du dir entgleiten, und derjenige, mit dem du jetzt anbandelst, ist nicht dein Mann.»

«Herr, du kennst mich?», fragte Naomi. «Weißt du von unserer Reise?»

Jesus blickte sie liebevoll an. «Ich bin doch der Gastgeber dieser Reise.»

Naomi lief es heiß und kalt den Rücken hinunter. «Dann gib mir die Antwort! Wo kann ich Gott so begegnen wie am Anfang?»

Jesus erwiderte: «Glaube mir, Naomi, es kommt eine Zeit, wo ihr nicht mehr den Ort suchen müsst, wo ihr den Vater anbeten könnt. Euer Problem ist es, dass ihr einem Gott zu gefallen versucht, den ihr gar nicht richtig kennt.»

Charlie trat näher. Was er da aus der Ferne von dem Gespräch hörte, interessierte ihn sehr.

Jesus fuhr fort: «Bald kommt eine Zeit, ja, sie ist schon da, in der die Menschen Gott überall als den Vater anbeten werden. Menschen, die selbst vom Geist Gottes erfüllt sind und die Wahrheit erkannt haben.»

Geist und Wahrheit? Das erinnerte Charlie an die Ankündigung des neuen Bundes, bei dem alle Menschen Gottes Geist erhalten werden, wie damals nur König David.

Als ob Jesus seine Gedanken lesen konnte, nickte er und fuhr fort: «So möchte der Vater diejenigen haben, die ihn anbeten. Gott ist Geist, und die, die ihn anbeten wollen, müssen ihn im Geist und in der Wahrheit anbeten.»

Charlie war verzweifelt. «Wie schaffe ich das? Was muss ich tun?»

«Nichts. Ich werde euch den Geist der Wahrheit senden. Wenn er kommt, hilft er euch, die Wahrheit zu begreifen. Denn er redet nicht in seinem eigenen Auftrag, sondern wird nur das sagen, was er hört. Er wird meine Herrlichkeit sichtbar machen. Alles, was er euch zeigt, kommt von mir.»[50]

Da kam Andreas mit Kenan und den anderen zurück. Charlie ging ihnen entgegen. Andreas war überrascht, Jesus im Gespräch mit einer Frau zu sehen, und flüsterte: «Worüber redet Jesus mit Naomi? Was will er von ihr?»

Charlie seufzte. In Sachen Stellung der Frau musste hier noch viel passieren. Doch es beruhigte ihn, dass wenigstens Jesus in dieser Hinsicht seiner Zeit voraus war.

Naomi kam auf Charlie und Kenan zu. «Hey! Könnte er der versprochene Nachkomme sein, der zum Segen für alle Völker wird? Er ist ein Prophet! Er hat mir auf den Punkt genau gesagt, wie mein Leben in unserer Welt aussieht!»[51]

Charlie nickte. Eigentlich wusste er, dass dieser Mann der-

[50] *Johannes 16,13-14*
[51] *Johannes 4*

jenige war, auf den er wartete. Aber trotz allem saß dieser immer noch müde auf dem Brunnenrand, während er mit den zurückgekehrten Schülern in ein Gespräch vertieft war. Müsste der Gesalbte, der ewige König nicht kraftvoller und siegreicher daherkommen?

Er blickte Naomi in die Augen und entdeckte darin ein Funkeln. Sie glaubte wohl nun tatsächlich, dass dieser Mensch all das war.

# 46. Kapitel

Kenan fand sich zusammen mit Naomi und Sem in einer kleinen Stadt wieder. Er brachte in Erfahrung, dass es die Stadt war, in der Jesus wohnte. Offenbar hatte sich schnell herumgesprochen, dass der Lehrer wieder zu Hause war, denn die Menschen strömten durch die Gassen in die Richtung seines Hauses. Die drei Reisenden schlossen sich ihnen an. Wo sonst sollten sie hingehen als zu Jesus, denn eines wussten sie: Nur er hatte Worte, die ewiges Leben brachten. Denn trotz allen Zweifeln begannen sie zu ahnen, dass er derjenige war, den Gott gesandt hatte.[52]

Sie erreichten eine Reihe von einfachen Häusern mit Flachdach, auf das jeweils eine Treppe führte. Der Grundriss war bei allen gleich, aber die meisten hatten Anbauten, wie einen Unterstand für Tiere oder einen gedeckten Raum auf dem Flachdach.

Es war sofort klar, in welchem Haus sich Jesus aufhielt. Es war bereits zur Hälfte mit Leuten gefüllt, als Kenan hinter Naomi und Sem eintrat. Hinter ihm kamen weitere Menschen nach. In seiner Zeit hätte die Brandschutzbehörde eine solche Versammlung gewiss nicht bewilligt. Die Leute drängten sich sogar außerhalb des Hauses zur Tür, um wenigstens ein bisschen etwas vom Reden Jesu zu hören.

Kenan stand von den dreien am nächsten bei Jesus. Er hing ihm förmlich an den Lippen. Denn keiner aus seiner Zeit redete in so machtvollen Worten wie er. In der nächsten Stunde lehrte Jesus seine Schüler und die vielen Gaststudenten über Gott, bis etwas Merkwürdiges geschah. Zuerst fiel Staub von der Decke und kurz darauf ganze Mörtelstücke. Ein Raunen

[52] *Johannes 6,68-69*

ging durch die Menge, als durch einen schmalen Spalt in der Decke Sonnenlicht eindrang. Was ging hier vor sich?

Jesus unterbrach seinen Lehrvortrag und blickte zur Decke hoch. Er schaute dem merkwürdigen Treiben geduldig zu, während oben durch unbekannte Personen Ziegel um Ziegel abgedeckt wurden, bis die Holzarmierung zum Vorschein kam.

Der blaue Himmel und die Sonne blendeten Kenan, aber trotzdem erkannte er vier Männer, die diese Demontage vorantrieben. Sie knieten auf dem Flachdach und schienen fest entschlossen zu sein, das Loch noch größer zu machen.

Simon Petrus sagte etwas zu Jesus, aber dieser beruhigte ihn. Er solle nur warten und schauen, was geschieht. Für Jesus war das Loch im Dach kein Problem, denn er war selbst ein gelernter Baufachmann und er würde es mithilfe seiner Schüler schon reparieren können.

Als die Öffnung groß genug war, ließen die vier Männer an Seilen ein Tuch ins Wohnzimmer hinunter. Darin lag jemand. Einer der Männer rief zu Jesus hinunter: «Bitte Herr, heile unseren Freund, er kann nicht gehen.»

«Was für ein Glaube!», sagte Kenan in die Stille hinein.

Jesus nickte und trat an die Matte, die nun direkt vor ihm auf dem Boden lag.

Kenan hielt die Luft an. Unter den Zuhörern war es absolut still geworden.

Dann sagte Jesus zu dem Mann auf der Matte: «Mein Sohn, deine Sünden sind dir vergeben.»

Dieser Satz löste in Kenan ein bitteres Gefühl aus, weil ihn dieser an seine Kindheit erinnerte. Er hörte immer noch die selbstgefällige Stimme eines Mannes im Ohr: «Mein Sohn, deine Sünden sind dir vergeben.» Zuvor war klein Kenan genötigt worden, seine «Sünden» laut auszusprechen. Aber hinterher fühlte er sich kein bisschen besser, nein, er schämte sich. Seine Mutter hatte es bestimmt nur gut gemeint, als sie ihn zur Beichte brachte und anderen schien diese tatsächlich zu helfen. Aber als Kind hatte Kenan gespürt, dass dieser Mann selbst nicht fehlerlos war. Warum sollte dieser sich also anderen gegenüber scheinheilig mit seinem «besonderen Draht» zu Gott aufspielen?

Er hatte sich damals als Kind geschworen, sein Herz vor allen Menschen zu verschließen, die behaupteten, einen besonderen Draht zu Gott zu haben. Als Kenan zwanzig Jahre alt geworden war, wurde der Priester von einem Amtsgericht wegen Missbrauchs von zwei Jungen zu einer Haftstrafe von etwas mehr als einem Jahr verurteilt. Hatte sich der Priester vielleicht auch immer wieder selbst die Vergebung zugesprochen, indem er gesagt hatte: «Meine Sünden sind mir vergeben», um anschließend mit seinen schändlichen Taten weiterzufahren wie zuvor? Wenn der Priester damals einen besonderen Draht zum Allmächtigen gehabt hätte, warum sagte dieser ihm nicht, er solle damit aufhören? Der damals 20-jährige Kenan wollte nie wieder davon abhängig sein, dass ein anderer Mensch ihm sagte, was Gott für richtig oder falsch hielt, und wem die Sünden vergeben sind und wem nicht. Auch nicht hier von diesem Jesus. Selbst wenn alles andere, was er sagte, ihn noch so beeindruckte. Kenan war überzeugt: Wenn ein Mensch diese Worte aussprach, waren es nur leere Worte.

«Warum gibst du solchen Gedanken Raum in deinem Herzen?», fragte Jesus.

Als Kenan aufblickte, schaute Jesus zu ihm hinüber. «Was kann jemand ohne Gottes Vollmacht leichter sagen? ‹Deine Sünden sind dir vergeben› oder: ‹Gelähmter Mann, steh auf, nimm deine Matte und geh umher!›?» Jesus breitete fragend seine Arme aus. Als er darauf keine Antwort bekam, sagte er: «Du wirst sehen, dass ich die Vollmacht habe, hier auf Erden Sünde zu vergeben.» Jesus wandte sich dem behinderten Mann zu. «Ich befehle dir: Steh auf, nimm deine Matte und geh nach Hause!»

Da stand der Mann auf, nahm seine Matte und ging vor den Augen der ganzen Menge hinaus. Alle waren außer sich vor Staunen und priesen Gott. Sie sagten einander: «So etwas haben wir noch nie erlebt.»[53]

Kenan blieb stumm stehen. Hatte dieser Jesus ihm gerade durch dieses Wunder gezeigt, dass er tatsächlich die Vollmacht hatte, Sünden zu vergeben und dass er wirklich einen besonderen Draht zum Allmächtigen hatte? Jesus lächelte ihm zu. Da wurde eine tiefe Wunde in seinem Herzen geheilt.

Auf der anderen Seite des Raumes standen Priester oder ähnliche religiöse Autoritäten. Normalerweise hätte Kenan mit Verachtung zu ihnen hinübergesehen. Aber jetzt spürte er zum ersten Mal keine negativen Gefühle mehr. Doch ihre Blicke verrieten, dass ihre Herzen keine Heilung erlebt hatten. Einer von ihnen schimpfte: «Sünden zu vergeben ist Gotteslästerung.» Sein Kollege hielt diesem entgegen, dass aber der Lehrer den Lahmen geheilt hatte. Das überzeugte den Ersten nicht. Gotteslästerung sei trotzdem eine schwerwiegende Sünde.

Kenan verspürte etwas, das er gegenüber Autoritätspersonen noch nie gespürt hatte: Mitleid. Er spürte, dass die Männer Gefangene ihrer eigenen Vorstellungen waren.

[53] *Markus 2,1-12*

# 47. Kapitel

Daniel schickte Naomi, Kenan und Charlie auf ihrer Reise eine Station weiter. Nun standen sie auf einem kurzen Straßenabschnitt zwischen zwei Städten. Später stellte sich heraus, dass es eine einzelne Stadt war, die wegen der besonderen Topografie mit zwei separaten Mauern geschützt wurde.

Bevor Kenan sich durchfragen konnte, wo sie waren, zog ein lautes Schreien ihre Aufmerksamkeit auf sich. «Jesus, du Sohn Davids, erbarme dich über mich!»

Charlie stutzte. Wer rief hier nach Jesus und nannte ihn Sohn Davids? Glaubte der Rufende etwa, dass Jesus der vorausgesagte Nachkomme Davids war?

Der Ruf ertönte wieder, aber Charlie sah nicht bis zu dem Mann hinüber, der sich die Kehle heiser schrie. Einige Leute standen um ihn herum und versuchten offenbar, ihn vor den Augen der Reisenden abzuschirmen und ihn zum Schweigen zu bringen.

«Du Sohn Davids, erbarme dich meiner!», hallte die Stimme aber noch lauter von den Stadtmauern wider.

Da sah Charlie Jesus durch das Stadttor schreiten, gefolgt von Andreas und den anderen Schülern. Jesus blieb stehen und sagte etwas zu ihnen.

Drei von ihnen bahnten sich einen Weg durch den menschlichen Sichtschutz und kehrten mit einem lumpig gekleideten Bettler zurück.

«Was ist mit dem los?», fragte Kenan. «Etwas stimmt mit ihm nicht.» Charlie stimmte ihm zu.

«Er ist blind», antwortete Naomi.

Die Schüler stellten den Mann vor Jesus hin. Dieser fragte ihn: «Was willst du, dass ich für dich tue?»

«Herr, dass ich sehen kann.» Charlie hörte das Zittern in der Stimme. Seine hätte bei so einem illusorischen Wunsch auch gezittert.

Jesus sagte: «Du sollst sehen. Dein Glaube hat dich gerettet.»

Charlie traute seinen Augen nicht. Der Bettler blickte zuerst auf seine Hände, dann auf die Menschen und die Stadtmauer. Man konnte ihm ansehen, dass er die Dinge um sich erkannte. Dann sprang er in die Luft und dankte Gott laut. Auch die Passanten jubelten Gott zu. Offenbar hatten sie den blinden Bettler gekannt und wussten, dass die Heilung keine Täuschung war.[54]

Durch dieses Ereignis wurden Charlies Vorbehalte gegenüber Jesus langsam ausgeräumt. Als die Reisegruppe mit Jesus weiterzog und der Bettler sie begleitete, schloss sich ihnen auch Charlie an und holte zu Andreas auf. «Das letzte Mal, als wir bei euch waren, hatten die vier Männer das Flachdach abgedeckt. Habt ihr es wieder repariert?»

Andreas erzählte, dass Jesus den Fischern gezeigt hatte, wie man das macht.

«Ihr habt hoffentlich aber nicht nur zugesehen», foppte Charlie.

«Natürlich nicht. Aber wir stritten uns dabei, wer der beste Schüler sei. Wir wollten von Jesus wissen, wer von uns seine engsten Minister sein würden, wenn er sein Königreich aufrichtet.» Andreas blickte sich vorsichtig um, er wollte nicht, dass die anderen an diesen unrühmlichen Streit erinnert wurden. Dann fuhr er leiser fort: «Jesus sagte: Wer unter euch der Größte sein will, der soll den anderen dienen.»[55]

Während sie über den staubigen Boden weiterwanderten, dachte Charlie über diese Worte nach. Dann fragte er: «Hat

[54] *Ab Markus 10,46*
[55] *Lukas 22,26*

Jesus noch weitere Wunder getan?»

Andreas lachte und erzählte ihm von einer übernatürlichen Tat nach der anderen. Einmal war es Wasser, das zu Wein wurde. Ein anderes Mal war es die Mutter seiner Schwägerin, die Jesus von einem Augenblick auf den nächsten von hohem Fieber heilte. Weitere Blinde wurden sehend, Lahme konnten wieder gehen, Taube auf einmal hören und Leprakranke hat Jesus auch geheilt.

«Das sind erstaunliche Dinge. Wenn ich selbst nicht zwei Wunder miterlebt hätte, würde ich es nicht für möglich halten.»

Andreas nickte. «Besonders krass war es, als Jesus tote Menschen lebendig machte. Einmal war es ein Mädchen, das nach einer schweren Krankheit gestorben war. Die Totenklage war bereits im Gang, als Jesus dazukam. Er nahm ihre Hand und sagte, sie solle aufstehen. Da stand sie auf.»

Plötzlich lief der ehemals blinde Bettler neben Charlie her. Er hatte sich mit Namen Bartimäus vorgestellt. Charlie fragte ihn: «Warum warst du dir so sicher, dass Jesus der Sohn Davids war? Warum hast du ihn so gerufen?»

«Ich kenne die Prophetenworte unserer Vorfahren auswendig. Ich wusste, dass ich nur dann die Chance habe, wieder sehen zu können, wenn der Sohn Davids bei mir vorbeikommt. ‹Sohn Davids› ist ein anderes Wort für den Nachkommen, den ewigen König, den Messias.»

«Was bedeutet Messias?» Im Gegensatz zu den anderen Titeln für den versprochenen Nachkommen war er diesem Ausdruck auf der Reise noch nicht begegnet.

«Messias bedeutet ‹der Gesalbte›. König David war vom Propheten Samuel gesalbt worden. Dieser hatte ihn mit Öl übergossen und eingesalbt. Das war das Zeichen dafür, dass von nun an der Geist Gottes auf ihm war.»

Ja, daran erinnerte sich Charlie.

«Unsere griechischen Freunde sagen ‹Christus›, das bedeutet das gleiche wie Messias.»

«Jesus Christus, natürlich», sagte Charlie und stutzte. Wenn in seiner Welt die Leute selbstverständlich Jesus den Christus nannten, dann war wohl inzwischen irgendeinmal offiziell anerkannt worden, dass er der versprochene Nachkomme war, oder nicht? «Warum hast du ihn also ‹Sohn Davids› gerufen?»

«Weil ich mich an dem Strohhalm festgehalten habe, dass das, was der Prophet vorausgesagt hat, heute bei mir wahr werden könnte. Der Prophet sagte, dass wenn der Sohn Davids kommt, sogar Blinde wieder sehen werden.»

Bartimäus hatte gut gepokert. Jesus war also tatsächlich der versprochene Nachkomme von David, deshalb war Bartimäus sehend geworden.

Also beschloss Charlie, ebenfalls zu pokern, und Jesus direkt zu fragen. Warum so schüchtern? Jetzt war er hier und hatte die einmalige Chance. Er beschleunigte seine Schritte und holte zu Jesus auf.

Dieser nickte ihm freundlich zu.

«Meister», begann Charlie zögerlich. «Bist du derjenige, der kommen sollte, oder sollen wir auf einen anderen warten?»

Jesus blickte ihn an: «Was hörst du über mich? Was siehst du, dass ich tue?»

Charlie zögerte, aber Jesus kam ihm zu Hilfe und sagte: «Blinde werden sehend und Lahme gehen, Aussätzige werden gereinigt und Taube hören, Tote werden auferweckt und den Armen wird die gute Botschaft verkündigt.»

Einer der Schüler in der Nähe stupste Charlie mit dem Ellbogen an. «Das ist ein Zitat. Der Prophet Jesaja hatte das vorausgesagt.»

«Ja, ich weiß. Jesaja sagte, dass das alles geschehen wird, wenn Gott kommt.» Charlie staunte, dass hier tatsächlich all das in Erfüllung ging, was der Prophet Jesaja angekündigt hatte.

Aber die Antwort von Jesus löste in seinem Kopf noch nicht alle Rätsel. Wie sollte dieser herumwandernde Jesus das Problem mit dem verschlossenen Garten lösen oder das Problem mit dem Vorhang vor dem heiligen Wohnsitz Gottes, der zur Todesfalle für alle wurde, die hineingingen? Wie konnte dieser Jesus ermöglichen, dass Charlie zurück in Gottes Umarmung fand?

Jesus unterbrach seine Gedanken. «Du kannst dich freuen, Charlie, wenn du nicht daran Anstoß nimmst, dass ich anders bin, als viele es erwarten.»

«Danke», sagte Charlie ergeben, während Jesus sich wegdrehte und zu allen über Johannes den Täufer zu sprechen begann.[56] Eine Freude stieg in Charlie auf. Es war eine unerklärliche Freude, denn er hatte ja gerade eben an den vielen offenen Fragen Anstoß genommen.

Als die Reisegruppe einen Halt einlegte, um sich im Schatten von ein paar Bäumen auszuruhen, fragte Jesus in die Runde: «Für wen halten mich die Leute?»

Die Schüler zählten ein paar Meinungen auf: «Manche halten dich für Elia und manche für Jeremia oder einen der anderen Propheten.»

Warum sollten die Leute Jesus für einen längst verstorbenen Mann aus früheren Zeiten halten? Andreas sah, dass Charlie die Stirn runzelte. «Ein Prophet hatte einmal gesagt, dass die früheren Propheten nochmals auftreten würden, bevor das Ende der Welt kommt. Deshalb fragen sich die Leute, ob Jesus diese Wiedererscheinung ist.»

«Ist er es?», fragte Kenan.

Andreas schüttelte den Kopf, aber weil der Lehrer weiter-

[56] *Ab Matthäus 11,2*

redete, blieb er still.

«Und ihr?», fragte Jesus. «Für wen haltet ihr mich?»

Andreas' Bruder Simon schoss auf. «Du bist der Messias, der Sohn des lebendigen Gottes!»

Jesus erhob sich und trat auf Simon zu. Er legte ihm die Hand auf die Schulter. «Du kannst dich glücklich schätzen, Simon. Diese Erkenntnis hat dir mein Vater im Himmel gegeben. Von sich aus kommt ein Mensch nicht zu dieser Einsicht.» Dabei blickte Jesus zu Charlie und lächelte ihm zu.

Die Hoffnung in Charlie stieg, dass dieser Vater im Himmel auch ihm diese Klarheit über Jesus schenken würde.

Jesus wandte sich wieder Simon zu. «Ich nenne dich, Petrus, den Felsen. Auf diesen Felsen werde ich die Gemeinschaft meiner Nachfolger bauen. Selbst die Macht des Todes wird sie nicht besiegen können.»

Simon Petrus blieb zuerst wie versteinert stehen. Aber dann breitete sich ein breites Grinsen auf seinem Gesicht aus.

Jesus wandte sich wieder allen zu. «Sagt niemandem, dass ich der Messias bin.» Dann redete Jesus mit seinen Jüngern zum ersten Mal offen darüber, dass er in die Hauptstadt Jerusalem gehen würde und die führenden Männer ihm dort viel Leid antun würden. Er werde getötet, aber am dritten Tage werde er auferstehen.

Charlie verstand kein Wort von dem, was der Lehrer da sagte. Es passte alles nicht zusammen.

Aber Naomi lehnte sich zu ihm hinüber. Sie erinnerte Charlie an das, was der Prophet Jesaja vorausgesagt hatte: «Er redete doch von einem leidenden Gottessohn. Ihn trifft alles, was eigentlich die Menschen hätte treffen sollen. Gott lud all die Schuld nicht auf uns, sondern auf ihn. Erinnerst du dich?»

Charlie nickte. Den Zusammenhang vom großen König und dem misshandelten Mann verstand er schon damals nicht. Aber er erinnerte sich der Worte Jesajas: «Er wird misshandelt, aber er duldet es ohne ein Wort. Es schien, dass Gott ihn mit diesen Leiden straft, aber er wird blutig geschlagen, weil wir Gott die Treue gebrochen haben. Wegen unserer Sünden wird er durchbohrt. Er wird bestraft, aber wir haben dadurch Frieden mit Gott.» Charlie blickte zu Jesus zurück. Er hatte nicht mitbekommen, was dieser in der Zwischenzeit gesagt hatte.

Aber nun schaute Jesus alle Zuhörer der Reihe nach an. «Ich sage euch: Einige von denen, die hier stehen, werden nicht sterben, bis sie mich in meiner Königsherrschaft kommen sehen.»[57]

Charlie war durcheinander und glücklich zugleich. Alle Voraussagen der Propheten kamen tatsächlich hier zusammen. Aber all das war trotzdem nur schwer zu begreifen.

Weit weg ertönte eine Durchsage.

[57] *Matthäus 16,13-19*

# 48. Kapitel

Charlies Blick schweifte durch den Besucherraum und suchte nach einer Uhr. Wie lange hatte er wohl auf dem harten Stuhl geschlafen? Er stand auf und streckte sich. Noch bevor er am Empfang fragen konnte, wann er zu Laura dürfe, vibrierte sein Handy. «Wie geht es deiner Tochter?», fragte Reto, sein Vorgesetzter.

«Sie ist wach und darf heute auf die Bettenstation.»

«Charlie, die Chefs haben meinem Vorgesetzten gekündigt.»

Charlie schluckte schwer. Das war gar nicht gut. Wenn Retos Chef nun weg war, dann hatte Charlie in der Auswahlkommission keinen Verbündeten mehr. «Wer setzt sich jetzt noch für uns ein? Da kennt uns ja keiner mehr.»

«Es sieht nicht gut aus, Charlie. Ich muss die Liste schon heute einreichen.»

«Aber die Kommission tagt doch erst am Mittwoch.»

«Die Personalabteilung will die Namen schon mal prüfen und auch noch eine Empfehlung zuhanden der Kommission abgeben.»

«Setz mich auf die Liste, Reto.»

«Ich kann nicht. Auch wenn ich dich draufsetze, die Personalabteilung wird dich streichen. Was wirft das für ein Licht auf mich, wenn meine Liste angepasst werden muss?»

«Es geht hier nicht nur um dich, Reto.»

«Es tut mir leid. Bezieh erst mal deine Urlaubstage und dann entscheidet die Personalabteilung, wo du bis zum ordentlichen Kündigungstermin eingesetzt wirst.»

«Reto, du musst dich für mich starkmachen. Bitte, nur noch ein einziges Mal! Ich bin einer Verschwörung auf der Spur und ich werde meine Unschuld beweisen. Gib mir nur noch bis morgen früh Zeit. Bitte, gib die Liste erst morgen früh ab!»

Reto blieb eine Weile still. «Auch wenn du dich wie ein Verrückter anhörst, ich gebe dir bis morgen früh Zeit. Dann werde ich die Liste abgeben.»

«Vielen Dank!»

Erschöpft sank Charlie zurück auf den Stuhl. Genau wie viele Menschen auf seiner Reise benötigte er jetzt dringend ein Wunder. «Jesus, du Sohn Davids, erbarme dich meiner!»

*****

Charlie fragte den Pfleger hinter dem Schreibtisch, ob er jetzt zu Laura gehen dürfe. Dieser redete am Telefon mit einer zuständigen Person und schüttelte anschließend den Kopf.

«Es tut mir leid, es gibt Komplikationen.»

«Was für Komplikationen?»

«Ein Arzt wird es Ihnen erklären. Warten Sie hier.»

Charlie rief Sarah an, die bereits erfahren hatte, worum es ging. Eine Ärztin hatte sie angerufen, weil sich Lauras Werte plötzlich unerwartet verschlechtert hatten. Die Ärztin vermutete eine Entzündung.

Charlie musste eine halbe Stunde warten, bis er endlich zu Laura gelassen wurde.

Sie hielt die Augen meist geschlossen und antwortete nur in kurzen Sätzen. «Ich möchte auf die Bettenstation. Dort ist es ruhiger.»

«Ich hätte es dir sehr gegönnt.»

Laura drückte die Hand ihres Vaters. «Erzähl mir vom Unfall.»

Er zögerte. Was sollte sie erfahren und was wäre eine Überforderung? Dann erzählte er von der Fahrt, der grünen Welle und dem Sportwagen, der sie rechts überholt hatte. Den Zusammenprall schilderte er nur in abstrakten Worten. Dann beteuerte er, dass er unschuldig war, aber dass ihm niemand glaubte. Er werde bald für etwas büßen, das er gar nicht begangen hatte.

«Ich glaube dir», sagte Laura leise.

«Danke.»

Ein Mann und eine Frau in türkisgrünen Kleidern kamen und hantierten an den Geräten herum. «Ich gebe der Ärztin Bescheid», sagte die Frau zum Pfleger. Ihr Tonfall verhieß nichts Gutes.

Als die beiden gegangen waren, flüsterte Laura etwas. Charlie blickte zu ihr hinunter.

«Ich erinnere mich.»

«Woran erinnerst du dich?», fragte Charlie vorsichtig.

«An den Sportwagen.» Laura drückte erneut seine Hand. «Da war ein Aufkleber einer Pizzeria. Dort war ich auch schon mit meinen Freunden.» Er fragte vorsichtig nach dem Namen. Sie nannte ihm das Lokal.

Für Charlie war es ein Wunder, dass Laura sich daran erinnern konnte. Dankbar schrieb er Robert eine Nachricht: «Ich lade dich zu Pizza ein. Mittagessen in einer Stunde.» Er nannte ihm das Lokal, setzte sich auf den Stuhl und wartete darauf, dass Sarah ihn ablösen kam. Als er Lauras leise Atemzüge hörte, wurde auch sein Atem ruhiger. Er machte es sich bequem und lehnte sich im Stuhl zurück.

# 49. Kapitel

Um Charlie herum war es Nacht. Naomi und Kenan schliefen nebenan im Gras. Weiter drüben lagen einige der jungen Leute unter einem Baum.

Die Stille hier und die warme, aber frische Nachtluft hatten eine beruhigende Wirkung auf ihn. Nach ein paar Minuten legte sich seine Aufregung und er blickte sich nochmals um. Da entdeckte er Jesus. Dieser saß auf einem Stein und war offensichtlich wach. Charlie vergewisserte sich, ob die anderen auch wirklich schliefen. Er hatte so viele Fragen. Warum die Gunst der Stunde nicht nützen und sie dem Meister stellen? Charlie schlich zu ihm hinüber, er wollte niemanden aufwecken.

Jesus blickte auf. Hatte er ihn bereits erwartet?

«Jesus», begann Charlie vorsichtig. «Ich weiß, dass du von Gott geschickt wurdest. Niemand kann solche Wunder tun wie du, wenn Gott nicht mit ihm ist.»

Jesus aber schüttelte den Kopf. «Ich sage dir, was dir noch fehlt. Wenn du nicht von Neuem geboren wirst, kannst du das Königreich von Gott nicht sehen.»

Charlie zuckte zusammen. Woher kannte Jesus seine Gedanken? Woher wusste er, dass er sich so danach sehnte, sich Gott als dem König, der über Gut und Böse entschied, zu nähern? Aber wie soll das gehen? «Wie kann jemand wie ich noch einmal geboren werden? Ich kann doch nicht in den Bauch meiner Mutter zurückkehren und ein zweites Mal auf die Welt kommen!»

Jesus erwiderte: «Nicht so! Nicht dein Körper muss neu geboren werden, sondern dein Geist. Wenn jemand nicht aus Wasser und Geist geboren wird, kann er nicht ins Königreich

Gottes hineinkommen. Die natürlichen Eltern bringen natürliches Leben hervor, das getrennt von Gott ist. Aber das neue Leben mit Gott wird aus dem Geist Gottes geboren. Das sieht man nicht mit den natürlichen Augen.»

«Wie kann mein Geist neu geboren werden? Wie kann ich wieder in die Verbindung mit Gott treten?»

«Du lebst im 21. Jahrhundert und hast alles Wissen unmittelbar zur Hand. Und trotzdem weißt du das nicht?»

Charlie schwieg. Er wusste viel, aber darauf hatte er wirklich keine Antwort.

Jesus lächelte ihn an. «Ich will dir etwas sagen. Du weißt viel, aber nur wenig davon hast du selbst herausgefunden oder zumindest selbst auf seine Richtigkeit überprüft. Ich aber bin vom Himmel herab zu euch gekommen. Ich weiß aus erster Hand, wovon ich rede.»

Charlie dachte einen Moment nach. Sollte er Jesus jetzt fragen, wie Johannes der Täufer es gemeint hatte, dass er das Opferlamm sei, das für die Sünden aller sterben würde?

Bevor er den Gedanken zu Ende gedacht hatte, antwortete Jesus: «Ich werde sterben und mein Tod ist notwendig. Mein Vater liebt euch Menschen so sehr, dass er seinen einzigen Sohn wie ein Opferlamm für sie hergibt, damit jeder, der an ihn glaubt, das ewige Leben hat und nicht verloren geht.»

«Das ist unfassbar!», sagte Charlie unvermittelt. «Aber wie ist das möglich? Wie Simon muss auch ich sagen: Ich bin ein sündiger Mensch.»

Jesus legte die Hand auf Charlies Schulter und schaute ihn wohlwollend an. «Gott hat seinen Sohn nicht in die Welt gesandt, um sie zu verurteilen, sondern um sie durch ihn zu retten!»

Eine Wärme durchströmte Charlie. Diese Botschaft klang ganz anders, als er die Kirche bisher verstanden hatte. Ging es dort nicht in erster Linie um das richtige Verhalten, um das Verurteilen von Sünden, um Segen und Fluch …

Jesus fuhr fort: «Hab keine Angst. Wenn du an mich glaubst, wirst du nicht verurteilt.»

Eine Last fiel von Charlie ab. Aber trotzdem blieb noch eine Unsicherheit zurück. War das alles nicht zu einfach?

Jesu Gesicht verfinsterte sich. «Ja, das Gericht für alles Unrecht *wird* über die Menschen kommen. Aber das Gericht kommt nicht von Gott. Wer mir nicht glaubt, verurteilt sich damit selbst. So vollzieht sich das Gericht an den Menschen: Ich bin als Licht in die Welt gekommen, aber die Menschen liebten die Finsternis mehr als das Licht. Jeder, der Böses tut, hasst das Licht, weil im Licht sein böses Handeln aufgedeckt wird. Wer aber in der Wahrheit lebt, der kommt ans Licht und man sieht, dass sein Handeln von Gottes Weisheit bestimmt wird.»[58]

Charlie wurde es schwindlig. Er spürte, dass hier zwei Gegensätze aufeinanderprallten. Einerseits der Mensch, der selbst entscheiden und selbst Gott sein wollte. Und andererseits die Liebe Gottes, die um den Menschen warb.

[58] *Johannes 3*

# 50. Kapitel

Charlie hörte Geräusche einer Menschenmenge und wanderte darauf zu. Zu seiner Rechten sah er in der Ferne eine große Stadt. Die atemberaubende Aussicht darauf hätte sich gut auf einer Postkarte gemacht. Charlie hörte die Menschenmenge rufen, doch ein Strauch versperrte ihm die Sicht. Wo waren Naomi und Kenan? Charlie ging um den Strauch herum und kletterte über einen Felsblock. Dahinter sah er einen Weg, der über den Abhang hinunter in Richtung Stadt führte. Auf beiden Seiten des Weges standen Menschen, die Palmenzweige schwenkten. Einige hatten sogar ihre Mäntel als Teppich auf den Weg gelegt.

Als er Naomi in der Menge entdeckte, sprang Charlie vom Stein hinunter und ging auf sie zu. «Was bedeutet dieser Auflauf?»

Naomi freute sich, Sem zu sehen. «Ein König wird bald in die Stadt reisen. Das ist alles, was ich bis jetzt in Erfahrung bringen konnte.»

Charlie freute sich auf die Gelegenheit, einen Blick auf den Glanz des Römischen Reichs zu werfen, wenn er doch schon mal da war. In den historischen Filmen waren die Prozessionen mit den Soldaten, den Pferden und den Würdenträgern jedenfalls immer faszinierend.

Die Spannung unter den Leuten stieg. Charlie versuchte zu verstehen, was die Menge durcheinanderrief: «Gesegnet sei der König, der im Namen Gottes kommt! Gepriesen sei Gott in der Höhe! Gepriesen sei der Sohn Davids!» Charlie stutzte: «Was sagen sie?» Die Leute glaubten allem Anschein nach, dass der Würdenträger, der hier kam, der versprochene Nachkomme sei.

Naomi stieß mit dem Ellbogen in seine Seite. Sie deutete nach vorne, denn jetzt war die Prozession zu sehen. Charlie war verwirrt. Die Männer, die zwischen der jubelnden Menge auf ihn zuwanderten, kannte er ja! Es waren Andreas und seine Mitschüler! Doch was hatten sie im Gefolge eines römischen Königs zu suchen? Hatten sie sich nicht schon darüber beklagt, wie sehr sie unter der gnadenlosen Führung der römischen Obrigkeit litten?

Die Palmenzweige, die die Leute vor Charlie schwenkten, versperrten ihm die Sicht, aber den Umrissen nach musste es Jesus sein, der zwischen seinen Anhängern auf einem Pferd ritt. Er war es also, der hier als König gefeiert wurde.

Die Schüler kamen immer näher. Andreas nickte Charlie von Weitem zu. Kenan hatte sich bereits dem Umzug angeschlossen und marschierte begeistert in der Schar mit. Er schien ganz in seinem Element zu sein, hatte er doch schon an unzähligen Demonstrationen und Kundgebungen teilgenommen, um die Ungerechtigkeit auf der Welt zu bekämpfen.

Da sah Charlie, dass Jesus gar nicht auf einem Pferd, sondern auf einem Esel saß. Stand einem König nicht ein edles Pferd zu?

Aber Jesus war deswegen nicht beschämt. Er lächelte Charlie beim Vorbeireiten zu.

Weiter unten blieb der Umzug stehen. Jesus blickte auf die Stadt hinüber und sagte vermutlich etwas Bedeutungsvolles, denn seine Schüler schauten betroffen zu ihm hinüber.

Charlie griff spontan nach Naomis Hand und zog sie hinter sich her. Gemeinsam drängten sie sich zwischen den anderen Zuschauern hindurch, bis sie Andreas erreichten. Charlie fragte ihn: «Was geht hier vor? Warum reitet Jesus auf einem Esel statt auf einem Pferd, wie es sich für einen König gehört?»

Als Andreas sich zu ihnen umdrehte, sah Charlie, wie ergriffen dieser war. Mit belegter Stimme sagte er: «Es wird immer klarer, dass Jesus der versprochene König ist. Heute erfüllt sich, was der Prophet Sacharja vorausgesagt hat!» Dann blickte er zum Himmel hinauf und zitierte: «Freut euch, ihr Menschen auf dem Berg Zion, jubelt laut, ihr Einwohner von Jerusalem! Euer König kommt zu euch! Er ist gerecht und bringt euch Rettung. Und doch kommt er nicht stolz daher, sondern reitet auf einem Esel, ja, auf dem Fohlen einer Eselin.»[59]

Charlie ließ sich von Andreas' Ergriffenheit anstecken. «Und wie wird Jesus als König eingesetzt?»

Andreas wusste es nicht, aber Naomi hatte eine Vorahnung: «Ich habe das Gefühl, dass dieser König anders ist, als man es erwarten würde. Der Esel ist schon mal ein Zeichen dafür.» Jesus schien anders zu sein als andere Respektspersonen, jedenfalls anders als Jens Neumann. Dieser fuhr «hoch zu SUV» durch die Stadt.

Die Gruppe um Jesus setzte sich wieder in Bewegung und Charlie fragte Andreas: «Warum kennt ihr die Worte der Propheten alle auswendig?»

Andreas erklärte ihm, dass ihre Grundschule im Wesentlichen darin bestand, diese Zitate auswendig zu lernen. Die Vorstellung dieser Art von Unterricht war für Charlie im ersten Moment unerträglich, doch dann musste er zugeben, dass es zu dieser Zeit in Sachen Schulmaterial, Bücher und auch Wissen noch längst nicht dieselben Möglichkeiten gab wie bei ihm zu Hause.

*****

Die Prozession mit Jesus erreichte die Stadt und Jesus stieg vom Esel und ging auf den Tempel zu. Charlie staunte über diese riesige Anlage. Er konnte kaum glauben, dass er sich hier wirklich 2000 Jahre vor seiner Zeit befand. Wie war es

[59] *Sacharja 9,9*

möglich, dass die Menschen ohne jede Hilfe von motorisierten Baumaschinen und ohne Strom solche Bauwerke zustande brachten?

Jesus drehte sich zu ihm um und sagte: «Du bestaunst diese gewaltigen Bauten? Hier wird kein Stein auf dem anderen bleiben, alles wird nur noch ein großer Trümmerhaufen sein.»[60]

Simon fragte bestürzt, wann dies geschehen werde, da erklärte Jesus, dass keine einfache Zeit auf Jerusalem zukomme.

Sie folgten der langen Mauer bis zum nächsten Eingang. «Charlie, ich hätte nicht gedacht, dass auch Sightseeing zu unserer Reise gehört», sagte Naomi, die neben ihm lief. «Das ist so aufregend! Hättest du je gedacht, dass du einmal zur Zeit der Römer die Stadt Jerusalem besuchen würdest?»

Charlie schüttelte den Kopf. Nein, Städtereisen waren nicht so sein Ding. Als Kind hatte er sich immer gewünscht, einmal bei den Indianern zu leben. Moment mal, hatte Naomi ihn Charlie genannt? Er drehte sich zu ihr um, aber sie war schon weitergegangen.

Sie betraten den Tempelhof. Charlie runzelte die Stirn. «Was ist denn hier los? Das ist ein Einkaufszentrum und gar keine heilige Stätte.» Marktstand reihte sich an Marktstand. Man konnte alles Mögliche kaufen, aber vor allem Tiere zum Opfern. Ein Geldwechsler sprach Charlie an und offerierte ihm einen guten Wechselkurs.

Charlie schüttelte den Kopf. Hier herrschte eine total andere Atmosphäre als im Vorhof des Zeltes der Gottesbegegnung bei Mose und Aaron in der Wüste. Sie war damals geprägt von großer Ehrfurcht vor Gottes Heiligkeit.

Etwas erhöht stand der eigentliche Tempel, in dem sich auch der besonders heilige Ort, das Allerheiligste, hinter dem Vorhang befand. Auf das Zelt übertragen war dies die entsprechende Stelle, wo die Söhne Aarons tot umgefallen waren. Ein

[60] *Markus 13,2*

kalter Schauer lief Charlie über den Rücken. Das Treiben und das Feilschen passten gar nicht zu seinen Erinnerungen an den heiligen Ort.

Plötzlich schepperte und polterte es hinter ihm. Er drehte sich um und er sah, wie Jesus vor einem umgefallenen Tisch stand. Jesus trat zum nächsten und kippte auch diesen um. «Raus mit euch! Los, verschwindet aus dem Tempelareal!»

Charlie hatte Jesus noch nie so wütend gesehen. Er jagte die Händler und Kunden durch das Tor nach draußen. Erstaunlicherweise gehorchten ihm die Leute. Wussten sie vielleicht, dass ihre Einkaufsmeile nicht hierher gehörte? Aber die Möglichkeit nach guten Umsätzen hatte ihnen die Sicht vernebelt.

«Mein Haus ist ein Ort zum Beten!», rief Jesus ihnen nach. «Aber ihr habt daraus eine Räuberhöhle gemacht!»

«Gehörst du zu ihm?», fragte plötzlich ein Mann neben Charlie. «Dafür wird er büßen!»

«Ihr seid glimpflich davongekommen», antwortete Charlie. «Er hat euch nur hinausgejagt, aber was wäre wohl zu Moses Zeiten mit euch geschehen? Ihr wärt alle tot umgefallen.»

Der Mann schüttelte verächtlich den Kopf und murmelte etwas davon, dass die führenden Männer beschlossen hätten, Jesus dranzukriegen.

Charlie eilte Jesus und seinen Schülern hinterher. Er hatte sie bald eingeholt, denn Jesus war von ein paar ranghohen Männern aufgehalten worden.

«Woher nimmst du dir das Recht, die Leute hinauszuwerfen?», tadelten sie ihn. «Wenn du im Auftrag Gottes handelst, dann musst du uns einen eindeutigen Beweis dafür geben!»

Das interessierte Charlie. Er wollte sehr gerne einen eindeutigen Beweis dafür sehen, dass Jesus der von Gott versprochene Nachkomme war.

Jesus antwortete ihnen: «Das ist mein Beweis: Zerstört diesen Tempel. In drei Tagen werde ich ihn wieder aufbauen.»

Die Männer regten sich mächtig auf über seine Antwort. Sie gingen wütend weg und riefen, dass für den Bau dieses Tempels 46 Jahre gebraucht worden waren.[61]

Charlie musste zugeben, dass er aus der Antwort von Jesus auch nicht schlau wurde. Zusammen mit Naomi und Kenan versuchten sie die Bedeutung herauszufinden. Aber sie kamen nicht weiter.

Bis jetzt hatte dieser Jesus Charlies Erwartungen nicht wirklich erfüllt. Eva zum Beispiel hatte auf einen Nachkommen gewartet, der der Schlange den Kopf zertreten würde. Wie ist das zu verstehen?

Da nickte Jesus ihm zu. «Das ist jetzt so weit.»

Charlie blickte ihn fragend an, aber Jesus fuhr fort: «Jetzt wird über diese Welt Gericht gehalten. Jetzt wird die Schlange, der Herrscher dieser Welt, entmachtet.»

Kenan schaltete sich ein: «Warum redest du von Gericht? Geht es nicht darum, dass endlich die Liebe siegt?»

Naomi seufzte. Das Wort ‹Liebe› war für sie in letzter Zeit so verwirrend geworden.

«Kenan», antwortete Jesus, «es gibt keine größere Liebe, als wenn jemand sein Leben für seine Freunde lässt.» Nun wandte sich Jesus an seine Schüler. «Die Zeit ist gekommen. Ein Weizenkorn, das nicht in den Boden fällt und stirbt, bleibt ein einzelnes Korn. In der Erde aber keimt es und bringt viel Frucht, obwohl es dabei stirbt.» Er legte dabei die Hand auf seine Brust. «Mein Tod als Opferlamm ist nötig, damit viele Menschen gerettet werden. Ich gebe mein Leben für die Menschen. Niemand nimmt mir mein Leben, ich gebe es freiwillig. Ich habe die Macht und die Freiheit, es zu geben und zu nehmen. Das ist der Auftrag, den ich von meinem Vater bekommen habe.»[62]

[61] *Ab Johannes 2,18*

[62] *Johannes 12,31-32, 15,13, ab 12,23 und 10,15+18*

# 51. Kapitel

Charlie und Kenan tauchten später wieder in der Stadt Jerusalem auf. Sie standen vor dem Eingang eines Hauses in einer schmalen Gasse, aber Naomi war zu Charlies Enttäuschung nicht da. Vielleicht würde sie noch kommen und so warteten die beiden zwischen den braungelben Hausmauern.

Charlie fragte, ob Kenan sein richtiger Name sei, was dieser verneinte. Den richtigen wollte er ihm nicht verraten, was Charlie egal war. «Habe ich meinen richtigen Namen mal ausgeplaudert?»

Kenan schüttelte den Kopf. «Für mich bist du Sem. Wie kommst du eigentlich im Leben zu Hause zurecht? Ich muss zugeben, dass mich der Wechsel zwischen den zwei Welten ziemlich durcheinanderbringt. Meine Freunde halten mich schon für verrückt, weil ich immer wieder Dinge erzähle, die für sie absolut keinen Sinn ergeben.»

Charlie nickte. Für ihn war der ständige Wechsel auch nicht einfach, weil es sowohl hier wie auch zu Hause um lebenswichtige Dinge ging.

Jetzt kam Leben in die schmale Gasse. Einige junge Männer bogen in sie ein und schlenderten auf die beiden zu. Es wunderte Charlie nicht, dass es die Schüler von Jesus waren. Sie wollten genau zu der Tür, vor der sie standen.

Andreas begrüßte sie. «Wo seid ihr in den letzten drei Tagen geblieben?» Ein anderer Schüler meinte scherzhaft: «Es war ja klar, dass ihr zum Festessen wieder auftauchen würdet.»

*Festessen* klang in Charlies Ohren gut und Andreas erklärte ihnen: «Wir sind gerade dabei, das Passahlamm zum Essen zuzubereiten. Jesus hat gesagt, heute, am ersten Tag der ungesäuerten Brote, sei seine Zeit nahe. Er wolle mit seinen Schülern das Passahmahl feiern.»

Jesus stieg allen voran die Treppe hoch, die direkt aufs Flachdach des Hauses führte, wo ein überdachter Raum für das Fest hergerichtet war. Kenan und Charlie gingen als letzte hinauf und staunten, als plötzlich Jesus am Boden kniete, um ihnen die Füße zu waschen.

Der Raum war mit schönen Teppichen ausgelegt und in der Mitte stand ein langer, nur zwei Hand breit hoher Tisch. Die meisten Schüler saßen bereits auf den Teppichen um diesen Tisch herum und einige ruhten sich auch auf Kissen aus. Man sagte ihnen, dass Johannes und Petrus alles vorbereitet hätten.

Charlie freute sich sehr auf das Fest. Er erinnerte sich an den eindrücklichen Abend vor dem Auszug aus Ägypten, als er am ersten Festessen zu Passah dabei sein durfte. Damals ordnete Mose an, dass die Hebräer dieses Fest nun zum Andenken jedes Jahr feiern sollten. Nun durfte Charlie also an so einem jährlichen Fest dabei sein. Er stellte bald fest, dass sich die Tradition gewandelt hatte. Damals waren alle mit Angst erfüllt gewesen, weil angekündigt worden war, dass der Todesengel durch die Gassen ging. Ein fehlerloses Lamm musste sterben und dessen Blut musste an die Türbalken gestrichen werden, damit der Todesengel vorbeiging und die Menschen im Haus verschonte.

Hier war von der Angst nichts zu spüren, es war ein Freudenfest geworden, das offenbar nach einem traditionellen Ablauf von Speisen, Wein und Lobgesängen aus den Psalmen erfolgte. Charlie saß neben Andreas und dieser erklärte ihm jeweils, was als Nächstes an der Reihe war.

Die Stimmung im Raum trübte sich, als Jesus in die Runde blickte und sagte: «Einer unter euch wird mich verraten.»

Die Schüler runzelten die Stirn. Jeder fragte, ob er es sein werde. Aber Jesus antwortete: «Derjenige, der die Hand mit mir in die Schüssel taucht, der wird mich verraten.»

Judas fragte als Nächstes, ob er es sei. Da sagte Jesus: «Du sagst es.» Judas' Gesichtsausdruck verriet, dass dieser wusste, wovon Jesus sprach. Irgendetwas war bei diesem Schüler vorgefallen, denn als Jesus sagte, er solle das tun, was er sich vorgenommen habe, verließ Judas den Raum. Draußen war es bereits dunkle Nacht.

Das Fest nahm seinen Lauf. Als bittere Kräuter gegessen wurden, erinnerte sich Charlie wieder an das erste Passahmahl. Das Essen damals war ebenfalls mit bitteren Kräutern zubereitet worden.

Andreas flüsterte Charlie zu: «Als Nächstes wird Fladenbrot vom Hausvater gebrochen und herumgereicht.»

So war es auch. Jesus nahm das Brot, sprach das übliche Dankgebet. Er brach das Brot in Stücke und gab es den Schülern. Alle wussten, was von ihnen erwartet wurde. Aber plötzlich änderte Jesus das Ritual. Erstaunt blickten die Schüler auf. Jesus sagte: «Nehmt, esst. Das ist mein Leib.»

Dann nahm Jesus den Krug mit dem Wein, sprach auch dazu das übliche Dankgebet und gab den Krug herum. Das gehörte ebenso zur Tradition. Doch die Schüler schauten sich wieder verwundert an, als Jesus auch hier vom gewohnten Ritual abwich und sagte: «Trinkt alle daraus. Das ist mein Blut des Bundes, das zur Vergebung der Sünden vergossen wird.»

Es war totenstill, als jeder der Reihe nach aus dem Becher trank. Charlie gab ihn weiter, ohne einen Schluck zu nehmen. Er musste erst seine Gedanken sortieren. Was hatte das zu bedeuten?

Dem Blut des Bundes war Charlie das letzte Mal bei Mose begegnet. Als dieser mit dem Blut des Opfertiers die Leute besprengte, sagte er dabei: «Das ist das Blut des Bundes, den der Herr mit euch schließt.»[63] Plötzlich begannen seine Hände zu zittern. Kündigte Jesus hier den neuen Bundesschluss

[63] *2. Mose 24,8*

an? *Den* neuen Bund, den Jeremia angekündigt hatte? Aber warum wurde der neue Bund nicht auch mit dem Blut eines Opfertieres geschlossen?

Da gefror Charlie das Blut in den Adern. *Jesus* war das Opfertier! Nicht nur sinnbildlich, sondern tatsächlich. Sein Magen drehte sich beinahe. Das war zu viel für jemanden aus dem 21. Jahrhundert. Jesus würde tatsächlich das Opferlamm werden, mit dessen Blut der neue Bund mit Gott geschlossen wurde! Der neue Bund, der ganz anders war als der alte Bund. Der neue Bund, in dem Gott beide Seiten erfüllte. Nicht mehr die Menschen mussten ein Opfer darbringen, sondern Gott selbst stellte seinen Sohn als Opferlamm zur Verfügung. Charlie konnte nicht mehr weiteressen.

Aber das traditionelle Essen war so oder so beendet. Zum Abschluss gehörte es, ein Loblied aus den Psalmen zu singen. Anschließend verließen sie den Raum und spazierten durch die dunklen Gassen. Sie verließen die Stadt in Richtung Ölberg.[64]

[64] *Ab Matthäus 26,17*

# 52. Kapitel

Charlie und Kenan folgten Jesus und seinen Schülern zur Anhöhe hinauf. Sie erreichten eine Steinmauer, die eine Gartenanlage umgab. «Das ist der Garten Gethsemane», sagte Andreas, während Jesus das Tor aufstieß, und eintrat.

Charlie überkam ein seltsames Gefühl, als er den anderen durch die Öffnung in der niederen Steinmauer folgte. Das letzte Mal, als er vor einer Gartenanlage stand, wurde ihm der Weg mit feurigen Schwertern verwehrt. Auch wenn der Garten hier keine Ähnlichkeit mit dem wunderschönen Garten am Anfang der Geschichte hatte, erinnerte es ihn doch daran.

Als sie zu den ersten Ölbäumen kamen, wandte sich Jesus zu ihnen um. «Betet darum, dass ihr der Versuchung widerstehen könnt.»

Charlie blickte zu den dunklen Bäumen hoch, aber er erkannte im fahlen Mondlicht keine Früchte, die er nicht hätte berühren dürfen. Aber das war wohl auch nicht die Versuchung, von der Jesus sprach.

Jesus ging weiter und ließ die Schüler stehen. Nicht weit von ihnen entfernt kniete er nieder und betete. «Vater, wenn du willst, lass diesen bitteren Kelch an mir vorübergehen. Aber nicht mein Wille soll geschehen, sondern deiner.» Charlie sah, wie heftig Jesus mit sich rang. Die Anspannung, mit der Jesus betete, war so groß, dass sein Schweiß wie Blut auf die Erde tropfte.

Als Jesus später zu den Schülern zurückkam, waren sie eingeschlafen und er weckte sie. «Wie könnt ihr nur schlafen? Steht auf und betet, damit ihr nicht in Versuchung geratet!»

Charlie erhob sich. In der Stille der Nacht waren plötzlich

fremde Geräusche zu hören. Mehrere Personen näherten sich dem Garten. Zwischen den knorrigen Baumstämmen hindurch sah Charlie, wie Männer mit Fackeln durch das Tor traten. Zuvorderst erkannte er Judas. Er kam auf Jesus zu und begrüßte ihn mit dem üblichen Kuss.

Doch Jesus blickte Judas an. «Mit einem Kuss verrätst du mich?»

Simon begriff als erster, in welcher Absicht die Männer gekommen waren. Er sah, dass es das Wachpersonal des Tempels war, die dem Befehl des Hohepriesters unterstanden. Sie hatten Knüppel und andere Waffen dabei. «Herr, sollen wir zum Schwert greifen?», fragte er. Bevor Jesus antworten konnte, zog er sein Schwert und schlug dem Diener des Hohepriesters ein Ohr ab.

«Halt! Hört auf.» Jesus stellte sich vor Simon und stoppte ihn. Dann drehte er sich zum verletzten Mann um, berührte sein Ohr und heilte es.

Nun wandte sich Jesus dem ranghöchsten Mann zu. «Als wäre ich ein Verbrecher, kommt ihr mit Schwertern und Knüppeln hierher. Ich war doch Tag für Tag bei euch im Tempel. Warum habt ihr dort nichts gegen mich unternommen?» Er streckte ihnen seine Hände entgegen. «Aber jetzt ist eure Stunde gekommen, jetzt übt die Finsternis ihre Macht aus.»

Der Offizier der Tempelwache nickte seinen Soldaten zu. Diese packten und fesselten Jesus und führten ihn ab.

Voller Angst rannten die Schüler in unterschiedliche Richtungen davon. Nur Johannes und Simon folgten dem Trupp in einigem Abstand. Auch Kenan war nirgends mehr zu sehen, also schloss sich Charlie Simon und Johannes an.

*****

Im Palast des Hohepriesters wurde Jesus die ganze Nacht verspottet. Die Wachsoldaten verbanden seine Augen und schlugen ihn. Dann sagten sie lachend: «Du bist doch ein Gottesmann! Sag uns: Wer hat dich geschlagen?» Charlie hielt es nicht mehr aus zuzusehen, wie Jesus noch viele weitere Schmähungen über sich ergehen lassen musste.

Als es Tag wurde, versammelte sich der Rat der religiösen Führer. Sie ließen Jesus zur Anhörung vorführen. Der Wortführer rief Jesus zu: «Wenn du der versprochene Nachkomme bist, der Messias, dann sag es uns!»

Jesus sagte mit gesenktem Kopf: «Wenn ich es euch sage, dann glaubt ihr mir ja doch nicht.» Dann blickte er auf. «Aber von jetzt an werde ich an der rechten Seite des allmächtigen Gottes sitzen.»

Einer aus dem Rat rief empört nach vorne: «Er hält sich für den in den Psalmen erwähnten König, der zur rechten Seite Gottes sitzen wird!»[65]

Da riefen sie wild durcheinander: «Also bist du der Sohn Gottes?»

Jesus blickte sie der Reihe nach an. «Ihr sagt es selbst, dass ich es bin.»

Einige Männer hielten sich die Ohren zu, während andere ihre Kleider zerrissen. Da sagte der Wortführer: «Die Zeugenaussagen über seine Gotteslästerungen der letzten Jahre können wir uns sparen. Wir haben die Lästerung aus seinem Mund selbst gehört!»

Der Schuldspruch war schnell gesprochen und als sie Jesus aus dem Saal führten, erhob sich der gesamte Hohe Rat.[66]

*****

Es war noch früh am Morgen, als Charlie der aufgebrachten Menschenmenge zum Amtssitz des römischen Präfekten, zu Pilatus, folgte. Vor dessen Toren blieben sie stehen, denn die

[65] *Psalm 110*
[66] *Ab Lukas 22,63*

religiösen Männer wollten die Reinheitsvorschrift nicht verletzen, die ihnen verboten, in das Haus eines nichtjüdischen Menschen zu gehen. Sonst hätten sie am Passahfest an diesem Abend nicht teilnehmen dürfen.

Der Statthalter Pilatus respektierte dies und kam zu ihnen hinaus. Er betrachtete den Gefangenen und fragte die Anführer der Meute: «Wie lautet die Anklage?»

Heuchlerisch unterwürfig antwortete der Wortführer: «Wenn er kein Verbrecher wäre, hätten wir ihn nicht zu dir gebracht.»

«Wenn es um etwas Religiöses geht, dann haltet selber ein Gerichtsverfahren ab», schlug Pilatus vor.

«Nur ihr Römer dürft jemanden hinrichten.»

Pilatus ließ die Ankläger draußen stehen und ging zurück ins Amtsgebäude. Dort ließ er Jesus vorführen. Da sich Charlie nicht um die Reinheitsvorschriften scherte, folgte er ihnen in den Innenhof.

«Bist du der König der Juden?», fragte Pilatus den Angeklagten.

«Bist du selbst darauf gekommen oder haben es die anderen über mich gesagt?»

«Bin ich etwa einer von euch? Deine eigenen Leute haben dich angeklagt. Was hast du getan?»

Jesus blieb einen Moment stumm, dann sagte er: «Das Königreich, in dem ich König bin, ist nicht von dieser Welt. Wäre ich hier König, dann hätten meine Diener für mich gekämpft, damit ich meinen Verfolgern nicht in die Hände falle.» Jesus schüttelte den Kopf. «Mein Königreich ist ganz anders.»

Pilatus stutzte. «Du bist also tatsächlich ein König?»

«Du sagst es, ich bin ein König. Ich wurde geboren und kam in diese Welt, um die Wahrheit zu verkünden. Jeder, der auf der Seite der Wahrheit steht, der hört auf das, was ich sage.»

«Wahrheit? Was ist denn die Wahrheit?», fragte Pilatus und brach das Verhör ab.

Während der Gerichtsverhandlung erschien ein Diener vor dem Statthalter und überbrachte ihm eine Nachricht. «Ihre Frau lässt ausrichten: ‹Lass die Hände von diesem Mann, denn er ist unschuldig! Ich hatte seinetwegen einen fürchterlichen Traum.›»[67]

Pilatus stand auf, ging zum Wasserbecken und wusch sich vor aller Augen die Hände. Dann ging er wieder zu den Anklägern hinaus. Er bat um Ruhe und erklärte: «Ich kann keine Schuld an ihm finden.»

Charlie hörte, wie die Menge schrie. «Ans Kreuz mit ihm!»

Während Pilatus draußen mit den Anklägern verhandelte, peitschten die römischen Soldaten Jesus im Hof aus. Dann flochten sie aus Dornenzweigen eine Krone und setzten sie ihm auf. Dazu legten sie ihm einen purpurfarbenen Mantel um. «Lang lebe der König der Juden!», riefen sie und schlugen ihm ins Gesicht.

Verwundet ließ Pilatus Jesus nach draußen zur Volksmenge bringen. «Hier ist der Mensch.»

«Ans Kreuz mit ihm», rief die Menge.

«Verurteilt ihn nach euren eigenen Gesetzen», versuchte es Pilatus erneut.

Aber der Wortführer trat vor und hielt ihm entgegen: «Nach unserem Gesetz muss er sterben, weil er behauptet hat, er sei Gottes Sohn.»

Als Pilatus das hörte, wurde ihm noch unheimlicher zumute. Er kehrte der Menge den Rücken und fragte Jesus unter vier Augen: «Wer bist du wirklich?»

Aber Jesus gab ihm keine Antwort.

«Du redest nicht mit mir?», fragte Pilatus. «Weißt du denn nicht, dass ich die Macht dazu habe, dich freizulassen oder aber dich kreuzigen zu lassen?»

[67] *Matthäus 27,19*

Jesus nickte sichtlich unter Schmerzen. «Du hättest keine Macht über mich, wenn du sie nicht von oben erhalten hättest. Du bist zur falschen Zeit am falschen Ort. Deshalb tragen die, die mich hierhergebracht hatten, die größere Schuld.» Charlie erinnerte sich an einen Satz, den Jesus einmal gesagt hatte: «Ich bin bereit, mein Leben zu opfern. Niemand liebt mehr als einer, der sein Leben für seine Freunde hingibt.»[68] Für Charlie klang es beinahe so, als würde Jesus zu Pilatus sagen: Tu, was du tun musst.

Pilatus versuchte nochmals, die Menge davon zu überzeugen, Jesus freizulassen, doch die Ankläger drohten ihm: «Wenn du ihn freilässt, stellst du dich gegen den Kaiser! Der Angeklagte macht sich selbst zum König und ist daher der Feind des Kaisers. Das kannst du nicht durchgehen lassen!»

Diese Drohung verfehlte seine Wirkung nicht. Pilatus ließ Jesus auf den gepflasterten Platz vor dem Amtsgebäude führen und verurteilte ihn von seinem Richterstuhl aus zum Tod am Kreuz.

Es war Mittag geworden. Zu dieser Zeit begannen in der Stadt die Vorbereitungen für die Opferung der Passahlämmer.[69]

[68] *Johannes 10,18 und 15,13*

[69] *Ab Johannes 18,28 mit Details aus den anderen Evangelien*

# 53. Kapitel

Charlie folgte den Schaulustigen, als Jesus unter schrecklichen Schmerzen das Kreuz selbst aus der Stadt hinaustragen musste, obwohl er wegen der Schmerzen kaum noch gehen konnte. Als er erschöpft unter der schweren Last zusammenbrach, zwangen die Soldaten einen Mann, der zufällig vorbeikam, das Kreuz zu tragen. Jeder wusste, wohin es ging: Das Ziel war die Schädelstätte außerhalb von Jerusalem, auch Golgatha genannt.

Charlie entdeckte Naomi bei der Mutter von Jesus, die zusammen mit anderen Frauen auch unter den Anwesenden war.

Die Prozession befremdete Charlie äußerst. Entsetzt sah er dem brutalen Brauch eines anderen Jahrtausends zu. Während in der Stadt Jerusalem die Passahlämmer in den Tempel zur Schlachtung gebracht wurden, hämmerten hier außerhalb der Stadt Soldaten dicke Nägel durch Jesu Hände in die Holzbalken. Blut floss. Und Jesus erlitt schreckliche Qualen.

Dieser Anblick war mehr, als Charlies Magen verkraften konnte, und er musste sich am Rand des Geländes übergeben. Er hatte noch nie im Leben eine derart brutale Handlung miterlebt. «Das ist mein Blut des Bundes, das vergossen wird zur Vergebung der Sünden», hatte Jesus gestern Abend gesagt.

Drei Kreuze wurden aufgestellt. Neben Jesus wurden noch zwei weitere Männer gekreuzigt.

Im Auftrag von Pilatus nagelte ein Soldat ein Schild oben an Jesu Balken. Charlie blickte genauer hin. Was stand da? «Jesus von Nazareth, König der Juden.»

Die Ankläger erhoben Einspruch dagegen und forderten,

die Aufschrift abzuändern. Es müsse heißen: Er behauptet, der König der Juden zu sein. Aber Pilatus ließ ausrichten: «Was ich geschrieben habe, habe ich geschrieben.»

Charlie traute seinen Ohren nicht, als er hörte, wie die Schaulustigen die bloßgestellten Gekreuzigten verspotteten. Sie riefen: «Anderen hat er geholfen, sich selbst kann er nicht helfen.» Charlie spürte, dass Jesus sogar in dieser Situation anderen half. Ja, vielleicht war dies sogar der Sinn der ganzen Sache.

Einer der beiden Verbrecher am Kreuz verhöhnte Jesus auch: «Du bist doch der erwartete Nachkomme Davids, der Messias oder nicht? Dann hilf dir selbst und hilf auch uns!»

«Halt den Mund», rief der andere Verbrecher mit schmerzverzerrtem Gesicht. «Fürchtest du Gott auch in deiner letzten Stunde immer noch nicht? Wir beide werden zu Recht bestraft, aber er hat nichts Unrechtes getan.» Dann stöhnte er auf. «Jesus, denk an mich, wenn du deine Herrschaft als König antrittst.»

«Ich verspreche dir: Noch heute wirst du mit mir im Paradies sein», antwortete Jesus genauso unter Schmerzen.

Charlie horchte auf. Bedeutete dies, dass ab heute der Weg zum Paradies wieder offenstand?

Charlie konnte dem grauenvollen Todeskampf nicht länger zusehen, der sich nun in die Länge zog. Er saß am Boden und vergrub seinen Kopf in die Arme. Obwohl es mitten am Tag war, wurde es auf einmal dunkel. Charlie blickte erst auf, als Jesus etwas sagte: «Ich habe Durst.» Ein Soldat tauchte einen Schwamm in ein Gefäß mit Weinessig und hielt es an einer Holzstange dem Gekreuzigten an den Mund. Nachdem Jesus ein wenig Essig genommen hatte, holte er unter Schmerzen Luft. Mit letzter Kraft sagte er: «Es ist vollbracht.»

Dann neigte Jesus den Kopf und starb.

Der römische Hauptmann, der die Aufsicht über die Hinrichtung hatte und alles mit eigenen Augen gesehen hatte, schlug sich an die Brust. «Dieser Mann war wirklich Gottes Sohn.»[70]

*****

Charlie lief es eiskalt den Rücken hinunter. Er hatte noch nie jemanden sterben sehen. Erst recht nicht auf so grausame Art und Weise. Er konnte immer noch keinen klaren Gedanken fassen. Nur einzelne Wörter und Satzfetzen schwirrten in seinem Kopf umher: Opferlamm, Blut des Bundes, noch heute im Paradies, König der Juden, zur Vergebung der Sünden, es ist vollbracht …

Charlie wurde die Gewalt, das Leid, aber auch das Gaffen der Schaulustigen zu viel. Er blickte sich nach Naomi und Kenan um, entdeckte sie aber nicht. Auch Daniel war nicht hier, um ihm zu erklären, was vor sich ging. Verstört verließ Charlie den schrecklichen Schauplatz, zuerst gehend und suchend, später rennend und fliehend. Der einzige Weg, den er kannte, war die Straße zurück in die Stadt. Er wusste nicht, wohin er sonst gehen sollte. Er wollte einfach nur zurück in Gottes Umarmung. Diese war damals so viel größer als all seine Fragen und seine Verzweiflung gewesen.

Seine Füße trugen ihn in Richtung Tempel. Wo sonst als beim Nachfolger des Zeltes der Gottesbegegnung würde er Gott finden? Aber dafür hätte er ins Allerheiligste zuhinterst hinter den dicken Vorhang gehen müssen, doch Charlie sah die Söhne Aarons noch zu deutlich vor sich, die dieses Wagnis mit dem Tod bezahlt hatten. Er wusste ja, dass es nicht möglich war, als sündiger Mensch so nah an Gott heranzukommen.

Er stolperte durch das Tor in den Tempelvorhof hinein,

[70] *Markus 15,39*

durchquerte diesen und erreichte den Vorhof der Israeliten. Zwischen den wartenden Menschen hindurch sah er, wie das Schlachten der Opferlämmer von den Priestern durchgeführt wurde. Er musste sich abwenden, denn heute hatte er eindeutig genug Blut gesehen.

Charlie drängte sich an der Menge vorbei. Er wusste nicht, dass er als Fremder keinen Zutritt gehabt hätte, doch im Tumult der Festvorbereitung fiel es niemandem auf, dass ein verstörter Mann die Treppenstufen zum imposanten Tempelgebäude hinauf torkelte und sich an einer der Säulen festhielt.

Was trennte ihn noch von Gottes Umarmung? Nur diese Tür zum Heiligtum des Tempels und dort drin der dicke Vorhang zum Allerheiligsten. Hatte Charlie noch etwas zu verlieren?

Die Sehnsucht nach seiner wahren Bestimmung war größer als die Vernunft. Sein Atem hatte sich nach dem Lauf in die Stadt wieder ein wenig beruhigt. Sollte er einfach zur Tür hineingehen? Charlie zögerte. Es würde seinen Tod bedeuten.

Wie von einer unsichtbaren Hand wurde Charlie zur Tür gezogen. Bevor er richtig darüber nachgedacht hatte, lag seine Hand auf dem Knauf des Tors zum Tempelgebäude. Er drückte die Tür auf und trat ein.

Ein Leuchter spendete Licht, aber Charlies Augen brauchten Zeit, um sich an die Dunkelheit zu gewöhnen. Da hinten war der Vorhang vor dem heiligsten Ort auf Erden, die Wohnstätte des Allmächtigen, der wahre Ort der Gottesbegegnung. Wieder sah Charlie die beiden Söhne Aarons vor sich, die es gewagt hatten dort hineinzusehen und tot umgefallen waren. Charlie war vor dem heiligen Gott nicht besser als sie, das war ihm klar. Aber die unsichtbare Hand zog ihn weiter in den heiligen Raum hinein und Charlie spürte eine Liebe, die größer war als seine Ängste.

Die Augen gewöhnten sich mehr und mehr an die Dunkelheit und da erblickte Charlie etwas Unfassbares: Der schwere

Vorhang war nicht zugezogen, sondern hing zerrissen zu beiden Seiten des Raumes herunter.[71]

Im ersten Moment überkam Charlie Todesangst. Er sah direkt ins Allerheiligste hinein.

Nun war er Gott definitiv zu nahe gekommen.

Aber er spürte, wie die unsichtbare Hand ihn behutsam festhielt und ihm das Gefühl gab, in Sicherheit zu sein. Langsam dämmerte es Charlie.

*Es ist vollbracht!* Das hatte Jesus am Kreuz gesagt. Das Problem war gelöst. Das Blut Jesu wurde vergossen, um den neuen Bund zu schließen. In diesem Bund erfüllte Gott beide Seiten. Er schloss den Bund mit sich selbst und die Menschen konnten daran teilhaben. Die Schuld und die Scham hatte das Opferlamm Jesus ans Kreuz mitgenommen … *zur Vergebung der Sünden.* Jesus war der versprochene Nachkomme, der der Schlange den Kopf zertrat. Der Vorhang vor dem Allerheiligsten war zerrissen. Der Zugang zum Garten Eden war frei. Der Todesengel stand nicht mehr zwischen Charlie und Gott. Der Todesengel kam nicht mehr vorbei, um seinen Preis zu fordern, weil das Blut nun geflossen war.

Überwältigt, aber auch überfordert stand Charlie mitten im Heiligtum und blickte in den hinteren verbotenen Raum. Der Weg war frei. Sollte er losrennen und dort in die Umarmung Gottes fallen?

Während Charlie noch versuchte, die Gedanken zu sortieren, erstrahlte hinter dem Vorhang ein Licht. Es wurde immer stärker und heller. Charlie spürte eine Wärme aus dem Allerheiligsten zu ihm ausstrahlen. Der Gedanke hineinzurennen war auf einmal verflogen. Fasziniert sah er zu, wie das Licht langsam um den zerrissenen Vorhang auf ihn zuströmte. Die Wärme wurde stärker und umhüllte ihn. Wie am Anfang seiner Reise konnte er sich auch diesmal nicht auf den Füssen

[71] *Lukas 23,45*

halten. Er fiel auf die Knie und hielt die Augen geschlossen, weil das Licht so sehr blendete. Aber diesmal streckte er die Arme aus. Er wollte die Berührung, er wollte die Umarmung Gottes.

Gott umarmte ihn und Charlie vergaß alles. Er war angekommen. Hier fühlte er sich angenommen und unendlich geliebt. Geerdet, befreit von schweren Gedanken, frei von Stress, frei von Existenzängsten, frei von der Angst zu versagen und von der Scham. Wie hatte er sich danach gesehnt, zurück in die Arme des allmächtigen Vaters zu fallen, nach Hause zurückzukommen. Genauso fühlte es sich an.

Charlie kniete noch lange mitten im Heiligtum, auch als das Licht den Tempel längst verlassen hatte. Wohin war es gegangen? Warum war es nicht im Allerheiligsten geblieben, damit Charlie durch den zerrissenen Vorhang zu ihm hätte hineingehen können? So hätte er immer wieder hierherkommen und sich von Gott umarmen lassen können. Doch nun hatte das Licht den Tempel verlassen.

Obwohl … in seiner Zeit stand dieser Tempel mit dem Allerheiligsten schon lange nicht mehr. Wo müsste er Gottes Umarmung denn suchen gehen?

Auf einmal sah Charlie vor seinem inneren Auge Naomi und Jesus am Brunnen stehen. Da hatte Jesus zu ihr gesagt: «Es kommt eine Zeit, wo ihr nicht mehr suchen müsst, wo ihr den Vater anbeten könnt. Bald kommt die Zeit, ja, sie ist schon da, wo Menschen Gott überall als den Vater anbeten werden. Menschen, die selbst vom Geist Gottes erfüllt sind und die Wahrheit erkannt haben.»

Plötzlich verstand Charlie. Überall! Er musste nicht ins Allerheiligste hineingehen. Im Gegenteil: Gott kam zu ihm hinaus! Gott war nicht mehr fern, sondern er war nun überall.

«Vom Geist Gottes erfüllt und die Wahrheit erkannt.» Charlie sprang auf. Hatte nicht Daniel ganz am Anfang gesagt, dass das Licht der Geist Gottes gewesen war, der über dem Wasser schwebte? Er musste den Geist Gottes suchen gehen. Er spürte, dass dies der Schlüssel zu Gottes Umarmung war.

Charlie rannte zurück zur Schädelstätte. Aber die Holzbalken des Kreuzes lagen bereits am Boden und Jesu Leichnam war weg. Jemand sagte ihm, dass ein heimlicher Schüler von Jesus, ein reicher Mann, Pilatus um Erlaubnis gefragt hatte, ihn in seinem persönlichen Felsengrab zu bestatten.

Etwas abseits stand Daniel und blickte zu ihm hinüber. Erleichtert, jemand Vertrautes zu sehen, ging Charlie auf ihn zu. «Stimmt es, dass ich nun überall zu Gott kommen kann? Ich habe den zerrissenen Vorhang gesehen!»

Daniel nickte.

«Aber wie ist das möglich? Wir sind doch nicht besser als zuvor? Wenn wir bisher nicht rechtschaffen genug waren, um in Gottes Nähe zu kommen, warum jetzt?»

Daniel legte ihm die Hand auf die Schulter. «Du bist heute vom ziellosen Leben freigekauft worden. Du weißt doch, was der Preis dafür ist: nicht etwas Vergängliches wie Geld, sondern das Blut eines Opferlammes, an dem nicht der geringste Fehler war.»

Charlie schüttelte den Kopf. «Ich habe es nicht verdient, dass jemand mit seinem Tod für mich bezahlt.»

«Begreifst du es nicht, Charlie? Es geht hier nicht darum, was du verdient hast. Gott erfüllt beide Seiten des Bundes. *Er* hat es verdient. Schon vor der Erschaffung der Welt war Jesus als das Opferlamm vorgesehen gewesen. Jetzt ist es euch erschienen.»[72]

«Krass!», war alles, was Charlie darauf antworten konnte. Nicht das Blut eines Schuldigen war geflossen, obwohl es hieß, wer die Frucht berührt, müsse sterben. Auch nicht das Blut

[72] *1. Petrus 1,18-20*

eines Tieres wie bei Mose, sondern das Blut Gottes selbst. Er erfüllte beide Seiten des neuen Bundes.

Plötzlich nickte Charlie, weil er es kapiert hatte: «Der Lohn dafür, dass wir uns von Gott abgewendet haben und selbst über Gut und Böse entscheiden wollten, ist der Tod. Der Weg zu Gott ist versperrt. Aber Gott macht uns das unverdiente Geschenk des ewigen Lebens in der Umarmung Gottes. Und zwar durch Jesus Christus.»[73]

Der Weg zum Baum des Lebens im Garten war versperrt gewesen, aber nun war er frei. Charlie verstand noch nicht ganz, wie alles zu verstehen war, aber in diesem Moment war es genug.

[73] *Römer 6,23*

# 54. Kapitel

Es war bereits ein Uhr nachmittags, als Robert und Charlie bei der Pizzeria eintrafen. Sie setzten sich an einen Tisch in der Nähe des Eingangs und bestellten. Der Kellner sprach mit sympathischem italienischen Akzent. Bevor er die Bestellung in die Küche bringen konnte, fragte Charlie nebenbei: «Wie viele Autos zum Ausliefern der Pizzen haben Sie?»

«Zwei. Aber nur mittags und an den Wochenenden abends sind beide im Einsatz.»

«Können Sie mir sagen, wer am letzten Mittwochabend gegen zehn Uhr unterwegs war?»

Der Kellner runzelte die Stirn. «Mittwoch? Ich gebe die Bestellung auf und finde es heraus. Gibt es eine Reklamation?»

«Nein, keine Sorge», winkte Charlie ab. «Wir haben nur eine Frage an den Fahrer.»

Der Kellner drehte sich um und verschwand durch die Schwingtür in die Küche.

Robert drehte den Salzstreuer in der Hand hin und her. «Ich werde den Verdacht nicht los, dass du mich nicht mir zuliebe zu dieser Pizza eingeladen hast.»

Charlie schmunzelte. «Zwei Fliegen auf einen Streich.»

Robert stellte den Salzstreuer neben den Pfeffer und lehnte sich zurück. «Worum geht es wirklich?»

Charlie erklärte, dass er sich einerseits mit dieser Pizza bei ihm für alles bedanken wolle, was Robert in den letzten Tagen für ihn getan hatte. Er habe noch nie einen so hilfsbereiten Menschen getroffen. «Gut, du bist pensioniert und hast Zeit, aber trotzdem vielen Dank!»

«Gerne. Es macht mir Spaß.»

«Mein Unglück bereitet dir also Spaß.» Charlie lachte und schüttelte dabei den Kopf.

«Live dabei zu sein, ist viel besser, als das gleiche im Nachmittagsfernsehen anzugucken.» Robert lachte auch. «Und andererseits?»

«Der Sportwagen, der hinter mir gefahren ist, steht da draußen auf dem Parkplatz.»

Der Kellner brachte die Getränke und Charlie schaute ihn fragend an. Der Kellner blieb eine Weile stehen und sagt dann: «Ich hatte am Mittwoch Fahrdienst.»

Robert legte dem Kellner die Hand auf den Arm. «Entspannen Sie sich. Sie haben nichts Falsches getan.»

Charlie deutete nach draußen. «Sind die Dashcams im Auto nur Attrappe oder wird da auch etwas aufgezeichnet?»

Robert schaute erstaunt nach draußen. Tatsächlich blickte ihn durch die Windschutzscheibe des geparkten Autos eine kleine Kamera an.

Der Kellner wurde nervös. «Sind Sie von der Polizei?»

«Wäre das ein Problem?», fragte Robert.

«Die Lieferungen sind sehr stressig. Die Kunden wollen die Pizzen so schnell wie möglich und sie sollen ja auch noch warm sein …»

«Wir sind nicht von der Polizei», sagte Charlie schnell. Er benötigte einen hilfsbereiten Zeugen und nicht einen nervösen. «Ich war am Mittwochabend in einen Autounfall verwickelt. Ihr Sportwagen war kurz zuvor hinter mir. Die Aufnahmen der Dashcam könnten mir helfen, meine Unschuld zu beweisen.»

Der Kellner entspannte sich und runzelte die Stirn. «Seit wann muss man seine Unschuld beweisen?»

Robert schüttelte den Kopf. «Die Unschuldsvermutung klingt auf dem Papier schön, aber in Wahrheit bekommen meistens die Mächtigen recht.» Charlie dachte schon, sein Freund wolle hier ein politisches Statement abgeben, aber Robert fuhr fort: «Sie können heute Robin Hood sein, der dem Unterdrückten zu seinem Recht verhilft. Wollen Sie das?»

Der Kellner verließ die beiden, ohne ein Wort zu sagen. Er kam nach zehn Minuten mit den frischen Pizzen zurück, dicht gefolgt von einem älteren Mann, der dem Kellner glich.

«Wir halten uns gerne aus Rechtsstreitigkeiten heraus», sagte der Patron.

Alles Flehen, Bitten und Erklären von Charlie nützte nichts, der Patron ließ sich nicht umstimmen. Ohne Anordnung des Staatsanwalts würden sie keine Dashcam-Aufnahmen herausgeben.

«Jetzt esst die Pizzen. Sie werden kalt», sagte der Chef. «Sie gehen aufs Haus.»

Charlie verlor die Hoffnung, die zuvor in ihm aufgekeimt war. Die Behörden hatten ihn bisher zu sehr enttäuscht, als dass er das Finden eines Beweises für seine Unschuld ihnen überlassen wollte.

Der Kellner war kurzangebunden, als er die leeren Teller abräumte. «Wie war es?»

«Fast so gut wie bei Mama Colombo», antwortete Robert.

«Du kennst Mama Colombo?»

Robert nickte.

Der Kellner blickte zur Küche zurück. «Einen Augenblick.»

Kurz darauf erschien wieder der Patron und stellte sich an ihren Tisch. Er schlug einen Deal vor: Robert und Charlie besorgten ihm das geheime Rezept von Mama Colombos Pizzateig und dafür würde er ihnen die Aufnahmen der Dashcam aushändigen.

«Ich werde sehen, was ich machen kann.» Robert stand vom Tisch auf und verließ die Gaststube.

Charlie war auf Nadeln, als sie ins Auto stiegen. «Wird sie das Rezept hergeben?»

«Dieses Problem kannst du mir überlassen. Ich besorge dir

das Rezept.»

Charlie bedankte sich bei Robert für die Fahrt zum Krankenhaus und stieg aus. Er eilte zur Intensivstation, um herauszufinden, wie es Laura ging. Der Weg durch den Eingang und weiter dem Korridor entlang zur Schiebetür, wo nur Befugte Zutritt hatten, war bereits so zur Routine geworden, dass er beinahe das Gefühl hatte, hier zu wohnen.

Bei der Schiebetür traf er auf Sarah, die sich bereits auf den Weg machte. «Gut, dass du endlich kommst. Ich muss los.»

«Wie gehts ihr?»

«Noch nicht besser. Aber sie schläft. Der Arzt sagte, das sei gut.» Sie umklammerte nachdenklich ihre Handtasche. Dann blickte sie wieder zu ihm auf. «Kannst du mir von zu Hause das Handyladekabel mitbringen?»

«Ich weiß noch nicht, wann ich das nächste Mal dort vorbeigehe. Wirst du mich heute Abend um acht Uhr ablösen?», fragte Charlie.

Sarah berührte ihn am Arm. «Ich werde bei Laura zu Abendessen. Ich bin zwischen vier und fünf wieder da.»

Charlie runzelte die Stirn. «Hattest du nicht gesagt, dass du heute länger arbeiten musst?»

Sarah schaute eine Sekunde zu lang weg, bevor sie antwortete: «Nein.»

«Du hattest dich doch sicher wieder zum Essen verabredet.» Charlie kannte sie gut. «Mit Sonnyboy.»

«Sonnyboy ist ein Idiot.» Sie hielt sich die Hand vor die Augen. «Ich schäme mich, Charlie.»

Charlie fand an diesem Tag nicht heraus, was sie damit meinte. Erst später erfuhr er, dass Sonnyboy zu der Zeit für sie tatsächlich mehr als ein Mitarbeiter gewesen war. Als Alternative zu Charlie baute sie an einer Beziehung zu ihm. Sie hatte gedacht, in ihm ihren Seelenverwandten gefunden zu haben. Aber als sie Sonnyboy heute angerufen hatte, um ihn nochmals zu treffen, hatte sich herausgestellt, dass auch Sonnyboy gerne Alternativen in der Hinterhand hielt. Er war an diesem Abend bereits mit einer anderen Frau verabredet. Ihre Hoffnung auf einen Mann, der diesmal der Richtige sein würde, hatte sich schneller in Luft aufgelöst als erwartet.

Sarah eilte zur Arbeit und Charlie blickte zu seiner schlafenden Tochter. Er setzte sich neben sie und nach einer Weile entschied er sich, es wieder mit der Reise zu versuchen. Er machte es sich auf dem Stuhl bequem und lehnte sich zurück.

# 55. Kapitel

«Charlie!» Sein Arm wurde hin- und hergerissen. Er öffnete die Augen und blickte in Naomis Augen direkt über ihm. «Komm schnell!»

Charlie streckte sich.

«Jetzt mach schon. Jesus ist auferstanden. Komm mit!» Naomi richtete sich wieder auf und wandte sich zum Gehen.

Charlie war noch zu schlaftrunken, um zu verstehen, was Naomi gerade gesagt hatte. Er erhob sich und hielt Naomi am Arm zurück. «Was hast du gesagt?»

«Dass Jesus vom Tod auferstanden ist!»

Jetzt war Charlie ganz wach. Er wusste ja, dass die Kirche lehrte, dass Jesus am Ostersonntag auferstanden war und dass das Grab leer gewesen sei.

Naomi sah ihn ungeduldig an, aber Charlie fragte: «Woher weißt du, dass es wahr ist?»

Sie riss sich von seinem Griff los. «Ich war heute früh mit ein paar Frauen unterwegs zur Höhle im Felsen, in der der Leichnam lag. Wir haben Salben mitgenommen, um ihn einzubalsamieren. Anscheinend machen die das hier so.» Ihre Augen glänzten beim Erzählen. «Den Eingang zur Höhle hatten die Männer vorgestern mit einem riesigen Stein verschlossen. Als wir näherkamen, sahen wir, dass der Stein weggewälzt war. Wir gingen in die Grabkammer hinein und sahen, dass der Leichnam von Jesus weg war. Während wir noch ratlos dastanden, traten plötzlich zwei Männer in hell leuchtenden Gewändern zu uns. Wir erschraken sehr und wagten nicht aufzublicken. Doch die beiden Männer sagten: ‹Was sucht ihr den Lebendigen bei den Toten? Er ist nicht hier, er ist auferstanden. Erinnert euch an das, was er euch gesagt hat, als er noch in Galiläa war: Der Menschensohn muss in die Hände sündiger Menschen gegeben werden. Er muss gekreuzigt werden und wird drei Tage danach auferstehen.› Da erinnerte sich Maria Magdalena daran, dass Jesus das gesagt hatte.»

Charlie hatte Naomi noch nie so glücklich und gleichzeitig so voller Spannung gesehen. Es schien, als ob sie es tatsächlich so erlebt hatte. Doch er musste es zuerst selbst sehen. «Ich glaube es erst, wenn ich seine Hände sehe, die von den Nägeln durchbohrt worden waren. Wo können wir ihn treffen?»

«Ich weiß nicht, wo er ist.» Naomi packte Charlie wieder am Arm und zog ihn mit sich. «Du musst mitkommen und mir helfen, die Schüler von Jesus davon zu überzeugen, dass es wahr ist. Die glauben uns Frauen nämlich kein Wort! Aber Maria Magdalena hat ihn gesehen und mit ihm geredet.»

Charlie eilte Naomi hinterher, obwohl er nicht wusste, wie er die jungen Männer von etwas überzeugen sollte, das er selbst nicht recht glaubte.

Sie waren beide außer Atem, nachdem sie schon eine halbe Stunde im Eiltempo unterwegs gewesen waren. Als der Weg nun anzusteigen begann, verlangsamte Naomi ihre Schritte und Charlie war froh darum. Er holte zu ihr auf und fragte: «Ich heiße Sem. Warum hast du mich vorhin Charlie genannt?»

«Entschuldige.» Naomi zuckte mit der Schulter. «Ich bin so aufgeregt und kann nicht mehr klar denken. Du erinnerst mich manchmal an meinen Mann. Der heißt so.»

Charlie schwieg betroffen. Diese Antwort hatte er nicht erwartet.

Als sie in Jerusalem ankamen, gingen die beiden zum Haus, in dem sich die Schüler von Jesus versteckt hielten. Sie hatten sich hinter der verschlossenen Tür verschanzt, weil sie sich davor fürchteten, dass die führenden Männer nun auch gegen sie gerichtlich vorgehen würden.

Charlie legte sich ein paar Worte zurecht, um die jungen Männer aufzumuntern. Er hatte schließlich im Tempel die Kraft Gottes gespürt. Er möchte ihnen Mut zusprechen, jetzt nicht aufzugeben.

Aber als ihnen die Tür aufgetan wurde, waren seine aufmunternden Worte nicht mehr nötig. Der Türöffner begrüßte sie nämlich mit den Worten: «Der Herr ist tatsächlich auferstanden! Er ist Simon Petrus erschienen!»

Simon hat Jesus gesehen? Wie gerne würde auch Charlie Jesus wiedersehen!

*****

In der gleichen Zeit war Kenan zusammen mit Kleopas, einem der Schüler Jesu, unterwegs zu dessen Wohnort, der etwa drei Wanderstunden von Jerusalem entfernt lag. Kleopas war enttäuscht davon, wie sich alles entwickelt hatte. Er hatte große Hoffnung auf die Zukunft mit Jesus gesetzt, die sich nun aber in Luft aufgelöst hatte. Er wollte nur noch nach Hause und sein Leben neu ordnen.

Auch Kenan musste einen klaren Kopf bekommen. Er als Skeptiker der Reisegruppe mit Naomi und Sem hatte lange geglaubt, dass alles mit Gott und seinem Plan nur ein Hirngespinst war. Aber ausgerechnet dann, als er sich von Jesu Worten hatte überzeugen lassen, die so viel Sanftheit, Mitmenschlichkeit und Liebe ausgestrahlt hatten, wurde er durch dessen Ermordung bitter enttäuscht. Er verstand nicht, warum Jesus all dies wehrlos mit sich hatte geschehen lassen. Wo blieben die Wunder, die er vollbracht hatte? Was war aus seinem königlichen Auftritt geworden? Oder war er am Ende doch nur ein gewöhnlicher Mensch gewesen?

Da Kleopas dieselben Fragen wälzte, verstanden sich die beiden auf Anhieb. Kleopas hatte Kenan angeboten, bei ihm zu übernachten.

Unterwegs sprachen sie über alles, was in den letzten Tagen geschehen war. Auf einmal schloss sich Jesus den beiden Wanderern an. Aber sie hatten die Augen für die Realität verschlossen, sodass sie ihn nicht erkannten. Er fragte sie: «Worüber redet ihr?»

Kenan blieb traurig stehen und Kleopas antwortete: «Bist du denn der Einzige, der sich zurzeit in Jerusalem aufhält und nichts von dem weiß, was dort in diesen Tagen geschehen ist?»

Jesus fragte mit einem versteckten Lächeln. «Was ist denn geschehen?»

Kenan antwortete: «Es geht um Jesus aus Nazareth. Sein Wirken und seine Reden zeigten, dass er …» Er zögerte und suchte das richtige Wort. «Dass er ein Prophet war. Aber nun haben ihn die führenden Männer zum Tod verurteilen und kreuzigen lassen. Wir hatten so gehofft, dass er der erwartete Retter ist, der die große Revolution anführt!»

Kleopas fuhr fort: «Aber heute haben uns einige unserer Mitschülerinnen zusätzlich verwirrt. Sie waren früh am Morgen beim Grab, aber sein Leichnam war verschwunden. Sie erzählten uns, Engel seien ihnen erschienen und hätten gesagt, dass er lebe.»

Kenan seufzte. «Einige von uns gingen zum Grab und es war tatsächlich leer, wie die Frauen gesagt hatten. Aber Jesus sahen sie nirgends.»

Da blieb Jesus mitten auf dem Weg stehen und wies sie zurecht: «Ihr unverständigen Leute! Warum fällt es euch so schwer, zu glauben, was die Propheten über Gottes großen Plan vorausgesagt haben?! Der gesalbte Nachkomme musste all das Leiden am Kreuz ertragen, damit sich alles erfüllt, was die Propheten vorausgesagt hatten und damit er so zu seiner Königswürde gelangt.»

Die beiden Wanderer sahen den Fremden entgeistert an.

Jesus setzte sich wieder in Bewegung und sprach in gemäßigtem Ton weiter. Er erklärte ihnen geduldig, was durch die ganze Schrift hindurch über ihn gesagt wird, und ging mit ihnen Schritt für Schritt durch die große Geschichte Gottes. Er kam an allen Stationen vorbei, die Kenan, Charlie und Naomi auf ihrer Reise durchlebt hatten: Der Bund mit Noah und der mit Abraham. Die Erlebnisse bei Mose mit dem Zelt der Gottesbegegnung. Die Ankündigungen auf den Nachkommen von König David und die Voraussagen der Propheten Jesaja, Hesekiel und all den anderen. Jesus erklärte ihnen detailliert, wie sich das alles auf ihn bezog.

Je mehr Kenan verstand, dass dieser Jesus tatsächlich das Ziel der großen Reise war, desto mehr ließ er sich begeistern. Aber dass Jesus tot war, drückte trotzdem einen Schleier vor seine Augen. Warum nur war das Reiseziel der Tod gewesen?

Irgendwann erreichten sie das Dorf, in dem Kleopas wohnte. Jesus tat so, als wollte er weiterwandern. Aber Kleopas und Kenan hielten ihn zurück. «Bleib doch bei uns. Es ist schon fast Abend, der Tag geht bald zu Ende.»

Da ging Jesus mit ihnen ins Haus und blieb bei ihnen.

Als Jesus etwas später mit ihnen am Tisch saß, nahm er das Brot, dankte Gott dafür, brach es in Stücke und teilte es an Kenan und Kleopas aus. Da wurden ihnen die Augen geöffnet und endlich begriffen sie, dass es Jesus war.

Doch im selben Augenblick war Jesus vor ihren Augen verschwunden und sie saßen nur noch zu zweit am Tisch. Sie blickten einander mit freudestrahlenden Augen an.

Kenan sprang auf. «Jetzt ist alles klar. Mein Herz brannte schon die ganze Zeit über. Es begeisterte mich so und ich spürte doch, dass er die Wahrheit sagte, als er uns *seine* große Geschichte erklärte.»

Kleopas hatte es genauso erlebt. Sofort brachen sie auf und kehrten noch in derselben Nacht nach Jerusalem zurück. Sie hatten Jesus gesehen und nun verstanden sie, wie sich alles in der großen Geschichte in Jesus erfüllte.

Sie fanden die anderen Schüler im Haus, in dem sie sich immer noch versteckt hielten. Diese begrüßten auch die beiden Neuankömmlinge mit den Worten: «Der Herr ist tatsächlich auferstanden! Er ist Simon Petrus erschienen!»

Die beiden lachten und berichteten: «Wir haben Jesus auch gesehen! Er ist uns unterwegs begegnet und hat mit uns gegessen.» Sie erzählten, wie sie Jesus erkannt hatten, als er das Brot brach.[74]

Charlie sah Kenan an, dass er durch diese Begegnung verändert worden war. Er wünschte sich das auch. Warum hatte Kenan Jesus gesehen, aber er nicht?

Während die beiden noch erzählten, stand Jesus plötzlich selbst bei ihnen, ohne dass zuvor die Tür aufgegangen wäre. Er grüßte sie: «Friede sei mit euch!»

Charlie war nicht in der Lage, den Gruß zu erwidern. Er war starr vor Schreck, denn er meinte, einen Geist zu sehen. Von Simon und Maria Magdalena zu hören, dass sie Jesus gesehen hatten, war eins, aber einen zuvor Toten selbst lebendig zu sehen, war noch mal etwas ganz anderes.

«Warum bist du so erschrocken?», fragte Jesus an ihn gewandt. «Wie kommt es, dass solche Zweifel in deinem Herzen sind? Schau dir meine Hände und meine Füße an: Ich bin es wirklich! Berühr mich und überzeug dich selbst! Ein Geist hat doch nicht Fleisch und Knochen, wie du sie an mir siehst. Sei doch nicht mehr ungläubig, sondern glaube!» Er zeigte Charlie seine Hände und Füße.

Da sagte Charlie voller Ehrfurcht: «Mein Herr und mein Gott!»

Jesus erwiderte: «Jetzt, wo du mich gesehen hast, glaubst du. Wie glücklich können all diejenigen sein, die das hier

[74] *Ab Lukas 24,13*

nicht sehen und trotzdem glauben.»[75]

Die Freude darüber, Jesus zu sehen, war nun auf den Gesichtern der Schüler zu lesen, aber sie brachten immer noch kein Wort heraus. Was sagte man zu einem auferstandenen ewigen König, der die große Geschichte Gottes zum Ziel führte?

Jesus durchbrach die Stille und lenkte das Gespräch auf ein alltägliches Thema: «Habt ihr etwas zu essen für mich?»

Ein Schüler löste sich aus der Starre und reichte ihm ein Stück gebratenen Fisch. Jesus nahm ihn und aß ihn vor ihren Augen. Da sahen sie, dass er tatsächlich kein Geist war.

Dann sagte Jesus: «Jetzt hat sich alles erfüllt, was ich euch angekündigt habe. Alles, was ihr in den Schriftrollen von Mose, in den Psalmen und bis zu den Propheten über mich gehört habt, musste sich erfüllen.» Nun erklärte er auch ihnen, wie zuvor Kenan, wie sich all die Anspielungen und Voraussagen der Propheten auf ihn bezogen hatten, sodass sie es verstehen konnten. Er schloss: «So steht es doch in der Schrift: ‹Der gesalbte Nachkomme muss leiden und sterben, und drei Tage danach wird er von den Toten auferstehen. In seinem Namen sollen alle Völker zur Umkehr aufgerufen werden, damit sie die Vergebung ihrer Sünden erhalten. In Jerusalem soll damit begonnen werden und dann soll diese Bewegung in die ganze Welt hinausgehen. Und ihr seid die Zeugen von all dem hier.›»

Dann stand Jesus auf. «Ich werde die Kraft des Heiligen Geistes auf euch herabsenden, wie mein Vater es versprochen hat. Bleibt hier in der Stadt, bis ihr damit ausgerüstet werdet.» Das musste der Geist Gottes sein, den jeder benötigte, um Gott in der Wahrheit anbeten zu können.

Anschließend führte Jesus die Schüler aus der Stadt hinaus bis

[75] *Johannes 20,26-29*

in die Nähe von Bethanien.

Dort sagte er ihnen: «Ich habe Vollmacht über die ganze Erde und auch über den Himmel. So sende ich euch nun aus, um alle Menschen auch zu meinen Nachfolgern zu machen und sie alles zu lehren, was ich euch aufgetragen habe. Und das sollt ihr wissen: Ich bin immer bei euch, jeden Tag, bis zum Ende der Welt.» Dann erhob er die Hände, um sie zu segnen. Und während er sie segnete, wurde er zum Himmel emporgehoben und verschwand vor ihren Augen.[76]

Während sie noch gebannt zum Himmel hinaufblickten, standen plötzlich zwei Männer in leuchtend weißen Gewändern bei ihnen. «Ihr Männer von Galiläa», sagten sie, «warum steht ihr hier und starrt zum Himmel hinauf? Jesus wird wiederkommen! Und zwar auf dieselbe Weise, wie ihr ihn habt weggehen sehen.»

Mit großer Freude erfüllt kehrte Charlie mit den Schülern Jesu nach Jerusalem zurück.[77]

[76] *Ab Lukas 24,36 und ab Matthäus 28,18*
[77] *Ab Apostelgeschichte 1,9*

# 56. Kapitel

Die Schüler schlichen durch Nebengassen zurück zum Haus, in dem sie sich versteckt hielten. Dort sah sich Charlie nach Naomi um. Die Tatsache, dass ihr Mann ebenfalls Charlie hieß, ging ihm nicht mehr aus dem Kopf. Auf dem ganzen Weg von Bethanien zurück nach Jerusalem hatte er hin und her überlegt und kam zum Schluss, dass Naomi Sarah sein musste. Seine Sarah. Aber er wusste nicht, wie er sie darauf ansprechen sollte. Mit Naomi konnte er gut sprechen, aber zwischen ihm und Sarah hatte sich viel angestaut.

Naomi war nirgends zu sehen, aber dafür entdeckte Charlie Daniel. Er ging auf ihn zu, denn auch von ihm wollte er einiges wissen. Daniel grinste ihn zur Begrüßung an. «Du siehst verändert aus, Charlie. Wenn ich zurückdenke, was man von deinem Gesicht damals in der dunklen Steinwüste ablesen konnte, und wenn ich sehe, was es nun ausstrahlt: Dazwischen liegen Welten!»

Charlie nickte. Die Reise hatte viel mit ihm gemacht. «Ist sie nun zu Ende?»

«Sie ist noch lange nicht zu Ende. Aber hier in der Vergangenheit hast du nur noch eine Station vor dir. Anschließend geht deine Reise zu Hause weiter.»

Charlie dachte einen Augenblick darüber nach. Dann stellte er die Frage, die ihn im Moment am meisten bewegte: «Jesus ist der versprochene Nachkomme von König David, der ewige König.»

Daniel nickte.

«Warum war dann die Auferstehung von den Toten nicht der große Triumphzug?»

«Oh, das war sie.» Daniel nickte eifrig. «Zwar nicht hier auf der Erde, aber im Himmel, sage ich dir, da war das Ereignis gigantisch!»

«Aber warum nicht hier bei uns? Eine große Fanfare wäre doch großartig gewesen und alle hätten es gesehen und geglaubt!»

«Du wirst noch sehen, mit welch unermesslich großer Kraft Gott hier bei euch wirkt. Es ist die gleiche gewaltige Kraft, mit der er Jesus von den Toten auferweckte und ihm im Himmel den Ehrenplatz an seiner rechten Seite gegeben hat!»

Das freute Charlie. «Ist Jesus also jetzt schon König?»

«Auf jeden Fall! Gott der Vater hat Jesus zum Herrscher eingesetzt über alle Mächte und Gewalten, über alle Kräfte und Herrschaften, ja, über alles, was Rang und Namen hat in dieser und in der zukünftigen Welt. Alles hat Gott ihm zu Füßen gelegt.»

«Wie kann ich da mit dabei sein?»

Daniel erklärte: «Gott hat Jesus als Herrn über seine Gemeinde eingesetzt. Die Gemeinde selbst ist wie sein Körper. Der Schöpfer aller Dinge lebt also mit seiner ganzen Fülle in der Gemeinschaft seiner Nachfolger.[78] Da kannst du auch dazugehören.»

Charlies Gesicht verfinsterte sich. Wenn Daniel mit *Gemeinde* die Kirche meinte, dann hatte er da so seine Zweifel, ob er dort dazugehören wollte. Zu oft las er in den Medien merkwürdige Dinge über sie.

Daniel bemerkte das Unbehagen. «In den Kirchen gibt es viel Menschliches und somit auch Unvollkommenes. Es dauert noch eine Weile, bis ihr Menschen die Verbindung zur ganzen moralischen Weisheit des Universums wieder ungehindert benützen könnt. Erst dann könnt ihr daraus die richtigen Entscheidungen über richtig und falsch treffen. Jetzt gibt es noch viel zu viel Ablenkungen und leider nehmen diese je länger je

[78] *Epheser 1,19-23*

mehr zu. Diese ‹Störsender› immer wieder auszuschalten, um Gottes feine Stimme zu hören, wird die große Herausforderung für dich sein. Aber lass dich von der Unvollkommenheit der Menschen in der Kirche nicht stören. Trag vielmehr deinen Teil zum Guten bei.»

Charlie seufzte. Dafür würde er die Unterstützung Gottes benötigen. Dass er diesen Beistand tatsächlich bald erhalten würde, wusste er noch nicht. Sein Wunschtraum vom triumphalen sichtbaren König ließ er aber noch nicht so schnell los. «Es wäre großartig gewesen, wenn Jesus für alle sichtbar in Glanz und Gloria auferstanden wäre. Blitze vom Himmel hätten alle vernichtet, die seinen Tod gewünscht hatten. Alle hätten gesehen, wer Jesus wirklich ist … wie hast du gesagt? ‹Der Herrscher über alle Mächte und Gewalten›.»

Daniel fragte ihn, was er über die Auferstehung von Jesus wusste.

Charlie erzählte, was er von Naomi, Maria Magdalena, Simon und Kenan gehört hatte. Sie alle hätten Jesus getroffen. Aber ihnen erschien er nur leise und unauffällig, ja oft zuerst ohne dass sie ihn erkannt hatten. Jede Begegnung war höchstpersönlich und auf die Person zugeschnitten, die Jesus traf.

Daniel nickte. «Wenn du zurück in deiner Welt bist, wird es genauso sein. Jesus wird auch dir persönlich begegnen. Unauffällig, leise und nicht selten so, dass du zuerst gar nicht begreifst, dass du gerade eine Gottesbegegnung hattest.»

Würde Charlie Jesus also in seiner Welt treffen?

Daniel verneinte. «Nicht sichtbar. Durch Gottes Geist wird er aber bei dir sein. Dieser ist für unsere körperlichen Augen nicht zu sehen.»

Vom Geist Gottes hatte Charlie nun schon einiges gehört. Die Schüler von Jesus redeten von ihm als dem Stellvertreter von Jesus, der bei ihnen sein würde, solange Jesus weg war und der sie an alles erinnern würde, was er gelehrt hatte.

# 57. Kapitel

«Papa?» Lauras leise Stimme weckte Charlie.

«Wie gehts dir, meine Prinzessin?»

«Ich habe starke Kopfschmerzen.»

«Bleib nur ganz ruhig liegen! Ich rufe jemand, der dir etwas gegen die Schmerzen gibt.»

«Danke.» So hob ihre Hand und griff nach der von ihrem Vater. «Papa?»

«Ja, Laura?»

«Ich bin so froh, dass du am Leben bist!»

«Und ich erst, dass ich dich noch habe!» Charlie gab seiner geliebten Tochter einen sanften Kuss auf die Stirn. Er rief einen Pfleger, der Laura etwas gegen die Schmerzen gab und die Information an einen Arzt weiterleitete.

Als Sarah am späteren Nachmittag zurückkehrte, wurde Charlie von Robert abgeholt. Nach langen Verhandlungen mit Mama Colombo hatte Robert nun eine industrielle Version des geheimen Rezepts in der Tasche. Es war nicht genau das Familienrezept, aber doch eine Variante, die nahe dran war und die Kunden der Pizzeria bestimmt erfreuen würde. «Und der Pizzaiolo wird mit dieser Variante nicht überfordert sein», hatte Mama Colombo mit einem Augenzwinkern gemeint.

In der Pizzeria überflog der Patron die Zutatenliste und war begeistert. Dieses Rezept habe er in Süditalien schon mal gesehen, aber er wäre nie auf die Idee gekommen, dass es diesen köstlichen Effekt im Teigaroma und der Konsistenz bewirken würde.

Robert und Charlie saßen daraufhin zusammen mit dem Kellner im Lieferauto und sahen sich auf der Dashcam die Aufnahmen an. Als die Stelle kam, wo man Charlies Auto vor der Kreuzung sah, stoppten sie die Aufnahme. Charlie war außer sich vor Freude. Der Film zeigte eindeutig, schwarz auf Grün, dass seine Ampel nicht auf Rot stand. Der Pizzalieferwagen war zwar abgebogen, bevor Charlie über die Kreuzung fuhr und damit war auch die Kamera von der Ampel weg geschwenkt. Aber auch wenn diese noch auf Orange gewechselt hätte, wäre es nicht mehr verhältnismäßig gewesen, dass Charlie den Wagen an der Haltelinie zum Stehen gebracht hätte. Zudem war es unmöglich, dass die Ampel des SUVs in dieser kurzen Zeit bereits auf Grün gewechselt hätte. Charlie drückte dankend den Arm des Kellners. Dieser öffnete an der Dashcam die Klappe und holte die Speicherkarte mit der Aufnahme darauf heraus und überreichte sie den beiden mit einem Lächeln. Es war für ihn eine Genugtuung, am Aufdecken dieses Falles beteiligt zu sein.

Robert bedankte sich und steckte die Speicherkarte in einen gepolsterten Umschlag.

Es war bereits halb fünf und so beeilten sich Charlie und Robert, so schnell wie möglich zum Gebäude der Staatsanwaltschaft zu kommen. Das Auto stellten sie direkt vor dem Haus ab und traten ein. Charlie rechnete sich aus, dass er am schnellsten wieder zum Führerausweis und damit zu seiner Arbeitsstelle kam, wenn er den Beweis direkt der zuständigen Person bei der Untersuchungsbehörde zeigte. Das zuständige Büro war für Besucher bereits geschlossen, also gab Charlie den Umschlag mit dem Beweismittel am Empfang ab. Der junge Mann versicherte ihm, dass der Sachbearbeiter seines Falles noch in einer Besprechung sei und er ihm den Umschlag noch heute Abend persönlich aushändigen werde.

«Ich möchte selbst mit ihm sprechen», verlangte Charlie. «Ich möchte es aus seinem Mund hören, dass die Aufnahme zeigt, dass ich Grün hatte.»

«Ich werde ihn bitten, Sie sofort anzurufen.» Der junge Mann legte das gepolsterte Kuvert auf einen Stapel mit anderen Mappen und Akten. «Ich muss den Eingangsbereich um Viertel vor fünf schließen. Sie können also nicht hierbleiben.»

«Er ruft mich aber ganz bestimmt noch heute Abend an?», fragte Charlie.

«Ich werde ihm sagen, dass es wichtig ist.»

Auf einem Zettel notierte Charlie die Telefonnummer seines neuen Handys und die Nummer des Anwalts und reichte ihn dem jungen Mann. Dieser klebte den Zettel auf den Umschlag, während Charlie mit Robert widerwillig das Gebäude verließ.

Wenig später stieg Charlie beim Logan-Gebäude aus Roberts Auto. Sobald der Staatsanwalt bestätigen würde, dass seine Ampel grün war, wollte er das weitere Vorgehen mit seinem Anwalt besprechen. Dann würde er die Versicherung dazu bringen, die Forderungen zurückzuziehen, und beim Straßenverkehrsamt veranlassen, dass er den Führerschein zurückbekam. Das wiederum würde seine Chance massiv steigern, seinen Job behalten zu können.

Vanessa blickte überrascht auf, als Charlie kurz nach fünf eintrat. Ihre Handtasche stand schon auf der Empfangstheke.

«Feierabend?»

Sie nickte. «Was kann ich für Sie tun, Charlie? Herr Russo ist nicht hier.»

«Er hat mir gesagt, dass er noch vorbeikommt. Ich warte hier auf einen Anruf der Staatsanwaltschaft.»

Vanessa lächelte und ließ ihre Handtasche hinter dem Tresen verschwinden. «Gibt es Neuigkeiten?»

Charlie setzte sich auf einen Stuhl an der Wand gegenüber dem Empfang und erzählte von den Aufnahmen, auf denen zu sehen war, dass seine Ampel Grün angezeigt hatte.

Sie trat um den Tresen herum und streckte ihm freudig die

Hand entgegen. «Gratuliere. Ich habe immer an Sie geglaubt.»

«Danke.»

«Möchten Sie etwas trinken?»

Charlie winkte ab.

«Ich bringe Ihnen gerne etwas. Warten Sie, ich hole Ihnen einen Kaffee.»

Charlie ließ sie machen. Er wollte zwar nur hier sitzen und warten, aber als er den Duft des Kaffees roch, freute er sich doch darüber.

Vanessa setzte sich wieder hinter den Schreibtisch. Nach wenigen Minuten blickte sie zu Charlie hinüber. «Können Sie ein Reiseziel empfehlen?»

Charlie schaute erstaunt auf. «Es tut mir leid, dass Sie wegen mir hierbleiben müssen. Sie haben bestimmt bereits Feierabend.»

Vanessa winkte ab. «Das macht doch nichts. Zu Hause müsste ich *allein* meine Ferienpläne durchgehen, hier kann ich mit Ihnen darüber reden.»

«In den Bergen finde ich es immer sehr schön», sagte Charlie und fügte schnell hinzu: «Aber das ist nicht jedermanns Sache.»

Sie schmunzelte am Computerbildschirm vorbei zu ihm hinüber. «Wenn Sie mir die Berge zeigen, fände ich sie bestimmt auch sehr schön.»

Charlie lächelte verlegen. Das Flirten mit ihr hatte er genossen, aber nun war für ihn klar, dass er nicht mehr mit dem Feuer spielen und dem Bund mit seiner Frau treu bleiben wollte.

Um halb sechs trat Antonio ein. Er sah abgekämpft aus und ließ Charlie beim Empfang sitzen, er müsse noch ein paar Dinge erledigen und komme anschließend zu ihm.

Als um Viertel vor sechs noch kein Anruf von der Staatsanwaltschaft bei Charlie eingegangen war, bat er Vanessa, dort anzurufen und nach der Speicherkarte zu fragen. Da alle offiziellen Kanäle bereits mit einer automatischen Ansage antworteten, musste sie mehrere interne Nummern wählen, bis sie schließlich jemanden erreichte. Dann blickte sie mit ernstem Gesicht am Bildschirm vorbei zu Charlie. «Der für Sie zuständige Mitarbeiter sagt, es sei nichts bei ihm abgegeben worden. Es tut mir leid.»

Das konnte nicht sein. Charlie stand auf und wählte selbst die Nummer. Der zuständige Mitarbeiter sagte ihm dasselbe. Die Sitzung sei beendet, er habe alle verpassten Nachrichten und abgegebenen Unterlagen erhalten, aber ein Umschlag von Charlie Martin sei nicht dabei gewesen.

Charlie war wie gelähmt. Er hätte sich ohrfeigen können! Er hätte darauf bestehen müssen, dass er den Umschlag persönlich übergab!

Als er kurz darauf mit dem Aufzug nach unten fuhr, rief er Robert an. Bestimmt war das Kuvert nur verlegt worden, redete er sich ein. Robert hatte eine besondere Verbindung zur Stadtverwaltung, vielleicht auch zur Staatsanwaltschaft. Womöglich konnte er um diese Uhrzeit jemanden auftreiben, der am Empfang nach dem Kuvert sah.

Weil Robert nicht antwortete, versuchte Charlie ihn an der Bushaltestelle erneut zu erreichen. Als auch dieser Anruf erfolglos blieb, überquerte Charlie kurzerhand die Fahrbahn und stieg statt in den Bus zum Krankenhaus in denjenigen, der zu Robert fuhr.

Unter dem rhythmischen Ruckeln der Busfahrt lehnte Charlie sich in den Sitz zurück und ließ Daniel den Rest erledigen.

# 58. Kapitel

In den darauffolgenden Tagen warteten die ehemaligen Schüler in Jerusalem darauf, was weiter passieren würde. Die Schulzeit war vorbei und nun waren sie von ihrem Lehrer ausgesandt worden. Deshalb nannte man sie von da an Apostel, was Gesandte bedeutet. Auch Maria, die Mutter von Jesus, und ihre weiteren Söhne waren dabei.

An diesem Tag herrschte in Jerusalem großes Treiben. Zum Pfingstfest waren Menschen aus der ganzen damals bekannten Welt angereist. Aber die Apostel hielten sich weiterhin im Haus versteckt. Auch Charlie fand sich dort wieder. Heute Morgen war er bei ihnen aufgewacht, zusammen mit Naomi und Kenan.

Er saß auf einem Teppich und lehnte mit dem Rücken gegen die Wand, dabei hing er seinen Gedanken über die Bünde nach, die Gott mit den verschiedenen Menschen geschlossen hatte. Waren sie nun alle ungültig geworden – jetzt, wo der neue Bund in Kraft getreten war? Es erstaunte Charlie, dass ihn hier nicht die Probleme von zu Hause beschäftigten, obwohl diese ihn jedes Mal voll in Beschlag nahmen, wenn er in seine Welt zurückkam. Aber er ahnte, dass seine irdischen Probleme irgendwann überwunden waren, während die Fragen, die er sich hier stellte, die Zeit auf Erden überdauern würden.

Plötzlich schreckte er aus seinem Grübeln auf. Er hörte ein Rauschen, das ihn erschaudern ließ. Er schaute durch eines der kleinen Fenster, sah aber nichts Ungewöhnliches. Wie zuvor schien die Sonne vom blauen Himmel. Das Brausen, das wie von einem Unwetter klang, wurde immer lauter, bis Charlie es wiedererkannte. In diesem Sturm war Gott, wie im

Gewitter auf seiner Terrasse, als der Höchste mit ihm sprach, oder die gewaltige Kraft des Lichts, das ganz am Anfang über dem Wasser geschwebt hatte. Ein Lächeln breitete sich über Charlies Gesicht aus und auch bei den Aposteln.

Dann sah er das Licht. Genau dieses Licht, das aus dem Allerheiligsten durch den zerrissenen Vorhang herausgekommen war. Und nun war es hier bei ihnen! Charlie konnte es kaum fassen. Aber das Licht überrollte die Anwesenden nicht, um dann wieder zu verschwinden, wie es bei ihm damals in der dunklen Steinwüste am Anfang seiner Reise gewesen war. Diesmal teilte sich das Licht in Flammenzungen, die sich auf jedem Einzelnen von ihnen niederließen.

Charlie musste nicht an seinen Kopf greifen, um zu wissen, dass auch über ihm eine Flamme züngelte. Er spürte die Berührung des Lichts am ganzen Körper. Er fiel vornüber auf die Knie, denn sofort war sein Herz mit dem unbeschreiblichen Gefühl der Dankbarkeit und Anerkennung erfüllt, das er anfangs unterdrückt hatte. Er hätte es auch jetzt ohne Weiteres unterdrücken können, denn er wusste, dass er nicht dazu gezwungen wurde. Doch er hatte sich längst entschieden, es zuzulassen, wann immer es in ihm zum Ausdruck kommen wollte: Das Gefühl, das einer großen Ehrfurcht vor Gott und der Erkenntnis entsprang, dass Gott unendlich größer war als er selbst. Es war ein zutiefst wohltuendes Gefühl des Angenommen- und Geborgenseins. Gleichzeitig entstand der Wunsch, diese Anerkennung und Dankbarkeit auch auszudrücken. Er konnte nicht anders, als sich vor Gott zu beugen und ihn anzubeten. Das musste die Berührung des Heiligen Geistes sein. Charlie wusste nicht, wie lange er so dalag und sich von Gott umarmen ließ. Aber instinktiv wusste Charlie, dass dieser Heilige Geist das Ticket zurück in den Garten war, zurück in Gottes Umarmung.

Bisher war dieser Zugang nur auserwählten Priestern, Propheten und Königen vorbehalten gewesen. Aber nun löste

Gott das Versprechen des neuen Bundes ein, was bedeutete, dass jeder zu Gott kommen durfte. Wie der Prophet Hesekiel vorausgesagt hatte: «Ich will euch ein neues Herz und einen neuen Geist geben. Ja, ich nehme das versteinerte Herz aus eurer Brust und gebe euch ein lebendiges Herz. Mit meinem Geist erfülle ich euch, damit ihr nach meinen Weisungen lebt, meine Gebote achtet und sie befolgt. Ihr werdet mein Volk sein, und ich werde euer Gott sein.»[79]

Charlie konnte nicht einordnen, was um ihn herum geschah. Alle im Haus redeten plötzlich in fremden Sprachen. Jeder sprach so, wie es der Geist Gottes ihm eingab.

Das Brausen war auch draußen zu hören, denn immer mehr Menschen strömten zusammen und wollten sehen, was in diesem unscheinbaren Haus vor sich ging. Die Touristen und Pilger, die zum Pfingstfest angereist waren, redeten ganz unterschiedliche Muttersprachen, aber trotzdem verstand jeder in seiner eigenen Sprache, was die Apostel erzählten. Darunter waren Arabisch sprechende Personen, solche aus der Provinz Asien und sogar aus dem fernen Rom. Die Schaulustigen waren sichtlich verwirrt. Von ihnen hatte noch keiner erlebt, dass die Sprachbarrieren aufgehoben worden waren. «Warum sprechen diese ungebildeten Galiläer so viele verschiedene Sprachen?»

Alle waren außer sich vor Staunen und keiner hatte eine Erklärung dafür. «Die reden von wunderbaren Dingen, die Gott getan hat.»

Aber es gab auch einige, die sich darüber lustig machten: «Die haben zu viel süßen Wein getrunken!»

Da trat Simon Petrus vor die Leute und die anderen Apostel stellten sich zu ihm. Charlie blieb abseits stehen und schaute gespannt zu.

«Ihr Leute, hört mir zu!» Petrus reckte sich, damit ihn mehr

[79] *Hesekiel 36,24-38*

Leute sehen konnten. «Wir sind nicht betrunken, wie ihr vermutet. Es ist ja erst neun Uhr morgens. Nein, hier erfüllt sich, was Gott durch den Propheten Joel angekündigt hat.»

Charlie staunte über die Kühnheit, mit der der einfache Fischer auftrat. Er hörte, wie dieser aus dem Buch Joel zitierte: «Ich werde meinen Geist über alle Menschen ausgießen.» Dann erzählte Petrus davon, was er als Schüler während drei Jahren mit Jesus erlebt hatte. Aber dann sei diese Zeit mit unschönen Ereignissen zu Ende gegangen. «Was dann geschah, wusste Gott schon lange im Voraus! Er selbst hatte es so geplant: Jesus wurde durch Menschen, die nichts von Gottes Gesetz wissen, ans Kreuz geschlagen und getötet. Doch Gott hat ihn aus der Gewalt des Todes befreit. Der Tod hat keine Macht über ihn und er konnte Jesus nicht festhalten. Ja, Gott hat Jesus auferweckt, wir alle hier können es bezeugen!»

Einer rief: «Wo ist er denn nun dieser Jesus?»

Petrus antwortete: «Jesus ist in den Himmel emporgehoben worden, um den Ehrenplatz an Gottes rechter Seite einzunehmen. Heute hat er als seinen Stellvertreter den Heiligen Geist geschickt und über uns ausgegossen. Was ihr hier seht und hört, wird durch diesen Geist möglich.»

Die Zuhörer waren still geworden. Charlie sah es ihren Gesichtern an, dass sie durch diese Botschaft und wohl auch wegen des Wunders mit den Sprachen bis ins Innerste getroffen waren. Einer rief: «Was sollen wir jetzt tun?»

Was Petrus antwortete, kam Charlie bekannt vor. Johannes der Täufer hatte es ähnlich formuliert: «Kehrt um! Lasst euch auf den Namen von Jesus Christus taufen! Dann wird Gott euch eure Sünden vergeben und euch seinen Heiligen Geist schenken.»

«Aber wir sind doch gar nicht alles Juden! Was sollen wir anderen tun?»

Petrus rief zu diesen hinüber: «Gottes Zusagen gelten von nun an nicht mehr nur den Juden, sondern allen Menschen, selbst in den entferntesten Ländern!»

Petrus erklärte den Zuhörern weiter, welche Bedeutung Jesu Tod und seine Auferstehung hatten. Am Schluss ermahnte er sie eindringlich: «Diese Generation ist auf dem Weg ins Verderben! Lasst euch retten vor dem Gericht, das über diese schuldbeladene Generation hereinbrechen wird!»

Was Charlie in den nächsten Stunden erlebte, überstieg all seine Erwartungen. Die Zuhörer hatten sich tatsächlich von Petrus, dem ehemaligen Fischer, überzeugen lassen. Oder war es vielmehr der Geist Gottes, der es durch ihn bewirkte? Jedenfalls nahmen viele Menschen diese Botschaft an und ließen sich taufen. Von einem Tag auf den anderen war aus der kleinen Gruppe im versteckten Obergeschoss eine Gemeinschaft von über dreitausend Personen geworden.[80]

Das Leben in dieser neuen Gemeinschaft gestaltete sich aus Vorträgen der Apostel, mit denen sie die Leute über Gott und sein Reich unterrichteten, aus gemeinsamen Mahlzeiten, bei denen sie sich mit Brotbrechen an den Opfertod von Jesus erinnerten, und aus dem Gebet. Ihre Versammlungen waren geprägt von überschwänglicher Freude und aufrichtiger Herzlichkeit. Sie priesen Gott bei allem, was sie taten, und standen beim ganzen Volk in hohem Ansehen. Jeden Tag rettete Gott weitere Menschen, sodass die Gemeinde immer größer wurde.[81]

Seit diesem Erlebnis schwebte Charlie wie auf Wolke Sieben. Er war von all dem, was sich in den letzten Tagen entwickelt hatte, so überwältigt, dass er bei Naomi und Kenan immer wieder davon schwärmte. «Endlich kommt Gottes Umarmung zu den Menschen! Der Lehrer Jesus konnte nur für die Menschen in seiner unmittelbaren Umgebung anwesend sein.

[80] *Apostelgeschichte 2,1-41*
[81] *Apostelgeschichte 2,42-47*

Aber der Geist Gottes hat nun Zugang zu allen Menschen auf der ganzen Welt! Jetzt ist es wieder möglich, Gottes Nähe zu erleben und in der Verbindung mit dem Heiligen Geist herauszufinden, was gut und was böse ist.»

«Deine Euphorie kann ich nicht teilen», erwiderte Kenan. «Wenn dem so wäre, würde unsere Welt doch anders aussehen. Warum gibt es immer noch Krieg, Gewalt und Unterdrückung? Warum sind ganze Regierungen korrupt? Die Menschen sollten es doch jetzt besser wissen, nachdem sie dank des Heiligen Geistes Zugang zur gesamten moralischen Weisheit des Universums haben! Und was in den Kirchen alles schief läuft, kann ich erst recht nicht begreifen. Gerade sie sollten es doch nun besser wissen, was gut und was böse ist.»

Charlie zuckte mit den Schultern. «Ich lasse mir nicht nehmen, was ich hier miterlebt habe.»

Naomi war auf seiner Seite, denn sie war von allem, was sich hier ereignet hatte, ebenfalls überwältigt. Ihre Sehnsucht nach wahrhaftiger Liebe war am Pfingsttag gestillt worden. Mit dem Licht, das sich wie eine Flamme auf sie niedergelassen hatte, war auch sie von dieser vollkommenen Liebe erfüllt worden. Das Wort Liebe bekam für sie eine neue Bedeutung. Diese Liebe, die sie an Pfingsten erfahren hatte, war geduldig und freundlich. Sie kannte keinen Neid und war weder eingebildet noch spielte sie sich auf. Diese Liebe verhielt sich nicht taktlos und suchte nicht den eigenen Vorteil, sie verlor nicht die Beherrschung und trug keinem etwas nach. Sie freute sich, wenn die Wahrheit siegte. Kurz gesagt: Diese Liebe ertrug alles, glaubte und hoffte in jeder Lage für den Geliebten und sie ließ sich durch nichts zerstörten.[82] «Endlich habe ich verstanden, um was es bei der Liebe geht!», verkündete Naomi freudig. «Bisher habe ich die Liebe vor allem für meinen eigenen Nutzen gesucht. Ich dachte, wenn ich einen Seelenverwandten

[82] *1. Korintherbrief 13,4-7*

finden würde, würde sich das von allein ergeben, aber so ist das nicht. Vielmehr geht es doch darum, Liebe weiterzugeben, damit sie sich vermehrt.»

Kenan runzelte die Stirn. «Aber weitergeben kann man doch nur etwas, das man zuvor selbst erhalten hat.»

«Du hast recht! Ich kann lieben, weil Gott mich zuerst geliebt hat. Als der himmlische Vater mir den Heiligen Geist schenkte, merkte ich, wie mein Herz mit seiner Liebe bis oben aufgefüllt wurde.[83] Es fühlt sich an, wie wenn ich übersprudeln würde. Ich möchte … nein, ich kann nicht anders, als diese Liebe weiterzugeben.»

Charlie horchte auf. Ihn als ihren mutmaßlich *heimlichen* Ehemann freute das natürlich sehr.

[83] *Römer 5,5*

# 59. Kapitel

An einer Baustelle fuhr der Bus über eine Bodenwelle und das Schütteln weckte Charlie abrupt. Der Bus bremste ab und steuerte auf eine Haltestelle zu, die Charlie noch nie gesehen hatte. Er hatte seine Haltestelle verschlafen. Der Bus hielt. «Endstation», war auf der Digitalanzeige im Bus zu lesen.

Charlie blickte auf sein Handy. Es war kein Anruf von Robert eingegangen, aber Sarah hatte zwei Mal versucht anzurufen.

Er stand auf und angelte sich zwischen den Sitzen nach vorne zum Fahrer. Der sagte, der Bus fahre in zehn Minuten die gleiche Strecke wieder zurück. Charlie setzte sich wieder auf den gleichen Sitz und wählte Roberts Nummer, aber der antwortete auch diesmal nicht. Dann wählte er Sarahs Nummer. Sie hatte gute Nachrichten. Die Medikamente hätten angeschlagen und Lauras Blutwerte würden sich langsam bessern. Auch ihre Kopfschmerzen hätten nachgelassen. Charlie war erleichtert. Wie schön zu hören, dass es mit der Gesundheit seiner Tochter bergauf ging.

«Ich bleibe noch bis acht Uhr hier», sagte Sarah nach einer Pause.

«Okay, ich bin spätestens dann bei Laura.»

«Das brauchst du nicht. Sie möchte nicht mehr, dass wir die Nacht bei ihr verbringen. Sie ist sehr tapfer.»

«Ich werde sehen, was ich mache. Grüß Laura von mir.»

Charlies Gefühle spielten verrückt. Er hatte Gott erlebt! Gottes Geist war zu ihm gekommen. Die Ungerechtigkeiten seines Lebens beschäftigten ihn zwar immer noch, aber er spürte trotzdem einen tiefen Frieden über allem. Da war zwar einerseits die Sorge um Laura, um seine Ehe, die Finanzen und seine Zukunft. Aber andererseits war da auch eine Zuversicht. Er spürte, dass er nicht allein war. Gott war bei ihm und würde bei ihm bleiben, egal wie es ausging.

Der Bus fuhr wieder los und Charlie stieg diesmal an der richtigen Haltestelle aus. Er ging am Kebab-Laden vorbei auf die breite Treppe zu, die zu Roberts Wohnblock führte. Ein kleiner Junge trat aus der Eingangstür, sodass Charlie, ohne zu klingeln, ins Treppenhaus gelangte. Während er mit dem alten Aufzug zu Roberts Etage hochfuhr, wanderten seine Gedanken zurück zu den eindrücklichen Erlebnissen um Ostern und Pfingsten.

Am Ende des Korridors mit dem alten Betonboden klingelte er an Roberts Tür. Hoffentlich war er zu Hause.

Er öffnete.

«Gott sei Dank bist du da!» Charlie erzählte ihm, dass die Speicherkarte nicht wie gewünscht beim Staatsanwalt angekommen war. «Kennst du jemanden, den wir dort anrufen können?»

Robert ließ Charlie eintreten und schlug ihm vor, dass sie zuerst direkt den jungen Mann kontaktierten, dem sie den Umschlag abgegeben hatten. Charlie wandte ein, dass sie dazu bis morgen früh warten müssten, aber Robert suchte bereits im Internet nach dessen Namen. «Merk dir immer die Namen, mit denen du es zu tun hast.» Er fand eine private Telefonnummer und hoffte, dass es der gesuchte Mann war.

«Hallo?»

Robert erklärte, dass er und sein Freund Charlie Martin bei der Staatsanwaltschaft einen Umschlag abgegeben hatten, dass dieser aber nicht wie versprochen beim Empfänger angekommen war.

«Ich … also …»

«Sag mir die Wahrheit, Junge.» Robert brauchte seine Stimme nicht zu verstellen, sie strahlte auch so Autorität aus.

«Ich habe den Auftrag, alles meinem Chef zu melden, wenn etwas mit dem besagten Unfall zu tun hat. Das habe ich getan, keine fünf Minuten später rief mich ein Mann an. Er sagte, es käme jemand vorbei, um den Umschlag abzuholen. Ich blieb fünf Minuten länger als üblich und übergab den Umschlag an zwei Männer.»

«Wer hat Sie angerufen?»

«Ich glaube, er hieß Keller oder so ähnlich.»

«Wie konnten Sie das tun? Sie hatten die klare Anweisung, wem Sie den Umschlag aushändigen müssen.»

«Hey, ich bin nur am Empfang …»

Robert beendete das Gespräch und Charlie versuchte, die Beherrschung nicht zu verlieren. Den Namen Keller konnte er nicht mehr hören.

Resigniert ließ sich Charlie aufs Sofa fallen. «Warum ist das Leben so schwierig? Hat dieser Jesus nicht gesagt: ‹Es ist vollbracht›?»

Robert blickte ihn lange an. Er wurde offenbar nicht schlau aus Charlie. Woher hatte dieser ständig seine neuen theologischen Erkenntnisse und Fragen? Er ließ es bleiben, bei ihm nachzubohren, und bereitete für sich und Charlie ein einfaches Abendessen zu.

Charlie saß betrübt am Esstisch und aß die Spaghetti. Seine Stimmung war nicht nur wegen den verschwundenen Aufnahmen nicht die beste, sondern auch weil er erst kurz zuvor gespürt hatte, dass alles gut werden würde, aber jetzt doch wieder alles so aussichtslos war. Bei der Auferstehung von Jesus und als Charlie anschließend mit dem Geist Gottes in Berührung gekommen war, schien alles so einfach und klar zu sein. Gott war nicht mehr hinter dem Vorhang verborgen, sondern nah bei ihm. Warum war sein Leben nun trotzdem nicht sorglos und gerecht wie damals im Garten? Charlie blickte zu Robert auf. «Warum hilft uns Gott nicht?»

«Wie meinst du?»

«Ich spüre, dass Gott da ist, und ich spüre auch seinen Frieden, aber trotzdem ist alles so kompliziert und ungerecht!»

«Du spürst, dass Gott da ist?»

Charlie nickte.

«Das ist alles, was zählt.» Robert schob den leeren Teller zur Seite.

Auch Charlie schob den Teller von sich, obwohl er noch nicht leer war. Er hatte keinen Hunger mehr. «Aber meine Probleme spüre ich auch ziemlich intensiv!»

Robert stand auf und stapelte das Geschirr aufeinander, bevor er es in die Küche trug. «Es reicht, wenn Gott da ist. Niemand hat gesagt, dass das Leben einfach wird. Dafür wird es auch nicht langweilig.»

«Langweilig?» Charlie blieb am Tisch sitzen. «Das ist nicht fair!»

«Was kann ich dir sonst antworten? Wenn Gott für uns ist, wer kann da noch gegen uns sein?» Robert räumte die Teller und das Besteck in die Spülmaschine. «Charlie, Gott hat für dich seinen eigenen Sohn nicht verschont. Sollte er dir noch etwas vorenthalten? Wer könnte es wagen, dich anzuklagen, wenn du zu Gott gehörst? Niemand! Denn Gott selbst spricht dich von aller Schuld frei. Wer wollte es wagen, dich zu verurteilen? Keiner, denn Jesus Christus ist ja für dich gestorben.»

«Du redest nicht etwa von der drohenden Anklage wegen des Unfalls, oder?»

«Nein, aber hör mir zu!» Robert setzte sich wieder zu Charlie an den Tisch und schaute ihm in die Augen, während er weiterzitierte: «Jesus ist vom Tod auferweckt worden und er hat seinen Platz an Gottes rechter Seite eingenommen. Dort tritt er für dich bei Gott ein. Was könnte dich also noch von Jesus und seiner Liebe trennen? Etwa Leiden und Angst vielleicht? Verfolgung? Hunger? Armut? Gefahr oder der gewaltsame Tod?»

Charlie runzelte die Stirn.

«Das Leid kannst du aushalten, weil Jesus dich liebt. Ich kann dir zusprechen, was Paulus in einem Brief an die Gläubigen in Rom geschrieben hat: Weder Tod noch Leben, weder Engel noch Dämonen, weder Gegenwärtiges noch Zukünftiges noch irgendwelche Gewalten, weder Hohes noch Tiefes oder sonst irgendetwas auf der Welt können dich von der Liebe Gottes trennen, die er dir in Jesus Christus schenkt.»[84]

«Gottes Geist ist am Pfingstfest auf mich gekommen wie eine Flamme. Das war so real! Aber warum schaffe ich es trotzdem nicht, stark zu sein und das Leben im Griff zu haben?»

«Weil es nicht um dich geht. Es geht auch im neuen Bund nicht darum, dass du ein Superheld wirst. Es geht um Gott und *seine* Möglichkeiten.» Robert reichte Charlie eine Bibel und zeigte ihm eine Stelle. Er erklärte, dass der Apostel Paulus diesen Text in einem Brief an seine Freunde in der Stadt Korinth geschrieben hatte. «Genau wie du fragte auch Paulus, warum das Leben voller Leid und Schwierigkeiten sei. Paulus hatte schon drei Mal Gott angefleht, dass Gott ihn von einem Leiden befreie. Hier steht, was Gott darauf antwortete.»

Charlie las den Text: «Meine Gnade ist alles, was du brauchst! Denn gerade, wenn du schwach bist, wirkt meine Kraft ganz besonders an dir.»

Robert blieb still und vertraute darauf, dass Gottes Geist Charlie den tieferen Sinn erklärte. Plötzlich kam Charlie ein Gedanke: War womöglich genau dann die Umarmung Gottes am stärksten erlebbar, wenn er selbst nicht weiterwusste und die Probleme nicht selbst regeln konnte?

Charlies Blick wurde auf den nächsten Satz gelenkt. Dort antwortete Paulus auf seine Frage: «Jetzt bin ich sogar stolz auf meine Schwachheit, weil so die Kraft von Christus auf mir ruht.»[85]

[84] *Römer 8,31-37*
[85] *2. Korinther 12,9-10*

Robert nickte. «Wenn du Gott erleben willst, dann lass *ihn* zu Ehren kommen. Lass ihn deine Kraft sein. Ein Leben im Überfluss bedeutet bei Gott nicht in erster Linie körperliche Gesundheit, große Finanzen und keine Probleme. Es bedeutet vielmehr, dass Gott mit seiner Kraft in jeder Situation bei dir ist, dich trägt und dir hilft.»

Charlie spürte einen undefinierbaren Frieden. Es war so befreiend, nicht erst dann zu genügen, wenn er stark und erfolgreich war, sondern gerade dann, wenn er schwach und auf Gottes Hilfe angewiesen war.

Er blieb eine Zeit lang stumm. Dann fragte er: «Aber im Garten Eden war das junge Paar ja auch nicht schwach und erlebte doch Gottes Nähe Tag für Tag. Wird es nie mehr so sein?»

Robert drehte die Bibel zu sich zurück und blätterte darin. Dann legte er sie wieder vor Charlie hin und deutete auf einen Textabschnitt. Charlie las: «Dank Jesus haben wir Frieden mit Gott, weil wir aufgrund des Glaubens für gerecht erklärt worden sind. Dank Jesus haben wir freien Zugang zu Gott und zu seinen unverdienten Geschenken an uns.»

«Ich weiß, wovon der Text spricht!» Charlie blickte auf. «Der Vorhang im Tempel riss auseinander. Der Zugang ins Allerheiligste ist frei.»

Robert nickte.

«Aber wird es je einmal wieder so sein, wie beim jungen Paar im Garten Eden?»

Im Text antwortete ihm Paulus: «Wir haben eine Hoffnung, die uns mit Freude und Stolz erfüllt: Wir werden tatsächlich einmal an Gottes Herrlichkeit teilhaben.»

Davon merkte Charlie jetzt aber überhaupt noch nichts.

Paulus nickte, als er den Text schrieb: «Auf Gottes Herrlichkeit freuen wir uns, aber nicht nur darüber, nein, wir freuen uns auch über die Nöte, die wir jetzt durchmachen. Denn wir wissen, dass Not uns lehrt durchzuhalten. Wer gelernt hat durchzuhalten, ist bewährt. Wer sich bewährt, festigt damit jedes Mal seine Hoffnung. Und in unserer Hoffnung werden wir nicht enttäuscht.»

«Woher weiß ich in all den Problemen, dass Gott mich wirklich liebt und trägt?», fragte Charlie.

«Gott hat uns den Heiligen Geist gegeben und dieser Geist gibt unserem Herzen die Gewissheit, dass Gott uns liebt», antwortete ihm Paulus im Text. «Gott hatte uns seine Liebe ja gerade dadurch bewiesen, dass Jesus für uns starb, als wir noch Sünder waren. Durch seinen Tod sind wir mit Gott versöhnt. Also werden wir jetzt, wo Jesus auferstanden ist und lebt, durch ihn auch die Rettung finden. Dafür preisen wir Gott.»[86]

Charlie blickte vom Text auf. «Langsam kapiere ich es, Robert. Gott ist nicht mehr im Allerheiligsten weggesperrt. Er ist hier bei uns als unsichtbarer, aber spürbarer Geist. Und dieser Heilige Geist beinhaltet alles: Gottes Liebe, seine Nähe und auch seine Kraft für einen schwierigen Alltag.»

Robert nickte lächelnd.

[86] *Ab Römer 5,1*

# 60. Kapitel

Charlie saß einige Minuten still auf dem Sofa und dachte nach. Dann setzte er sich auf und sagte zu Robert: «Wenn ich eines über Gott gelernt habe, dann das: Er scheint immer anders zu sein, als ich es erwarten würde. Der versprochene Nachkomme von König David kam nicht als mächtige Regierung, sondern als König des Himmelreiches. Auch der neue Bund kam nicht als Ende allen Übels, sondern als Hilfe im Übel.»

Robert runzelte die Stirn. «Ich habe noch nie jemanden getroffen, der in so kurzer Zeit über so viele theologische Themen nachdachte. Das Einzige, worüber ich mir in der vergangenen Stunde Gedanken gemacht hatte, war mein Abendessen. Aber du …»

Charlie lächelte. Da erinnerte er sich an eine Frage, die ihm schon lange unter den Nägeln brannte: «Wie steht es mit dem neuen Bund von Jesus? Werden dadurch die anderen Bünde mit Noah, Abraham und Mose ungültig?»

Robert schüttelte den Kopf. «Der neue Bund löst die alten nicht ab, sondern er erfüllt sie.»[87]

Charlie dachte eine Weile darüber nach. Gott hatte Noah versprochen, dass er die Menschen nie mehr durch eine Flut vernichten werde. Dieses Versprechen wurde nicht ungültig. «Im Gegenteil», sagte Charlie zu sich selbst. «Mit dem neuen Bund kommt vielmehr die endgültige Lösung für die Rettung der Menschen.» Wie Puzzleteile fielen die Gedanken an ihren Platz. Gemeinsam fügten sie die verschiedenen Teile zusammen: Der verheißene Nachkomme von Eva, Abraham, Juda und König David war gekommen: Jesus. Abraham wur-

[87] *Hebräer 9*

de versprochen, dass alle Menschen der Erde durch dessen Nachkommen gesegnet würden. Auch das war eingetroffen, weil die Erlösungstat von Jesus zum Segen für alle Menschen wurde. Abraham würde Nachkommen haben, wie Sterne am Himmel. Jeder, der Jesus annahm, wurde ein Kind Gottes und gehörte damit auch zu seinem auserwählten Volk – den Nachkommen Abrahams. Selbst der Bund mit Mose wurde im neuen Bund erfüllt. Dort hieß es: «Wenn ihr die Gesetze einhaltet …» Die Menschen hielten das Gesetz zwar nicht ein, aber Jesus tat es für sie. Er allein erfüllte das Gesetz und so erfüllte er den Bund mit Mose für alle. Und Jesus war auch der ewige König, der David versprochen wurde.[88]

«Die alten Bünde wurden also nicht gekündigt, sondern erfüllt», schloss Robert.

«Was ist mit dem Nachkommen von Eva, der der Schlange den Kopf zertritt?»

Robert zitierte aus dem Hebräerbrief, dass Jesus als Mensch geboren wurde, um durch seinen Tod die Macht des Teufels zu brechen. Dieser habe bis dahin die Macht über den Tod gehabt. «Jesus selbst kündigte es so an: ‹Jetzt wird über diese Welt Gericht gehalten, indem der Teufel, der Herrscher dieser Welt, entmachtet wird.›»[89]

Charlies Staunen über diese Zusammenhänge wurde von einem leisen Unbehagen überschattet. Bei Jesus kam zwar alles zusammen, aber doch nicht ganz. «Wann wird die Hoffnung auf Gottes Umarmung ganz erfüllt? Wann wird das Ende kommen, wo das Unkraut und der Weizen geerntet werden? Wann wird dem Unrecht endgültig Einhalt geboten?»

Robert zeigte auf die Bibel. «Du scheinst dich intensiv mit Gottes Wort auseinandergesetzt zu haben. Aber hast du auch

[88] *Galater 3,8.16, Römer 4,16 und 11,12, Apostelgeschichte 17,6-7, Matthäus 21 und weitere*

[89] *Hebräer 2,14 , Johannes 12,31*

gelesen, wie die Geschichte ausgeht?»

Charlie schüttelte den Kopf. Er las auch bei Krimis nie das Ende, bevor es an der Reihe war.

Robert blätterte nach hinten zu den letzten beiden Kapiteln der Bibel und reichte Charlie den Text. «Der Johannes auf der Insel Patmos beschreibt hier, was er in einer Vision über die Zukunft sah.»

Charlie las: «Ich sah denjenigen, der auf dem großen, weißen Thron saß. Ich sah alle Toten vor dem Thron Gottes stehen, sowohl die Mächtigen wie auch die Namenlosen. Nun wurden Bücher geöffnet. Über alle Menschen wurde das Urteil gesprochen, und zwar nach ihren Taten. Alle, ohne jede Ausnahme, wurden entsprechend ihren Taten gerichtet.»

Charlie stutzte. «Aber hatte Johannes der Täufer nicht gesagt, Jesus sei das Opferlamm, das ein für alle Mal die Schuld für die Taten der Menschen auf sich nahm? Warum werden sie trotzdem gerichtet?»

«Die Strafe des Gerichtsurteils wurde nicht allen auferlegt», antwortete der Apostel Johannes im Text. «Denn nun wurde das Buch des Lebens aufgeschlagen. Und alle, deren Namen im Buch des Lebens aufgeschrieben waren, starben nicht den zweiten Tod.»

Charlie nickte langsam. «Ich spüre tief in mir, dass dieses Gericht mir nichts mehr anhaben kann.»

«Es ist Gottes Geist, der deinem Herzen versichert, dass du ein Kind Gottes bist»,[90] erklärte Robert.

Für Charlie war das nachvollziehbar, denn seit der Geist Gottes auf ihn gekommen war, war ihm etliches klarer geworden.

Er blickte wieder in die zwei letzten Kapitel der Bibel. «Was geschieht, nachdem das Buch des Lebens kontrolliert wurde?»

[90] *Römer 8,16*

Als Johannes diesen Text schrieb, strahlte er vor Begeisterung: «Dann sah ich einen neuen Himmel und eine neue Erde. Denn der erste Himmel und die erste Erde waren vergangen.»

«Eine neue Erde!», rief Charlie begeistert aus. «Wird es da wie am Anfang von unserer Erde sein? Wie damals im Garten Eden, als Natur, Mensch und Gott in Harmonie zusammenlebten?»

Robert schüttelte den Kopf. «Es wird besser als damals. Es gibt nicht nur einen Garten, sondern eine ganze Stadt dazu!»

«Wird Gott auch mit den Menschen wie im Garten spazieren gehen?», wollte Charlie wissen.

«Ja, natürlich», antwortete Johannes im Text. «Hier wird Gott mitten unter den Menschen sein. Er wird bei ihnen wohnen, und sie werden sein Volk sein. Ja, von nun an wird Gott selbst in ihrer Mitte leben. Er wird ihnen alle Tränen abwischen. Es wird keinen Tod mehr geben, kein Leid, keine Klage und keine Schmerzen. Denn was einmal war, ist für immer vorbei.»

Vorfreude machte sich in Charlie breit. Den Schmerz als Feind würde es so nicht mehr geben, der die Menschen quälte, sondern war wieder ein Freund, der aufzeigte, wo die Grenze war. Charlie fragte sich: «Was wird auch sonst noch wie im Garten Eden sein?»

Johannes antwortete: «Der Engel zeigte mir einen Fluss, in dem das Wasser des Lebens fließt. Er entspringt am Thron Gottes und bei Jesus. An beiden Ufern des Flusses wachsen die Bäume des Lebens. Sie tragen zwölfmal im Jahr Früchte, jeden Monat aufs Neue.»

Der Baum des Lebens … Charlie hatte es klar vor Augen. Dieser Baum hatte auch im Garten Eden gestanden und genau dieser Baum war der Grund gewesen, weshalb der Zugang zum Garten versperrt worden war. Die Menschen sollten auf keinen Fall mehr die Früchte dieses Baumes essen, denn sonst würden sie andere auf ewig tyrannisieren können. Aber auf der neuen Erde wird es den Baum des Lebens wieder geben, sogar in mehrfacher Ausführung, wie fantastisch!

Johannes erklärte weiter: «Die Blätter dieser Bäume dienen den Völkern zur Heilung.»

Nun war es Robert, der stutzte. «Ich frage mich schon lange, warum man im Himmel noch Heilung braucht.»

Charlie merkte gar nicht, dass er predigte, als er antwortete: «Das ist nicht der Himmel, Robert. Da werden wir nicht auf Wattewolken sitzen, an denen man sich nie den Fuß stoßen könnte. Hier wird eine neue *Erde* beschrieben, genau wie der Garten am Anfang. Da gibt es Bäume, Steine und Straßen. Wir werden etwas erleben und wo gelebt wird, kann man sich auch verletzen.»

Robert blickte ihn skeptisch an. «Das wurde mir aber anders beigebracht.»

«Doch. Im Garten Eden hatte das junge Paar auch einen Körper wie wir und sie konnten sich auch schneiden. Genau wie unser Körper die Fähigkeit besitzt, Wunden zu verheilen, besaß ihr Körper dies auch. Nur ging es dort viel schneller! Ich könnte mir vorstellen, dass es mit der Wundheilung auf der neuen Erde auch so sein wird. Für diese schnelle Heilung von Verletzungen sind die Blätter dieses Baumes da.»

Robert war dieser Gedanke fremd. Schließlich hatte er das in seiner Laufbahn als Christ noch nie so gehört. Als er aber darüber nachdachte, stellte er fest, dass sein bisheriges Bild vom «Himmel» offenbar sehr verschwommen und auch uneinheitlich gewesen war.

Johannes fuhr im Text fort: «In der Stadt wird nichts und niemand mehr unter Gottes Fluch stehen. Denn der Thron Gottes und der von Jesus steht in ihr, und alle ihre Bewohner werden Gott anbeten und ihm dienen.»

«Da möchte ich hin!», sagte Charlie. «Ist es tatsächlich möglich, dass ich dort Gott treffen kann?»

«Ihr werdet Gott von Angesicht zu Angesicht sehen»,

bestätigte Johannes. «Dort wird es keine Nacht geben. Man braucht weder Lampen noch das Licht der Sonne. Denn Gott, der Herr, wird euer Licht sein, und ihr werdet immer und ewig mit ihm herrschen.»

«Mit Gott herrschen?» Robert hatte wieder eine Frage. «Über wen werden alle Leute herrschen, wenn ja nur noch sie dort sind?»

Charlie begann wieder zu predigen: «Dort wird es sein, wie Gott es von Anfang an mit der Regierung gedacht hatte. Die ersten Menschen sollten doch auch über die Erde und die Tiere herrschen. Ich denke, dass dies wieder so sein wird. Man regiert nicht über andere Menschen, sondern gemeinsam über das Zusammenleben, über die Natur und sich selbst.»

«Hoffentlich werden wir es dort besser machen als jetzt», warf Robert ein.

«Garantiert!», antwortete Charlie. «Es wird wohl eine Demokratie sein, in der jeder Stimmberechtigte durch Gottes Geist bei den Entscheidungen Zugang zur ganzen moralischen Weisheit des Universums hat. Gottes gerechtes Urteil von Gut und Böse wird dort der Maßstab sein und nicht mehr die ich-zentrierte Regierung, wie wir sie heute kennen.»

«Meinst du wirklich?», fragte Robert. «Wird nicht Gott regieren?»

«Gott und die Menschen werden wohl zusammen in einer funktionierenden Einheit regieren», überlegte Charlie. «Johannes hat es doch gerade eben beschrieben: ‹Sie werden immer und ewig mit ihm herrschen.›»

Robert gab sich geschlagen und Charlie las weiter. Dort erzählt Johannes: «Gottes Geist ergriff mich und führte mich auf einen hohen Berg. Dort zeigte er mir die heilige Stadt Jerusalem. Die Stadt erstrahlte im Glanz der Herrlichkeit Gottes. Sie leuchtete wie ein Edelstein, wie ein kristallklarer Jaspis.»

Charlie staunte. Gottes Größe und Macht kannte er bisher nur in der zerstörerischen Kraft der Naturkatastrophen. Er hatte Gott im Donner, im Sturm und im Erdbeben erlebt. Aber da, auf der neuen Erde, wird Gottes Herrlichkeit nicht mehr bedrückend und vernichtend sein, sondern voller Schönheit. «Wow!», sagte Charlie ergriffen. Genau das wird wohl die angemessene Antwort auf Gottes Herrlichkeit sein.

Charlie blieb einen Moment lang stumm. Dann fragte er: «Wird es auf der neuen Erde vielleicht auch ein Zelt der Gottesbegegnung geben? Gibt es dort auch einen Tempel mit einem Allerheiligsten, wo wir Gott ganz nah sein können?»

Johannes verneinte: «Nirgendwo in der Stadt sah ich einen Tempel. Denn Gottes Gegenwart ist anwesend im allmächtigen Gott selbst und in Jesus. Die Stadt braucht also keine andere Lichtquelle mehr, denn in ihr leuchtet die Herrlichkeit Gottes, und ihr Licht ist Jesus. In diesem Licht werden die Völker der Erde leben und die Herrscher der Welt werden kommen und ihre Reichtümer in die Stadt bringen. Weil es keine Nacht gibt, werden die Tore niemals geschlossen, sie stehen immer offen. Die Völker werden all ihre Schätze und Kostbarkeiten in die Stadt bringen. Aber nur, wer im Lebensbuch des Lammes steht, wird eingelassen.»[91]

Charlie blickte zu Robert auf. «Diese ‹Offenbarung von Johannes› am Ende der Bibel ist mein Lieblingstext.»

«Nur die letzten zwei Kapitel sind so großartig. Die anderen handeln von Krieg und Zerstörung.»

«Wirklich? Worum geht es da?»

Robert fasste die Aussage des Buches Offenbarung so zusammen: «Egal, was in der Weltgeschichte noch geschieht, egal, was die Herrscher dieser Welt noch für gemeine und zerstörerische Idee haben, Jesus Christus bleibt Sieger. Trotz aller Ungerechtigkeit wird alles gerecht und gut enden.»

Charlies sonderbare Reise würde also ein glückliches Ende

[91] *Offenbarung 21 + 22*

nehmen? Alle Versprechen, die Gott den Menschen gab, würden in Erfüllung gehen?

Johannes nickte und lächelte. Dann zitierte er, was Jesus ihm in der Vision zum Schluss gesagt hatte: «Richtig! Alles ist in Erfüllung gegangen. Ich, Jesus, bin der Anfang und ich bin das Ziel, der Anfang und das Ende. Wer durchhält und den Sieg erringt, wird alles besitzen, was du gesehen hast. Ich werde dein Gott sein, und du wirst mein Kind sein.»

Charlie wurde es warm ums Herz und Robert lächelte. «Unsere Aufgabe bleibt es, zu vertrauen. Vertrauen, dass alles so kommen wird.»

# 61. Kapitel

Robert öffnete das Fenster. Die frische Luft animierte Charlie dazu, aufzustehen und sich im Wohnzimmer die Beine zu vertreten. Seine Gedanken wanderten zu Laura, dann weiter zu seinen anderen Baustellen. Er fand keine plausible Erklärung dafür, warum der Abteilungsleiter einer großen Bauunternehmung, genauer gesagt Herr Keller, ein so starkes Interesse daran hatte, die Schuld von Stadtrat Neumann zu decken – falls er mit seiner Vermutung richtig lag, dass dieser das Fahrzeug selbst gefahren war.

In der darauffolgenden halben Stunde versuchte Robert erfolglos über zwei Kontakte, die ihm noch etwas schuldig waren, den Stadtrat telefonisch zu erreichen. Dann verabschiedete er sich zur Toilette.

Während Charlie sich aufs Sofa setzte und die Gedanken schweifen ließ, kam ihm die entscheidende Idee. Es gab jemanden, der der Schlüssel zur Lösung sein könnte!

Im Bad kam gleichzeitig auch Robert ein Gedanke. Er kam zurück, griff nach seiner Jacke und sagte: «Komm mit!»

Während sie im Aufzug zur Garage hinunterfuhren, stellten sie fest, dass beide an die gleiche Person gedacht hatten. Robert nannte sie das «Bauernopfer».

«Es gibt nur ein Problem», erwiderte Charlie, als er auf dem Beifahrersitz Platz nahm. «Wir haben die Aufnahmen nicht mehr.»

«Aber es hat sie gegeben und das ist alles, was im Augenblick zählt.» Robert startete den Motor und fuhr aus der Garage hinaus.

*****

Sie erreichten die Rehabilitationsklinik «Sonnmatt», in der Hans Koch seine Rückenleiden kurierte und darauf wartete, dass der Fahrstuhl in seinem Haus installiert wurde. Obwohl die Besuchszeiten vorbei waren, gelang es Robert und Charlie ohne Probleme, bis zu Kochs Zimmer vorzudringen. Charlie klopfte an die massive Holztür und nachdem Hans Koch geantwortet hatte, trat er, gefolgt von Robert, in ein einfaches, aber nettes Einzelzimmer mit Aussicht auf den Garten ein.

Herr Koch saß in einem Rollstuhl am Fenster mit einem Buch im Schoss. Als er die beiden unbekannten Gesichter irritiert ansah, begrüßten Charlie und Robert ihn freundlich. Charlie kam aber gleich zur Sache. Er erzählte, mit welchen Geldforderungen und Klagen die Versicherung und die Staatsanwaltschaft ihm drohten. Es war so viel Geld, dass Charlie dies lebenslang abbezahlen müsste. Er schilderte die Lage so dramatisch wie möglich, um Hans Koch umso deutlicher zu machen, was *ihm* bald drohte.

«Was hat das mit mir zu tun?», fragte Herr Koch leicht stockend.

Robert übernahm das Gespräch. «Dazu kommen wir nun. Es hat sich eine gute Wendung ergeben. Ein Pizzakurier filmt mit einer Kamera alle seine Autofahrten. Diese Aufzeichnungen zeigen, dass das Lichtsignal auf Grün stand, kurz bevor Charlie über die Kreuzung fuhr.» Er machte eine Pause und schaute, ob sich das Gesicht von Hans änderte, aber dieser schien noch nicht zu verstehen, worauf Robert hinaus wollte. Also beugte er sich auf dem Stuhl vor. «Herr Koch, wer ist schuld am Unfall, wenn Charlie bei Grün über die Kreuzung fuhr? Von wem wird die Versicherung die Geldsumme einfordern, wenn sie es nicht mehr bei Charlie tun kann?»

Hans Koch wurde kreidebleich. Er wäre der Sündenbock, wenn die Aufnahmen der Dashcam auftauchen würden.

«Stadtrat Neumann wäre immer noch fein raus. Schuld wären dann Sie, Herr Koch. Sie müssten die Schuld für Neumann auf sich nehmen.»

Hans Koch blieb stumm, aber das Atmen schien ihm schwerer zu fallen. Nach einer Weile löste er die Bremse am Rollstuhl und rollte zur Toilette. Dort schloss er die Tür hinter sich. Seine Gäste hörten, wie er sprach. Vermutlich telefonierte er.

Als er wieder nach draußen rollte, war sein Gesicht noch blasser als zuvor.

Robert setzte seine vertrauensvollste Stimme ein: «Ich verstehe, dass Sie nicht scharf darauf sind, die Schuld von Neumann auf sich zu nehmen. Meinem Freund Charlie geht es genauso. Warum helfen wir uns nicht gegenseitig und lassen Neumann wieder selbst für seine Fehler geradestehen?»

Die Augen von Hans wanderten nervös umher. Er dachte offensichtlich nach und fällte dann eine Entscheidung. «Ich habe versucht, Keller anzurufen. Ich habe ihm eine Nachricht hinterlassen und gesagt, dass ihr die Aufnahmen habt.»

«Was ist Kellers Rolle in der Geschichte?», fragte Charlie.

Bevor Hans antworten konnte, klingelte das Telefon. Gespannt blickte Charlie auf den Hörer, den sich Hans ans Ohr hielt. «Hans?»

«Du kannst nicht aussteigen», hörten die beiden Keller durch den Hörer sagen.

«Doch, es war von Anfang an falsch.»

«Das Geld hast du gern genommen! Du wirst also so oder so verurteilt, egal ob für die Annahme von Bestechungsgeld, für die Beihilfe bei der Vertuschung oder für den Unfall.» Kellers Stimme war drohend und merkwürdig vertraut zugleich. «Beim Unfall haben wir gute Chancen, dass dieser Charlie schuldig bleibt. Also hilf mit, Stephanie zuliebe!»

«Nein», hauchte Koch. «Ich will raus. Ich will damit nichts mehr zu tun haben. Wenn ich gewusst hätte, dass du so hinterhältig und falsch bist …»

«Du wirst es bereuen, wenn du mich jetzt im Stich lässt!», schrie Keller ins Telefon. «Ich komme bei dir vorbei und werde dich zur Vernunft bringen!»

«Weiß Stephanie davon?», fragte Hans, aber Keller hatte bereits aufgelegt.

Robert wandte sich zur Tür. «Es wird Zeit, dass wir die Sache beenden. Weiß Kellers Chef, was sein mittleres Management da treibt?»

Hans Koch schüttelte den Kopf. «Der weiß von nichts. Aber es ist mir gerade sehr danach, es ihm zu erzählen.» Er wusste, wo der Chef von Thomas Keller, Herr Schmid, wohnte, und so machte er sich mit Robert und Charlie auf den Weg.

Zwei Fahrzeuge fuhren direkt vor den Eingang der Klinik, als Robert Hans im Rollstuhl über den angrenzenden Parkplatz stieß. Charlie erkannte zuerst denjenigen, der ihm den Kinnhaken verpasst hatte, und dann sah er im etwas teureren Auto Keller.

Charlie duckte sich und auch Robert schob Hans gebückt weiter. Ein Glück, dass Keller und sein Helfer nur ein Ziel vor Augen hatten: das Zimmer von Hans Koch.

Robert half Hans in den Beifahrersitz, während Charlie versuchte, den Rollstuhl der Klinik zusammenzuklappen, und in den Kofferraum zu heben. Seine Jacke hakte an einem rostigen Teil des Autos ein und riss ein langes Loch in den Stoff. Aber Charlie hatte keine Zeit, sich darüber zu ärgern. Er griff nach der Heckklappe und zog sie zu.

«Mach vorwärts!», rief Robert nach hinten.

«Der Rollstuhl ist zu groß. Die Räder verhindern, dass sich die Tür schließt.»

Robert stieg wieder aus und reichte ihm ein Spannseil. So schnell er konnte, sicherte Charlie damit die Heckklappe. Das Prozedere dauerte trotzdem so lange, bis Keller wieder aus der

Klinik trat.

Mit Charlie auf der Rückbank und Hans Koch auf dem Beifahrersitz fuhr Robert endlich los. Als sie die Hauptstraße erreichten, hielten sich Hans und Charlie die Ohren zu, denn wegen der offenen Heckklappe war der Lärm im Auto noch unerträglicher als sonst.

*****

Das Navigationssystem verkündete, dass sie das Ziel erreicht hatten. Bei diesem Grundstück stand das Eisentor offen und mehrere Fahrzeuge parkten in der Einfahrt. Auch entlang der Straße standen überall teure Autos, aber Robert fand eine schmale Lücke, in die keine der großen Karosserien gepasst hatte. Dort stellte er sein Fahrzeug ab.

Die Villa von CEO Schmid war von allen Seiten beleuchtet und aus der weitläufig umzäunten Gartenanlage drang Musik.

«Wir sind anscheinend nicht die Einzigen, die heute Abend zu Besuch kommen.» Robert hakte das Spannseil aus und zog die Heckklappe hoch. Mit Charlies Hilfe hob er den Klinikrollstuhl heraus und klappte ihn auf der Straße auf. Dann halfen sie dem Rückenpatienten behutsam hinein.

Eine geschmackvoll gekleidete Frau stöckelte vom Garten her auf eines der Fahrzeuge zu. Als sie auf der Höhe der drei angekommen war, fragte Robert: «Gibt es eine Party?»

«Herr Schmid gibt einen Empfang. Er und seine Frau feiern heute.» Sie ging weiter und öffnete die hintere Tür eines Autos, das in der Einfahrt parkte. Auf der Rückbank suchte sie etwas.

Hinter ihr hielten zwei Fahrzeuge direkt vor der Einfahrt. Es waren Keller und sein Raufbold. Die Parkplatzknappheit an dieser Straße war in diesem Moment ein Glücksfall für die drei Neuankömmlinge. Sie hofften nur, dass die Frau mit dem Auto nicht wegfuhr und so einen Parkplatz freigab. Aber sie schloss den Mercedes mit der Fernbedienung wieder zu und tänzelte zurück in die Gartenanlage.

Die Motoren der beiden Fahrzeuge heulten auf und fuhren weiter.

«Wir haben nicht viel Zeit!», sagte Robert und stieß den Rollstuhl hinter der Frau her. Nachdem die drei an einer hohen Hecke vorbeigegangen waren, öffnete sich vor ihnen eine prächtige Aussicht über die ganze Stadt. Davor waren auf einer großen Rasenfläche Partytische mit weißen Tischtüchern aufgestellt, die mit Tellern voller Häppchen und vereinzelt leeren Champagnergläsern bestückt waren. Ein Kellner trug eine Platte mit weiteren Häppchen zu den Gästen, während eine Kellnerin ein Tablett durch die Gesellschaft balancierte, auf dem volle Champagnergläser standen.

Die drei unpassend gekleideten Eindringlinge rumpelten mit dem Rollstuhl an den edlen Gästen vorbei. Sie blickten sich suchend um. «Welcher ist Schmid?»

Hans Koch zeigte auf einen Mann, der eine charmante Frau am Arm hielt und offenbar im Mittelpunkt eines Gesprächs stand. Robert steuerte den Rollstuhl auf den Mann zu und bremste direkt vor ihm ab. «Entschuldigen Sie, Herr Schmid. Wir müssen mit Ihnen reden.»

Die drei gaben zweifellos ein sonderbares Bild ab. Ein schmächtiger Mann im Rollstuhl, dahinter ein pensionierter braun gebrannter Mann mit Glatze und daneben Charlie mit der zerrissenen Jacke.

Schmid blickte sie trotzdem entspannt an. «Wer sind Sie?»

«Wir bestehen darauf, dass Sie aufhören, uns das Leben schwer zu machen», erklärte Robert in klarem Ton. Einige Gäste in der Nähe unterbrachen ihre Gespräche und schauten neugierig in ihre Richtung.

Ein junger Mann in Krawatte trat neben Schmid, vermutlich sein Assistent. «Sind Sie Klimaaktivisten?»

Robert schüttelte den Kopf. «Wir sind von den ‹wir mögen es nicht, unschuldig schuldig gesprochen zu werden›-Aktivisten.»

Der CEO schien nicht zu verstehen und die charmante Frau an seiner Seite blickte ihn besorgt an. «Wir feiern heute, kann das nicht bis morgen warten?»

«Nein», sagte Charlie bestimmt. «Solange Ihre Jungs hinter uns her sind, können wir nicht bis morgen warten. Pfeifen Sie Keller zurück, dann können wir in Ruhe über alles reden.»

«Christoph, was geht hier vor?» Die Frau löste sich von ihrem Mann und sah ihn vorwurfsvoll an. «Du hetzt ‹Jungs› auf diese Leute?»

«Nein!» Herr Schmid blickte aufgebracht um sich. «Ihr ruiniert mir den Tag! Ich hetzte keine Jungs auf niemanden.»

Robert blickte Frau Schmid freundlich an. «Was gibt's zu feiern?»

«Das ist unser 30. Hochzeitstag.» Sie lächelte ihren Mann verlegen an.

«Gratuliere.» Charlie streckte der Frau die Hand entgegen. «Sie haben anscheinend verstanden, was ein Ehebund ist. Bitte entschuldigen Sie, dass wir Ihre Feierlichkeiten stören.»

«Danke.» Sie nickte ihrem Mann zu.

Obwohl ihm ins Gesicht geschrieben stand, dass er absolut keine Lust hatte, sich im Augenblick mit unangenehmen Dingen zu beschäftigen, fragte Herr Schmid, ob die drei Herren bitte erzählen würden, worum es ging.

Charlie versprach Frau Schmid, es kurz zu machen. Er erzählte vom Unfall und den Zeugenaussagen, die behaupteten, der andere Verkehrsteilnehmer sei bei Grünlicht über die Kreuzung gefahren. Er erzählte auch von Schmids Mitarbeiter Keller, der ihn durch die Jungs der Bauarbeitervereinigung hatte einschüchtern lassen.

Robert stieß Hans Koch etwas näher an den CEO heran. «Herr Koch, erzählen Sie bitte, was der Stadtrat Neumann, Herr Keller und Sie mitten auf der Kreuzung abgemacht haben.»

Hans Koch erzählte in abgehackten Sätzen, dass in der besagten Nacht Stadtrat Neumann zu einer Baustellenbesichtigung gefahren war. Da der Tunnel am Tag für den Verkehr freigegeben war und nur nachts gearbeitet wurde, sei die Besichtigung mit dem Bauleiter Keller um zehn Uhr abends angesetzt worden. Wie so oft sei Stadtrat Neumann das Fahrzeug selbst gefahren, anstatt dies seinem Fahrer zu überlassen. Er übersah das Rotlicht und verursachte den Unfall. Da der Stadtrat aber direkt von einem anderen Empfang gekommen war und wegen des Alkoholkonsums gar nicht hätte fahren dürfen, wollte er, dass niemand davon erfuhr. Er vermutete, dass Neumann unter Schock stand, denn er reagierte anders als sonst. Er schüchterte Keller ein, dass dieser seinen Job verlieren würde, wenn Neumann im Herbst nicht wiedergewählt würde. Ein Gegner von Straßenbauprojekten würde dann Stadtrat werden und dieser würde Kellers Projekte verzögern und das Geld in andere Projekte stecken. Neumann habe dort auf der Kreuzung sogar versprochen, dass die Baufirma, bei der Keller arbeite, einen «Gefallen» zugute habe, wenn Neumann im Herbst die Wiederwahl schaffe. Zum Beispiel würde das Autobahnprojekt schneller vorangetrieben und sein Angebot würde berücksichtigt werden.

Mittlerweile war es auch unter den anderen Gästen still geworden und sie schauten zu Hans Koch hinüber. Nur noch die festliche Musik tönte im Hintergrund, als Hans fortfuhr: «Thomas Keller hatte die spontane Idee, dass er mich anrufen könnte. Der Zufall will es, dass ich nur zwei Straßen von der Kreuzung entfernt wohne. Er hat mir Geld angeboten, wenn ich mich als Fahrer ausgebe. Er wusste, dass ich mein Haus nur ungern verkaufe, und malte mir mit dem Geld die Lösung für den Fahrstuhl vor Augen.» Binnen kürzester Zeit wurden die anwesenden Assistenten von Keller und Neumann mit Belohnungen oder Drohungen dazu gebracht, auszusagen, dass die Ampel von Hans Koch Grün angezeigt habe. Dann habe sich Neumann zusammen mit Keller in dessen Auto aus dem Staub gemacht.

Nachdem Hans Koch fertig geredet hatte, herrschte betretenes Schweigen.

«Wohlgemerkt! Das ist alles geschehen, während mein Freund Charlie und seine Tochter schwer verletzt zwanzig Meter daneben im Auto eingeklemmt waren», sagte Robert mit erhobenem Finger.

Frau Schmid war empört und ließ dies ihren Mann mit einer Triade von mehr oder weniger kultivierten Sätzen wissen und auch Hans, der das Geld angenommen hatte.

Dann warteten alle Gäste gespannt darauf, was Herr Schmid nun dazu sagte.

«Schön und gut, aber können Sie das beweisen?»

Hans Koch zeigte zu Charlie hinauf. «Er hat Filmaufnahmen von einem Fahrzeug, das hinter ihm gefahren ist. Diese Aufnahmen zeigen, dass seine Ampel Grün anzeigte.»

Alle blickten zu Charlie, der verlegen lächelte. «Die Aufnahmen hat Herr Keller gestohlen.»

Hans Koch blickte ihn erstaunt an. «Sie haben diese gar nicht?»

«Nein, aber wir haben Zeugen, die die Aufnahme gesehen haben», erklärte Robert schnell. Damit meinte er den Pizzalieferanten, der ihm die richtige Stelle der Aufnahmen herausgesucht hatte.

«Bitte entschuldigen Sie mich einen Augenblick.» Schmid winkte den Assistenten zu sich und zusammen verschwanden sie durch die offene Terrassentür im Haus.

In den nächsten Minuten versuchte Robert etwas unbeholfen, ein Gespräch mit Frau Schmid zu führen. Dann deutete Charlie plötzlich hinter sich.

Keller höchstpersönlich betrat die Gartenanlage, gefolgt

von seinem Helfer. Er steuerte direkt auf die Gruppe um den Rollstuhl zu. «Bitte entschuldigen Sie Frau Schmid, dass wir die Störer nicht fernhalten konnten. Wir fanden da draußen keinen Parkplatz.»

«Haben wir ein Problem mit den drei Herren?», fragte Frau Schmid, als sie sah, dass ihr Mann mit dem Assistenten auf den Rasen zurückkehrte.

Keller seufzte. «Die drei wollen der Firma schaden. Sie behaupten unverschämte Dinge.»

Frau Schmid nickte verständnisvoll, aber der CEO Schmid fragte: «Was behaupten sie denn?»

«Sie erzählen wilde Räubergeschichten», erklärte Keller.

«Und diese ‹Räubergeschichten› sind nicht wahr?»

«Nein, selbstverständlich nicht!»

«Sie sind gefeuert, Keller.»

«Hä, wieso?»

«Ich mag es nicht, wenn man mich anlügt.»

«Ich lüge nicht!»

Aber Schmid hob das Handy in die Höhe. «Ich habe gerade mit Ihrer Sekretärin gesprochen. Frau Stoller ist klug, sie hat mich nicht angelogen.»

Keller schlug mit der rechten Hand wütend ein Champagnerglas vom Partytisch. «Das ist also der Dank dafür, dass ich mich über die Massen für die Firma einsetze! Einen so großen Auftrag hat noch nie jemand an Land gezogen. Mit dem Gewinn hätten wir diesem Charlie locker seine Schulden bei der Versicherung und zusätzlich eine schöne Abfindung bezahlen können. Alle wären glücklich gewesen, es wäre eine Win-win-Situation geworden! Ich bin hier nicht der Böse, ich bin der Gute.»

«Es ist egal, was Sie für Gut oder für Böse halten, Keller. Sie hätten sich an den Werten der Firma orientieren sollen.» Schmid wandte sich dem Assistenten zu. «Verbinde mich mit dem Kommunikationschef. Da kommt einige Arbeit auf ihn zu.» Von da an war der CEO mit Telefonieren beschäftigt.

Keller beugte sich zu Hans Koch hinunter. «Du bist mir in den Rücken gefallen, Papa! Was wird Stephanie dazu sagen?!»

«Er ist dein Sohn?» Charlie blickte erstaunt zum Mann im Rollstuhl hinunter.

Hans schüttelte den Kopf. «Schwiegersohn. Was wird meine Tochter wohl dazu sagen, wenn sie erfährt, wie du Geschäfte machst?»

Keller schnaubte und wandte sich ab.

Dann erzählte Hans, dass Thomas Keller ihn am Mittwochabend aufgeregt angerufen habe. Hans war daraufhin unverzüglich zu dieser Kreuzung gegangen. Erstaunt traf er dort auf Stadtrat Neumann, der bei der Stadt im weitesten Sinn sein Chef war. Dieser versprach ihm, er müsse bis zur Pensionierung nicht mehr arbeiten, aber erhalte trotzdem den Lohn. Sein Schwiegersohn versprach ihm, den Fahrstuhl im Haus zu finanzieren. Da konnte Hans fast nicht Nein sagen. Er habe nichts anderes tun müssen, als auszusagen, er sei das Auto gefahren, und künftig die Kosten der Rückenprobleme neu bei der Unfallversicherung angeben statt bei der Krankenversicherung.

Hans gab zu, dass dies alles falsch gewesen war, und er bat Robert und Charlie, ihn zurück zur Klinik zu fahren. Er wolle jetzt nicht mit seinem Schwiegersohn allein gelassen werden.

Während Charlie und Robert sich mit Hans Koch aus dem Staub machten, versuchte Frau Schmid, die Stimmung unter den Gästen mit einer lustigen Anekdote aus ihrer Ehe aufzuheitern.

# 62. Kapitel

Unsagbar erleichtert darüber, dass die Wahrheit ans Licht gekommen war, stieg Charlie um halb zehn abends aus Roberts Auto. Er hatte darauf bestanden, an der Kreuzung auszusteigen und den Weg zu seinem Haus zu Fuß zurückzulegen. Die Wahrheit würde ihn bald frei machen, auch bei der Staatsanwaltschaft, der Versicherung und dem Straßenverkehrsamt. Auch wenn er davon noch nichts sah, rechnete er fest damit, dass sich alles einrenken würde.

Trotz der späten Stunde rief er seinen Vorgesetzten an. «Setz mich auf die Liste, Reto!»

«Charlie, du weißt, ich kann dich nicht auf die Liste setzen, wenn du keine Fahrerlaubnis hast.»

«Ich bekomme sie wieder. Meine Unschuld ist bewiesen.»

«Sicher?»

«Du kannst wieder auf mich zählen.»

Reto seufzte hörbar. «Mir fällt ein Stein vom Herzen. Ich schicke die Liste nun an die Personalabteilung und du bist auch drauf. Den Rest kannst du mir später erzählen.»

«Danke.»

Im Haus brannte Licht, Sarah war zu Hause. Charlies Herz hüpfte. War die Übernachtung bei der Schwester nur eine Pause gewesen?

Charlie blieb draußen vor der Tür stehen und beobachtete seine Frau durch das Küchenfenster. Dabei drehte er den Ring an seinem Finger hin und her. Sarah hatte allein zu Abend gegessen und räumte gerade das Besteck weg. Mit dieser schönen Frau war er verheiratet und es war an der Zeit, diese Ehe zu neuer Blüte zu führen.

Er öffnete die Tür und trat ein. «Hallo Naomi.»

Sarah ließ den Teller fallen, der auf dem Plattenboden zerbrach.

Charlie hängte die zerrissene Jacke an den Hacken, schlüpfte aus den Schuhen und ging auf sie zu.

«Du bist Sem?»

«Ich dachte, du weißt es. Du hast mich mehr als einmal Charlie genannt.»

«Ich wusste es nicht. Aber es macht Sinn.» Sarah griff nach dem Besen, um die Scherben zu einem Haufen zusammenzuschieben. Charlie holte die Kehrschaufel und gemeinsam kehrten sie schweigend den zerbrochenen Teller auf.

Dann setzten sie sich aufs Sofa und redeten bis in die frühen Morgenstunden über ihre Erlebnisse auf der sonderbaren Reise.

Charlie rutschte dabei mehrmals näher an Sarah heran, aber irgendetwas ließ ihn doch jedes Mal wieder Distanz gewinnen. Es war schön, wieder mit Sarah zu reden, ohne zu streiten, aber die Verletzungen saßen auf beiden Seiten noch tief. Als Naomi hätte er sie sofort in den Arm nehmen können, aber bei Sarah war da noch diese Blockade, die er nicht einfach so überwinden konnte. Obwohl sie ein tiefes Gespräch führten, spürte wohl auch Sarah den Graben zwischen ihnen, denn auch sie machte keine Versuche, sich ihm zu nähern.

*****

Am nächsten Morgen erwachte Charlie allein im Bett. Sarahs Seite war leer. Er stand auf, duschte und rasierte sich. Er zog sich an, bevor er dann nach unten ging. Der Tisch war für zwei gedeckt, mit allem, was ein Frühstück ausmachte. Aber Sarah war nicht da.

Er las die Notiz auf dem Teller: «Fang mit dem Essen an, ich bin gleich zurück.»

Er setzte sich, aber wartete.

Dann hörte er aus dem oberen Stockwerk Geräusche. Kurz darauf trat jemand die Treppe herunter. Die Frau trug einen braunen Stoff, den sie als weites Gewand um sich geschlungen hatte. Auf dem Kopf trug sie einen Turban, der behelfsmäßig aus einem dunklen Halstuch gedreht war. Es war Naomi.

Charlie schob den Stuhl zurück und stand auf.

«Hallo Sem», sagte Sarah.

«Hallo Sarah», antwortete Charlie.

Sie trat auf ihn zu und blieb nur wenige Zentimeter vor ihm stehen. «Ich dachte, die Verkleidung könnte helfen.»

«Es hilft.» Charlie beugte sich vor und küsste seine Frau so innig, wie er sie schon seit Monaten nicht mehr geküsst hatte.

*****

Charlie rief nach dem Frühstück Antonio an. Dieser berichtete ihm, was er bereits in Erfahrung bringen konnte. Der CEO Christoph Schmid hatte eine Pressekonferenz gegeben und es irgendwie fertiggebracht, Stadtrat Neumann dabei nicht bloßzustellen.

Aber dieser merkte in den nächsten Monaten von selbst, dass nicht er es war, der entschied, was gut und was böse war. Das Parlament hob seine Immunität auf und er wurde vor Gericht gestellt. Er wurde in dieser Stadt zum ersten Stadtrat seit zwanzig Jahren, der nicht selbst zurücktrat, sondern bei Wahlen nicht wiedergewählt wurde.

Charlie erhielt nach weiterem bürokratischem Aufwand seinen Führerschein zurück und die Kommission für die Zusammenführung der beiden Betriebe gab ihm in der neuen Firma eine Stelle. Die Freude darüber wurde nur durch die Tatsache getrübt, dass Reto, sein ehemaliger Vorgesetzter, nicht weiterbeschäftigt wurde.

Sarah fühlte sich so frei, wie sie sich zuletzt mit 13 Jahren gefühlt hatte. Es war befreiend, nicht mehr nach dem perfekten Partner suchen zu müssen. Sie durfte das Beste aus dem machen, was sie bereits hatte. Und das war mehr als genug. Sie hatte gelernt: Zum Glücklichsein benötigt man nicht den perfekten Partner, sondern eine Liebe, die größer war als man selbst. Sie ließ sich gern in Charlies Arme sinken und war dankbar dafür, dass sich die Sonnyboy-Illusion in Luft aufgelöst hatte.

Nun konnten sie gemeinsam Lauras Genesung begleiten. Sarah verstand dabei immer mehr, was der Spruch auf einer Karte bedeutete, die Charlie eines Tages nach Hause brachte: «Nicht die Abwesenheit von Krankheit und Leid ist die Erfüllung im Leben, sondern die Anwesenheit von Gott und von Menschen, die er uns schenkt.»

Lauras Genesung ging langsam, aber stetig voran. Eine Woche nach der Abwahl von Neumann im Herbst durfte sie wieder mit Sport beginnen.

Früher als lästige Pflicht wahrgenommen, fuhr er heute seine Tochter gerne zum Sporttraining. Es waren Zeiten, die er dankbar mit ihr verbringen konnte. Er hielt in seinem neuen Auto vor der Sporthalle und Laura stieg aus.

«Tschüss Prinzessin. Bis nachher.»

«Nenn mich nicht Prinzessin.»

«Doch, das lasse ich mir nicht nehmen.» Charlie schmunzelte.

Sie schüttelte den Kopf und stieß die Tür zu. Als er losfuhr, wusste er, dass nicht andere Menschen an der Leere in ihm schuld gewesen waren. Die Leere war die gekappte Verbindung zur gesamten moralischen Weisheit des Universums. Aber es gab da einen, der diese Verbindung repariert hat. Einer, der es einfach tat, ohne Hintergedanken und ohne vorangehende Bedingungen. Er hatte die tote Verbindung schon längst wiederhergestellt, als Charlie noch keine Ahnung von Gut und Böse hatte.

Zu Hause schlug er wieder mal das Buch, in dem Gottes große Geschichte aufgeschrieben war, ganz am Schluss auf. Er las die letzten Sätze: «Ich bin der Erste und der Letzte, der Anfang und das Ziel, das A und das O. Glücklich werden alle sein, die ihre Kleider reinwaschen, denn sie dürfen von den Früchten vom Baum des Lebens essen. Sie haben freien Zugang zu meiner neuen Stadt. Ich bin der Nachkomme aus der Familie von David, der Trieb, der aus seiner Wurzel hervorsprießt.»

Charlie hörte eine Stimme in sich, die sagte: «Komm! Wenn du durstig bist, dann komm. Wenn du es möchtest, wird Gott dir das Wasser des Lebens schenken.»

Dies war die große Reise von Charlie Martin. Zumindest für ihn war sie riesig, auch wenn nun etliche sagten, es wäre an der Zeit, wieder vernünftig zu werden. Erst nach und nach stellte er fest, dass es noch andere gab, die diese Reise erlebt hatten. Er war also gar nicht so jemand Besonderes, wie er anfänglich dachte. Doch er hatte *jemand Besonderes* gefunden, der größer war, als alle seine vielen immer noch offenen Fragen.

# Nachwort

Die Idee zu diesem Buch begleitet mich seit über zehn Jahren. Damals schrieb ich an den Hörspielen der schweizerdeutschen Serie «ChinderHörspielBible», bei der ich dann auch Regie führte. Es war ein Vorrecht, mich so intensiv mit den biblischen Geschichten auseinandersetzen zu dürfen. Dabei wuchs meine Begeisterung für die Zusammenhänge dieser Geschichten und den roten Faden, der sich durch die Bibel zieht. Was spricht dagegen, diesen nicht auch einem erwachsenen Publikum zugänglich zu machen? Längere Zeit tat ich mich schwer damit, die geeignete Form für das Buch zu finden. So blieb die Idee mehrere Jahre in der Schublade. Als dann aber die Figur Charlie und sein emotionaler Zugang zu den biblischen Geschehnissen dazukam, begann die Geschichte beim Schreiben der Kapitel zu fließen. Im Gegensatz zu den Kinder- und Jugendbüchern, bei denen ich auf altersgerechten Inhalt achte, erlaubte ich mir diesmal, ungefiltert aus der Tiefe meines Herzens zu schreiben, was wohl manchmal tatsächlich therapeutisch wirkte. Ein Theologe nannte die Idee dieses Buch «mutig». Ich weiß bis heute nicht, ob er es positiv oder negativ meinte. Jedenfalls glaube ich, dass es beide Reaktionen auslösen kann: Einige werden von der frischen Mischung aus Bibeltexten und Krimi begeistert sein, während andere darüber den Kopf schütteln werden. Aus diesem Grund finden Sie nebenstehend zwei Möglichkeiten, um auf dieses Buch zu reagieren. Vielen Dank, wenn Sie davon Gebrauch machen.

David Hollenstein

# Weiterempfehlen oder warnen

**Empfehlen** Sie das Buch weiter, indem Sie diesen Link teilen: davidhollenstein.ch/charlies-reise-empfehlung

**Warnen** Sie andere vor dem Buch, indem Sie diesen Link teilen: davidhollenstein.ch/charlies-reise-warnung

# Der Glaube erklärt

**40 Tage Bibel Challenge**
*#davidhollenstein*

In 40 Tagen besser im christlichen Glauben durchblicken? Klar, das gelingt mit diesen kurzen Impulsen zum christlichen Glauben, aufgeteilt in 40 Tagesportionen. Für die Social Media-Generation geschrieben mit kurzen Texten, Meme, Listen und den Chatprotokollen der beiden Freunde Mark und Mike. Ein Glaubensgrundkurs für die tägliche Stille Zeit.
Leseprobe auf **adoniashop.ch**

**Die Einladung zum großen Fest**
*David Hollenstein*
*durchgehend illustriert von*
*Claudia Kündig*

Wie ist das genau mit dem christlichen Glauben? Wie kann ich zu Gott kommen? Was braucht es dazu? Hannah findet in der Post eine Einladung zu einem Fest, die mit «Gott» unterzeichnet ist. Wer spielt ihr da einen Scherz? Die Einladungskarte löst aber Fragen zu Gott und zum Glauben aus, die ihr Menschen aus ihrem Umfeld beantworten. Mit Einladungskarte.

# Weitere Bücher von David Hollenstein

- 40 Tage Bibel Challenge
- Die Einladung zum großen Fest
- Jan & Co. 1 – Verdacht im Modehaus
- Jan & Co. 2 – Das Geheimnis der Miruna
- Jan & Co. 3 – Raubüberfall im Europa-Park
- Jan & Co. 4 – Die Casting-Show
- Jan & Co. 5 – Vermisst am Matterhorn
- Jan & Co. 6 – Pizza für die Mafia
- Jan & Co. 7 – Gefährliche Überwachung
- Jan & Co. 8 – Ärger in der Eliteschule
- Jan & Co. 9 – Hinter verschlossenen Türen
- Jan & Co. 10 – Der Enkeltrick
- Pferdehof Klosterberg 1 – Rätselhafte Vorfälle
- Pferdehof Klosterberg 2 – Einer für alle
- Pferdehof Klosterberg 3 – Handyfilm mit Folgen
- Pferdehof Klosterberg 4 – Nicht mit mir!
- Pferdehof Klosterberg 5 – Kein harmloser Streich
- Pferdehof Klosterberg 6 – Für mehr Klicks und Likes
- Das Kilimanjaro-Prinzip der Ehe
- Wie war's bei euch?
- Ich liebe dich! Ich liebe mich!
- und viele Hörspiele in Schweizerdeutsch

Leseproben auf **adoniashop.ch**